A Decent Ride

A Decent Ride

IRVINE WELSH

JONATHAN CAPE
LONDON

1 3 5 7 9 10 8 6 4 2

Jonathan Cape, an imprint of Vintage Publishing,
20 Vauxhall Bridge Road,
London SW1V 2SA

Jonathan Cape is part of the Penguin Random House group of companies whose
addresses can be found at global.penguinrandomhouse.com

Acknowledgements

Thank you to Jimmy Anderson, Katherine Fry, Maria Garbutt-Lucero,
Trevor Engleson, John Niven and Elizabeth Quinn.

First published by Jonathan Cape in 2015

www.vintage-books.co.uk

A CIP catalogue record for this book is available from the British Library

ISBN 9780224102179 (Hardback edition)
ISBN 9780224102186 (Trade Paperback edition)

Typeset in Fairfield LH 13/18pt by
Palimpsest Book Production Limited, Falkirk, Stirlingshire

Printed and bound in Great Britain by Clays Ltd, St Ives PLC

Penguin Random House is committed to a sustainable future
for our business, our readers and our planet. This book is made from
Forest Stewardship Council® certified paper

for Robin Robertson
— it certainly has been one . . .

'An intellectual is someone who's found one thing that's more interesting than sex.'

Aldous Huxley

CONTENTS

PART ONE: **PRE-BAWBAG INNOCENCE**

1. Taxi Days   3
2. Guaranteed   29
3. Office Work   44
4. Sweet Liberty   48
5. Jonty and Stormy Weather   53

PART TWO: **HURRICANE BAWBAG**

6. Speed Dating   59
7. Jinty Nagged   64
8. Running Around   67
9. Refuge in The Pub With No Name   68
10. The Bag of the Baw   76
11. In God We Trust – Part 1   83
12. Bawbag's Last Stand   89

PART THREE: **POST-BAWBAG PANIC**

13. Jonts in the Hood   93
14. The Knight in Shining Armour   103
15. Jonts in McDonald's   109
16. Hotels and Saunas   111

17. Unfazed by the Phenomenon   118

18. The Lessons of Bawbag   130

19. Sex Addicts' Meeting   135

20. What's Cookin in the Cuik?   143

21. Wee Guillaume and the Ginger Bastard   162

22. A Shopping List Confession   164

23. White Funny Stuff   176

24. Instruments of the Devil   178

25. Tynecastle Hospitality   204

26. The Heart of the Matter   213

27. In God We Trust – Part 2   216

28. Cold Comforts   220

PART FOUR: POST-BAWBAG RECONSTRUCTION

29. Sauna Sojourn   227

30. In God We Trust – Part 3   235

31. Going McNuggets   247

32. Through Streets Broad and Narrow   257

33. Feverish   264

34. Auld Faithful 1   272

35. Scotland's Smokers on the Offensive   275

36. Transport Economics   297

37. Auld Faithful 2   315

38. Another Blow for Scotland's Smokers   318

39. The Boy in the Canary-Yellay Fleece   324

40. Escape to Penicuik   331

PART FIVE: POST-BAWBAG SOCIETY

41. The Revenge of Scotland's Smokers   341

42. Auld Faithful 3   359

43. Avoiding Stress   363

44. Jinty's Diary Excerpt 1   395

45. Post Perishables   397

46. The Snarling Fuds of May   412

47. Jinty's Diary Excerpt 2   427

48. Powderhall   428

49. In God We Trust – Part 4   458

50. The Bridge Tournament   462

Part One

Pre-Bawbag Innocence

1

TAXI DAYS

— Yi'll nivir guess whae ah hud in ma cab the other day, 'Juice' Terry Lawson explains, his solid build contained by a luminous green tracksuit. His luxuriant corkscrew curls lash wildly in the gale that slaps up against the side of the perspex barrier winding from the airport concourse to a bank of parked taxicabs. Terry stretches, rips out a yawn, sleeves riding up to expose gold chains at the wrists and two forearm tattoos. One is of a harp that looks like an egg slicer, with HIBERNIAN FC and 1875 scrolled above and below. The second is of a fire-breathing dragon, which offers the world a lavish wink, inviting it in winding letters beneath to LET THE JUICE LOOSE.

Terry's mate, Doughheid, a thin, asthmatic-looking man, gazes blankly in response. He sparks up a fag and wonders how much of it he can suck back before he has to deal with the approaching planeload of passengers, jostling their luggage-laden carts towards him down the enclosed ramp.

— That cunt oaffay the telly, Terry confirms, scratching his balls through the polyester.

— Whae's that? Doughheid mumbles, sizing up the piled suitcases of a huge Asian family. He's willing a distracted man who struts behind to overtake them on the ramp, so that he won't have to load the many bags into the cab. Let Terry get that one. The man wears a long cashmere coat, open over a dark suit, white shirt and tie, with black-framed glasses and, most strikingly, a Mohawk haircut.

The man suddenly sprints ahead of the pack, and Doughheid's spirits soar. Then he stops dead, and looks at his watch, as the Asian family trundle past him, all over Doughheid like a rash. — Please, please, quickly, please, please, a cajoling patriarch calls, as buckshot rain suddenly lashes against the perspex.

Terry watches his friend struggle with the cases. — That stand-up boy, oan Channel 4. Eh wis ridin that burd, what's-her-name, tidy fuckin boady oan it. He traces an hourglass, then steps up snugly against the perspex barrier for shelter.

But as Doughheid strains and grunts with the cases, Terry regards the bespectacled man in the long coat, his incongruous hair blowing everywhere in the wind, fingers delivering heavy number-punches into his phone. Terry recognises him from somewhere, a band perhaps, then sees that he's older than the haircut suggests. Suddenly, a cowed associate appears, blond hair shorn above a tense face, cautiously standing alongside him. — I'm so sorry, Ron, the car we had ordered broke down –

— Get outta my sight! the punk businessman (for this is how Terry now thinks of him) barks in an American accent. — I'll take this goddamn taxi! Just have my bags delivered to my hotel room!

The punk businessman doesn't even make eye contact through his pink-tinted lenses with Terry, before climbing into the back of his cab and slamming the door shut. His shamed associate stands in silence.

Terry gets into the cab and keys the ignition. — Whaire is it yir gaun, chief?

— What? The punk businessman looks over his light-reactive glasses, into the back of a mop of curls.

Terry pivots round in the seat. — Where. Do. You. Want. Me. To. Take. You. To.

The punk businessman is aware that this corkscrew-headed taxi driver is talking to him as if he, the punk businessman, is a child. *Fucking Mortimer, can't see to anything. Puts me through this BS.* His hand tightens on the straps of the cab. He swallows tightly. — Balmoral Hotel.

The Immoral! — Good choice, mate, Terry replies, his mind spinning through the database of the sexual encounters he's enjoyed there, usually during two discrete periods on the calendar. There was nothing like the International Festival in August, and Edinburgh's Hogmanay, for adding garnish to his basic diet of scheme minge and jaded porn performers. — So what line ay work is it yir in?

Ronald Checker is not used to being unrecognised. An influential property developer, he is also a reality-TV star, known widely for his successful show *The Prodigal.* The scion of a wealthy Atlanta family, the Harvard graduate had followed his father's footsteps into real estate. Ron Checker and his father had never been close, this fact making him utterly mercenary at utilising the old man's extensive contacts. Thus son became more successful than father, breaking out of America's sunbelt states to go global. Ron decided that he

5

would pitch a TV show to the networks, positing himself as a Southern, youthful, punkish version of Donald Trump, who had enjoyed success with *The Apprentice*. A designer friend gave him the Mohawk look, and a researcher at the network coined his catchphrase: 'Business takes balls.' Now *The Prodigal* is a third-season globally syndicated show and Checker knows it screens in the UK. Uneasily, he asks the cabbie, — Have you ever seen *The Prodigal*?

— No live, but ah ken what yir talkin aboot, Terry nods. — That 'Smack Ma Bitch Up' wis controversial, aye, but thaire's some burds thit like that. A bit ay rough action, if ye ken what ah mean. No thit ah'm sexist or nowt like that. Tae me it's ladies' prerogative. They demand, you supply, it's what gentlemen dae but, ay, mate?

Checker is finding it difficult to understand this cabbie. All he can do is respond with a gruff: — Yes.

— Ye a mairried man yersel, mate?

Unused to being talked to with such presumption by a stranger, this common Scots taxi driver, Checker is thunderstruck. About to respond with a terse 'Mind your own business', he recalls how he's been urged by his PR team to try and win hearts and minds after the Nairn fiasco. As part of the development process, a cove and a couple of listed cottages had been demolished, with a few rare nesting ducks relocated. Rather than welcome the golf resort, apartments and service jobs it created, the natives had largely taken a dim view of the enterprise.

Forcing his sense of violation into a gallows grin, Checker permits, — Divorced, three times, while moved to think of

Sapphire, his third wife, with some rancour, then Margot, his first, in sharp, poignant pain. He tries to remember Monica, the fleeting middle incumbent, but can scarcely summon her image to mind, which both cheers and dismays him. All that flashes into his head is a grinning lawyer's face and eight fat figures. For a man still a year shy of forty, three is a troubling statistic.

— Snap! Me n aw! Terry buzzes in empathy. — Kin find thum n gie thum a guid seein-tae awright, that part's never been a bother, he sings triumphantly. — Auld Faithful here, Terry pats his groin reassuringly, — husnae had too many days oaf, ah'll tell ye that for nowt! Goat tae be done but, ay, mate? Terry's grin expands as Checker enjoys the sensation of his back flush against the hard seat, which feels good after the executive planes and limos he is constantly in. — See, keepin a hud ay thum but, well . . . you ken the score! Worse thing ye kin dae is faw in love. Ye kid yersel oan that's the burd yir gaunny be shagging exclusively the rest ay yir life. But wir no made that wey, mate. So eftir a few months, the auld rovin eye n stiff cock come back oot tae play! Guaranteed!

Checker feels the sides of his face redden. What newfangled Tophet had Mortimer cast him into? First an engineering failure in the Lear, which had forced upon him the ignominy of a *scheduled flight*, and now this!

— Ma days ay gaun through ceremonies ur ower. Terry drops his voice and briefly turns his head. — Listen, mate, if yir eftir any nook n cranny ower here, jist geez a shout. Ah'm the boy. Kin sort ye oot wi anything ye need in this toon. Just sayin likes!

7

Ron Checker has scant clue as to what this man is 'just saying'. *This asshole really has no idea who I am!* Yet through the rush of contempt he feels for this cabbie, something else is happening: Ronald Checker is experiencing the phantom excitement at being cut adrift, of being a traveller again, as in his student days, as opposed to a cosseted business tourist. And those unyielding seats feel good on his spine! Strangely, Checker is conceding that part of him, that piece liberated by the most recent divorce, is enjoying himself! Why not? Here he is, striking out on his own, free from the sycophantic incompetents like Mortimer! Did he have to be limited and hemmed in by other people's perceptions of Ronald Checker? Wasn't it fun, to try and be somebody else for a while? And this back! Perhaps it was now time to give it a start. — I appreciate that . . . er . . .

— Terry, mate. Terry Lawson, but ah git called Juice Terry.

— Juice Terry . . . Checker lets the name play on his lips.

— Well, pleased to meet you, Juice Terry. I'm Ron. Ron Checker. He looks at the cabbie in the mirror for any traces of acknowledgement. None. *This clown really doesn't know who I am, so self-absorbed is he in his own petty, trivial life.* But he'd seen this before in Scotland, during the Nairn debacle.

— Check thehhht! Juice Terry bellows, at what appears to Checker to be a rather ordinary young woman, who is stopped at a pedestrian crossing.

— Yes . . . fetching, Checker forces himself to agree.

— Ah'm gittin a twinge fir that minge!

— Yes . . . Listen, Terry, Checker begins, suddenly

8

inspired, — I love these cabs. These seats sure feel good against my back. I'd like to hire you this week. You'd drive me around locally, some tourist places, one or two business appointments further north. I have some negotiations at a distillery in Inverness, and I'm a keen golfer. There will be some overnight stays, in the best hotels, of course.

Terry is intrigued, but shakes his head. — Sorry, mate, ah've goat ma shifts planned oot, ay.

Unused to non-compliance in others, Checker is incredulous. — I'll pay you twice what you earn in one week!

A big grin framed by a mop of curls gazes back at him. — Cannae help ye, buddy boy!

— What? Checker's voice screeches in desperation. — Five times! Tell me how much you earn in a week and I'll pay you five times as much!

— This is the busiest time ay the year, mate, the run-up tae Christmas and Hogmanay – even worse thin the fuckin festival. Ah'm clearin two grand a week, Terry lies. — Ah doubt ye could pey us ten grand a week jist tae drive ye roond!

— Consider it a deal! Checker roars, and dives into his pocket, producing a chequebook. Waving it at the back of Terry, he shouts, — *Do* we have a deal?

— Listen, mate, it's no jist aboot the money; ah've goat regular customers whae depend oan ays. Other activities, if ye catch ma drift. Terry turns, tapping the side of his nose. — In business-speak, ye cannae compromise the core enterprise, no just for a one-off. Ye huv tae look eftir the long-term client base, mate, the steady-income stream, n no git hijacked wi side projects, as lucrative as they might be in the short term.

Terry can see Checker in the rear-view mirror thinking about this. He feels pleased with himself, although he is only quoting his friend Sick Boy, who makes the porn videos he occasionally stars in.

— But I can offer —

— Ah've still got tae say naw, mate.

Checker is astounded. Yet deep in his core he is sensing that there is something about this man. Perhaps it's even something he needs. This notion compels Ronald Checker to utter a word that he can't consciously remember leaving his lips since he was a child at boarding school. — Terry . . . please . . . He gasps at his use of the word.

—Awright, mate, Terry says, flicking a smile into the mirror, — we're baith men ay business. Ah'm sure we'll be able tae strike up some kind ay a deal. Just one thing but, pittin ye in the picture, Terry's head swivels round, — they overnight steys in hotels . . . thaire's gaunny be nae bum banditry gaun oan!

— What?! No way, man, Checker protests, — I ain't no goddamn faggot —

— No sayin nowt against it, if that's yir thing, like, n ah'm no sayin thit ah'm no partial tae a bit ay back-door action masel, but a hairy ersehole wi a pair ay hee-haws dangling under it, well, that jist disnae dae it fir the Juice felly here. Terry shakes his head violently.

— No . . . you sure won't have to worry about that! Checker says, wincing on the bitter aftertaste, but just about managing to swallow the power-ceding pill.

10

The cab pulls up outside the Balmoral. Portering staff, obviously anticipating Ron Checker's arrival, literally drop what they are doing, in one instance the luggage of another guest, to descend on the cab as the American steps out. The wind has intensified, a surging gust whipping Checker's oily black-dyed locks skywards, holding them up in a formidable peacock-like display, as he talks to Terry.

Terry Lawson is far more aware of the hovering porters than Ronnie Checker, taking his time and savouring the slow punching of digits into his phone as the two men exchange contact details. They shake hands, Terry going in aggressively to the hilt, without leaving trailing fingers to be crushed, reckoning that Checker is the type of man who would self-consciously work on a dominant shake.

— I'll be in touch, Ronald Checker smiles, a charmless display that most people could only evoke reflexively and privately if fortunate enough to stumble upon a much-hated rival falling under a bus. Terry tracks Checker's departure, the American's stride jaunty, as he tries in futility to flatten his hair against the ministrations of the gales, visibly relieved to walk past an obsequiously grinning doorman.

The porters are miffed to discover no luggage in the taxi, giving Terry some dubious looks, as if he is in some way responsible. Terry bristles, but there are pressing matters to attend to. The funeral of his old friend Alec is due to take place this afternoon. He drives home to his South Side flat, where he changes and calls Doughheid, to take him down to Rosebank Cemetery.

Doughheid is prompt, and Terry gratefully settles back in

the cab. However, it's an older, less slick and upholstered version of his own beloved TX4, made by the London Carriage Company, and its spartan environment makes him feel over-dressed in his black velvet jacket, yellow shirt, buttoned up to the top with no tie, and grey flannel trousers. He's tied back the corkscrew curls in an elasticated band, but a couple have already popped out, jumping irritatingly across his eyeline as he scans women on the streets towards the inner-city district of Pilrig, which looks frosty and threadbare around the park. As Terry steps out the cab and bids Doughheid farewell, the cold drizzle assails him. This is the first ever burial he's been at, surprised when he'd heard that Alec's do wouldn't be in the usual venues of Warriston or Seafield crematoria. It was disclosed that there was a family plot of land purchased many years ago, and Alec was to be buried beside his late wife Theresa, who had died tragically in a fire. Terry had never met her, and he'd known Alec since he was sixteen, but had learnt over the years, through the odd tearful bout of alcoholic remorse and lamentation, that Alec, inebri-ated, had accidentally started the chip-pan fire which had led to his wife's demise.

Pulling up the collar on his jacket, Terry heads across to where a large group of mourners have gathered around a grave. It's busy, but then Alec's passing was always likely to precipitate a jakey convention. What surprises Terry is that many old faces he has presumed either dead or in prison, are discovered merely not to have ventured past their local super-markets since the smoking ban.

It isn't all low-rent style though. A green Rolls-Royce pulls assertively through the gates, crunching the gravel of the path. All the other cars are parked in the street outside, but, much to the chagrin of the bemused cemetery officials, the Rolls inches as close as it can to the gravestones, before two suited and overcoated male passengers exit ceremoniously. One is a gangster whom Terry knows as The Poof. He is accompanied by a younger, wily-eyed, narrow-featured man, who, to Terry's eye, appears too physically unimpressive to be a minder.

The grand entrance, which has certainly attracted the attention of the mourners, fails to hold Terry's, his gaze soon turning in other directions. Experience has taught him that grief affects people in different ways. Along with weddings and holidays, funerals afforded the best pulling opportunities. With this in mind, he remembers how Councillor Maggie Orr has returned to her original surname from the clumsy designation Orr-Montague, the latter part belonging to the solicitor husband she'd recently divorced. Terry is armed with two pieces of knowledge: one is that Maggie has worn well, the second is that relationship breakdown and bereavement means double vulnerability. Perhaps he'll get the old Maggie back, the bewildered Broomhouse girl, rather than the slick, self-actualised professional woman she's morphed into. The thought excites him.

Almost immediately, he sees her standing by a large Celtic cross gravestone, talking to a group of mourners, wearing a sombre dark suit and gently drawing on a cigarette. Tidy enough, Terry thinks, licking a crystallising layer of salt from his top lip. He meets her eye, allowing first a faint smile then a sad nod of acknowledgement to pass between them.

Stevie Connolly, Alec's son, sidles up to him. Stevie is a wiry guy, with a permanent bearing of semi-indignation that he inherited from his father. — You found ma faither, ay?

— Aye. Died peaceful like.

— You were his mate, Stevie says, in accusation.

Terry recalls how father and son had never been close, and partly empathises, being himself in a similar situation of paternal alienation, but is unsure of how to react to Stevie's contention. — Aye, worked oan the windaes thegither, he says blandly, recalling another eventful chapter in his life.

Stevie's doubtful scowl seems to be saying: 'and the fucking housebreaking', but before he can voice the thought, a series of calls and signals ripple across the cemetery, compelling the mourners to bunch slowly around the graveside. The minister (Terry gives thanks that Alec, though originally a Catholic, had left instructions that the funeral would be as secular and short as possible, so this meant Church of Scotland) makes a few non-contentious remarks, centring on how Alec was a social man, who missed his beloved Theresa, cruelly taken from him. They would now be together, not just symbolically, but for all time.

A couple of psalms are sung, the minister gamely trying to garner the enthusiasm of probably the weakest and most self-conscious backing chorus in the history of Christendom, unaided by indoor acoustics. There follows a short speech from Stevie. He just about manages to cover up his resentment towards Alec and his role in his mother's demise, before inviting anybody who feels so inclined to come up to the microphone to give testimonial. There follows a nervous silence, with much studying of the blades of wet grass.

Then, at the urging of both Alec's son and niece, Terry gets up to speak, standing on a box behind the microphone. Looking out at the sea of faces, he cracks what he thinks is a winning smile. He then taps the microphone in the manner he's seen stand-up comics do at Edinburgh Fringe shows. — Once Alec goat the results n kent thaire wis nae wey back, eh took oaf oan a massive session, drinkin his wey through half the local Lidl's stock! That wis Alec, he thunders, waiting for laughter to erupt.

But there is mostly stillness around the grave. The few who choose to react polarise between half-stifled chuckles and gasps of horror. Maggie shakes her head ruefully at Stevie, whose hands are balled tight and white, his teeth almost cracking as he hisses through them, — He thinks it's a fuckin best man's speech at some waster's wedding!

Terry elects to soldier on, raising his voice above the intensifying grumbles. — Then he decided tae pit his heid in the oven, ay. But Alec bein Alec, he wheezes, — the cunt wis that pished he thought the fridge wis the fuckin oven! Pardon ma French but, ay. Aye, eh went intae the boatum freezer compartment, couldnae git ehs fuckin heid in, cause ay the wire basket n the McCain oven chips, so eh stuck ehs heid intae the plastic container next tae the basket n filled it wi ehs puke! Terry's laughter explodes across the cold, wet cemetery. — Any cunt else ye'd blame it oan the medication, but that wis Alec, ay!

Stevie's face crumbles as he takes this in, and a hyperventilating fit starts to seize him. He looks to Maggie and the other relatives in appeal. — What's eh sayin? Eh? What is aw this?

But Terry, the wind whipping up his curls, has the floor and, in full flow, is all but oblivious to the reaction from the mourners. — Well, even wi the door open, it was such a cauld night that when ah found um in the morning, his heid wis frozen in a solid fuckin block ay iced-up seek-water, fae jist under his chin tae the back toap part ay his neck. Thaire was an aypil frozen in the water for some reason. Like he'd been tryin tae fuckin dook fir it, before eh passed oot! But that wis Alec, ay! Terry pauses. There follows a few tuts, with some heads shaking. Terry glances at Stevie, being restrained by Maggie, who has a firm grip of his arm. — Some boy for a peeve! But it's great tae see um buried next tae his beloved Theresa . . . Terry says, pointing at the grave next to the one they are standing around. Then he indicates a patch of grass between the two graves. — That's whaire they buried the auld chip pan; in between the two ay thum, he says, poker-faced, drawing real gasps of disgust, and some barely supressed guffaws. — Anywey, that's me done. See yis back at the boozer for a scoop, for the boy's memory, like, and he hops down into the body of the mourners, who stand apart from him like he has a contagious disease.

The rest of the service passes without controversy, though there are some teary eyes when the inevitable 'Sunshine on Leith' strikes up on the rickety sound system, as the coffin is lowered into the ground. Terry is too cold to wait for the closing hymn. He shuffles away and heads down the street to the Guilty Lily pub, where the reception will take place. He is the

16

first person to get to the alehouse, and it's a relief to be in the warm on this foul, dreich day. Outside it is already pitch dark at barely 4 p.m. A sombre barmaid points to a white-clothed table full of glasses of beer, whisky and wine, and another with a buffet of traditional funeral spread; the mini sausage rolls, the ham-and-cheese sandwiches. Terry hits the toilets, doing a livener before returning to get himself a bottle of beer. As he takes up position by the bar, the mourners file in. Terry, his eyes on Maggie's entrance, fails to notice Stevie's discord. As she moves elegantly over to the big fireplace, on the other side of the room, he wonders how long it will take her to come his way.

Maggie, comforting and placating a pent-up Stevie, has guided him away from Terry, in the hope that he'll cool off. As she glances across at Terry, she recalls their early trysts, how she (perversely now) preferred him to the sweet and successful Carl Ewart, who had such a hopeless crush on her. But Terry had possessed that bombastic confidence, which obviously hadn't changed. And, it has to be said, from his cocky bearing, perched at the bar on a stool, that he looks well. He is obviously taking care of himself and still, implausibly, has those force-of-nature corkscrew curls. They seem not to have thinned or receded at all, though she suspects he runs Grecian 2000 through them.

Maggie is thus moved to give her own reflection a surreptitious glance in one of the full-length windows, pretending to be looking outside into the darkness. As a younger woman, her small body and breasts had never felt much of a blessing, but as she drew close to her forties, Maggie had grown grateful

17

for them. There was little for the hungry ravages of gravity to work with, and any potential traction was thwarted by a four-times-a-week gym regime, an obsession with healthy eating and the discipline of moderate food portions. Maggie also finds it hard to pass a spa, and indulges in high-end skincare products and exfoliation treatments. That she is often genuinely taken for her daughter's elder sister is a great source of quiet pride to this elfin woman.

She turns to see that Terry has caught her lingering glance of self-regard. Her heart sinks as a smile splits his face and he moves over, waving a lecturing finger. — Aye, caught ye thaire, checkin yersel oot in the gless! No that ah blame ye mind, ah'm likin what ah'm seein n aw!

Maggie feels an invisible hand tear her face into a smile. — Well, you look very well yourself, Terry.

— Goat tae make an effort but, ay, Terry winks extravagantly.

He hasn't changed, Maggie thinks. He never changes. She looks back across to the fire. Stevie has a whisky in his hand, and is thanking some elderly guests for coming.

— So how's things? Terry asks, and before she can inform him, answers on her behalf. — Big changes wi the divorce n the lassie bein away at college, or so ah'm hearin.

— Aye, well, impeccable sources. Maggie raises her glass of whisky to her lips.

— Aw oan yir lonesome, Terry beams, pitching it as a statement.

Maggie chooses to answer it as a question. — Who says ah'm on my lonesome?

— So thaire's a new felly? Well, eh's a lucky laddie! Tell ye that for nowt!

— I never said that either.

— Well, what is it then?

— 'It' is my life, and it's none of your business!

Terry spreads his arms. — Hi! Kin ye no comfort an auld pal in her hour ay need?

Maggie is about to retort that Terry's attempt at mass comforting at the funeral speech has given him near-pariah status, but now Stevie is tearing towards them, murder in his eyes. — What was aw that aboot? That speech, he confronts Terry, in bug-eyed rage.

— Wis a tough balance, Terry nods, seemingly oblivious to Stevie's seething anger. — Ah wanted tae keep it *Alec-friendly* but at the same time gie the family some closure, ay. He nods semi-smugly. — Ah think ah pilled it oaf if ah say so masel, and he pulls out his mobile phone and goes into photographs. — Ah took some pictures oan the mobby, like that Damien Hirst gadge. Huv a shuftie, and he thrusts the camera phone in Stevie's face.

Stevie had never been close to Alec, but seeing the image of his father's head frozen into a block of ice, with yellow vomit trailing from the mouth, is too much to bear. — Ah dinnae want tae see that! Git the fuck oot ay here!

— C'moan, mate! Closure!

Stevie lunges to grab Terry's phone, but Terry shoves him in the chest and he stumbles backwards. — C'moan now, pal, yir makin an exhibition ay yirsel here . . . Alec's day but, ay . . . Terry warns.

19

— FUCK . . . FUCK YOU, LAWSON! Stevie stammers, as two relatives are on hand to pull him away. — Cunt's fuckin mental . . . ye see what he's got on that phooooone . . . Stevie's voice rises to breaking levels, as he is protestingly hauled off to the other side of the room.

Terry turns to Maggie. — Ye try n gie some cunts, the family n that, a wee bit ay closure n git nae fuckin thanks!

— You're crazy, Maggie says, and not in a flattering way, her eyes bulging in disbelief. — You huvnae changed!

— Keepin it real, Terry says proudly, but Maggie tears across the room to comfort her cousin. She always was a snooty wee cow, he thinks. Besides, Stevie never got on with Alec, what's the hypocrite doing, playing the grieving son?

And now The Poof has caught his eye and is heading across to him. Despite rarely dressing in anything other than expensive designer suits and button-down shirts, there is always something slightly soiled-looking about The Poof. It's as if he's slept all night in his clothes and just been disturbed into consciousness. This impression is reinforced by the fact that The Poof is almost blind, his permanently screwed-up mole eyes adding to his sleepy demeanour. For a man who sadistically enjoys violence, he is paradoxically squeamish about anything to do with his eyes. Laser surgery is no-go, and he even baulks at fiddling with contacts. The Poof is also prone to heavy perspiration, thus clothes quickly look grubby on him. He has driven Edinburgh's (and some of London's) finest tailors to despair; despite their best efforts, around four hours will see him go from spruce to loose. The Poof's younger sidekick, his face all tight angles, is backed up against the brickwork pillar in the centre of the bar, drink in hand, slyly scanning the gathering's few younger women.

Terry turns back to The Poof. He recalls how everybody got called a 'poof' at Forrester High School in the seventies. Back then, only 'wanker' possibly rivalled it as the most common term of abuse. But The Poof was *the* Poof. Continuously bullied, rather than take the stock revenge route of joining the polis to get payback on the world, The Poof had gone against the grain and become gangster no. 1.

Of course, Terry knows that The Poof, strictly speaking, isn't homosexual, and that he is one of few folk who still refers to him by that old school moniker. This is dangerous, as The Poof has worked his way up through the ranks by being a wide, vicious bastard. However, in Terry's consciousness, part of Victor Syme will always be the dippit wee cunt in the brown duffel coat, whom he regularly took a crusty roll and crisps off of from outside the baker van at school break.

The game-changer for The Poof was his totally left-field attack with a sharpened screwdriver on Evan Barksdale. Barksdale was a bully: a twin who, along with his brother Craig, pursued a campaign of systematic, unremitting vicious-ness that pushed The Poof into the frenzied, psychotic blood-letting that instantly caused the world, and Victor Syme himself, to redefine his street status. Evan Barksdale, like a scheme Dr Frankenstein, had unwittingly created a monster substantially more dangerous than he, or his brother, could ever hope to be. Of course, The Poof had met with some pain and grief along his violence-strewn personal road to Damascus, but Barksdale's persecution had schooled him well; everything

21

else was insignificant compared to the psychic torture he'd already undergone.

On The Poof's approach, Terry feels his buttocks clench involuntarily. There's going to be trouble. He has done some business with The Poof before, delivering cocaine to the sailors at the naval base in Helensburgh, before a security crackdown had burnt his fingers and made it too dangerous a market. — Terry . . . A familiar fetid cabbage-stalk breath assails him.

— Sorry, Vic. On reflection, ah realise it wis in bad taste . . . the speech likes, Terry concedes, again checking out where The Poof's young accomplice is situated.

— Fuck that! It was brilliant! Some cunts huv nae sense ay humour. The Poof shakes his head. — Alec would be laughin his heid oaf. The day wis aboot him, no thaim, and he flashes a reprimanding sneer over at the grieving family.

Terry is so relieved, he lets his defences fall, showing a greater receptiveness to The Poof's subsequent pitch than would normally be the case. — Listen. Ah need a wee favour. I'm off tae Spain for a wee spell, two or three weeks, mibbe mair. The Poof drops his voice. — Between you n me, ah'm gittin a wee bit ay heat here. I need you tae keep an eye oan the sauna. Liberty, the one doon by Leith Walk.

Terry feels his meagre nod slowing to immobility. — Eh, ah dinnae really ken that much aboot saunas . . .

— Nowt tae ken. The Poof waves a dismissive, ring-covered hand. — Besides, ah hear yir still at that porno vid stuff, wi that cunt, what's his name again, him doon in London?

— Sick Boy, aye. Now and again. A wee hobby. Nae poppy in it but, ay.

22

The Poof raises a doubtful eyebrow. — Just check in a couple ay times a week, and he glances at his young cohort, now putting a sandwich and sausage roll onto a paper plate. — Keep that taxin wee cunt Kelvin, he's the wife's younger brother, and they fuckin nippy hoors on their taes . . . or thair backs. His face creases in a grin. — Make sure it's the doonstairs lips that's gittin wide, n no the upstairs yins!

Terry knows he should be sharing a collusive cackle, but feels his features sinking south. This is hassle he doesn't need.

The Poof is far too astute not to realise that threats are a last resort in securing compliance, and that, in the first instance, winning hearts and minds always works best. — Obviously, thaire's free cowps in it for ye, oan the hoose. Some nice goods n aw.

— Fair dos, Terry says, unable to stop the words spilling from his mouth, even though a part of him is outraged. He has genuinely never paid for sex, and he tells The Poof this.

— We aw pey for it in some weys, The Poof observes.

Terry considers his three previous divorce settlements and the CSA harassment he's been subjected to, and can't dispute this. — Yir no wrong. Ah'll swing by later.

— Kent ah could count on you, buddy. The Poof gleefully, and not too lightly, punches Terry's shoulder. — Kelvin! he shouts to the sidekick, who pivots, tuned like a dog to a high-pitched whistle, and bounds over.

— Terry, this is Kelvin. Kelv, Terry's gaunny be helping ye oot at Liberty while ah'm away.

— Ah telt ye, ah dinnae need –

23

— Done deal, The Poof waves his protests down. — Be nice, he warns.

Kelvin seems to contemplate this, before dispensing Terry a curt, gunfighter nod, which is returned in equally minimal measure. The Poof, catching the vibe, attempts to introduce levity by throwing out some football inanities. If Terry had wanted to extricate himself before, he is now determined to do so. He likes football, watches it on TV and still occasionally goes to Hibs games, but regards it as utterly pointless as a general topic of conversation. He excuses himself and goes to look for Maggie, deciding that it's time to build bridges. He finds her standing alone by the bar, drinking whisky, seemingly in deep contemplation. He grabs a glass from the table and holds it up to her. — Absent friends?

She reluctantly clinks drinking vessels.

— Sorry aboot the speech. Ah jist thoat it was what Alec wid've wanted.

— But what aboot what ma cousin wanted?!

Terry is delighted that the alcohol has brushed aside the professional refinement and Maggie's tones are, once again, straight out of Broomhouse. — Ah admit, ah wis wrong. Ah didnae think aboot that, Terry nods. The truth is that his speech was partially pitched as a wind-up to Stevie. Alec was a jakey, yes, but at least he had a good heart, unlike his own father, and Stevie had never appreciated that.

— You n him were close, Maggie says.

— He wis one ay the best, n we wir great mates for years, Terry agrees, then his face tightens teasingly. — Mind ay how him and I first met? Through you!

Maggie blushes through her whisky glow. — Aye . . . she says, evoking a younger, previous self to Terry, and with enough flirtation in it for him to feel encouraged.

After another couple of drinks, their chary joint exit follows, with a stroll down Newhaven Road. It is cold and wet, and there are no taxis around. They take the gamble of pushing on to Ferry Road and the only vehicles in the vicinity are the heavy lorries that whip menacingly past them, bound for Leith Docks. Terry senses Maggie is quickly going off any boil she might have been on, but thankfully, a cab approaches, driven by Cliff Blades, a drinking friend of Terry's from the Taxi Club in Powderhall. — Hop in, Terry! Blades cheerfully sings in his English accent, before he notices their demeanour, dress and locale, and puts two and two together. — Ah . . . you've been at the crematorium . . . sorry for your loss. Anyone close?

— Naw, it wis the cemetery, ay. Aye, her uncle, Terry sombrely nods to Maggie, — and a very close pal ay mine. Maggie, this is ma mate Bladesey, and he forces levity into his tone. — Dinnae get him started on Scottish nationalism, for fuck's sake.

— Scottish *independence* please, Bladesey ticks.

— No, I won't be doing that, she says pointedly.

Cliff Blades, despite being English, is a keen advocate of Scottish independence, while Maggie, though privately convinced of the argument, still holds the Labour Party whip in the council chambers.

Bladesey is known to be discreet and drops Terry and Maggie off at her place in Craigleith. Terry is surprised how

25

rampant she is, how Maggie leads him straight to the bedroom without any pleasantries. Surely he couldn't have expected her to be the chaste, demure teenager he'd encountered in this scenario all those years back? It seems that Maggie is just pleased to get a bit of solid cock inside her, with no questions asked. He'd heard the split from this Colin guy had been long and protracted. Now with her daughter at university, she can let rip again.

And they do, with gusto.

Later, as they are lying in bed, and Terry is looking at his watch, wondering how long it will take him to get another erection after just spending himself (he reckons somewhere between three and four minutes), they hear the sound of the key in the door coming from downstairs.

— What . . . Maggie sits up, torn out of a satisfying post-coital doze, — what's that . . .?

— Some cunt's in the hoose, Terry says. — You expecting anybody?

— Nuht . . . Maggie is out of the bed and into a robe. Terry follows, pulling himself into his grey trousers. Used to leisurewear, the material feels strange against him.

On going downstairs, Maggie immediately heads into the open-plan kitchen and sees her daughter Amber, making a sandwich. — What . . . I thought you were in Glasgow, at the university . . .

— I've come home for Lacey's twenty-first this weekend. Amber briefly looks up.

— I've been at my uncle Alec's funeral; I was just having a lie-down . . .

— Evidently, Amber snorts, as she sees a bare-chested Terry appear behind her mother.

Maggie is torn. Part of her just doesn't want her daughter to see her like this, while another part tries, in futility, to stress to herself that it's no big deal. — I . . . we . . .

— Mum, what you do with your life is your business. Really. She looks at Terry.

— Terry. Ah'm . . . eh, I'm an old friend of your mother's.

— That's also pretty apparent, Amber says. There is a charge in her voice, and Maggie can't make out whether it is because her daughter disapproves, or is hostile to any assumption on her part that she might. — Well, I'm going to stay at Kim's and give you guys some space.

— Nae need, ah'm just off. Shift on the taxis, ay. Nice tae see ye, Scarlett.

— I'm Amber.

— Sorry, wrong colour, Terry grins, and heads back up the stairs.

After a spell, Maggie follows him into the bedroom, where she finds him putting on his shirt and buttoning it. — Fuck!

— She's a tidy young lassie. A credit tae ye, Terry says, pulling on his jacket.

Maggie sees the glint in his eye. — Don't even think about it!

— What dae ye take ays for! Never crossed ma mind, Terry protests. He is never as convincing as when he is blatantly lying, and despite a lifetime spent in council chambers, Maggie just about buys it.

Terry calls Bladesey to see if he is still in the neighbourhood, but he's taken an airport job. Doughheid is around, however, and he picks him up fifteen minutes later, taking him to his South Side flat.

Terry immediately gets changed, then ventures back out in his own cab, as there are some deliveries to drop off in west Edinburgh, mainly the schemes: Broomhouse, Wester Hailes, Sighthill and Saughton Mains. Having completed this task, he thinks about heading down to Liberty Leisure, The Poof's facility, but opts to swing by the Gallery of Modern Art at the Dean Village, in case there is any posh fanny kicking around. He is delighted when two young women flag him down and climb into the cab. — Whaire's it to be, girls?

— The Minto Hotel, one says in an American accent.

— Sound. Whaire's it ye come fae?

— The USA.

— Aye, ah'd figured that one out, Terry says. — Whereaboots in America?

— Rhode Island.

— Rhode Island? Tell ye something for nowt, Terry whips his head round, winking, — they should call it 'Ride Island' if thir aw like you pair!

2

GUARANTEED

Ah like steyin in Oxford Street, cause you've got it aw here in the South Side. Quiet street, close tae the toon for office minge, near the university fir young student fanny, and a nice wee spot tae take lassies fae the scheme. Nowt too fancy, jist a tidy wee front room wi a big L-shaped settee, a bedroom wi a king-sized, n a wee kitchen wi aw that protein-shake stuff – ah live oan they cunts, me. Ah dinnae keep much furniture in the pad; ah like tae call it *minimalist* in design concept. Ah've goat a bookcase wi some books Rab Birrell lends ays which ah nivir fuckin read but ah keep tae impress the student burds. *Moby-Dick, Crime and Punishment*, that sort ay shite. That Dostoyevsky cunt, ah tried tae read um but every fucker hud aboot five different names, n ah left the scheme tae git away fae aw that! Too fuckin right.

Ah go tae Hog's Head for second-hand music n film, git ma free Wi-Fi in the Southern Bar. The Commie Pool's jist roond the corner; swim n trim, lean Lawson. Aye, we've goat the loat here in the South Side. Nae Starbucks in Leith, maybe doon by the civil service at the docks, but no the real Leith! Loads ay wee cafes tae, ah never bother wi the boozers here much, jist the Southern fir the Wi-Fi, ay.

And drivin a taxi is the best joab ah've hud in ma fuckin

29

puff. Guaranteed. This is Juice Terry's finest hour; even the gig as aerated-waters salesman on the juice lorries cannae compete wi this! The fuckin night owl here, heid gaun aw weys, lookin oot the windaes ay the TX4, ready to swoop on stray Mantovani! And they pey you! It's aw oan the meter, n the meter disnae tell fibs. It's best in August, wi aw the snobby tourist rides in the toon, but this time's barry n aw, cause the festive period's roond the corner n fanny are stoatin aboot rat-arsed. Problem wi Scotland is, aye, thaire's tidy fanny, but wir a bit mono-ethnic. Loads ay dark-heided lassies, a few blondes, gingers n brunettes, but maistly aw white. Ah envy some cunt cabbyin doon in London; you git tae mix it up a bit mair doon thaire.

Ah dinnae care for Lothian Road but yuv goat the Filmhoose, Usher Hall n the Traverse here, eywis decent spots for posh fanny, ay. But nane aboot; the shows must be in progress. It suddenly starts tae rain, really chuckin it doon, n a crowd ay boys ur jumpin oot at ays, waving me doon, but ah jist speed up n watch them jump aside, laughin as the fuckin muppets shout and swear eftir ye. Ah'm no interested in these cunts; it's lassies ah want. But ah decide tae stoap, fir the sport, tae git a wee deek at they relieved faces, then ah lit thum git close before shoutin, — GIT TAE FUCK, YA FUCKIN VICTIMS! Then ah'm oaf like fuckin shot doon the road, enjoyin the looks on they coupons in the rear-view mirror!

Fae the wine bars tae the bingo halls, cradle-snatchin (turn ay phrase, legal limits, like) tae ambulance-chasin, fat, thin, posh, destitute; everywhere thaire's fuckin Gary Busey, you'll see me purrin up kerbside in this fast black, ready tae run it right up thair fuckin erses!

These Yankee burds didnae half doodle-dandy, did they no, the other night! That wis a result! Of course, ye eywis go for the lassies oan hoaliday, thaire's nowt like gittin away fae it aw tae lower a burd's inhibitions. Now ah've goat another Septic oan the mobby, that fucker Ronnie fae the other day, him wi the heid like one ay they dinosaur radges, the yin that stabs the T-rex in the gut wi ehs horn, before gaun ower the cliff wi the cunt. — I need to get taken to East Lothian within the next few days. A place called Haddington.

— Piece ay pish, bud. Ken it well.

— Great, I was thinking about tomorrow but I hear a hurricane is gonna hit the city.

— Aye, so thir sayin, that Hurricane Bawbag.

— This is serious shit. Katrina totally pulped New Orleans, and you guys don't seem prepared for this!

— Naw, mate, aw ye git here is wind n rain, same old, same old fir us but, ay.

— I don't think you're grasping the magnitude of the situation here, Terry.

— Dinnae worry, buddy, you jist stey holed up in the Balmoral till it aw blaws ower. Lit room service look eftir ye. N if ye want company, dinnae ask that concierge cunt, thi'll jist set ye up wi some snooty hoor that'll take ye tae the cleaners. Ah'll bring a couple ay game lassies roond whae ken how tae perty, n it'll cost ye nowt but yir minibar tab n mibbe a couple ay Gs. This burd ah ken, done some scud wi her, she's the toon super-groupie; she's banged every sportsman,

31

TV personality, fitba player n stand-up comic that's set fit in this place. Her nickname's 'Venue 69' cause she's that busy during the festival. She'd love tae git your notch oan her bedpost. Gen up.

The Ronnie felly's voice is fused wi steel. — I thought you didn't know who I was!

Fuck, ah blew that yin, but ah stey cool. — Hudnae a Scooby till ah googled ye this morning. I like tae check aw my clients in case thaire's anything dodgy gaun oan. Nae offence likes. Business takes balls!

Course ah kent the cunt, right fae the off. A wee silence, then eh goes, — Very enterprising . . . you can't be too careful. But I have to ask you to be discreet.

— My middle name, buddy boy. Ye cannae bedroom-hop like the Juice felly and no ken the meaning ay the D-word inside oot! So ye wantin that intro tae the fanny or ur ye no?

— That won't be necessary. I'll call you, he goes, n the cunt hings up.

Decent fuckin deal but; gittin peyed big bucks by the week but eh's only gaunny need ays a few times tae run um doon tae Haddington! Wonder what business eh's goat doon thaire. Well, that's his, no mine. Meantime ah kin still dae ma ain fuckin thing! Ma ship's fuckin well come in, awright!

Ah checks the phone: a load ay messages fae different burds – they couple ay young things fae Rhode Island n aw! They were tidy, n maist ay aw, game as fuck. Although Sick Boy sais chasin it's the best sport, ye cannae eywis be bothered chippin away at thair defences. Sometimes ye jist want tae slap the fuckin goods oan the table n go: ur ye in or ur ye no? They wir fuckin in awright, wir they no! Shame that they're off tae the Continent the day.

Ah'm sniffin aroond for minge oan the Bridges, but nae burds are flaggin me doon, so ah picks up another fare, this stiff-backed cunt in a tin flute, carryin a briefy. Dinnae think thaire's a tip in this fucker.

So ah'm thinkin aboot lassies, n two in particular: Suzanne Prince and Yvette Bryson. The two ah fired intae bareback that weekend nearly ten year ago when ah wis oan a downer after the third divorce. As a result ah goat two wee bastards oot ay the deal. But I'm aw for Guillaume n the Ginger Bastard keepin thair mas' surnames. Feminism, but, ay. Mind you, if it hud been up tae me ah'd huv hud that fuckin tube up baith thair snatches and been suckin like a double-teamin Calton Hill buftie till ah tasted claret, then spat baith the bloody bastards intae the lavvy pan. But they wanted tae keep thum, ay, so thir here, n ah've nae complaints, jist as long as the name Lawson's kept oaf the certificates. Too fuckin true!

Baith Suzanne n Yvette are independent women, n ah think ah'm ootay the woods now, but people and thair circumstances fuckin well change. Ye cannae droap yir guard cause the CSA's goat long airms. Well, thir no gittin intae these fuckin poakits . . .

Ah've double-backed doon Prinny n ah'm headin up the Mound. Cunt in the back's goat a coupon oan um so ah'd better start gabbin if ah want tae sniff oot a tip. — So what's it ye dae yirsel, mate?

— Medicine.

— Doaktir, aye?

33

— Of sorts. I'm a specialist, the cunt goes, lookin ootside.

— Why are we going this way?

— Trams . . . one-wey system . . . re-routed . . . council . . . So what d'ye specialise in? See me? Ah specialise in love. Mind that song? Sharon Broon? 'Ah Specialise in Lurve' . . . mind that yin? Naw?

— I don't think so.

Blood oot ay a fuckin stane wi some cunts. — What's it you specialise in then, mate?

— Gynaecology.

— Gyn-a-fuckin . . . ya cunt! Ah nearly run through a rid light cause ay turnin back tae the boy. Eh snaps forward in the seat. As well eh belted up or the poor cunt would have squished through the Judas Hole n been sittin in strips oan ma fuckin lap! — Sorry, mate . . . ah wis jist thinkin, you've probably seen mair fannies than me! Yir no wantin an assistant, ur ye?

The guy pushes ehsel back in the seat. — I don't really think –

— Tell ye what, mate, ah ken my wey aroond a burd's fanny! Tell ye that fir nowt! Ah've mibbe no goat aw the technical terms like you, but ah ken when ye push this button, BANG! This happens! Fill that hole, WHAM! Ya cunt ye, ah goes as a lorry tries tae cut ays oaf as wi rumble doon taewards Cameron Toll.

— Thank you. I'll bear that sterling advice in mind, the boy says, but then the mobby goes off, nowt unusual aboot that, but the name THE POOF comes up on caller ID. Ah ignores it but ah'd better git doon tae the cunt's sauna soon and take a wee peek.

34

Ah'm no keen on this gig, cause once ye git tagged a criminal, crime comes lookin for ye. Ah'm nae gangster or career tea leaf or drug dealer, but ah never look a gift horse in the mooth. If somebody offers ye a wee tickle n it looks tasty, then aye. But thaire's bams whae outline the maist pointless, ludicrous jailbait propositions, jist usually cause thir lookin for something tae dae, a bit ay adventure. Ye tell these cunts, nicely of course: git tae fuck. Drug dealin is a big risk and a load ay hassle for no much reward. Cabbyin's borin, n scud's a nice wee earner for the luxuries, but ye cannae rely oan it. I'll dae bits for Connor, but no for Tyrone or The Poof if ah kin help it. The supervision ay scrubbers n pimps, well, it's jist no ma bag, ay.

— This is the Infirmary, if you just pull in here, a voice comes fae the back.

— Sound. Gaun intae look at some mair fannies then, mate?

— Something like that.

— It's tough shift, but some cunt's goat tae it! Come tae think ay it, ah git tae look at a loat ay fannies in the back ay this cab. Usually no the kind ye want but, ay-no, mate?

— I suppose not . . . Well, thank you.

— Tell ays one thing, mate, gaun back tae the technical side, like. Ken how Eskimos huv goat a thousand words fir snaw, youse boys, gynaecologists, huv youse goat the same fir fannies, aye? Bet yis huv, ah goes, daein the auld trick ay no openin the doors until the wallet comes oot, n above aw, keep talkin! The guy peys me way too much; result! A fucker like that wid nivir huv tipped if ah wis a sooir-faced cunt.

35

That mumpy cunt Doughheid, he eywis moans aboot the tips. It's cause yir a sooir-faced cunt, ah ey tells um.

But this boy's coughed up, and eh seems tickled. — Eskimos . . . snow . . . I'll have to remember that one!

So ah'm headin back intae toon. Ah picks up some mair posh fae Rehab Connor n droaps it oaf tae Monny in Leith. Connor's probably aboot the biggest dealer in toon right now. Never touches it ehsel. In fact eh works as a full-time drug counsellor for the Social Work Department. Gies every cunt two numbers: one if yir clean but huvin a crisis and need tae talk tae somebody, the other yin if ye need sorted oot. Got the market fuckin covered, the snidey cunt! Telt ays once that eh wis counsellin some boy n the gadge goes, — Look, it's no workin oot for ays, Connor, this sobriety, this counsellin. Ah really need ye tae sort ays oot. Connor goes, 'Nae worries, mate, but ye really will need tae call ays oan ma other phone. Ah've goat ma reputation tae think ay. Have tae be professional but, ay.'

Then ah decides tae call it a day n go tae the scheme tae visit the auld lady, Alice Ulrich, surname gied tae her by deceased German second husband. Ah'm parked up outside the Festival Theatre oan the Bridges, n this cunt taps the windae at the lights. Ah must've forgot tae switch the sign oaf. — Booked, mate, ah tells the boy.

— You have your 'For Hire' sign on.

— Forgot tae switch it oaf but, ay.

— You're obliged by contract law to take me.

— Sorry, mate, would love tae, but jist had a job come in. Ah taps the screen. — Control, ay. Computerised.

— That's bloody nonsense!

— Ma hands ur tied, mate. Nothin wid gie me greater pleasure thin tae take yir fare, but ah'm a slave tae Control, ay. Ye dinnae take the jobs they gie ye, they pit ye oaf line aw night as punishment, ah goes, startin up the motor n pillin away. Ah kin hear um still slaverin oan in the street about contract law, some cunts'll no be telt. Anywey, ah pills up tae the lights n honks at this brunette in a long broon coat, gittin a saucy wee grin back. Nice tae be nice.

So ah heads oot tae the auld girl's at Sighthill. She ey sais she nivir goes oot but whin ah gits roond she's goat her coat, hat n gloves oan. — Kin ye gie yir auld mother a lift, Terry son? Ah widnae ask, it's jist the weather . . .

— Whaire ye gaun?

— The Royal.

Jesus-suck-yir-baws-Christ, it's miles away n ah jist fuckin well came fae way oot thaire. — What's up – ye no well?

— Naw, ah'm awright, she sais. Then looks ay ays that stubborn wey. — If ye must ken, ah'm gaun tae see yir faither.

Ah fuckin kent something wis gaun on. — Right, so that's been yir game, eh?

— He isnae a well man, Terry. The big C. He's no goat much time left.

— Good.

— Dinnae say that!

— How no? Ah shake ma heid. — Ah cannae fuckin believe yir gaun up tae see him. Yir littin um take the pish again. Eftir aw they years that he humiliated ye.

37

— He's still the faither ay . . . he's yours and Yvonne's dad!

— Whit the fuck hus eh ever done fir ays?

She points at ays, wi rage burning in her eyes. — Dinnae start aboot him! What huv *you* done for *your* bairns? Yuv goat enough ay thum dotted aboot here, thaire n God knows where else! Donna says she's no heard fae you in ages, she wis up here wi Kasey Linn yesterday.

— Eh? What's a case ay lin?

— Kasey Linn! Your granddaughter!

— Aw . . . the bairn . . . ah goes. Jesus fuck, ah nearly forgot oor Donna even hud a bairn . . . Ah should go n see it, but ah hate the idea ay bein a grandad. Tae burds ah'm a GILS but: a grandfather I'd like tae shag!

But now she's giein ays that eye. — You've no even seen the bairn yet, yir ain granddaughter, bichrist! Huv ye!

— Ah've been a wee bit busy . . .

— The bairn's nearly a year auld! Yir a useless waster! Worse than Henry Lawson ever was!

— Fuck you, ah goes, n ah jist steams oot the hoose. Auld boot kin git two buses!

— Wait, Terry! Wait, son!

So ah'm gaun away doon the stairs, n it's started pourin rain again as ah gits intae the cab. Kasey Linn, what kind ay name is that tae gie a fuckin bairn anywey? Thaire's the same bullshit message fae Control oan the tagger. It's that cunt Jimmy McVitie – Big Liz telt ays he wis oan the day.

FARE AT 23 WESTER HAILES DRIVE.

Ah type back:

JUST PICKED UP AT SIGHTHILL.

Then:

YOU ARE THE NEAREST CAB IN THE VICINITY.

Me:

WHAT PART OF JUST PICKED UP AT SIGHTHILL ARE YOU NOT UNDERSTANDING?

That shuts the snoopin cunt up. But ah looks up n punches the dashboard as ah sees muh ma come oot the stair, headin doon the street oantae the dual carriageway. Ah circles roond the back ay the flats, tae sketch her standin by the makeshift bus stop in the pishin rain, no even a fuckin shelter now, thanks tae these cunts n thair fuckin trams. So ah pills up n rolls doon the windae. — Git in, Ma!

— I'm fine waiting on the bus!

— Look, ah'm sorry. Ah jist dinnae want um takin the pish oot ay ye again. Come oan in!

She seems tae think aboot it, then relents and climbs in. — You prove you're a better man than he wis, n she actually wags her finger at ays. — Dae right by yir ain bairns! See Donna! Phone Jason! Bring they two young laddies roond!

Ah'm no arguing wi her again aboot this. Ah'm no as bad as she makes oot. Ah speak tae Jason doon in Manchester every few weeks oan the phone. Ah jumps oantae the bypass n we travel pretty much in silence till ah droaps her oaf at the hozzy. She asks if ah'd like tae come up n see um, or gie um a message.

— Tell um thanks fir nowt n tae git fucked.

She's no happy as she goes away inside, but it makes ays think. So ah goes, fuck it, n ah phones Suzanne n Yvette, wee Guillaume's and the Ginger Bastard's mas, n ah arranges tae take the two laddies oot. They cannae believe it, but they baith seem happy enough.

Ah go tae pick up Guillaume fae Niddrie Mains first, then we drives up tae posh Blackford Hills n gits the Ginger Bastard. Ah kin see the wee felly thinkin, as the Ginger Bastard runs doon the driveway ay the big house, through that landscaped gairdin, tae meet us, 'How is it his ma n him live here, n my ma n me live in a mingin scheme?' The Ginger Bastard, wearin a rid T-shirt that sets oaf the sheer, well, *ridness* ay the wee gadge, gits in, n they say weak 'hiyas' tae each other. Disnae say much, the Ginger Bastard, but eh's eywis lookin aroond. Might huv ehs ma's brains, cause ay his heid taperin backwards intae a point like a fuckin alien. Ken like they green cunts that ey goat wide wi Dan Dare, ay?

Then thaire's wee Guillaume. Suzanne wis convinced that eh wis this French waiter's at first. She'd banged the cunt the night before me, but nae fuckin chance ay that: the amount ay spunk that comes oot ay they hee-haws isnae fuckin real! Spunk? Ya cunt, if she'd stood up wi her legs apart ower a bucket eftir, ah could've wallpapered her fuckin hoose!

But wi spunk ay this quality ye goat tae fuckin guard it, cause burds want a bairn wi personality. Bein a man fae the bareback era n huvin they instincts, yuv goat tae be double-wide. Make sure a lassie's oan the bun. But wi that Aids n STDs thaire's loads thit'll insist oan a johnny. Fuckin passion killers at the best ay times, n when yuv goat a welt like mine it kin take ages tae git one ay they things roond it. Tae me it's like destroyin the gains made by the pill n the sexual revolution. The fuckin government's fault: if aw they buftie

40

public-school cunts hudnae been ridin each other thaire wid be nae fuckin Aids n STDs in the first place.

Anywey, that's wee Guillaume but, ay. That one weekend ay madness n the next thing ah ken is ah'm draggin him n the Ginger Bastard roond. Wisnae a style-cramper at first, ye jist cut yir cloth, ay, n ah lapped it up n joined every single-parent's event. Creche, nursery, school, ah did the fuckin loat. Telt aw the single mas that wee Guillaume's mother had died in childbirth n ah hud adopted the Ginger Bastard, whae wis ma nephew, eftir his faither, ma kid brar, died in Afghanistan n his ma became a drug addict. Banged aboot half a dozen ay thum aw weys, even goat one intae the scud flicks, before the bairns goat aulder n started gabbin, n then every cunt cottoned oan tae the scam. Loast a bit ay interest in the wee cunts eftir that, if the truth be telt.

So ah've goat the laddies in the cafe n we're havin a juice before gaun tae a matinee in the cinema; thaire's naewhaire else worth takin bairns when it's this cauld. Now the Ginger Bastard's lookin up at ays wi they eyes ay his. — You don't love me as much as you love Guillaume.

Jesus fuck! What does the wee cunt expect? Has eh taken a fuckin deek at ehs hair in the mirror lately? — One question fir ye, pal, seein as you seem tae ken everything. What is love?

The Ginger Bastard's bottom lip goes ower the toap yin. — It's like . . . I dunno . . .

— Youse ur brothers, well, half-brothers, and youse might love each other. But in a different wey tae, say, how a man loves a woman, right?

41

— Yes, baith nod at once, n thank fuck. That's a relief. No wantin a buftie son, especially the wee rid yin; cunt's gaunny git it tight enough through bein a ginger bastard!

— Well, it's like you two are different, n ah love yis baith the same, but in different weys, ay. Ah leave thum tae think aboot that. It's jist a shame thit, wi the Ginger Bastard, it's in a he's-fuckin-well-no-wi-me sortay wey! Anyweys, ah took them tae see that *Up* film. Ya cunt, ah wis nearly fuckin greetin when the auld bastard wis talkin aboot ehs deid wife n how they wanted bairns n couldnae huv thum! Ah felt like telling um, shoutin at the screen: take these two wee fuckers, cause ah'm no wantin thum! Popcorn, hoat dogs, ice cream, Twixes, the fuckin lot, the greedy wee cunts!

So ah'm fuckin relieved tae dump thum oaf, but it wisnae a bad day oot. Wee Guillaume first at Niddrie Mains. As he heads intae the hoose, wi a wee nod fae his ma, Suzanne, ah looks at the Ginger Bastard n goes, — Think yirsel lucky yir in Blackford Hills. Ye widnae last two minutes doon here.

— Why are Guillaume and his mum so poor?

What kin ye say tae that? Ah jist ask the Ginger Bastard what he thinks, and he sits trying tae work it oot oan the wey back tae Blackford Hills. — Is it because his mummy isn't so educated?

— It's probably got something tae dae wi that. But then you've goat tae ask: how is it she's no as educated as your ma?

The wee gadge steps oot the car wi a furrowed brow. Ah watches um head up the driveway ay the big hoose, the gravel crunchin under ehs nice black shoes.

Then, headin back intae toon through Oxgangs, ah strikes gold. A lassie's standin by the bus stoap outside Goodie's pub. She looks like she's hud a few n she flags me doon. As ah stoaps, she waves ays away. — Ye wantin in or no?

— Ah'm gaun tae Stockbridge but ah've nae money till ah meet ma mate thaire but, ay.

— Awright, ah smiles, — hop in. We kin work something oot if yir game, likes.

She focuses oan ays. — Maybe we can.

Game as fuck, n nae playin the innocent when ah stoaps the motor doon this wee lane in Marchmont ah use: one ay ma top spots.

— Are ye no gaunny switch off the meter? she asks as ah open the back door.

— Aw, right, auld habits die hard, ah goes, scramblin tae the front. — Gled ye reminded ays, cause this might take some time!

3

OFFICE WORK

Aye sur, ah'm a lucky man! Lucky isnae the word, naw sur, naw it isnae. Wee Jonty MacKay, luckiest man in the world! Ah am that, sur, aye, ah ah'm that! Ah've goat this cosy wee flat in Gorgie, muh wee Jinty, ma Internet oan ma computer, a DVD wi fullums, n that Fullum Station Fower oan the telly. As well as aw that, ah git a bit ay work now n then at the paintin. Aye, sur, the paintin.

If ah could change anything at aw it wid be tae git even mair work at the paintin, cause sometimes ah feel awfay bad aboot ma wee Jinty, workin aw they different cleanin joabs in they office blocks in toon, aye, ah dae. But ah ey make sure thit thaire's a Findus frozen pizza n McCain oven chips, the type she likes, ready for her whin she comes in. Even whin it's a nightshift n she's no in till the wee ooirs, aye, ah make sure her pizza's thaire, sur.

Findus.

Sometimes it wid be double barry if ah could learn tae drive a motor, like ma brar Hank, whae drives yon forklift truck. N Jinty sometimes sais tae ays: yir no that daft, Jonty, ah mean, yir ey oan that Internet, ye kin work a computer, so ye could easy learn tae drive a car. Raymond Gittings wid be able tae git ye mair work at yon paintin!

44

N ah suppose she's right, but tae me that's no what it's aboot. Ah eywis say that if God wanted us tae go like that eh wid huv gied us wheels instead ay feet. Aye, eh wid. N ah'm jist a simple country lad fae Penicuik. Drivin around in a big, fancy car widnae be fir the likes ay me. Aye sur, Penicuik. Hank ey sais, dinnae keep goan oan aboot Penicuik bein the country, Jonty, cause it's no the country n it's no been the country fir a long time.

Aye, but it's still country tae me, see? Aye sur, aye it is. Ye kin see the Pentland Hills fae muh ma's hoose, so that makes it country tae me. Aye sur, aye it does. Two buses. Aye.

One ay the best things, but, is this Internet. Ah like this barry website that trains ye what ye dae if thaire's a war. How tae make bombs n that. American likes, aye, it is that, ye kin tell by the wey it reads aw funny, aye sur, aye sur. Distress flare.

N ah hears the door gaun n Jinty's comin in n she's cauld. So ah shuts oaf the computer cause ah dinnae want her tae think ah've been oan it aw day. Her wee face is aw pinched n rid. — Sit doon by the bar fire thaire, Jinty, ah goes, — ah made ye some ay that Batchelors soup, no real soup, but the poodird sort ye pour the water ower.

— Thanks, pal, Jinty sais, — it'll pit a rerr heat in me.

— It will, a rerr heat. Aye. That's whit ah thoat. Aye sur, an awfay guid heat. N thaire's pizza n chips eftir! Findus!

N wee Jinty smiles aw kind n sais, — Yir a wee darling, ye ken that?

Ah sortay blushes aw rid n then ah pats ma wee boaby

man but through ma jeans n goes, — Ah ken what else'll pit a rerr heat in ye, Jinty, aye sur, ah do that.

But Jinty jist looks aw sad n goes, — No the night, pal, ah'm awfay tired. Ah'm gaun right tae ma kip eftir ma tea, ay. Mibbe the morn but, ay, she goes, then looks at the computer then back at ays wi one eye screwed shut. — Huv you been oan that Internet again?

— Aye, thaire's a barry website that tells ye what tae dae if thaire's a war.

— As long as yir no lookin at nookie websites!

— Naw, ah am not, naw, naw . . .

— Jist jokin, Jonty! Dinnae worry aboot nookie, yi'll git it the morn!

— Aye, sur, the morn, ah goes. N ah ken thit she's no that keen since she's been daein they late, late shifts in that oafice. Awfay tired, n nae wonder, oan that backshift. Aye sur, aye sur, aye sur: constant backshift. N it disnae worry me; ah jist snuggle up tae wee Jinty in bed n listen tae the stormy weather oan the weather channel n they shippin reports. N if ma wee boaby felly gits hard ah jist gie it a sly wee tug till the funny stuff aw spurts oot, n then ah faw right intae a deep sleep. N if Jinty sees the sheets ur messy in the mornin n goes, 'What's aw this?' ah'll jist go, 'Ah must huv been dreamin aboot ye, hen.' N she'll jist laugh n go, 'Ah dinnae think ah'm giein you enough, Jonty MacKay, ya randy wee devil!' N then she'll grab a hud ah ays n it'll aw be double barry!

Aye, it's great bein wi wee Jinty. Jinty n Jonty, Jonty n Jinty. Sometimes we argue aboot which yin comes first. She'll go:

Jinty n Jonty. Then ah'll go: Jonty n Jinty. N we'll hae a big laugh aboot it. Aye we will! Aye sur, aye sur, aye sur. A big laugh. Aye sur, that we will. Aye.

4

SWEET LIBERTY

Ah had a shift at Liberty Leisure tae pit in. Jonty wouldnae be happy, he's such a wee prude, but tae me it's a wee bit extra jist for lyin on yir back or suckin oan something. N some ay the clients: thair patter's no bad. This one auld boy keeps gaun oan at me tae come wi um, tae Barbados or the South ay France. Ah jist goes, — Aye, right, cool yir jets, auld yin, n cough oot the prices. Hud tae laugh oot loud at that yin!

Ah work ootay this place doon by Leith Walk, cause ah'm no likely tae be spotted doon here in Hoboland, n perr wee Jonty thinks ah'm cleanin offices! Cleanin oot pipes mair like! He asks me if thaire's foreign lassies fae the likes ay Eastern Europe n Africa whaire ah work n ah goes, — Too right, Jonty, ah'm aboot the only Scottish lassie thaire! N eh ay laughs at that, bless his wee hert.

So this Terry felly wi the wild curly hair is overseein the place while Vic's off tae Spain. Ye kin tell that bastard Kelvin's no pleased. But if this Terry keeps him in order then ah'm happy. This Terry but, ah've heard eh's a sleaze bucket, cause eh does they scud films thit go oanline. Eh comes in when Andrea's pittin Leigh-Anne's hair intae pleats. That Kelvin but, eh's lookin at me n goes, — It's weird the wey you lassies

48

kin spend fuckin donks daein that shite tae each other. Like apes fuckin groomin each other.

He eywis gies ays the creeps, Kelvin does. Eh's goat two basic looks. The first yin's a pinched sneer; it's like eh's sortay frozen in the act ay stabbin somebody. The second yin's a dumb scowly face, like eh's tryin tae work oot if it's a guid idea tae grass some cunt up. That dark, near-skinheid cut oan that low forehead: ah swear that laddie defies nature cause it's as if that hair's advancing acroass it, instead ay recedin. One day it'll fuckin meet they dark, knotted brows, n hopefully cover up they treacherous dancin eyes.

— No bein sexist or nowt like that, ken, Kelvin goes, — but tae me that shows wir further up the evolutionary ledder than burds. We've goat other things tae think aboot besides dressin each other up, eh goes, — like dressin youse doon!

— Guaranteed, Terry goes, but just tae shut Kelvin up. — Mind that Desmond Morris gadge? *The Naked Ape*? Boy hud a comb-ower n telt us aw aboot groomin rituals. He'd say thit youse two daein that means yis fancy each other!

— Git lost! Andrea goes.

— Hi! Dinnae shoot the messenger! The boy wis oan the telly. Comb-ower!

Ah'm lookin at his big mop ay corkscrew curls. — Is that a wig?

— Is it fuck! Gie it a tug, goan!

Eh leans intae ays, so ah dae it. — It feels really soft, n ah kin tell he's gaunny say something so ah gits it in first, — Soft one end, hard the other, n ah gie um a wink. — It's the wey tae go bit, ay?

49

— Guaranteed, eh goes, wi a big smile, as Kelvin's nippy wee puss goes aw tight.

Anywey, Terry soon diverts ehs attention when Polish Saskia comes in! They aw like her! Ah've goat tae go anyway, ah've done ma shift n ah'm meetin some ay ma mates before ah git hame tae ma wee Jonty boy.

So wir in the Haymarket Bar. Fiona C's goat that fringe cut straight n kind ay silly flyaway hair. Ah widnae say she wis a fat hoor, but she's no exactly skinny! Naturally chunky, wid be the kind description. Angie's goat dark curly hair, dark eyes n aw, like the fuckin gyppo she is. So wir oan the voddy n Rid Bulls n ah gits tae talkin aboot Sandra's bairn. It wis born wi that Down's syndrome and ah sais tae Angie and Fiona C, — Thaire's nae wey ah'd be bringin up a mongol bairn. No thank you!

— Suppose you've goat wee Jonty tae think aboot, Fiona C goes. Straight away she pits her hand tae her mooth. — Ah didnae mean it like that, like ah wis sayin thit wee Jonty's a mongol! Jist thit eh kin be a bit slow . . .

N ah'm sittin thaire, seethin at this fuckin bitch.

— . . . but ah'm jist gaun by what you sais, Jinty, Fiona C's nearly beggin now, the fuckin hoor, kens she's *that* close tae gittin her fuckin cunt kicked right in, — like you huv tae dae everything, n Jonty's useless! Like ma Phillip! N aw ah'm sayin, Jinty, aw ah'm sayin is, ye widnae want a handicapped bairn tae deal wi n aw.

The fuckin bitch hus begged enough: ah'll lit it go. Cowbag! — One ay thaim came oot ay ma snatch ah'd be sayin tae the midwife, dinnae bother batterin its back soas it kin breathe, it's no fuckin well comin hame wi me!

Thaire's two laddies up at the bar. One's goat a barry erse.

— It's different if yuv carried it tae term but, Jinty, felt it grow inside ay ye, Angie sais.

— Suppose.

— Trust ays oan this yin, Jinty. Whin you've hud a bairn ay yir ain . . . Her voice goes aw that low wey. — . . . Nae plans fir you n Jonty tae git busy then?

— Busy aw the time, but ah'm no wantin a bairn yit, ay.

— Yir thirty-four but, Jinty, Fiona C goes. — Yuv goat tae think aboot Sandra. She's forty-three, ah ken, but if ye lit it drift yi'll be movin intae that zone whin bad things kin happen. Think ay Miscarriage Moira.

She wis right. Moira had miscarriaged eight times – n that wis jist the yins we kent aboot.

Angie sits back, takes a drink, screws her eyes up n looks ootside through the windae. — They tell ays thaire's gaunny be a proper hurricane.

Fiona C goes, — Like one thit picks up motors n aw that?

— That's a fuckin tornado, ya dozy hoor, Angie goes.

Hud tae laugh oot loud at that yin, cause Angie's no far wrong. — What does a fuckin hurricane dae? ah asks thum. — It's jist strong winds blawin in yir face. Means nowt unless yir by the coast. What's it thit Evan Barksdale sais the other day? – aw it does is cause flood damage. It'll be aw they pikey Hobos doon in Leith n Granton thit'll git it. Proves thit God's a Jambo!

Fiona C laughs but Angie sais nowt, cause she's a fuckin Hibee hoor.

Oan that note it's time tae say farewell but, ay, so ah leaves tae git doon the road tae ma wee felly. It's blustery ootside. A posh sort ay Jenners cow gits her hat blown off and goes eftir it, but in that slow, auld wey, where ye jist make a total cunt ay yirsel. Hope ah die before ah git that auld.

5

JONTY AND
STORMY WEATHER

Several years back, whilst idly twiddling the radio dial, Jonty
MacKay had accidentally stumbled across the shipping
reports. He found that listening to them, with their lashing
rain and wind FX, made him sleepy. Thus Jonty loved to doze
off with the headphones on, curled around Jinty, imagining
that he was on a boat that was being tossed on the high seas
and lashed at by stinging winds.

Jonty's instinctive awestruck expression had been curtailed
by repeated skelpings across the head by his father, Henry.
This punishment was administered every time he caught the
boy standing with a fly-catching mouth hanging open. This
tuition was so complete that when Henry moved out and was
replaced by a stepfather, Billy MacKay, there was no need for
the new man to mete out the same punishment, had he been
inclined to do so. Those systematic beatings had conditioned
Jonty into tightly pursing his lips together. His hair had started
to thin and recede at the temples and crown when he was
still in his early twenties. In combo with the tight mouth and
bug eyes, it gave him a bewildered, but intense, almost slightly
professorial bearing. People often initially engaged with Jonty
as an eccentric, seerlike man of wisdom.

Jonty had heard news of a storm that was approaching the east coast of Scotland. Then it was suddenly upgraded to hurricane status. This was bad. You didn't get hurricanes in Scotland. Maybe they would help us down in England, he fretfully considered. Surely the English wouldn't let anything bad happen to us. Then he'd gone online to research further, but his findings only caused him more alarm.

Jonty learnt that people had already given the hurricane a bad name. Hurricane Bawbag. That is the problem with Scotland, he thought. People are always taking the pish. In the same way they did with him down in The Pub With No Name, they were now laughing at this poor hurricane. It was like taking the pish out of nature, out of God. You were asking for trouble. It's just as well we have England to keep us right, he considered. They would never mock a hurricane in that way.

The programme changes to a news item.

With Hurricane Bawbag on its way, advice given by the Scottish government spokesperson, Alan McGill, that Scots should simply repair to their local hostelry for the duration of the storm, was condemned as irresponsible. Matthew Wyatt of pressure group EROSS, End Repression of Scotland's Smokers, said that such advice put Scotland's smokers in jeopardy. 'Scotland's smokers are again being discriminated against by this patently bad steer from the government. They would be better served going home and having a drink, and smoking in comfort, rather than having to brave the elements and step outside in that potential carnage in order to secure a quick puff.' But today Alan McGill was dismissing his own advice as an off-the-cuff remark and not to be taken seriously . . .

Jonty is scared. He worries about Jinty, going out in that hurricane. He goes to the Internet, to Face the Future, the website he likes, the one run by American survivalists. He doesn't know what a survivalist is but it sounds good. Everybody wants to survive.

PART TWO

HURRICANE
BAWBAG

6

SPEED DATING

Juice Terry had risen early in order to check on the girls at the Liberty Leisure. Big Liz is back on Control, so he knows that he won't be bugged with unwanted jobs. The keyboard tells him that she has started her shift.

PICKED YOU UP ON THE SATELLITE OF LOVE.

Terry types back:

HAVE GOT A BIG ROCKET HERE WITH A COUPLE OF ASTEROIDS EITHER SIDE.

Liz retorts:

GET THEM INTO MY ORBIT.

Terry thinks of Joy Division and types:

SHE'S LOST CONTROL AGAIN!

Liz gets him a fare straight away, outside the Scottish Parliament, to take a man out to the airport. At this time of the morning, he's certain to pick up another one quickly back into the city. The fare is a fat and ruddy man, like most Scottish parliamentarians. It's a gravy train; a survey showed that election to Westminster added over two stone on to the average Scots MP in their first year of office.

— You in Parliament then, mate?

— Yes.

— MP?

— MSP, Scottish Parliament.

— The boy we had here in Edinburgh South, he got ehs jotters for bringing prossies back tae ehs office in Westminster, Terry says, looking round with one eye closed. — Hope youse urnae up tae that in Holyrood!

— No . . . well, not that I've heard of, anyway!

— Aye, keep it clean. Mind you, if ah got the chance, ah'd be right doon thaire tae Westminster. Aw that parliamentary sleaze? Too right, Terry laughs, playfully swiping the dashboard. — But ah'd much rather be in the Hoose ay Lords than a commoner, though, mate, cause ah've got a bit ay expertise at pittin a big, thick, hefty piece ay legislation through the second chamber, if ye catch ma drift.

The MSP has a giggle, and Terry thinks it is shaping up to be a good day. Big Liz from Control has him back on the satellite and finds him a businessman at the airport, whom he takes into the financial centre, before it's time to head to Liberty Leisure.

Customarily outgoing in the company of women, Terry finds himself oddly diffident stepping into the backstreet office that nestles in the bottom of a tenement building in a nondescript street off Leith Walk. Despite having absolutely no scruples about his low-level involvement in the pornography industry (he and his friend Sick Boy have made about thirty movies of varying quality, many of which he's starred in), prostitution has always disquieted Terry.

It is the men.

Clients come in at all hours. He is most surprised by the office employees who arrive early for a session with the girl of their choice before work. Many are young, their sex lives wrecked by small children or post-natally depressed partners, but who seek to avoid the complications of an office affair. He tries to understand them as he watches them come and go, some in sneaky guilt, others with a swaggering arrogance. It isn't good for business though, Terry reflects, to display overt disdain for clients, and it might get back to The Poof. They never seem to bother Kelvin though; it is Terry who cops most of his hostile vibes.

Terry considers how this is pretty much inevitable, given the unspecified but vaguely supervisory role in which The Poof has cast him, thereby building conflict and distrust into the relationship. The girls, once they figured out that he was there to monitor the detested Kelvin, are generally sound with Terry, enjoying a mug of tea and a laugh with him.

Kelvin is particularly edgy today, responding to Terry's overtures in gruff monosyllables, so despite enjoying the girls' company, he is glad to leave and return to the cab.

It's a cold, blustery day, and Edinburgh is bracing itself for its first officially designated hurricane in living memory, which is to hit the town later this evening. Many people prepare by selecting the pub most expedient to get stuck in, and the town is already empty. Terry picks up a couple of fares, then some messages from his supplier, Rehab Connor, down in Inverleith, and drops them off to clients in Marchmont and Sighthill.

It is the afternoon by the time he gets back into the city centre. Locating the backstreet New Town hostelry of his choice, the Bar Cissism, Terry parks the cab outside on the cobbled road. It is a darkly lit spot, full of busy-looking profes-sionals. Terry takes a number, B37, like the ones issued in government offices. Moving to a vantage point at the bar, he nurses a fresh orange juice, scrutinising a sea of occupied tables. When his number comes up, Terry saunters towards a wholesome-looking brunette, sitting down in front of her. He knows how he will play this one.

— Hi, I'm Valda, she says with a big smile.

— Terry. Pleasure to meet you, Valda. Listen, ah'm gaunny pit ma cairds right on the table here, he smiles, arching a roguish brow. Valda regards him in studied neutrality, though Terry fancies he can see a slight shiver in her left eye. — An important part ay any relationship is sex, n that's primarily what ah'm interested in right now. Ah'm hung like a pit pony that wisnae shy in foalhood when the carrots wir gittin dished oot, n wi this tongue ye dinnae need a fuckin straw tae git tae the boatum ay a milkshake, if ye catch ma drift. Ah've goat a flat roond the corner. What d'ye say we jist git oot ay here right now? The apocalypse thit they news cunts call Bawbag, well, it's gaunny hit the toon later!

Valda Harkins feels insulted. She is preparing her response, but by the time she is ready to sound off, Terry, who has read the signs, is already at the next table, giving another woman, Kate Ormond, exactly the same pitch. Kate is startled. — Wow . . . you're moving a wee bit too fast –

Terry cuts her off with, — Sound, easing out of his seat, and moving on to Carly Robson.

They leave together two minutes later. Terry is thinking how long it will take to ensconce her in his South Side flat,

62

close the social transaction, and then get back out to catch some fares trying to get to where they need to go before Hurricane Bawbag beds in.

On the journey to his flat, the winds have kicked up and the phone reception is bad. Terry sees several missed calls – two from Ronnie Checker. He tries to call him back, but the bars of the signal fade.

7

JINTY NAGGED

'Make sure ye git hame early, mind, git hame early, we cannae go oot the night . . .' Wee Jonty's like a fuckin parrot. Well, ah'm no bein stuck inside jist cause ay a load ay fuckin gales. That wis what ah sais tae um: ah'm no bein stuck in here just cause ay strong winds, Jonty.

Then eh turns roond n hands ays this sortay tube thing for ays tae take oot. Ah asks um what it wis n eh tells ays it's a distress flare eh made, fae some site oan that Internet. — Distress flare, aye, eh goes, — if ye huv tae go oot in that Bawbag!

Ah telt um thaire wis nae wey ah wis gaun oot wi that in ma bag! Blaw masel up! So ah jist went oot n left him, wi him still beggin ays tae take the daft flare. — Beat it, Jonty, ah goes, — yir really startin tae annoy me, ah telt um, n ah went n left um.

How many times have we heard that aw nonsense aboot weather before? Winds. Load ay shite. It's eywis fuckin windy here!

Ah gits the bus doon tae Leith, the 22. The sauna's busy. Some familiar clients. There's a wee guy who comes in and eywis jist wants gammed. Thaire's another regular, a body-builder, but wi an awfay wee cock, mibbe it's the steroids but that's meant tae jist shrivel the baws. He eywis wants a ride, n ye really huv tae act for him, eh looks intae yir eyes aw tense and freaky, as bad as that cunt Kelvin. An easy shift otherwise, but.

Then ah'm jist gittin washed oot when Kelvin comes in and goes, — Ah'm up next.

Thaire's nowt ah kin dae. The mair ye dinnae want tae be wi him, the mair he gits turned on n wants tae ride ye. Then when eh starts, ye really got tae make oot like yir intae it. He can turn a sick fucker if he thinks yir repulsed by him. He wisnae that bad this time roond, though ma nipple's really sair where eh pinched it hard. The worst is the stuff that comes oot ay his mooth. Ah hate huvin tae dae it wi um, but the money's good here.

So ah'm gled when that's ower, n ah put ma stuff in ma locker. Then ah goes oot intae the lounge then through reception and ootside. Ah'm heading ontae Leith Walk bound for the toon. A taxi pills up – ah nivir waved it doon – n ah see that that Terry's in it. — Fancy a lift?

— Whaire ye gaun?

— Sighthill.

— Ah'm gaun tae Gorgie.

— It's oan ma wey. Hop in, eh sais, then sortay smiles. — C'moan! Ah've no goat the meter oan!

So ah does, n wir off up intae toon.

— Listen, Terry goes, — jist say if ye think ah'm bein too forward or that, but d'ye fancy a ride?

Ah jist rolls ma eyes. — Been oan ma back aw day.

— Aye, but surely it's different if yir intae it yirsel.

Ah dinnae ken why he didnae ask earlier. — Ye could ride us any time, back in the sauna. Ah'm sure yir oan freebies like Vic . . . n that fuckin Kelvin.

— No ma scene but, ay, he goes. — A lassie's goat tae want it for me tae be bothered.

N as funny as it seems, ah do fancy a ride. For one thing, ah dinnae want tae huv in ma heid aw night that the last person up ays was that cunt Kelvin, even if ah wis miles away. Bit it's funny daein this work, cause yir oan yir back right enough, but ye dinnae git intae it. In fact it kin git frustratin, cause even though yir thinkin aboot other things, ye kin sometimes end up, eftir a shift, actually wishin thit ye could git a proper ride. Cause workin disnae feel like a proper ride, but it sometimes pits ye in mind ay yin.

So ah'm lookin at this Terry, that wild, corkscrew heid. Eh's goat that glint in ehs eye that aw shaggers huv. — Ah hear thit yir nae slouch. Well equipped in the boaby department.

— Satisfaction guaranteed, eh goes, then eh's pullin doon a side street oaf the Gorgie Road n parks the motor up this alley.

8

RUNNING AROUND

Runnin aboot daft worried aboot wee Jinty, doon the stair twice, sur, aye sur, twice. Dinnae ken whaire she is. Keep tryin tae gie her a phone oan the mobile n aw, aye sur, oan the mobile.

Mobile.

Awfay feart ay the idea ay her bein stuck in this hurricane; yon Bawbag. Dinnae like hurricanes sneakin up here anywey, should be stickin tae thair ain bit, like the tropics n that, aye! Away ye go, hurricanes, back tae whaire ye came fae! Wi dinnae want ye in Scotland! Aye, ah fine well mind ay Hank sayin whin they went tae Florida, Orlando, sur, thit thaire wis an awfay hurricane. The trees wir bent right back. Ah'd said, 'Bent back, Hank?' N Hank hud went, 'Aye, Jonty, they wir bent back right enough.'

Bit it wis jist palm trees, no real trees but. Real Scottish trees widnae pit up wi that, hurricane or nae hurricane. Aye, they widnae try that wi real trees!

So ah pit oan *Coronation Street*, wi that nice-lookin lassie, the yin thit looks a bit like wee Jinty, n ah'm sayin tae masel in ma heid: come hame, Jinty, jist come hame or geez a phone tae tell ays yir safe, aye sur, aye sur, aye sur . . .

9

REFUGE IN THE PUB
WITH NO NAME

Ah'm sittin in the back ay that cab, a satisfyin throb between my legs, nicely in tune wi the vibration ay the motor oan the seat. Wir rumbling doon Daly Road, n it's fair pishin doon wi fierce gales startin up. — You jist lit ays oaf here, ah sais tae that Terry.

— Strong winds but, he goes. Christ, even wee Jonty, whae could be a fuckin machine, nivir cowped ays like that animal! But ah'm no sayin nowt tae Terry cause he's goat a big enough heid as it is, n eh really fancies ehsel.

Ah look back at him. — What's it tae you, son?

Terry looks a wee bit stung at that. — Thing is, you're obviously gaun intae The Pub Wi Nae Name. Eh points acroass the street tae the boozer. Ah kin see Deek McGregor outside, huvin a fag. — Well ah am n aw. Ah've a wee message tae droap oaf.

— Whae fir?

— You'll no ken thum.

— Bet it's one ay the Barksies! Evan!

Terry rolls his eyes like ah've goat um thaire, n goes, — Amongst others.

— Ye goat ching?

— Aye . . .

— Ah pure want tae dae a line.

— No here. Terry looks oot through the windaes at the deserted streets, hardly even any motors oot. — It's ma livelihood . . . or one ay thum.

He drives the car doon an unpaved side alley acraos fae the pub. — You ken a loat ay they secluded spots, ay, son, ah goes, cause ye kin tell eh does the shaggin n drugs big time.

Eh jist smiles n gits oot the cab, n comes through the back again, ehs hair aw whipped up wi the wind. — Christ, that's a fuckin wind awright, eh goes. — Here . . . Eh hands us a wrap. — That's yours.

Ah fuckin well gies um a look like ah'm no happy, cause ah umnae. — Ah might be oan the game but ah wisnae workin whin we wir daein it, son!

— Hi, Terry goes, — chill oot, Jinty. Ah ken that. It's a present. Huv a white Christmas. N listen, eh leans in close, — mind what ah sais aboot makin a wee scud movie if ye fancy it. Decent dosh.

— Think ah could?

— Easy. Ye'd huv tae git rid ay that wee pot. Eh pokes ays in the stomach wi ehs finger, but gently. — Ah like it, ah think it's sexy, but fir the video ye'd need tae cut the carbs oot for a month n git tae that new gym at the Commie. Ye'd be ripped in nae time at aw, then the cameras would roll . . . n eh bats ehs eyes. — Here. Eh looks around. Then eh pits a bit ay ching fae a placky bag oantae the edge ay his credit caird n nods tae me tae git doon oan it. Dinnae need tae be asked twice!

Yessss.

Then Terry takes a hit for ehsel. — Gittin another fuckin root oan awready . . . could gie you another fuckin seein-tae right now . . . His hand faws oan ma thigh.

— Aye, right, cool yir jets, son. Ah brushes it oaf. Ah could go mair boaby, fuckin surein ah could, but wee Jonty could come by any minute. N besides, laddies like Terry, ye keep thum keen. If ye gie thum thair hole oan demand, they start takin the fuckin pish. Been thaire, done that, boat the fuckin T-shirt.

— Moantay fuck! Eh laughs.

— Hud yir hoarses. You jist git in thaire. Ah points taewards the boozer.

Terry grins, cause eh's a rerr-natured felly under it aw, n eh kin take a tellin, no like some. That fuckin Victor and Kelvin. But wi kin barely git the car door open wi that fuckin gale blawin doon the alley. We finally makes it n struggles oot n wir vernear carryin each other intae the boozer!

A fuckin relief tae git inside! It's mobbed. Terry disnae drink in The Pub With No Name, at least ah've no seen um in here, bit he seems tae ken a few regulars. Ah'm hopin eh steys, at least till wee Jonty comes doon, then ah'm thinkin, naw, mibbe no.

Terry sees Evan Barksdale, whae's goat the meatier build ay the beer drinker, compared tae ehs twin Craig's mair voddy physique. They disappear tae the bogs, obviously for a line n tae dae business. Ah'm talkin tae Jake, whae runs the pub, then ah gits oot ma phone n ah sees aw they missed caws fae Jonty, n ah'm tryin tae git a hud ay him. — Better tell

70

Jonty tae git roond here before Bawbag kicks in! Dinnae want him stuck in the hoose, ah sais tae Jake, but ah cannae git a signal.

— Aye, Bawbag, Jake sais.

Eftir a bit Terry n Evan Barksie come oot the bog. — Right, gaunny huv tae leave yis, Terry smiles. — Duty calls.

— Stey, Tez, ya fuckin tight-ersed Hibby cunt, yir no gaunny dae any business the night! Evan Barksie goes.

— Git tae fuck, a scabby wee hurricane's no gaunny stoap me daein ma thing. Money never sleeps, mate, Terry laughs. — Right, ya fuckin Jambo paedos, catch yis whin ye smell better, eh sais, then eh heads away. Craig Barksie, Tony Graham, Lethal Stuart n Deek McGregor are aw roond the pool table, n they watch Terry go.

— Fuckin wide cunt, Evan Barksie sais, turnin tae me. — How dae ye ken that fuckin Hobo tramp?

Ah nivir kent eh wis a fuckin Hobo! Wid've thoat twice aboot giein um ehs hole if ah kent that! It's nane ay Evan's fuckin business but. — Eh wis seein a mate ay mine, ah goes.

— Aye, eh's good at daein that, Barksie sais, n ehs mooth goes aw tight n ehs eyes aw slitty. — Wisnae seein you n aw, wis eh?

Ah'm lookin right n ehs wee eyes. — What's it tae you?

Evan Barksie shuffles n ehs voice droaps, n eh's tryin tae force cheer intae it. — Wee Jonty widnae be too chuffed.

— Ah dae what ah like.

— Aw aye? Prove it!

— How?

71

— Come for a line wi me. Eh nods tae the lavvy.

— Awright.

Well, we goes intae the laddies' bogs n thaire's two traps. We gits in one n Evan Barksie starts cuttin oot a huge line. Wi takes half each. Ma eyes ur waterin n my hert's thumpin.

— Ye awright? he goes.

— Aye . . .

— A loat ay folk here, eh gies a wee smile showin oaf mingin yellay teeth, — they think wee Jonty's punchin above ehs weight.

— Aye . . . is that what you think as well? ah goes. Fuck, ah'm strugglin here, sweatin, n ma hert's poundin away like the clappers.

— Jist sayin likes.

This isnae real! It's no good fir ye tae snort that much coke: ye kin peg right oot. Ah'm mad fir it but. — My hert . . . whoa . . .

— Lit's see, Evan goes, n eh pits ehs hand oan ma chist. It feels good huvin it thaire, lookin at his daft wee smile as eh stares at ma tits. So ah dinnae dae nowt when eh undoes the two toap buttons oan ma blouse n spreads his palm oot. — Barry tits, by the way, eh goes. Then eh sais, — Get them oot then!

— Chop oot another fuckin line first, ah sais, though the sweat's still rippin oaf ays n ma hert's bangin like a drum machine. Ah'm fuckin mad fir this ching but!

So eh does, n wi git oan it again n wir baith fuckin rattlin big time. Then Evan unbuttons ma blouse n lits it faw doon ma shoodirs. — A fuckin waste . . . eh goes, n eh unfastens ma bra. Eh's goat baith ma tits n ehs hands n eh's right beside me, rubbin up against us. — Lawson rode ye, eh?

— Aye . . . ah tells um, gittin intae it, — eh rode ays wi ehs big cock . . . so you fuckin gaunny well dae it then . . .?

— Aye . . . Evan's gaun fir ehs zip. And then, fae outside, thir's a knock oan the door.

— Jinty! Ur you in thaire? Eh! What ur ye daein? Jinty? Aye, yer in thaire! Aye sur! Aye!

It's wee Jonty. Oor eyes ur poppin oot oor heids n Barksie pits one hand ower ma mooth, n a finger acroass ehs ain lips.

— Ah ken yir in thaire, Jake n Sandra fae behind the bar telt us, aye they telt us likes, aye, aye, aye . . . in thaire, Jinty . . .

— Jonty, ah'm jist huvin a wee bit ay a livener . . . ah tells um. Ah cannae even be bothered tryin tae pit ma blouse back oan, ah'm fuckin melted.

— Jinty! Come oot! Come oot! Dinnae touch thon bad stuff, please dinnae, Jinty . . . n ehs wee voice is brekin up.

— Ah'll be oot n a minute, dinnae trouble yersel, Jonty! N ah'm lookin at Evan n wuv both goat oor hands ower oor mooths now, tryin no tae laugh oot loud!

Wee Jonty's voice is that high, it's like somebody's cut his perr wee baws oaf! — Ah kin see another pair ay feet in there! Under that door! Aye sur, aye ah kin, aye. Ah ken it's you, Barksie! What ur yis daein? What ur yis daein in thaire?

— JONTY, GIT TAE FUCK! Evan shouts. Ah shakes ma heid n starts laughin.

— What ye daein . . .? What yis daein in thaire? Come oot! JINTY!

— Wir jist powderin our noses, Jonty, ah goes. — Ah ken you dinnae like it whin ah dae that, so you go ben that bar n git ays a Bicardi n Coke, n we'll be oot in a minute . . . ah goes, n ah starts shuttin up ma blouse.

— Nup! Come oot! JINTY! PLEASE! Please come oot, Jinty darlin, aw please, aye, aye, aye . . .

Evan Barksie's face screws up again. — JONTY, AH'M FUCKIN WARNIN YE! SHUT IT!

— AYE, ah goes, cause eh's startin tae git oan ma nerves, embarrassin ays like that, — GIT HAME OR GIT UP TAE THE FUCKIN BAR! A FUCKIN BICARDI N COKE, WELL!

Then thaire's a bang, then another, n the door comes flyin in! Eh's burst the lock! Ah've goat ma wrists in front ay ma tits tryin tae cover masel. — JONTY!

— YOU . . . Eh looks at me, then at Barksie, then back tae me. — Jinty, come hame! COME HAME WI US NOW!

Evan Barksie steps forward n pushes Jonty back oot. — Git tae fuck, Jonty, ah'm telling ye!

— This isnae right, Jonty's gaun, n eh looks at us, then looks at the flair. Eh's shakin his heid gaun, — Naw, naw, naw . . . n eh turns n runs oot the bogs.

Ah've goat ma blouse back oan, n ah'm gaun eftir him. Evan Barksie grabs ays by the wrist n goes, — Leave the fuckin wee muppet, n eh tries tae kiss us, but ah pushes him away.

— Git tae fuck, n ah goes outside intae the bar, but it's mobbed, n ah sees Jake opening the doors n Jonty gaun ootside. N ah gits thaire n Jake goes, — ANYBODY WANT

OOT GIT OOT NOW! AH'M LOCKIN US IN TILL IT STOAPS!

— YA FUCKIN BEAUTY! somebody shouts.

A chant goes up: — BAWBAG, BAWBAG, BAWBAG, BAWBAG! BAW-HAW-BAG, BAW-AW-BAG . . .

Ah dinnae ken what tae dae, but whin ah turns roond n sees Evan Barksie wavin a big bag ay ching n shoutin, — Perty time, ah ken ah'm gaun naewhaire fir a bit, ay.

10

THE BAG OF THE BAW

Talk aboot fuckin warnin bells! It's pishin wet wi they gales, n thaire's this lassie oot, walkin doon Queensferry Road, which is fuckin deserted. She's headin taewards the Forth Road Bridge! At this time, and in this fuckin weather! A fare's a fare but, ay, n besides, the jumpers are usually gadges: very seldom dae ye git fanny tryin tae top itsel that wey. Aye, sent us oan a fuckin course, soas we could spot the hari-kari crew. They telt ye aw the things ye need tae say tae try n stoap thum. Like counsellin n that. No that ah ever fuckin well bother; cunt wants tae jump, lit thum fuckin well jump, ay. Fuck aw that nanny state George Bernard's; some cunt's made thair mind up aboot it, they must huv good fuckin reasons. It's no fir the likes ay a total stranger tae say any different. Wouldnae be me anyway! Jump oaf a cliff, then some burd phones ye up the next day deciding she's gaunny gie ye yir hole eftir aw? Naw, fuck that! Too much tae live for, me but, ay. Mind you, ah kin understand how some gadges that urnae gittin a ride wid want tae jump: fuck that fir a game ay sodjirs!

But wi a burd it's different. Naebody in thair right mind wants tae see good fanny gaun tae waste. A burd's minge is meant tae be hot for the rumpy-pumpy, no aw cauld, stretched oot oan a slab, though thaire's some dirty cunts thit wid go

76

fir that. Ah blame that fuckin Internet, littin bairns watch extreme porn, whin thuv no even hud a proper wank. That shite would fuck any cunt's heid up. Too right! Ah mean, ah've made the odd scud flick, aye, but it's ey been consenting adults, nae dodgy stuff.

So ah stoaps, n the lassie gits in the cab. Her black hair's plastered tae her heid by the rain, her long black coat's heavy wi it, n her eyes ur aw fogged ower. — Awright, doll? A bit blustery tae be oot the night but, ay. Nivir heard ay Bawbag?

But this burd, she's jist sittin thaire, starin oaf intae space wi they dark eyes, probably broon, set in a roundish face. The lights ur oan but thaire's nae cunt hame. — The bridge, she sais in this accent that's either posh Scottish or English.

— So what's happenin oot at the bridge?

She suddenly looks at ays aw offended. Like it's nane ay ma business.

— Dinnae look at ays like that, ah'm gaun, — wi that moosey face oan. See, if you jump oaf that bridge, it's ma case the polis git oan! Ah've goat tae ask they questions!

She's lookin right at ays in that wide-eyed horror, like the burds they huv in the movies like *Scream*, but, kinday no like *Scream* n aw, cause her mooth's gaun aw tight, like ah've rumbled her.

— But that's up tae you, ah shrugs. — It's your business. Jist tell ays if ye are, so ah kin gie the bizzies some story, like ye telt ays ye wir gaun tae yir sister's in Inverkeithing, then sais ye wir sick n hud tae git oot n puke, n the next thing ye'd cowped yirsel ower the rail, that sort ay shite. Goat tae cover ma erse but, ay.

She puts her heid in her hands and mumbles something ah dinnae catch, then jerks up and goes, — I can get out here.

— Naw, ah'll take ye tae the bridge. Ah shakes ma heid. — Wey ah see it, if yir determined tae dae it, ye will. N it's fuckin kickin up big time ootside. Ye might as well go thaire in comfort, n she disnae even flinch at that. — Tell ye one thing but, ah pits her in the picture, — yir no gittin oot this cab withoot peyin the fare first.

— I wasn't – I've got money . . . She reaches intae her purse.

— How much?

— Seventy pounds and some change . . .

— No bein wide, ah goes, glancin in the mirror, — but ye might as well jist hand it aw ower . . . if yir sure, like. Jist that it would be a waste ay dosh, ay, jumpin wi aw that in yir poakits. No being wide, likes.

The burd looks angry, starin at ays for the first time, then sortay shrugs n settles back in the seat. — If I was ever in any doubt that this was the right time to leave this fucking place, you would have convinced me, and she reaches forward again n shows the contents ay the purse.

Ah stoaps at the rid light, turns n reaches through the Judas Hole tae take the poppy, n crams it intae ma poakit. The road's empty, thank fuck. — Ah'm no bein funny like, ah'm no tryin tae stop ye, gen up, but ah've goat tae ask: what's a good-lookin young lassie like you wantin tae dae this fir?

— You wouldn't understand. She shakes her head. — Nobody does.

— Well, explain tae us, ah goes. Cause they sais oan that course tae try n git thum talkin. — What's yir name? Ah'm Terry, by the by. Ah git kent as 'Juice' Terry cause ah worked oan the juice lorries way back. Sometimes 'Scud' Terry cause . . . well, ah'll no bore ye wi the details.

— My name is Sara-Ann Lamont, she says, like she's a robot. — I get called Sal. S-A-L. Sara. Ann. Lamont.

— You fae up here, Sal?

— Yes, Portobello originally. But I've lived in London for years.

— Lamont, ye said, aye?

— Yeah . . .

At least it isnae Lawson: thank fuck. Yuv goat tae check, wi that cunt ay an auld man ay mine huvin chucked ays spunk around toon like a lunatic sprayin asylum waws. — What's it ye dae doon thaire, like, what line ay work ur ye in?

Another bitter wee shrug, then she pushes the wet tresses ay hair oot her eyes. — I write plays. Though the rest of the world seems to disagree.

— Nae felly doon thaire, somebody who'll be worried aboot ye?

— Ha! She laughs, aw sort ay cynical. — I'm fleeing an emotionally abusive relationship. I'm back in my home city with a specially commissioned play at the Traverse. It was supposed to be the return of the prodigal daughter. But the critics have not been kind and I've had enough. Does that answer your questions?

— So yir gaunny kill yirsel ower a felly n a play?

79

— You don't understand –

— Find another felly. Write another play, if that yin wis shite. Shot this prisoner-ay-war scud flick once, *They Do Like It Up 'Em*; wisnae that great, but it didnae deter –

— It wasn't shite! she goes, now aw angry fir the first time. — You just don't get it! But I'm not surprised.

Awright, so the burd's gaunny be fish food in twenty minutes, but ah'm no that struck oan her patter, ay. — Aw ah see, ah dinnae understand cause ah jist drive a cab, is that it? Cause ah drive a taxi ah cannae be expected tae understand the complex mind ay an *artiste*?

— I didn't say that!

— Ah've done a fair bit ay actin, no stage, but screen, n ah understand the process, ah'll huv ye ken, ah tell her. People think scud's jist aboot bangin away, but as ma mate Sick Boy ey says, 'Wir telling a story here,' so yuv goat tae ken yir lines n hit yir mark. No sayin ah'm fuckin Brad Pitt, but then again ah'm no sayin that cunt's Juice Terry! Last year whin we wir shootin *Doctor Scheme: A Thorough Examination* ah hud tae stick one thermometer up this burd's fanny, n the other up her erse, n say, 'The hottest hole is the one that gets this fat dick, baby.' Sounds fuckin straightforward enough but it's no that easy whin thaire's cameras on ye, lights shinin in yir coupon, n a boom mike overheid n Sick Boy fuckin prancin aboot shoutin orders at ye!

But she's oaf oan one but, ay. Aw good: lit thum talk, the boy oan the course says. — All I ever wanted to do was write, she shouts. — Four years of my life went into that play, and they didn't get it! They didn't get *me*! Those sneering men I

80

could understand, that cabal of sad old queens, but when the jealous fucking so-called sisters turned on me . . . She shakes her heid, lettin they wet locks fly. — No, I've had enough . . .

Thaire's no a loat ye kin say tae that. Ah look at her in the mirror. She reminds me a bit ay that burd fae Liverpool ah made *Anal Torpedo 3* wi. That was when ah played the captain oan the whalin ship crewed by burds, aw wearin fishnet tights. Catchphrase: 'Thar she blows!'

She's gaun aw quiet as we're passin the Barnton roond-about, her hands clasped thegither oan her lap, heid bowed, starin at them. So ah thinks, fuck it, ah'll make a wee move. — Listen, this might seem a wee bit cheeky, Sal, but kin ah ask you a favour?

She looks up ay ays like ah'm fuckin tapped. — What . . . *you* want a favour? From *me*? What favour can I do for *anyone* now?

— Well, ah wis jist wonderin, see if ye wirnae in any big hurry, ah shrugs, giein her a cheeky wee smile, — any chance ay a ride before ye jump?

— What? Her face sortay twists, and then she's silent again. Suits me! She's no sayin aye, but she's no sayin naw!

— Ah wis jist wonderin, Sal, n ah ken it's a wee bit cheeky, but the quiet bairn gits nowt, ay. Mibbe jist go oot wi a bang, last night oan Earth, ah goes. — Tell ye what, ah'd gie ye a guid fuckin cowp, pardon ma French.

— You want to have sex with me? Ha ha, Suicide Sal laughs, her voice gaun aw high, like she cannae believe what she's hearin. N fuck, she's gittin oot her coat, n pillin oaf her jumper! She's sittin thaire in a black bra. — Go ahead, pull up, do what the fuck you like!

N ah does that awright, headin oaf that slip road jist before the bridge tollbooth comes intae view. The howlin wind is that strong that ah kin barely move the door at first, but wi a ride in the back, it could be oan its side, n buried in an avalanche, n ah'd still be able tae fuckin well open it. — Fasten yir seat belt, hen, ah shouts tae her, — cause we could be in for some awfay bumpy rumpy-pumpy!

11

IN GOD WE TRUST – PART 1

Gracious Lord, eternal saviour, I am so, so sorry, for I know I have sinned against your profligate wastrels! Lord, I accept that in your infinite wisdom you saw fit to create those beings too, just as you did the cockroach and house fly. As your servant it is not for me to question your unfathomable mysteries. But my comments in Time *magazine about those unfortunate Negroes were twisted and taken out of context by the liberal media! I was asked a question about government spending and I simply said that the citizens of New Orleans were feeling your wrath, and that President George Bush was correct to butt out of this one, and let your judgement hold sway.*

Was that not the right thing to say?

I now worry that perhaps I've wronged you, and now you've brought this hurricane, here to Scotland, to punish me for my mortal folly in daring to interpret your mysterious ways!

Spare me, Lord!

I drop the Bible back on to the nightstand, hoping to hell that He's listening to me. Sometimes He does, as in the Broward County development in Florida, while other times my pleas seem to fall on deaf ears, the Sacramento mall debacle being a case in point.

I feel my spine shake as I raise myself up out of this bed,

on to my elbows, to get another shot of Skatch. Mindful of that physician prick in New York's words, I'm sitting up to minimise the reflux reaction, and feel that golden elixir sliding down, slowly fusing through me and warming up my core. But even with its comfort, I can't stay in this goddamn hotel room, listening to those howling winds rattling the windows. It's like freakin 9/11, you expect a terrorist plane to come crashing in here, maybe to take out the railroad station! But this is Skatlin, so who damn well cares?

No, sorry, almighty Father, they are human beings too.

The window rattles again, and this time I swear I can see it bellying in. Those cheap-ass wooden frames! I grab the phone and call the desk. — This motherfucker is gonna blow! What are the evacuation plans? How the hell do we get outta here?!

— Please calm down, sir, and try to relax. Would you care for anything from room service?

— Fuck your room service in the ass! We got ourselves an emergency situation here! How the hell can you guys be so goddamn complacent?!

— Sir, please try to calm yourself!

— Fuck you! Asshole! I slam the phone down on the cradle.

I pick up the bottle of Skatch and refill my glass. That Highland Park eighteen-year-old malt sure goes down smooth. The hotel staff don't give a goddamn shit . . . I pick up my cell, but I still can't get a signal for Mortimer. That asshole is *so* fucking fired! But God willing, if I'm spared to survive this ordeal, I will tell him straight to his face just *how* fucking fired he is!

Another savage rattle on the window; this goddamn hurricane is closing in, finding its strength. Edinboro is by the sea. That castle, that's where the high ground is, that's where I gotta be! I'll bet that Salmond guy – Jesus, even the politicians are out of shape here – and all those assholes are up there right now, drinking the best Skatch, gorging themselves on sheep's intestines, safe and secure from this fucking apocalypse! I grab the phone again and get an outside line. They don't even have 911 here, it's all this 999 shit. Which is like 666 upside down! It's a goddamn message! I can practically feel the breath of Satan on the back of my neck! Forgive me, Lord!

Our father, which art in heaven . . .

— Lothian and Borders police –

— Is that the Edinboro police?

— Yes . . .

— You said something different! Why? Why did you say that?

— We call it Lothian and Borders Police . . . but we cover Edinburgh.

— Well, I'm trapped in room 638 of the Balmoral Hotel, here in Princes Street, Edinboro, right in the middle of this goddamn hurricane! The asshole on the line actually chuckles, like this life-and-death scenario is one big fucking gag! Do these people value human life so cheaply? — What's so funny?

— Nothing. *You* might think it's very funny, but you're blocking up emergency services lines –

— I'm *blocking up* emergency services lines cause this is a fucking emergency, you asshole! I'm Ronald Checker! I am a businessman and an American citizen!

A tired sigh comes down the line, like this asshole, this duty cop, is *yawning* at me! — Aye, I read in the paper that you were in town, Mr Checker. Love *The Prodigal*, by the way. Well, just you relax and calm down.

— Relax?! How can I goddamn relax –

— Mr Checker, you're in the best possible place. I'd stay right where I was if I were you!

— No way! This crumbling tip is a death trap! We have a situation here. I want a police escort to take me to Edinboro Castle!

— I don't understand. Why would you want to go out to Edinburgh Castle? There's a hurricane on and we're strongly advising people to stay indoors.

— No, *you* don't fucking understand! There is a hurricane situation! That's why I'm calling: you assholes have obviously never seen a goddamn hurricane before! You have no levee, no emergency services, and you do not give a rat's ass! Well, I do! And if you can't see the shit that's going down, then damn you all to hell!

I smash the phone onto its cradle, and get down on my belly and crawl under the bed. I've got Mahler's soothing strings on my headphones. *Spare me this torment. Spare me, Lord.*

That cab driver, Terry, he said he can fix anything! He'll be able to see me through this panic attack . . . I find his number on my cell . . . the signal bars are coming up . . . it's ringing . . .

— Ronnie boy!

— Terry . . . thank God! You gotta help me. I'm caught up in this hurricane!

— Got caught up in yin masel, Ronnie. Inside the cab, if ye git ma drift . . .

— What?

— Nivir mind. Whaire are ye?

— I'm in my room at the Balmoral.

— Yir fine thaire, mate, try being caught baw-deep in –

— I'M NOT FINE! EVERYBODY KEEPS TELLING ME THAT I'M FINE! YOU DON'T KNOW ABOUT NEW ORLEANS!

— Okay, buddy, you hang on in there. Sounds like you're huvin a wee panic attack . . . you've no been takin anything naughty, huv ye?

— No! I don't touch drugs! Well, just a few whiskies and some Ambien . . .

— Whisky and prescriptions disnae count as drugs, Terry says, which I like, *know*. — Okay, well, hing loose, wir oan oor wey!

— Terry, thank you, you are a godsend . . . but please hurry!

I've built over two hundred tower blocks, trying to get closer to the Lord with every development, but my vertigo means that I've never been anywhere near the top of any of them.

I put on the TV, there's still a signal, but you can't get Fox News on any of those Limey channels. It's all godless commie liberal shit, full of assholes talking funny and parading around in strange clothes. I'm relieved when I find some repeats of *Magnum P.I.* I swallow two more Ambien with my Skatch. I pick up the phone and call room service again. It rings once, twice . . . they've fucking deserted me! Left me in this Gothic ghost hotel, which is gonna crumble around me as the hurricane rips it to pieces and –

— Room service! Hello, sir! Can I help you?

— Send up two bottles of your most expensive Skatch!

— Our most expensive is a 1954 single-malt Macallan, but we only have one bottle of it. It costs two thousand pounds.

— Send it up! What else ya got?

— The next most expensive is a 1958 Highland Park, which is eleven hundred pounds.

— Send them up! And tell the guy to knock three times!

— I will be glad to do just that, Mr Checker.

So I'll drink their shit, and just hope I'm spared to get those proper bottles of real Bowcullen Skatches back to the USA! But I gotta get through this goddamn nightmare first.

New Orleans . . . Please God, I swear that if I get through this night I will donate a seven-figure sum to the Katrina disaster fund!

12

BAWBAG'S LAST STAND

The Pub With No Name nestles in darkness underneath a block of tenements and a railway bridge. The clandestine, forbidding site with its esoteric feel has made the howf a favoured spot for the area's uncompromising drinkers since its founding back in the Victorian era. On match days, the bar's proximity to Tynecastle stadium has secured its popularity with football supporters. Outside of that it has enjoyed a chequered history. There has been a steady chain of unfortunate owners, and the hostelry has attracted a mixed clientele of rival biker factions, right-wing loyalist elements, some veteran drinkers who appreciate its competitive prices, and antagonistic football gangs, who attack it regularly on the basis of its Hearts connections.

To some, most of whom have never set foot inside, The Pub With No Name has an unsavoury, even notorious edge: an ugly, brutal hole full of knuckle-dragging dinosaurs representing a darker age. To others, those who frequent the bar, it is simply a place of liberation: an old-school boozer, free from the tiresome ministrations of the professional moralisers and disapprovers, and satisfyingly resistant to the bland brush of modernity.

Now it's under a different kind of siege. Bawbag whistles

outside like an accordion played by an asthmatic Satan, vaguely seductive in its threat. But back in the warmth of The Pub With No Name, they soon become attuned to his frequencies. Those high-pitched sounds are punctuated by the odd crash, which might just be that of a pool cue falling on the floor. The regulars exchange sage glances and faux-impressed comments of the I-would-not-fancy-being-outside-in-that variety. However, nicotine cravings show an aggressive weather phenomenon scant respect, and they soon begin to venture through the doors, braving the volley of grit, crisp packets and takeaway cartons that come swirling their way. Defiant cries of 'moan tae fuck!' rage against a wind that makes lighting up such a frustrating undertaking.

Then, in the early hours of the morning, around 2 a.m., it all stops. Nobody quite notices the precise time. Many, indeed, have forgotten all about the hurricane as they spill out of the pub, into the ghostly, rubbish-strewn avenues, and make their way unsteadily home.

One of the last to leave the party is Jinty Magdalen, who heads down the cold-morning street; shivering, her nasal cavities wrecked, eyes stinging and head throbbing in dreadful dislocation.

PART THREE
POST-BAWBAG PANIC

13

JONTS IN THE HOOD

The following morning the cracked light rises weakly and Jonty MacKay wakes up with it, as is his fashion. But there is no Jinty next to him. A surge of panic explodes in Jonty's chest, as a deluge of memories flood through him, causing him to convulse. He springs out of bed and runs to the door, which he opens slowly. He wants to shout something, but the words catch in his dry throat. He trembles, and sweat trickles from him, as he steps out into the hallway. Then, through the crack at the edge of the door to the front room, he sees that Jinty has slept on the couch. Her tousled dark hair spills out from under the Hearts duvet he remembers placing over her last night. He opts not to disturb her, but quickly dresses, then steals out of the flat, along the landing, down the stairs.

On the floor below, a young woman, clad in a burka and struggling with a small child and a buggy, peers at him through her visor. Jonty senses her eyes grinning, dancing in his soul, and he smiles back. They exchange pleasantries, he in his rambling way, her minimally, as silent as a deer in a forest. He assists her by taking the buggy downstairs as she carries the child. Then he shoves open the heavy common stair door of his tenement dwelling and steps out into the day. He

93

watches the woman, Mrs Iqbal, push her infant in the buggy through the rubbish the hurricane has spilled on to the street.

Jonty blinks in the pallid daylight. He feels bad sneaking out, but why shouldn't he? There is just one tea bag left, and Jonty recalls making that very point to Jinty the previous day. And no bread – he'd toasted the last piece, the crusty bit, yesterday. That was no good as he is working today, painting a flat in Tollcross. He needs a hearty breakfast, so opts for McDonald's, considering the possibility of an Egg McMuffin. He doesn't like the smell of them, however; they always remind him of the scent of his body if he was working up a sweat at work, then getting caught in the rain on the way home. This is the second big decision he must make. The first was whether to head to the McDonald's in Princes Street's West End, which is on his way into town, or backtrack and go down the street to the Gorgie restaurant. He opts for the latter, as he likes to take his breakfast there.

In the McDonald's at the junction of Gorgie Road and Westfield Road, small groups of obese adults and children sit alongside the stick-thin, who seem immune to the high fat and calorific onslaught of the outlet's offerings. The thinnest of them all, wee Jonty MacKay, enters and looks open-mouthed at the menu board, then glances at two women diners, as plump as Christmas turkeys in their Sainsbury's blouses and overcoats. He comments on their meal. Repeats this comment. They acknowledge his comment by repeating it back to each other. Then they laugh, but Jonty doesn't share the chuckle they have invited him to join them in. Instead he blinks back at the menu, then at the sales assistant, a young girl with a rash of pimples on her face. He orders Chicken McNuggets in preference to the Egg McMuffin, even though eggs are meant to be for breakfast, and chicken is more of a lunch or dinner thing. Jonty thinks that this answers the question: what came first, the chicken or the egg? The egg, as it's breakfasty. But if so, has he broken some kind of law made by God? The quandary gnaws at him as he takes the proffered food to a free seat. He covers just one McNugget in ketchup, the Hearts McNugget, which he will eat last. *Go away, Rangers! Go away, Aberdeen! Go away, Celtic! Go away, Killie! Most of all: go away, Hibs!* Jonty chants under his breath, as he chews on the nuggets, swiftly swallowing them down, one by one. He worries that people might think the sole red one signifies Aberdeen instead of Hearts. — It's no Aberdeen, he says to the Sainsbury's women, waving the nugget on his fork.

From the window, he spies a girl walking past with a golden Labrador. Jonty thinks it might be good to come back as a dog, but one that would be discerning about what it sniffs. He returns to the counter for an After Eight McFlurry. Taking it back to his seat, he looks at it for a few seconds: the ice cream and the mint chocolate. The steam, from the refrigeration, rising from it. These are the best moments. Then he systematically demolishes it, leaving a little piece so that he can sit and think for a while.

A couple of hours later, Jonty meets Raymond Gittings at the Tollcross flat. Raymond is a skinny, slope-shouldered man with thinning brown hair and a shaggy beard. He always wears polo-neck sweaters, in all weathers. This, and his beard, has led to speculation that Raymond has some kind of birthmark or scarring on his neck, but nobody knows for certain. Raymond has a solid gut, like a growth, which juts out almost as if he is pregnant. This is regarded as a strange phenomenon, as he seems to carry no weight elsewhere.

Raymond likes Jonty, as he is a steady worker and cheap. He can paint all day and is happy with a wee bung, no questions asked. Of course, Jonty would be more useful if he could drive and had his own overalls and sheets and brushes and turps. The upside is that by not carrying around such items, Jonty has avoided being grassed up about his labour not going through the books.

— Hiya, Raymond! Hiya, pal!

— Jonty, how ye daein? Ah goat ye a sausage roll fae Greggs. Ah thoat, ah dunno if Jonty's awready hud ehs breakfast, so ah'll git him a sausage roll oot ay Greggs!

Jonty can still feel the taint of the Chicken McNuggets and After Eight McFlurry bubbling in his gut, but doesn't want to disappoint Raymond, so he feigns starvation. — Ta, Raymond, ta, pal, yir the best boss in the world, aye sur, ye are, aye, aye, aye.

A slight twinge of shame, like a fleeting shadow, passes over the small businessman's soul of Raymond Gittings. Then Gittings rationalises that Jonty seems so happy, so in some ways he probably *is* the best boss. — Aye, we ey huv a laugh, ay, Jonty!

— We do, Raymond, aye sur, aye, we do that! Aye, aye, aye . . . Jonty pants.

Raymond smiles into Jonty's bright, grinning face, before squirming inside at the silent impasse that follows. He clears

96

his throat, pointing at the sausage roll in Jonty's hand. — Righto, you git that doon yir neck, then sheet up in the front room n let's get that emulsion oan they waws!

So Jonty wolfs the sausage roll, realising that he actually is hungry again. A McDonald's did that. Then he sets to work and puts in a good shift, before stopping for half an hour for his lunch, a Greggs steak bridie and a bottle of Vimto. Then he works steadily till the early evening. Jonty can fairly throw paint on to a wall, coat after coat. When it is time to knock off, he thinks about Jinty, and the terrible argument they'd had before he'd gone to bed. He can't face going home so calls his brother, Hank, to make arrangements to go there for his tea. It's best Jinty doesn't join them, she doesn't get on with Hank's girlfriend, Morag. Let her cool down after that bad tiff.

Hank and Morag live in a council house in Stenhouse, which had been purchased by Morag's late parents, under Margaret Thatcher's right-to-buy legislation. Morag's father had died of a massive coronary, and her mother, who has senile dementia, is living in a home. Morag's sister Kirsty had inherited the house first, but had left her husband and taken her kids to Inverness, to live with a guy she'd met in Spain. It had been a Herculean task for Hank and Morag to get Kirsty's estranged, embittered husband out of the house, but they'd finally managed it, and are now happily nesting. The place is cosy and clean, and Jonty likes it. Morag has made roast beef, with gravy, mashed potatoes and peas. — Roast beef, Jonty said, — double barry. Aye sur!

— It is that, Jonty, Hank agreed. Hank is a tall, thin man.

His hair is receding and thinning on top, like Jonty's, but unlike his brother, he keeps it long at the back and sides. He wears a pair of Wrangler jeans and a Lynyrd Skynyrd T-shirt with a Confederate flag motif.

— Pity Jinty couldnae join us, Morag says. She is a big-boned woman, in a lilac blouse and black skirt, and she works at an insurance office in town. — They shifts must be a killer.

— Aye . . . aye, aye . . . Jonty says, suddenly uneasy. Hank and Morag steal an edgy glance at each other.

— Whatever ye think aboot her, Morag says warily, turning from Hank to Jonty and back, — she's a grafter. Did she get hame fae work awright, wi aw that Bawbag cairry-oan, Jonty?

— Aye . . . aye she did. Hame. Aye. Came hame early this mornin, Jonty says, forcing cheer into his tone. — Locked in the pub! Aye sur!

Morag frowns, shaking her head in tight disdain, but Hank shrugs. — No necessarily a bad thing, he states. — Ah'd have certainly waited till the worst ay yon Bawbag hud passed, that wid have been ma advice.

Jonty feels something pulling at his insides. He is trying not to squirm in his seat. He changes the subject, looking at the gravy boat. — Rerr gravy, Morag. Eywis makes a rerr gravy, ay, Hank? Ay, Morag makes a rerr gravy?

— She doesnae half, Jonty! Beyond yir wildest dreams! Hank winks at Morag, occasioning a slight flush in his partner.

The rest of the meal is eaten in silence, until Morag, scrutinising Jonty for a while, begins, —Ah hope Jinty's lookin eftir ye, Jonty son, cause yir wastin away tae nuthin. Ye dinnae think ah'm speakin oot ay turn, dae ye?

— Aye, wastin away, Jonty repeats back. — Wastin away tae nuthin. Aye sur. Ah miss gaun oot tae muh ma's oot in Penicuik, aye sur, Penicuik. Aw different now. Eh, Hank?

Hank has been staring over Jonty's shoulder at the television and the Scottish news, which is cataloguing the devastation caused by Bawbag. — *The damage could eventually run into tens of thousands of pounds*, the sombre-voiced anchorman declares. — Aye, it is that, Jonty son, Hank concedes, — aw different right enough.

— Aw aye, aw different.

The dessert of Sainsbury's apple pie and Bird's custard is gratefully dispatched. Later, as a stuffed, contented Jonty makes to depart, Hank pats his shoulder and urges him, — Dinnae make a stranger ay yirsel, n bring wee Jinty doon tae the pub one night. Campbell's, or that Pub Wi Nae Name.

Jonty nods, but he did not mean that. No, sir, he did not mean that, because he is firmly of the opinion that The Pub With No Name was what started all the problems in the first place.

So Jonty takes his leave and cuts across the park, back on to the Gorgie Road, passing that chip shop at the Westfield Road junction. It is one that he really likes. With that one and C.Star, Gorgie has better chippies than Leith. That can't be denied. The other shops aren't that good though, it has to be admitted. But Gorgie Road is always great to just walk down. Where else could you get a farm? Leith Walk has never had a farm on it! Up ahead, he sees Mrs Iqbal from downstairs again, with her infant in the cart. A broon bairn, thinks Jonty. There is nothing wrong with that; he'd made that very point, one night down The Pub With No Name, that nobody got to pick which colour they come out.

Tony had agreed with Jonty. It was right enough, it was nobody's fault that they weren't white.

Evan Barksie had sneered, called his neighbours tooil-heided terrorists, said the flat below was probably a bomb-making factory.

But Jonty wondered how a young lassie and her bairn could be like that. So he'd told them that, Evan Barksie, Craig Barksie, Tony and Lethal Stuart and all that crowd. Barksie just dismissed him, saying that he was too thick to understand politics.

Jonty had agreed that he was a simple country lad from Penicuik. Aye sur, aye sur, Penicuik, sur, he'd said in refrain till it trailed off under his breath. But it intrigued him that people could make bombs in their house. He had been moved to look it up on the Internet. A Molotov cocktail; it would be so easy to make.

Steering clear of the front room where Jinty still sleeps, Jonty, from the frosted window of his narrow bathroom, looks across the street and sees it in its starkness: The Pub With No Name. He doesn't want to go in, but he decides that he will steel himself and do it: show them all that nothing is wrong. He gulps back mouthfuls of air, forcing it into his lungs and walking over the road, into the pub. His nerves are making his hands shake as he pulls money out of his pocket and orders a pint of lager, which Sandra pours with a smile.

He hasn't looked across to the seats beside the dartboard

but he knows they are there. They regard him in silence, till he hears Lethal Stuart's booming voice: — Thaire he is!

— Awright, Jonty! Tony says.

Jonty picks his pint up off the bar, and moves over to them. Something falls inside him as he sees Evan Barksie's face set in a sneer. He says nothing but is tightly focused on Jonty.

— Aye sur, ah saw that lassie fae ma stair, her wi the mask n the broon bairn. Aye, ah did.

— You'd git oan wi her, Jonty! She'll be a fermer's lassie, fae a wee toon n aw, Tony laughs.

— Nae cunt even talks like him back in Penicuik! He's no like a real fermir's boy! Ay, Jonty? Craig Barksie challenges, his bottom jaw sticking out.

— Aye sur, aye sur, aye sur, Penicuik, sur.

They all laugh at Jonty's performance, but he contents himself that they don't know what he does. — Aye, Gorgie's changed n aw, changed jist like the Cuik hus, Jonty explains to the assembled company, — wi aw the broon people n the Chinkies n that, the boys sellin the DVDs, that *Name ay the Rose*, aye sur. Good fullum that yin, sur. But Penicuik, it's aw different now, aye sur.

They laugh again, all except Evan Barksie, who twirls his index finger into his temple and informs Jonty that he's mental.

Jonty doesn't care about them; he goes up to the jukebox. There are some barry-barry Christmas songs on the jukebox. He likes that one he calls 'I Will Stop the Calvary', and believes it's about going to Canada. He thinks going to Canada would be great, but very cold. Not that it was easy here, especially after Hurricane Bawbag. Everybody just stayed in the pub until it blew ower. But that caused a lot of problems too. It caused him and Jinty terrible problems. Now she isn't well. He will have to get back to her soon, to look after her. He picks up his beer and drinks it and walks out of the pub without glancing at any of the boys or saying goodbye.

When Jonty gets to the flat, he lifts a sleeping Jinty up off the couch and carries her through to the bedroom. He lays her in the bed, tucking her in, kissing her head. He will make them both a hot toddy; there's some whisky left over in that bottle Hank brought round a while ago.

14

THE KNIGHT IN SHINING ARMOUR

The whole point in huvin rules is tae brek the cunts. But yir eywis better brekin some other cunt's rules thin brekin yir ain. Well, ah fuckin well broke one ay ma ain when ah took a passenger hame. Of course, ah bring burds back aw the time, but it's no that sensible wi a fuckin passenger.

Some ay thum see ye as a priest or a social worker, n sometimes it feels like that since we've aw hud this counsellin shite! Ye git aw this pish aboot no overstepping boundaries. Makes sense but, ye bring a burd back n some cunt sees ye, it leaves ye in a position ay being easy tae grass up tae Control. Guaranteed. Thank fuck ah've goat Big Liz as ma spy-oot-ay-the-cab. But wi Bawbag n the lassie bein in a vulnerable state ay mind and wantin tae jump ower thon bridge, ah jist thoat: knight in shining armour. They kill basic chivalry n we aw might as well jist go hame, ay. N besides, ah'd jist fuckin well cowped it, big time!

Then ah goat a panic call fae that American radge in the Balmoral, shitein ehs fuckin keks, the daft cunt. So ah huv tae go up tae see him, too right; at 10 Gs a week, ah'm mair than happy tae tuck the cunt in! But even though ah've jist banged this Suicide Sal burd back intae the real world, ah

103

dinnae feel comfortable aboot letting her wander off. No that she's in any big hurry, ay-no. In fact she's lookin a bit dopey eftir the ride as we drive back intae toon. — Can't we go back to yours . . .?

— For sure, ah sais, sortay wary, — but we've goat tae look in oan this boy ah'm daein some work fir. Eh's huvin a big-time panic attack, thinks they gales are gaunny git um. American likes, ah think eh wis in that Katrina in New Orleans n goat aw traumatised by it.

— That was terrible, Sal goes.

So when wi gits up thaire, Ronnie's in a towellin robe, trembling and sweatin like a hoor oan ching cut wi rat poison. The Mohawk is wet and combed back. Eh lits us in and ah kin see thit the cunt's tanned a boatil ay Johnnie Walker eighteen-year-auld n opened a vintage-lookin Highland Park. Thaire's a fill boatil ay Macallan. Game oan!

Ronnie's shitein ehsel, as ah'm dolin oot the drinks n rackin up some lines. — Drugs . . . I don't touch cocaine . . .

— Wee bit ay ching, Ronnie, restore that swagger, mate. Yi'll no be feart ay nae Hurricane Bawbag eftir this. In fact yi'll be ootside wantin a square go wi the cunt!

— You really think it'll help?

— Guaranteed.

So we're rippin intae the ching n whisky n Ronnie's aw back in the zone, n goes, — You know, it's this kinda thing that makes you value human life. I thought about making a donation to the victims of Katrina in New Orleans, but . . . I haven't had any affirming sign from God telling me to make that gesture.

— What fuckin hurricane, ay, mate? ah points at the windae.

Ronnie grins, but Sal cuts in, — So you talk to God?

— I feel the spirit of the Holy Father inside me.

Sal looks tae the empty boatil. — I don't think that's the spirit you're feeling inside you.

— This is barry whisky, ah goes, catchin the wee bit ay strop oafay Suicide Sal, as ah hud the gless up tae the light.

— This is nothing, Terry. I'm hoping for some stuff coming my way that . . . well, let's just say it'll make this taste like hillbilly moonshine!

Sal's eyes are aw focused narrowly on Ronnie. — I know who you are, I've seen your shit programme, where you fire those wankers who are just as obnoxious as you.

Ronnie lets out a loud laugh. — Well, if we're talking obnoxious, lady, you are in *my* hotel room, drinking *my* goddamn Skatch –

— C'moan, ah goes, — wir aw Jock Tamson's bairns. Ah looks tae Sal. — You wirnae in a good frame ay mind earlier. N ah turns tae him. — It hus tae be said, Ronnie, neither wir you. Whae saved the day? The Juice T felly! So relax, drink up, n let me pit oot another set ay Newcastle-upon-Tynes.

— I am pretty good with that, yessir! Ronnie smiles.

Sal's rollin her eyes, but she's doon oan another line awright. Ah'm sortay thinkin that loads ay ching n whisky might no be the best thing for a burd that's jist tried tae toap herself, but Auld Faithful's sorted her heid oot n eh's oan hand tae gie oot extra rations – any time she fuckin well likes! Ronnie's doubts have collapsed, even that fan heid ay his has dried n is sortay bouncin back up. The storm's blowin itsel oot, n Ronnie, even though eh's aw lit up, is tons mair calm n happy, so ah tells um we huv tae git oaf.

— Terry, I really can't thank you enough. I owe you, buddy.

— Nae worries, mate. Auld Faithful wants sorted but, ay.

Ronnie nods at me, n glances at Sal. — Right, thanks for swinging by, you guys.

— Any time, pal, n ah gies um a wee hug, as Sal says nowt, just gets to her feet n picks up her bag.

We leave and head doonstairs and ootay the hotel.

Walkin up the Bridges is mental – thaire's rubbish blowin aw ower the place. Ah gits some fuckin grit in ma eye, n this hair'll want washin again wi aw that shite flyin aboot. — That guy is crazy, Sal sais, — hearing those voices –

— Hi! You were trying tae top yirsel a while ago!

Sal shrugs it oaf, n ah takes her back tae the flat n gits her intae the scratcher. The ching's done its job, as it ey does wi lassies, the lines making her jumpy and wired. So ah'm giein her the message big time, a nice tight pussy oan it n aw. N it's the same story maist ay the night, the big bang, then wi faws asleep for a bit, then Auld Faithful's nudgin ays awake, so ah'm nudgin her awake.

— Don't you ever stop . . .? she half gasps, half groans, when ah'm at her for the fourth or fifth time.

— No until every single thought ay suicide's been rode right oot yir napper, ah tells her, but she's gantin oan it; each time she's like two slices ay nicely done breid bouncing up oot the slots ay a springy toaster.

In the mornin, ah gits up n through, blawin ching n snotter

oot ay ma beak, openin the blinds n lookin oot oantae the street. Looks cauld ootside. A few bins turned ower, some rubbish blawin aboot n seagulls squawkin. Fuck that. Ah turns back in tae survey the gaff. This is a shaggin pad awright, n gittin a place in toon wis the best fuckin move ah ever made.

Ah'm thinkin aboot the epic knobbin ah gied that Suicide Sara-Ann Lamont aw night: gaun the extra mile fir the purposes ay therapy! Cure for aw the problems in the world? A decent fuckin ride. What the fuck has anybody got tae worry aboot when they've had a good shaggin? Politics . . . what a load ay fuckin shite. Relationships . . . well, any burd huvin a bad relationship just needs a solid length ay boaby slammed intae her. Then it's: what bad relationship? Works fuckin wonders! Ah'm hopin now that Sal's no a nutter wi a saviour complex. But that's a silly thing tae say: of course she's a nutter, she wis gaunny fuckin well top herself last night!

N she comes through wearin ma fuckin 'Sunshine on Leith' T-shirt, settin oaf mair warnin bells. As ah eywis say, the time ye git nervous aboot lassies is no whin yir tryin tae git *thair* fuckin knickers oaf thum that night, but whin yir tryin tae git *your* fuckin T-shirt oaffay thum the next mornin! Guaranteed!

She's a fit burd awright. The collar-length black hair n the make-up, goth as fuck but sexy, n jist a wee bit hefty n that mid-thirties wey whin they start tae go oaf, which ah fuckin love! That's when a lassie *really* gits fuckin shag-happy! So it's a big change fae the torn coupon the other night, as she flops oan the couch wi a crocodile smile.

Ah looks at her. — So how dae ye feel now?

— Well shagged.

— Still suicidal?

— No, she goes, aw thoughtful. — Just angry.

— Well, feel angry at the cunts that gied ye a hard time. Dinnae take it oot oan yirsel. If ye dae that they've won.

She shakes her heid. — I know that, Terry, but I can't help being *me*. I've received all kinds of counselling, all sorts of advice, I've been on different medication –

Ah pats ma groin. — This is the medication you need, hen. Guaranteed.

— God, she laughs, — you really are insatiable!

— Aye, ah goes, — too right. But that's no important, ah winks. — The question ye should be askin yirsel is: 'Am ah?'

15

JONTS IN MCDONALD'S

Ah wis nivir much guid at the skill, sur. Naw sur, naw sur, ah wis not. N ah eywis felt bad aboot that. Ah pit that doon tae real faither Henry spendin a loat ay time workin away n Ma gittin too fat tae leave the hoose. Oor Hank went tae the skill, n Karen n aw. That real faither Henry, he says tae us, — Yir a wee bit slow, Jonty, so the skill's no gaunny make any difference, no like wi Hank n Karen.

Ah nivir said nowt but it hurt ays. It hurt ays deep in the chist, like if ye could open up yir chist n thaire wis spiders in thaire. Spiders that crawl aboot oan wee legs n make ye feel aw funny inside. Aye, eh pit spiders in ma chist, that eh did, sur. It didnae dae thum that much good, mind, oor Hank n Karen. Mind you, Hank drives a forklift truck now, so that's no too bad but Karen jist looks eftir Ma. A waste ay that social care course she did. It made ur aw qualified, sur; aw qualified tae look eftir tons ay people in thair hooses, no jist her ain ma in her ain hoose. An awfay waste, aye sur. Jist yir ain ma whin yir qualified tae look eftir tons ay mas; aye sur, that it is. Aye.

But ah jist used tae sit in the graveyard, readin the stanes, unless it wis too cauld, then ah'd go tae Boaby Shand's hoose, fir a cup ay tea n a wee heat. We'd watch the racin oan telly n bet wi each other. Then ah stoaped gaun cause Boaby eywis won. 'Ye dinnae git the odds, Jonty son,' he'd tell ays. Well, ah goat thit the odds wir stacked up against me winnin, ah goat that awright, sur, did ah no?! So ah stoaped hingin aboot wi Boaby. Eh wis awright, a Herts boy, but eh got called a Fenian bastard cause thaire wis a Bobby Shand in the RIA. Then ah went n left Penicuik fir Gorgie.

Ah like Gorgie, but.

Ah like the McDonald's. Aye sur. The Chicken McNuggets ur the bit ah like best, sur, aye they ur. Ah like the wey whin ye bite intae thum thir aw chewy, n no that greasy wey like a Kentucky Fried Chicken kin sometimes be. Ah like a Kentucky Fried Chicken whin ah'm in the mood but, usually eftir a few peeves, aw aye sur, that ah dae. Jinty ey prefers a chippy. Ah keep tellin hur that she should be mair adventurous. Ye should be mair adventurous, Jinty, ah'd joke tae hur. Aye sur, mair adventurous. But ah like a McNuggets fir a chynge, aw sur, fur a wee chynge. But see this new Eftir Eight McFlurry, ah like that Eftir Eight McFlurry n aw! Jist as a treat oan a Tuesday, but, cause yuv goat tae keep yir money. Funny thing is, ah dinnae really like a Big Mac that much. Ye kin git awfay bagged up eftir a Big Mac.

16

HOTELS AND SAUNAS

Bawbag: load ay fuckin pish. That wis nivir a hurricane! A total fuckin non-event, that cunt: fuckin well playin at it. Thaire's a bit ay a mess oan the streets, wi upturned rubbish n that, kicked-ower signs n traffic cones, n one or two broken windaes, but nowt different tae what pished-up cunts dae every fuckin weekend!

Ah've droaped oaf a couple ay messages in toon, so ah pop doon tae Liberty Leisure n check oot how The Poof's business empire's daein. That Saskia's still hingin aboot; Polish burd, awfay sexy, eywis wears tight, glittery tops, n a short skirt, like she's gaun clubbin, but mibbe a bit too fragile n lost-lookin tae be in this game. — Nae Jinty? ah asks her.

— Nup, she nivir came in, Saskia goes, soundin sortay Scottish but wi an East European accent. — Mibbe Bawbag got her!

Ah'm sortay laughin at her patter but this other burd, that Andrea, lookin right at me, says, — Maybe he did.

Ah like Saskia n Jinty's style, but ah loat ay the lassies here dinnae seem tae be that happy, n ah think ah ken the reason: that wee cunt Kelvin is definitely creepin thum oot. He comes oantae the scene n the laughter stoaps. Ah dinnae like that, yuv goat tae be cheerful at work. Especially if yir work's fuckin shaggin!

— Business is a bit slow, ay, he says.

— Aye, this Andrea goes, which cracks me up, cause she says it in an English accent and she's a sortay Chinky burd.

— Git in thaire then, eh goes, noddin tae one ay the rooms, — ah've goat a length fir ye.

The cunt looks at me wi a big grin. Ah feel like punchin the skinny wee cunt's muppet heid in. Even though that Andrea is a bit ay a cow, ye kin tell the lassie's really scared as she heads oaf, followed by that sleaze bucket. Ah dinnae like aw that shite. Suggest a ride tae a burd, aye, but *commandin* a lassie tae ride when she cannae refuse, well, that's no fuckin right. As they vanish, Saskia shoots me this fearful look, like she wants me tae dae something. What can ah dae? It's fuck all tae dae wi me, ah jist came doon tae help oot The Poof, n it's his fuckin brother-in-law. Ah says tae her on the quiet, — Let ays ken if Jinty shows up.

— But you can call here.

— Ah dinnae want tae talk tae laughin boy, ay, n ah nods through tae where Kelvin's probably heapin the misery on Andrea. Ah keep ma voice doon, cause the lassies seem tae hate Kelvin, but in this kind ay set-up thaire's eywis a grass.

She looks at me for a second, n scribbles doon her digits oan a slip ay paper.

Ah gits back in the motor, no feelin sae happy. Ah punches in Saskia's number and texts her: *Any news about Jinty, give me a wee shout. Terry X*

Aye, thaire's some no bad rides thaire n The Poof says fill

112

yir fuckin boots, it's oan the house. But fuck that; even if it's oan a free pass, ye want tae be wi a burd that's intae it, like that Jinty, no yin that's jist punchin the fuckin cloak. Besides, a welt like this, they should be fuckin well peyin me fir *ma* services! Guaranteed! That Jinty kent the score, n ah'm wonderin when she'll be back in.

A text flies back, fae Saskia: *Yes and please the same if you hear. S.*

Nice lassie. But ah'm no for prostitution at aw. It's no right that lassies like that Saskia are pit in the position whaire they huv tae sell thair bodies for cash. Much better money makin a few porno flicks wi the likes ay me n Sick Boy. Ah dinnae want tae mention that though, in case it gets back tae The Poof, n eh accuses ays ay poachin his employees, or worse, tries tae git involved in aw oor shit. I'm way too tangled up wi that cunt awready.

Pillin up Easter Road n ah sees that new manager boy, him that came ower fae Dublin, comin oot a shop wi an *Evening News*, so ah toots n gies um a wee wave. Goat tae be an improvement oan that last useless cunt. Ah picks up a fare oan London Road. It's another moosey-faced cunt, whae's soon askin ays, — How's it wir gaun this way?

— Trams . . . one-wey system . . . re-routed . . . council . . .

The phone's gaun, n it's that Suicide Sal. So ah meets up wi her in Grassmarket, whaire ah'm droapin oaf this miserable fucker. Tight cunt gies ays a fifty-pence fuckin tip. Control's oan starting thair bullshit:

PLEASE PICK UP FARE IN TOLLCROSS.

But it's no Big Liz, so they kin suck ma fuckin boaby, if the cunts could git thair erse-tight lips around it. Ah type in:
JUST PICKED UP A FARE IN GRASSMARKET.

Sal gits intae the cab, n she's lookin a lot better now. Like thaire's a bit ay life back in her eyes. Nowt like a decent fuckin ride tae restore perspective! Guaranteed!

The greatest thing aboot shaggin a burd in the back ay a *real* taxi, like the hackney cab: after yuv rode her, she cannae git in the front wi ye. Thaire's that nice bit ay distance, ken?
— Whaire's it we're gaun for a ride? ah goes, turnin roond.
— You're gittin it good style, every hole filled. Brought a wee pal along. Ah huds up the vibrator thit ah usually keep under the seat.

She arches a sly brow. No daft that yin: kens that move sets oaf a definite baw-tremor. — So are all Edinburgh taxi drivers drug-abusing sexual perverts?

— Only the yins worth talkin tae!

She hus a wee giggle at that. — We can go to my hotel. I've a room at the Caledonian until tomorrow, then I have to go back to my mother's at Porty.

— Barry, ah goes. — Lit's live it up while yuv goat the space!

Ah like a cowp in the back ay the cab, but a bit ay deluxe suits ays doon tae a tee. One thing ah've learnt ower the years, if fate gied ye a welt like a hoarse, no a hoarse's cock, mind you, but the actual *hoarse*, ye fuckin well yaze it. But if he gied ye a tongue like Doaktir Who's skerf, yuv goat tae fuckin well deploy that bastard n aw. So wir up in this smart room oan the bed. Ah'm right doonstairs, lickin away like a

114

— Mulk in Thepubweynaename! Plitikill kirrectniss gone mad! Deek offers.

Jake, who has been behind the bar polishing glasses, looks at Jonty and says, — That milk's on the house, pal.

— Thanks, Jake, aye, thanks . . .

— Ah hear that you're good at the paintin, Jonty.

— Aye, the paintin, aye sur, aye, aye aye . . .

— No fancy daein the pub here? It wid huv tae be early-morning shifts though, cause ah cannae afford tae shut it. Yir jist acroass the street but!

Jonty considers this. The extra money would come in handy. — Aye, Jake, ah kin git up early, aye sur, aye . . .

Evan Barksdale, who has heard this exchange, lifts his eyes from the *Record* on the table. As Jonty joins them, he hears Evan postulate, — This fuckin panda business, ah kent thaire wis something no right aboot that. Notice how they've awready admitted that thir Fenian bastards!

Tony chips in, — The two pandas they goat fae China at the zoo ur Fenian bastards?

— Aye.

— Beat it!

— Ah'm fuckin tellin ye!

— Git away!

Jonty's eyes go from Evan to Tony.

— Stoap that wi yr eyes, ya muppet, Evan goes. — It's like he's at fuckin Wimbledon! Hi-hi-hi-hi!

Laughter ripples around the table. — Hi-hi-hi-hi-hi!

Jonty wonders what they mean by this. There is no tennis here, in this pub.

— They awready called yin 'Sunshine' like 'Sunshine on Leith', n thir sayin it's a Hibs supporter, Evan Barksdale says. — Dirty fuckin Fenian Chinky Hobo tramps. Just when the council fuckin backtracks on its pledge tae help us wi a new stadium!

— Yir no wrong, Barksie, Lethal Stuart cuts in. — Notice how that Hobo tramp Riordan went ower tae China tae play? Then the next thing ye hear is that thaire's two fuckin pandas headin tae Edinburgh? These fuckin specky Proclaimer cunts'll be playin a gig ower thaire next!

— Hi-hi-hi-hi-hi! Tony laughs.

— Aye, ye might fuckin laugh, but it's no right. Evan Barksdale shakes his head and looks at Jonty. — What you fuckin well sayin then, Jonty?

— Ah like pandas, aye sur, aye sur, aye sur, but ah dinnae think thir bothered aboot Hibs n Herts. Mair likely tae be Dunfermline or St Mirren wi they colours. Aye sur, black n white, sur. Aye. Aye. Aye. Dunfermline. Aye. St Mirren. Aye.

— Goat ye thaire, Barksie, Tony goes.

— Fuck pandas, Evan Barksdale sneers. — Dinnae even see what the fuss is aboot wi they daft cunts. Thi'll no ride each other tae save thirsels fae extinction n thi'll no change thair diet.

— A plitikly kirrect bear, Deek says. — Madness!

— Same again? Craig Barksdale points to the emptying glasses. — Tennent's?

— Aye. Tennent's, says Tony.

— Aye. Git ays another pie n aw then, ya cunt . . . Lethal Stuart appeals. — Ah'll gie ye the money!

— Aye, Tennent's, says Evan Barksdale.

Craig Barksdale turns to Jonty. — What you wantin then?

— Naw sur, naw sur, ah'm fine jist sippin at ma mulk, aye sur.

Craig Barksdale rolls his eyes but is quite relieved that Jonty has refused a beer. — Aye, they dinnae ride, they fuckin pandas, he sings to his brother.

— Ya cunt, Tony announces, — ah could go a decent ride right now!

— Hi-hi-hi-hi-hi!

— So you no gaunny git Jinty in the family wey then, Jonty? Tony asks.

— Hi-hi-hi-hi-hi! They all sit round in their seats to study Jonty's reaction.

— Naw, a crestfallen Jonty tells them. — Naw sur. Naw.

— It's aw fuckin money, bairns n that but, Jonty, Tony says sadly. — Yir life's no yir ain. It's good tae gie a burd a bairn, it stoaps thum ridin aboot wi other boys; unless it's a real slag, of course. A real slag will ey ride aboot n thaire's nowt ye kin dae aboot it. But mark ma wurds Jonty, gie a lassie a bairn – jist yin or two mind, cause any mair wrecks a burd in the fanny department. The ridin's nivir the same eftir a bairn. Ma Liza, she jist lies back n takes it. Nae enthusiasm. He shakes his head sadly. — Is it still like it wis it the start whin you ride wee Jinty, Jonty?

— Naw, Jonty tells him, now feeling very sad. Cause it wasn't like that.

— This conversation's takin a fuckin depressin turn, Evan

121

Barksdale shouts. — That's wi fuckin Christmas comin up but, ay.

— Aye, meant tae be the season ay goodwill, Lethal Stuart says. — Any cunt goat ching? Some cunt phone some fucker!

Jonty can no longer stand it. — Ah've goat tae go, aye sur, that ah have, he says, rising from his chair.

— Aye, thaire's money there, Jonty hears Evan Barksdale contend, his adversary raising his voice as he leaves the pub. — Sneaky wee cunt, n he gits tae paint the pub! When did he last buy a fuckin round? That's aw ah'm sayin, Tony.

Jonty pushes through the doors and heads down the street reasoning that it is unfair that he should buy a round of drinks when he is only on free milk. It is growing cold again, but the rain has stopped, although the pavements are black with wet, and frosting in patterns that entrance him. On an impulse, he puts the sole of his shoe on one, destroying the intricate ornamentation, almost moved to tears that his actions have resulted in the elimination of something so beautiful.

A free newspaper, lying discarded on the pavement, distracts him from his pain. He picks it up.

He isn't that long back in the flat when the doorbell rings. Jonty keeps the door on the chain, only opening it to the extent of its meagre limit. A young woman looks back at him, her nose wrinkling, as if she smells something bad and Jonty has to concede that it is a bit dirty indoors, with Jinty being ill. The house needs cleaned. He will have to pull his weight more.

— Is Jeentee in? The girl sounds foreign. Maybe Polish. — I am Saskia, a friend of hers from work.

— Naw, Jonty says, shaking his head. — Naw she is not, naw sur, naw naw naw . . . n she's no gaun back tae that place either, he informs Saskia, thinking about The Pub With No Name. — Ah ken aw aboot what happens at that place! Aye ah do! Durty things! Aye sur, aye sur . . .

Saskia puts her hand across her chest, a gesture Jonty reads as indicating shame. — I am sorry, I know it isnae good but I needed to get money . . .

— Cause it's wrong what happens in that place!

And Saskia hangs her head and slopes away, thinking of her family in Gdansk, how it would destroy them if they knew the source of the money she sent home every week by Western Union wire transfer, as Jonty considers Barksie and that evil cocaine and what it has done to them all. A rage bubbles inside him. To calm himself, he picks up the free newspaper and reads slowly.

Scotland's smokers have been praised for their heroism, standing up to extremely inhospitable elements in the form of the devastating hurricane known dismissively as 'Bawbag' by locals. As the storm raged to its height around 1am, clusters of smokers spontaneously left the bars of Edinburgh's Grassmarket, where they struck up a rousing, defiant rendition of 'Flower of Scotland'. But instead of standing against 'proud Edward's Army', as in Roy Williamson's famed lyric, they subsistuted this with 'Hurricane Bawbag'. Plasterer Hugh Middleton, 58, said, 'I've never seen anything like it. We just roared our song out into the night. Amazingly, the hurricane

123

seemed to die out after that. So we really did send Bawbag "homewards tae think again". I suppose the message is that if you come to Scotland, behave yourself and you'll be looked after. But if you step out of line . . .'

Politicians have been quick to heap praise on the courageous puffers. Local MSP George McAlpine said, 'Scotland's smokers have had a rough time of it lately, but they showed great fortitude and inspirational courage.'

Jonty feels himself bursting with pride, silver tears trickling down his cheeks, and wishes that, despite the health risks, he was a smoker.

It has started to rain heavily again. Sheets of icy water lash down. Saskia turns up her collar, wincing in despair, as cold water runs down the back of her neck. As she approaches Haymarket, a horn toots and a taxi rolls up alongside her.

— Hop in, doll!

Saskia looks at the beaming smile and mop of corkscrew curls.

— I do not have money –

— Hi! This is me yir talkin tae! Hop in!

She doesn't need to be asked a third time.

As they drive through town, Terry considers the saying 'a bird in the hand is worth two in the bush'. He concludes that your hand in a bird's bush, though, is something you can't put a price on . . . unless you were down in Liberty Leisure. Then it was about fifty bar. This is the direction he's heading off in with Saskia, who says to him, — I go and see Jinty, but she is not in and her boyfriend says she isnae coming back. I think he knows what she was doing here and has stopped it.

— Well, that's a shame, Terry says, enjoying the Edinburgh affectations of Saskia's Eastern European accent, — ah liked that lassie. Rough as fuck and a wee bit mental, but she was sound. Where did she go?

— He did not say. Her boyfriend, he was a strange man.

— We aw are, hen, and so are youse. Terry gives her a smile, eliciting one back from Saskia which strips away her worries, changing her face to reveal an intense, paralysing beauty, which lights Terry up from the inside.

Ya fucker . . .

In moments of self-candour, Terry conceded he actually thrived on damaged girls. Somebody with her own career, place, money in the bank, no mental health issues . . . that was fine for a while, but they soon tended to suss him out, once they'd had their rations of Auld Faithful. The nutters are hard work, yes, but they certainly keep coming back for more.

— When are you for finishing your shift?

— Once ah've droaped you oaf tae start yours, that's me done. Goat tae meet a buddy.

— I can get out here if it is easier for you . . .

— Nae worries, wir aw good. Terry checks the time on his dashboard. Ten minutes later, he feels a little sad as he watches her step out the cab, a discreet distance from Liberty. No formal pact is made, but both know it would do neither any good to be seen together by Kelvin.

So now he is off to meet Ronald Checker at the Balmoral. Terry notices that Ronnie is sporting a sheepish coupon. *Nice tae see such a boastful rich fucker oan the telly looking like he kens he's made a complete twat of himself!*

— Where to, Ronnie?

— That Haddington place.

— So ye survived Bawbag then, Terry teases.

— Yes . . . sorry about that. I guess I overreacted. See, I was there at Katrina, Ronnie lies, — as part of a government-backed task force. These people didn't want our help, our leadership. It wasn't the administration's fault; the liberal media distorted it. But I saw a lot of shit. I guess I expected something on the same scale here.

—Aye, wisnae much ay a hurricane, or no that ah noticed. Terry pats his groin. —Ah wis involved in ma ain wee tornado at the time.

— Hell, I'll bet you were! That gal was a feisty one, Terry, Ronnie declares, then his voice drops as his features seem to rush to the middle of his face. — You know, it's always been a fantasy of mine to hate-fuck with one of those Occupy bitches! She ain't got any buddies, huh?

Terry isn't totally sure what Ronnie means, but is moved to consider the sexual encounters he's enjoyed with posh fanny. Yes, opposites can attract, especially in the bedroom. At least in the short term. — No sure, but ah'll ask her, mate.

They head out to East Lothian, which seems remarkably unscathed by Bawbag. At a stretch of woods that lead to the beach, they get out and look around. Ronnie is animated, the wind slapping the Mohawk across his skull like a comb-over.

— Imagine if this place was a state-of-the-art golf course . . . cut down those trees, level and landscape the area around it, some luxury apartments . . . hell, we could revitalise this shithole!

Terry thinks it looks just fine as it is but keeps his counsel. In this game it is prudent to keep the customer sweet. Let them obsess over whatever shite they want. After all, everybody has their obsessions; yes, he concedes, even him.

— Whaddya think? Ronnie asks, crushing some wet bracken under the heel of his shoe.

— Cunts huv nae vision but, mate, Terry replies, trying to work out if this is a 'we need to free ourselves from Westminster's shackles' or a 'we're muppets who couldn't possibly run the place on our own' number. Undecided, he ventures, — But ah'm no sayin nowt against nae cunt, mind. Huv tae say but, ah like the woods. Ye cannae compromise too many outside-shaggin sites.

This scarcely seems to register with Ronnie, who is breathing in deeply, filling his lungs. — Air sure is so sweet and fresh here, he concedes.

The next port of call is the council chambers in Haddington. Terry has fond memories of this town, with images of a girl from here dancing in his mind. As he parks outside the building, a man emerges to meet and greet Ronnie and usher him inside. Terry watches them depart into the old council building, and stretches out and yawns.

The rain has stopped, with the sky clearing up as dark clouds charge west with menacing intent, opening up a pallid blue. Terry exits the cab, then sees Ronnie's Apple Mac on the back seat, and gets in, idly opening it. It's still powered up. He goes online, looking for his favourite gaming site, and is tempted by a long shot at Haydock. He resists, moving on to Sick Boy's pornographic website, X-tra Perversevere, and has an exhibitionist's desire to show Ronnie *The Fuck Locker: The Exploding Sex Bomb*, which he regards as the best of his recent work. It culminates in him trying to bring off the frigid al-Qaeda operative, played by his friend Lisette, who is wired by remote control to a set of explosives in the Bora Bora caves (filmed near Dover), whereby her orgasm will detonate them and bring the entire terrorist network down. He thinks that it will chime with Ronnie's politics. Then he is delighted to see that Sick Boy has finally put up the porn-football-hooligan film they did last year. *The Biggest Hardest Mob* is about a group of football-thug studs who learn that their main opposition mob have taken their girlfriends to Majorca. They drug the opposition mob, then film a full-on orgy with their rivals' partners, which they later play back on the big stadium screens at the next meeting between the two teams. This is one you have to take your time with though, and Terry is pleased to see from the trailer that his love handles look tight.

He decides it might not be good to let Ronnie know he's been browsing on his computer, so goes into the history to clear it. After completing this procedure, he realises that the window on Ronnie's email account is still open. He reads a few; they are fairly dull and innocuous, though one, obviously from an ex-wife's lawyer, seems a little ominous. The one that gets Terry, however, is from this morning:

Dear Mr Checker

I confirm that your recent offer of $100,000, for the remaining bottle of Bowcullen Trinity in our possession, is of interest to us. However, I feel duty-bound to inform you that we have had interest from another party, based in Europe.

With that in mind, might I suggest that you come and visit us at the Bowcullen Distillery, where you can enjoy lunch and our famous Highland hospitality, and you can examine this rare and highly prized collector's item?

Yours sincerely
Eric Leadbitter-Cullen
President, Bowcullen Distillery

— A hundred grand for a fuckin boatil ay whisky . . .? Terry gasps out loud, shutting the laptop, as Ronnie emerges, distracted in animated conversation with a portly man who is dressed in tweeds.

Terry gets out and walks towards them, as the man shakes hands with Ronnie and departs back into the chambers. — Awright, mate?

— Hell yeah, Terry, Ronnie grins. — Our next little trip is gonna be up to the Highlands. Do you know the Bowcullen Distillery in Inverness-shire?

— Naw, but ah soon will, mate, Terry smiles, thinking about how any bottle of whisky could be worth a hundred thousand dollars, even if it was American toytown money.

18

THE LESSONS OF BAWBAG

It's aw cauld n draughty when ah rise fae the couch. An awfay lumpy sleep, awfay lumpy, aye, it is that. But ah cannae go intae the bedroom, cause ay Jinty no speakin tae ays. Naw sur, ah cannot. So ah shuts the bedroom door withoot looking in. Thaire's nae sounds, jist an awfay bad smell.

This cauld is like a shirt oan yir back; a cauld white shirt thit ye cannae take oaf but, no ye cannot. Ah mind yin time, as a wee laddie, whin ah fell intae Newhaven Harbour. Ma faither, real faither Henry, went doon the iron ledders n grabbed ays n pilled ays oot or ah wid've drooned. Ah couldnae git that freezin cauld shirt oaffay ma back. Muh ma, whae wisnae that fat then, wis undaein the buttons n ah wis screamin at her tae hurry up, aye sur, screamin. It wis that cauld. Jist like now, sur, jist like now. Aye. Ma feet ur awright, no sur, ah'm no bothered aboot ma feet, but ma back n ma hands . . .

Ah turns up the cushions oan the couch n thaire's a poond coin, a fifty pee a five pence n some coppers! Ah ken whaire ah'm gaun! Aw aye sur, that ah do, that ah do.

So ah goes tae Campbell's for a heat. Better thin yon Pub Wi Nae Name anyway! Ye git a rerr heat in thaire, sur, aye ye do, a rerr heat. Thaire's a paper opened, a posh *Scotsman*, n it's aw aboot yon Bawbag. Aye.

130

It's fair to say that life, post-Bawbag, will never be the same. The lessons of Bawbag were that Scots, once again, realised that they were back at the centre of the world, which would look to us to provide the appropriate behavioural response to this sort of natural calamity, though within the context of a strong, free Britain, and with a powerful military presence to assist our American allies in their selfless quest in maintaining peace throughout the globe.

Thir no wrong n aw sur, they are not wrong. Life is nivir gaunny be the same again. Mair thin the cocaine n the Barksie twin, n them acroass the road in that Pub Wi Nae Name even, it wis Bawbag thit did aw this!

Aw God. Aw God.

Ah sees Maurice, Jinty's faither, come in, n ah turns away as eh sortay perches at the bar. Eh's wearin a smert yellay fleece. It makes um look like a giant canary thit's come intae the pub, n the bar bein ehs perch. But eh's seen ays. Aw God, eh's seen ays, eh hus that.

— Jonty!

So thaire's nowt ah kin dae but leave ma posh paper n head ower wi ma pint. — Mo. Nice fleece ye goat there, Maurice, sort ay canary-yellay, aye sur. Looks awfay comfy, sur, sure it does, Maurice. Canary-yellay fleece. Aye. Canary-yellay.

Maurice rubs ehs sleeve ay ehs fleece between ehs thumb n forefinger. — Ye dinnae see many like these, Jonty.

— Yir no gaunny git knocked doon oan the dark mornins wearin that, the barman goes.

Maurice looks like eh's gaunny take it the wrong wey, ken, pittin oan that face, then eh smiles n goes, — Naw, that's no gaunny happen right enough! Eh turns tae me. — Ay, Jonty! Ah'm no gaunny git knocked doon croassin the road wearin this!

Ah jist laughs at that yin. — Nae yir no, ye urnae, naw sur, naw sur, naw sur, yi'll no git knocked doon wearin that yin! Naw yi'll no, Maurice, that's for sure, aye sur, it is.

Then this boy standin at the other corner ay the bar, eh looks a wee bit drunk n goes, — No unless it's a summary execution for crimes against fashion.

Maurice's grippin the bar, ehs knuckles aw white. — Always jealous ignorant people, ye notice that, Jonty? Ye notice that?

The boy's jist smilin, like eh's no bothered at aw.

— Aye, bit dinnae rise tae the bait but, Maurice, dinnae rise tae the bait, nae sur, naw sur. Nup. The bait.

Thank the guid Lord that the boy's turned away tae ehs mate, n Maurice lits it go. — Ah'm no wantin back in the chokie, Jonty, no at ma age, n ehs face, cheery a minute ago, goes aw miserable. — Ah'm no a young man any mair, Jonty. Ah couldnae dae mair jail time now, n eh looks back ower at the boy, talkin tae his mate, a younger sort ay felly, — no for jealous bastirts like yon!

— Jealousy, Maurice.

— Aye n they aw sit in that toilet n dae thair funny snuff, n eh makes a sniff up ehs nose, n ah sortay cringe, thinkin aboot Jinty, — but Scotland's smokers urnae extended the same rights! Naw, we huv tae go ootside in the rain, while

132

drug addicts, jealous drug addicts, are free tae brek the law any time they like in the toilets!

— Aye sur, aye sur, jealousy is what it is, ah goes, — cause it's a fine-lookin toap, Maurice. Warm n aw, ah'm bettin!

— Ye widnae believe it, Jonty! Maurice sais, now aw cheered up again. — Ah wis oot last night whin that hurricane, that fuckin Bawbag or whatever they call the cunt, it wis fair blazin doon Gorgie Road, n ah nivir felt a thing! Nowt!

— Aye? Ah'll bet ye didnae! That's a barry fleece, right enough! That wid stand up tae Bawbag n pit um in ehs place! Ah bet ye it wid!

— Yir no wrong, Jonty, Maurice laughs, then eh sais, — The only thing wi it, eh goes, dippin ehs cuff in his pint ay Tennent's n rubbin at a mark oan the sleeve, — is that it picks up stains awfay easy. This wis some broon sauce thit came ootay ma bacon roll ower in the cafe. Ma ain fault, eh shrugs, — ah pit too much oan.

— Too much.

— Aye, too much, Jonty, easy done, eh goes, eyes aw sad again.

— Easy done though, Maurice, cause ye cannae beat broon sauce oan a bacon roll, aye sur, aye sur, aye sur, broon sauce, sur, bacon roll, sur.

— Aye, you've goat ma wee Jinty fir aw that. Wee Jinty ey made a good bacon roll, ah'll say that fir her. The square sausage n aw! The English huvnae goat that! Naw thuv no!

— The English dinnae huv that?

— Dae they fuck! Ah've worked aw ower England, Jonty

– Cambridge, Doncaster, Luton – n ah've hud fill English breakfasts everywhaire. Nane ay thum ken aboot the square sausage. Git fuckin genned up, ah'd say tae they landladies servin the brekkies at they B&Bs, the square fuckin sausage! Made fir rolls!

— Ah sur, they ur that!

— Ma Jinty; one bacon roll, one egg roll, n yin oan the square sausage, eh, Jonty! Her ma taught her that!

— Aye sur, ah'll bet she did!

Maurice takes a gulp ay lager. — How's she daein? Jinty? She's no been roond lately. Come intae some money, ah bet!

Aw naw, it pits a pain in ma hert whin eh asks yon. — Naw sur, jist daein away quietly, aye sur, daein away quietly, ah tells um, but ah didnae want tae hear Maurice tell tales ay his deid wife, Jinty's ma.

— Jist like hur ma, that yin, Maurice sais, aw glassy-eyed like eh's aboot tae greet.

— Aye sur, aye, she wid be . . .

— Jist like hur ma, n no like hur ma, if ye catch ma drift.

— Aye sur . . . aye . . . aye . . . aye.

— Her ma wis a great wummin. Never a day goes by whin ah dinnae think ay her.

Aye, the memories make ye sad, but ah've goat ma ain yins tae make ays sad, so ah drink up n leave, sure ah do, sur. Tell Mo ah huv tae go. Nice canary-yellay fleece though.

19

SEX ADDICTS' MEETING

It's a scabby wee fuckin room wi a faint smell ay seek; they must've hud a weddin in here the other night. Chairs arranged in a semicircle wi one cunt at the front, whae introduces ehsel as Glen. Thaire's aboot twenty people here, n roond aboot fifteen are guys. That's nae fuckin use tae me! N bein the new sheriff in toon, aw eyes ur oan me, especially this Glen cunt. A podgy-faced fucker wi a blond fringe, n they earnest eyes like some Americans uv goat; yins thit sort ay *implore*. So ah stands up, soas the burds can sketch the outline ay Auld Faithful (eywis oan permanent semi-alert through the tight nylon tracky bottums ah'm wearin), n jist spits it oot, wi a big ah've-jist-fell-intae-a-barrel-ay-fannies grin acroass ma coupon. — My name is Terry, n ah'm a sex addict.

They start giein ays aw they sincere welcomes: 'Hi, Terry. Hello, Terry' . . . aw that shite. Ah kin tell one wee burd's clocked whit's fir muncho-luncho but! Wee dark-heided thing wi thin, tight lips n a shagger's glint in her eye. She crosses they nylon pins tae gie that pussy a cheeky wee squash. Jist tae wake it up, soas it kens thit jumbo-sized hot dogs ur oan the menu fir later! Fuck me, ah kin feel Auld Faithful shuffling forward an inch. She'll dae!

135

This Glen cunt looks at ays aw stroppy as ah sit doon, but ah dinnae gie a fuck, ah've said ma piece n pit the goods oan display. Time tae jist kick back n see what bites n gets reeled in but, ay. Ah've sat back wi ma right leg restin high oan the chair in front, tae lit Auld Faithful display nicely ower the inside ay ma thigh. This Glen boy, he's haein nane ay it, though, ay. — Perhaps, Terry, you might like to tell us why you're here?

Ah gies a wee shrug. — A bit deep. Why's any ay us here but, mate? Ah've came along tae this meetin cause ah like a ride, ay. Thoat ah'd meet some kindred spirits! Spice ay –

— I don't think you understand the meaning of this group, Glen sortay gasps oot, ehs puss aw creasin up. Thaire's a few tuts aroond the room.

But ah fuckin well dae ken the meaning, cause ah've been lookin at the burds' reactions; maist ay thum'uv goat that stroke-victim turned-doon-mooth oan thum, but that wee honey, the yin thit checked the goods oan display, she's fair crackin up! Ah'm fuckin well gaun hame wi her! Guaranteed!

This Glen cunt's still giein it the big yin: — . . . the people in this group have had their lives wrecked by their addictions to sex, and inappropriately acting on those emotions. He looks roond them aw for support.

This big fat bastard stands up. — I'm Grant and I've been sober now for eight years . . .

— Well done, Grant, Glen goes, as the other cunts start aw that 'good oan ye, mate' shite.

Ah dinnae git this at aw. — Whin ye say sober, does that mean yuv no hud a ride in eight years? Cause if ah hudnae

136

hud a fuckin ride in eight years ah widnae be sober, ah'd be right oan the fuckin pish!

Thaire's a few gasps n heid-shakes at that but the wee honey in ma sights jist pits her hand ower her mooth tae stifle a wee laugh. The fat cunt, this Grant boy, he's nearly greetin but, ay. — My addiction cost me my whole life, my family, my beautiful daughters and the love of a fantastic –

Ah cuts um oaf. — Cause ah kin sort ay believe it ay you, mate. No bein wide, but yir a big laddie, likes . . . but in aw the wrong weys, if ye git ma drift but, ay. N yir daein that feelin sorry for yirsel thing, nae burd wants that, ah goes, n turnin tae the lassies, fir support, likes. Feminism in action!

— No . . . you don't understand . . . I'm sober through choice . . .

Ah'm startin tae fuckin tipple. — Ye mean by sober thit yuv no hud a ride?

The Glen gadge steams in. — Terry, you seem to be fundamentally misunderstanding what this group is about. We're here to talk about the crippling losses our addiction has cost us. You must have had broken marriages, estranged children, destroyed relationships . . .

This pits ays oan the spot. A sea ay faces, burds, bairns, but maist ay aw fannies, seems tae flash before ma eyes. Shaved minges, Brazilians, ginger, blonde, but they soon get swamped by a pulsin forest ay thick black bushes; which tells us wir back tae the fuckin eighties. — Aye . . . uv hud aw that. N it isnae very nice, ah admit, cause it isnae, n besides, yuv goat tae gie the cunts something. — But you gadges are too gless-is-half-empty. Ah've hud a loat ay fuckin barry rides

137

fae some quality fanny, ah explain, — a few muck-buckets n aw, ah'll gie ye that, but ah widnae change a fuckin minute ay it! Shot over twenty scud flicks!

This Glen cunt sees the wey this is gaun, n tries tae switch the conversation. — Look, this group is about coming to terms with our addiction, not celebrating it.

A burd who looks rough as fuck, but ah'd still gie yin tae, turns roond n goes, — Typical defence mechanism, not dealing with the loss, pain and heartbreak the disease of addiction causes!

— Ye kin talk aboot that aw ye like, but as oor Italian cousins say: ye dinnae take-a the humpy wi the rumpy-pumpy!

Well, that gits a few laughs, before it gits aw borin again n ye huv tae listen tae cunts gaun oan aboot how ridin's fucked up thair lives. Fuck that: take shaggin n peeve oot ay the equation n yir left wi the square root ay sweet fuck all! N the only root ah'm fuckin well bothered aboot is Auld Faithful's, whae's stiffenin nicely. Down, boy . . .

That wee raven-haired honey, she's a total wee clart; gies ays a wee slow wink. Ya cunt! She gits ma 'ah'm game' yin right back at her! *You wi the hair that's awfay inky, yir fuckin well getting the stinky pinky! Guaranteed!*

Of course, when it's coffee brek we're straight oot the fuckin door n intae the cab, right up tae the fuckin Pentlands. Ah've pilled up in a secluded spot n wir in the back, n ah've soon goat ma hands slappin against the roof ay ma cab n ah'm pumpin away good style!

Wuv baith come like the Spanish Inquisition, then wi sit gaspin away in the back for a bit. Then ah thinks ah'd better git the lassie's name. Ah hate it whin ye ride some burd n ye forget tae git her name, n, mair important, gie her yours. Jist soas she kin lit her mates ken but, ay.

— Ah'm Terry, by the way.

— Ah heard ye say, at the meetin.

— Right . . . you're . . .

Ah realises that she's fuckin distressed n nearly greetin. The guilt and regret seems tae huv kicked in early big time.

— I'm *anonymous* . . . or I fucking well should be!

— What's up?

Now the tears ur flowin n she goes, — I've done it again! I've fallen off the fucking wagon! I have to call my sponsor . . .

The burd's as pissed oaf as fuck: the coupon oan it! Ye eywis try n calm thum doon in this situ. — Awright, doll, ah'll take ye hame. Where's it ye stey?

— South Side, she goes, turnin away fae the phone, then back tae it. Ah start up, but ah've goat the mike oan so ah kin hear every word ay her call. — Kerry, it's Lorraine . . .

At least ah've goat her name.

— . . . I had an incident, this taxi driver . . . he had a huge cock . . . ah see hur lookin at ays, but ah'm keepin ma eyes oan the road. Fuckin balm tae the ego that yin, but! — . . . it was at the meeting . . . Yes, a really big cock . . . Yes, we left the meeting at the coffee break . . . I dunno, but it was big . . . I'm very close to yours now . . . She bangs on the windae. — Turn right into Rankeillor Street!

Fuck sake, it's practically roond the corner fae me! So ah does, n ah parks up. Thaire's another burd, a bit aulder, waitin at the stair door. She looks at ays as ah git oot the cab, n ah see her glancin doonstairs tae the ootline ay Auld Faithful, whae's back in semi-mode already. — Hi. I'm Kerry. So you were at the meeting too?

— A pleasure, Kerry. Ah'm Terry . . . Terry n Kerry, ah jokes, but the lassie's coupon steys serious. So ah tells her, — Aye, I was.

Her eyes go really wide, n she turns tae that Lorraine. — So Terry's vulnerable also . . .

This wee dark-heided Lorraine burd looks at ays, aw confused, then back tae her.

Kerry turns tae me again, her heid twistin like crazy. — You shouldn't be alone either, Terry. Then tae Lorraine. — The pair of you, come up and have some coffee. We have to process this.

Ya cunt, did we no fuckin well process it awright! Ah wis up the pair ay thum aw fuckin night! Wish Sick Boy wis still here, ah'd huv goat the cunt roond wi ehs camera, n goat that yin doon! Perr Lorraine wisnae too chuffed in the morning, ower coffee n toast, when ah asked her fir a tenner. — It's oan the meter, ye kin check. Thaire's an auld sayin in the taxi trade: the camera might lie but the meter fuckin well doesnae!

— But –

— Sorry, hen, but cannae make any allowances, it's ma livelihood, ay.

Ah collected up n left thum tae it. Checked the missed calls n the emails oan the cheeky phone. A stack ay thum, n aw fae burds. Ah'm solidly booked!

The phone goes again n ah take the call cause it's Jason.

— Terry. How goes?

— Good, Jase. Good, pal. Lovin the cab work and it's aw tickin ower otherwise, ken? Listen, might have something fir ye tae look at, legal documents, ken?

— My speciality is property, Terry, but I help people buy houses, not protect people who break into them.

— Hi! Ah've never broken intae a hoose for years!

— Glad tae hear it. Listen, I'm coming up soon. I've got a bit of news. I've just got engaged to Vanessa. Probably wait till later next year when she finishes her master's before tying the knot.

— Congratulations, pal. She's a fine lassie, ah tells um, n ah wis gaunny say fit lassie, but ah mind that ehs ma son n ye huv tae make an effort.

We catch up for a bit then ah goes doon the Southern Bar wi Russell Latapy, the lappy, for the free Wi-Fi. Ah gits online and starts looking at the expensive whiskies. Ah'm fuckin blown away.

The Trinity whisky, a blend of rare stocks, including some that have been maturing at the distillery for more than 150 years is produced by Bowcullen in Glencarrock, Inverness-shire, and has proven very popular with serious collectors. The first bottle was purchased via an agent by an anonymous American buyer, described only as a 'high-profile client', while the second was purchased by Lord Fisher of Campsie. The third is on display at the distillery museum in Glencarrock, where it shall remain, most emphatically not for sale.

This is why Ronnie's here; he's got one ay the three unique vintage Bowcullens and the daft cunt's willing tae pey $200,000 for the remaining two boatils. Or mibbe even mair. Good tae ken!

20

WHAT'S COOKIN IN
THE CUIK?

Penicuik's a two-bus journey, sur, aye it is. Ye git one tae the
Bridges, then the other yin's what the paper called 'a long
spin out to the periphery of the city and the mining town
nestling in its jaws at the foot of the Pentland Hills'. Ah eywis
minded that, cause it makes the Cuik famous for bein in the
paper, like it's New York or somewhere. Aye, it does that, sur.
Ah like tae sit upstairs in front lookin oot the windaes, cause
it fair helps wi ma motion sickness. Aye it does, but ah'm
still a wee bit queasy as ah git oaf a couple ay stoaps before
the centre ay toon, headin tae muh ma's hoose in the scheme.

Ah ken ah should huv gone tae muh ma's ages ago, cause
she nivir gits oot. Aye, she nivir gits oot at aw. Too fat tae
leave the hoose since ah wis at school, n even too fat tae git
oot ay bed for years now. Oor Karen looks eftir her. Now
Karen's goat awfay fat n aw. Aye sur, awfay fat.

Wir doonstairs in the kitchen n Karen makes ays a pizza.
Frozen pizza. Barry. — Barry, ah goes.

— Aye, ye ey liked yir pizza, Karen goes, n she's eatin a
bit n aw. — So how's Jinty?

Ah dinnae ken what tae say. It's like she kens something
isnae right, that wey she's lookin ay ays. Ah dinnae like it

143

whin folk look at ye like they ken things ur no right. Cause even if they ken something's no right, they dinnae ken what it is that's no right. Ye huv tae mind that. Aw sur, ye dae.

— What's up, Jonty?

But ah jist look at her n sais, — Jinty's left ays.

Karen's eyes go aw wide. — Another felly?

— Ah dinnae ken. She wis oot wi some laddies doon The Pub Wi Nae Name whin Bawbag wis oan, aye . . . aye . . . aye . . .

— Ah'm sorry tae hear that, Jonty, Karen goes. — Ah ey thoat youse wir good thegither.

Ah'm no huvin that cause they jist met at Hank's once n they nivir goat oan, naw they didnae. It wis like her n Morag ganged up oan Jinty, n ah dinnae like that, naw sur, ah did not, cause ah've hud folk gang up oan me tons ay times, n it isnae nice, naw it's no. Jist cause Jinty sais tae hur: 'Funny aboot you n Jonty bein brar n sister, wi Jonty bein that thin n you bein awfay fat.' Karen dinnae like that! Naw sur, she did not. Now she's lookin at ays n ah'm gaun, — She'll be back. She's done it before, aye she hus. Aye.

— Well, mibbe, Karen sais in a sortay snidey wey. But ah'm no gaunny argue, naw ah am not, cause it's barry tae be back in muh ma's auld hoose. Aye sur, the auld hoose. The yin wi aw the China dugs oan the mantelpiece, n no jist Wally dugs, but pugs n Labradors n Alsatians n Jack Russell terriers n aw. Ah ey wanted a dug cause ah wisnae allowed yin eftir Clint died, but Jinty ey sais, 'Dinnae be daft, what dae wi want a dug fir?'

But wi hud aw they China dugs here that muh ma liked.

Ah eywis think back tae how the hoose wis whin ah lived here. — Ye mind ay Robbo and Crabbo, ah asks Karen, — the two canaries, aye sur: Robbo n Crabbo?

Karen looks intae the corner tae whaire that cage used tae hing. — Aye, ah mind wi hud tae git rid ay thum, whin real faither Henry came back, cause they went fir his chist, Karen goes.

Aye, that wis sad whin eh came back, cause eh made us git rid ay Robbo n Crabbo. Billy MacKay, he lit ays keep burds, cause eftir Robbo n Crabbo ah hud Stephane. But Stephane wis mair ay a budgie. N blue. But ah'm laughin n ah'm thinkin ay Robbo n Crabbo gaun fir the auld man's chist, like they wir pit bulls, rippin the tits oaf um wi razor-sherp beaks, aye sur, ah'm laughin, but Karen isnae laughin, cause she's aw sort ay upset, n then she's greetin.

— What is it?

— Eh's dyin, ay. In the hoaspital. The Royal. Real faither Henry.

— Aw, ah goes, thinkin, jist yin bus though, the hoaspital. That's if it's the Infirmary. One bus fae here. Two fae Gorgie but. Billy MacKay wisnae a real faither but eh wis better cause eh nivir battered ays but. — Aye, the hoaspital. The Royal.

— N ah feel like ah should go n see him, Karen sais, then she goes, — Ah dinnae ken what fir, eh nivir treated us right. Ah suppose cause she cannae git oot tae see um, n she points up the stair tae whaire Ma is. — Bit eh nivir treated us right, Jonty. Ay-no? Even Hank wis nivir treated right by oor blood faither. Eh trained us aw bad, ay, Jonty?

145

— Aye, aye, he nivir wis good. It wisnae right, ah goes.
— Naw sur.

Karen's face is aw rid, under that blonde hair. Blonde hair, aye, like Ma's used tae be. — Eh's still oor faither but, eh, she goes, but she's still greetin, even mair. — That hus tae count fir something! N she looks like she's beggin ays tae say something.

Ah dinnae like tae see a lassie greet. Jinty, gie hur ur due, she's no much ay a greeter. But Karen's made different. Eywis greets. Real faither Henry used tae say thit she gret at the droap ay a hat. — What's wrong?

— Ma life's wrong, that's whit's wrong! Karen bawls. — Ah'm stuck wi hur. She points up tae the ceiling, meanin muh ma upstairs. — N ah'm gaun the same wey, she sais n spreads her big, meaty airms. — Look at ays! Ah'm a pig!

— No yir no!

— Aye uh am! Naebody wid ivir fancy me!

— Aye they wid, ah tell her. N ah kin see that she disnae believe ays so ah pits ma airm acroass her shoodir n goes, — See, if ah wisnae yir brother, ah'd fancy ye! N ah dinnae ken how ah sais that, probably jist cause Karen's kind. Aye sur, she's ey been kind tae me, n she gied us that pizza; she did that. Whin yir awfay lonely wi Jinty no speakin, it's nice haein folk bein kind tae ye. Aw aye.

Karen looks ays right n the eye, n goes, — Dinnae lit that stoap ye . . . you bein muh brar, likes.

Her face is awfay serious n ah dinnae like this. — But ah'm wi . . . ah mean . . .

— It's no like anybody's gaunny ken, Jonty. If ye dae

something n it's your secret, naebody else kens aboot, it disnae really count as bad. How kin it, whin it's no hurtin anybody else?

— Disnae count . . .

— It disnae count if naebody kens. Whae's gaunny ken? Whae's gaunny be hurt? Ma cannae git doon the stairs. Naebody's gaunny ken. That's the beauty ay it, Jonty! Naebody's gaunny ken!

— Naebody . . . naebody, sur . . .

— Ah need a felly. Brian stoaped callin roond whin ah goat big. Gittin big doesnae stoap ye wantin it but, Jonty . . .

— Disnae stoap ye . . .

So wi goes tae the couch n Karen sais, — We'll need tae be awfay quiet, but.

— Aye, ah goes. Ma dirty wee boaby-pipe's aw hard n she takes ma zip doon n grabs a hud ay it. Ah dinnae like that, cause it's no aw the soft wey thit Jinty does it.

Then she goes, her face aw pinched, — Geez it well, stuff it in ma fuckin fanny!

N ah'm no happy now, naw sur, bit it's like the dirty boaby-pipe's got its ain life n she's gittin her skirt up n her pants doon, her big thighs wobblin like fightin bairns. Ah dinnae want her tae start makin a fuss, no wi muh ma upstairs, so ah'm thinking ah'll git this ower wi, aye, n ah'm gittin ma troosers doon n tryin tae find the lassie sex hole in aw her fat. It isnae easy, no like wi Jinty, ma wee Jinty, but ah'm archin back n pushin it in n she goes, — Dinnae kiss ays cause that's right mucky, but squeeze ays, Jonty, squeeze ays hard . . . fuck me, Jonty!

147

— Aye . . . n ah'm lookin at the pile ay washin oan the chair beside the couch, n ah'm pumpin n squeezin . . .

— That's it, Jonty . . . yuv goat strong airms n a big cock fir a laddie that wee n thin . . . harder . . .

Ah'm worried aboot yon creakin noises yon couch is makin. Then ah hears Ma gaun, — Whae's doon thaire!

— JIST JON-TAY . . . Karen shouts up.

— Bring um up! Bring um tae see ays!

— AYE . . . ONE MINNIT!

— WHIT YOUSE TWO DAEIN DOON THAIRE!?

Karen starts gaun that red wey thit a loat ay lassies go whin thir ready tae git tae the finishin line, as Jinty ey called it. 'Keep gaun, Jonty, till ah croass that effin finishin line,' she used tae say. Jinty could sometimes speak bad. Ah dinnae hud wi that talk, n it's worse oan lassies, aye it is, n it causes trouble. But ah'd go, 'Aye, Jinty, aye ah will, aye, aye, aye . . .' But it's Karen now n she makes a long, shrill n squeaky sound. She does that. Aw aye. Aw aye.

N then it's aw peaceful. Even Ma's stoaped shoutin. Karen whispers in ma ear, — Dad used tae dae this tae ays. Real faither Henry, no yon Billy MacKay, he nivir touched ays. But whin eh came back that time; that Henry, mind? Ah wis aboot twelve. Eh did it in ma bedroom, Jonty, whin he goat up in the night. He said that eh couldnae sleep wi hur any mair. Said ah wis a woman now that ah wis at the big school. Made ays feel like yin, even if ah wisnae really.

— Aw aye . . . ah goes, but this isnae right but, nane ay it, nane ay it's right. Ah feel masel gaun awfay tense, awfay

148

tense, no like the peaceful wey yir meant tae go whin when yuv shot the stiff-boaby muck oot.

N Karen's gaun oan . . . — She disgusted him, eh telt ays ehsel, n she's goat the bad face oan, the same face as they aw pit oan doon The Pub Wi Nae Name when they take the pish. — That's how eh went away the first time, n then again eftir eh came back! She looks upstairs wi what ah call a 'bad-hert look' at muh ma's, like it's her fault. But it's no. Naw sur. Cause it's his fault. That Henry Lawson. Aye sur. Then Karen's voice goes aw soft again soas thit even though ah'm still wi her oan the couch, ah'm strainin ma ears tae hear. — So he'd come through tae me. When we wir daein it, eh used tae pit yin ay his socks in ma mooth. He sais it wis in case ah made a noise, but ah could hardly breathe n ah think that made um mair horny . . . Karen's eyes shut tight then open again.

Ah dinnae like this, ah feel aw dirty now.

— Ye could sometimes hear her through the thin waws, greetin, callin his name. Ah think she kent what we wir up tae . . .

— Ah nivir kent . . .

— Ah wis thin then, no a pick oan ays. Now she's goat her ain back, but, Karen looks up at the ceilin n flicks the V-sign at muh ma. — It's like ah'm her prisoner. Ah cannae dae nowt! Ah barely go oot! Doon tae the shoaps once a day fir an ooir!

— Aw . . . ah goes, n ah feel Karen movin her big boady, crushin ays against the back ay the couch.

She sortay perches her heid up oan her elbay n turns tae

me. — See, if Wee Jinty doesnae come back? Jist sayin, likes, ay, you could move back here, Jonty? Help ays look eftir yir ma? Yir auld room, Jonty!

— Mibbe, ah goes, — but Jinty'll be back.

— Mibbe, she goes, n wi gits oaf the couch n goes up tae see muh ma. Karen brings the pizza fir Ma's snack. It's been cut intae loads ay wee pieces. Thaire's a sweaty smell in the room, n a slight whiff ay seek, like in The Pub Wi Nae Name some mornings. It's daytime ootside but the curtains ur still shut. Ye kin see thit thaire's a big pile in the bed. That's what it's like, sur, a big pile. The only wey ye kin tell it's muh ma is by hur two blue eyes n the fairish-grey hair. It's like a big slug has sortay swallayed her up tae her eyes. She's goat even fatter n aw, aye sur, she hus. — Hiya, Ma! Ah kisses the side ay her face.

Ma cannae really turn her heid, but her eyes sortay swivel roond tae ays. — What youse two been up tae?

— Nowt, Karen goes, — jist giein Jonty some pizza. Ah've goat some fir you, aw cut up.

— Made an awfy noise!

— Aye, ye ken Jonty! Eywis muckin aboot! Eh wis ticklin ays. She looks at ays n laughs.

— Ah thoat yis wid be past aw that by now, Ma goes, still no movin her big heid fae the pillay. — Well, she gasps, aw breathless, — we've still goat they plastic bags fae the store piled up under the sink, she sais. — You ken thum, Karen.

— Aye.

— They bags under the sink, git Jonty tae take thum, Karen! Jist some ay thum, no thum aw, mind!

— Eh'll no want thum bit, Ma, Karen goes.

— Whit for no? She looks at Karen, then they eyes in her doughy heid swivel taewards me. — Take thum, Jonty son! They ey come in useful!

— Awright, Ma, ah goes, — ah ken that. Ah'll take thum. Aye ah will. Aye sur, aye sur.

Karen pits the tray wi the plate oan it close tae Ma's heid. Ma lifts a big meaty airm oot fae under the covers n grabs it. Karen's helpin her up n forward, n pittin mair pillays under her. Ma starts scoopin the bits ay pizza n the oven chips up, n packin thum intae hur mooth. — Nice n crispy, she goes, n she isnae wrong, Karen ey makes thum crispy.

— The pizza, aye, ah ken ye like the thin-crusted yins, Karen goes. — Crispier.

— Aye . . . rerr n crispy . . . Ma sais.

Ma might eat awfay slow fir a fat person, but slow n steady does the trick cause she's awfay, awfay fat. Ye huv tae gie her credit for that, aye sur, ye do. — So tell ays what you've been up tae, ma wee Jonty boy, she asks. — How's Hank? Still wi that stuck-up yin? Nivir comes tae see ehs auld mother! Penicuik no good enough fir um?

N ah'm talkin away tae hur, bit Karen's makin faces at the side ay Ma's heid n it's makin ays laugh.

— What's sae funny? Ma goes. — Is she muckin aboot? Ur you muckin aboot, Karen?

— Ah am nowt, Karen goes.

But she is n ah huv tae think aboot stickin my hard boaby in her soas ah feel aw too ashamed tae laugh. N ah want tae go now, cause ah dinnae feel right. Some people, like the

151

fellys in The Pub Wi Nae Name, they'll say thit a ride's a ride, aye they will. But a ride isnae a ride, cause it's different wi Karen thin wi wee Jinty. Jinty's aw soft n smells good. Awfay soft skin. Best bit wis jist hudin Jinty in ma airms eftir we'd done it, tellin hur ah'd never lit nowt bad happen tae her. 'Dae ye mean that, Jonty?' she wid say.

'Aye, ah do,' ah'd go.

'Ah ken ye dae,' she wid whisper, n gie ays a kiss. Aye, awfay soft warm skin. It was barry-barry.

— Mind when ye first made they frozen pizzas, Karen? Ma goes.

— Aye . . . Karen sais, sortay gittin a beamer.

— Ye nivir took thum oot ay the cellophane packet before ye pit thum in the oven!

— Cellophane packet, ah goes. — Aye, cellophane.

— That wis yonks ago! Ah wis a wee lassie!

— Aye, Ma sais, n it's like her face has goat tight n it sortay looks like Ma again. — Tried tae kid oan it wis meant tae be like that. Ah goes, what's this? Ye nivir took thum oot the packet! Jonty ey kent tae take thum oot the packet!

— Aye, but she took thum oot they packet, ah goes, — it wis jist the cellophane she forgoat tae take oaf, eh, Karen?

— Aye she did! Ma sortay sings.

— Aw aye, ah'm that useless, me, ay. Ah cannae dae nowt right, ay, Karen sais aw angry, n she goes oot.

— Karen . . . Ma sais. — Go eftir her, son, tell hur wir jist huvin a laugh. We ey hud a laugh, ay, Jonty? Ay, we used tae huv a laugh?

— Aye, Ma. Ah kisses her.

— Mind n eat, Jonty. Make sure that yin cooks fir ye. That yin yir kippin up wey in toon!

— Aye, Ma, aye, Ma, ah goes n heads doonstairs.

But it's a long time since wi hud a laugh here. It's aw different now. Dinnae get me wrong: the frozen pizza wis barry, but ah'm jist gled tae leave wi they plastic bags n head back intae the city. Aye, ah am.

Karen's standin ootside, waving ays doon the street. — Mind if she doesnae come back, Jonty, yir auld room!

But ah kids oan ah disnae hear n nivir looks back till ah gits tae the bus stoap. She's gaun inside cause her airms wir gittin awfay pink wi the cauld. Aye sur, awfay, awfay pink. Ah sees Phill Cross, fae the skill, standin thaire. — Livin in the toon now, Jonty, or so ah hear.

— Aye sur, aye sur, Gorgie, sur, ah goes. — Ah'm a city boy now!

— Dead cosmopolitan now, Jonty mate!

— Aw aye, cosmopolitan, sur, ah ah'm that, ah goes, n ah sees the big maroon bus comin n it disnae look like naebody is sittin in the upstairs front windae. Barry! N Phill goes up the back, which is good cause ah dinnae want tae talk tae anybody, cause ah need tae think through aw this bad stuff. It's terrible, aye it is, whin bad stuff happens. It's aw cause me n Jinty hudnae done it in a while. That makes fellys ride anything. Makes thum stray. That's what Jinty used tae say: ah'll huv tae gie you it the night, Jonty MacKay, or yi'll be chasing other lassies aw around Edinbury!

But ah nivir did that. Jist at the wee skill, in the playgroond. But that disnae count. Aye.

Ah'm oan the bus n yin ay the phones in ma poakit goes oaf. It's usually Jinty's, wi one ay her mates; ah jist huv her yin oan vibrate now, n ah ignore it. But this time it's ma phone, so ah picks it up n it's Hank. Eh tells ays that Malky, ma cousin, hus goat him n me intae the hospitality suite at Tynecastle fir the midweek game. Ah'm aw excited aboot that! Me! In the hoaspitality!

By the time ah git back tae the flat, even though ah feel awfay tired, ah cannae sleep. Jinty isnae gaunny wake, so ah watches they auld fullums oan Fullum Station Fower late at night, like we eywis dae. Bit it's borin oan yir ain, ah'm too feart tae go intae that room n sleep wi Jinty thaire. Aye sur, that ah am. So ah gits the spare duvet through n pits it ower masel, n ah'm sortay watchin the telly in the chair.

Then before ah ken it, it's aw light, n ma mooth's aw dry n thaire's lassies oan the telly showin ye how tae bake cakes, aye they ur that. The cakes look good, aye sur they dae, but they wid nivir lit lassies thit couldnae bake oan the telly. Naw sur, they widnae dae that. Thaire wid be nae point. They'd need tae gie thum a wee test first tae make sure they could bake. No wantin a lassie that cannae bake. No oan the telly. Aye.

Ah gits up n pushes the duvet back. Thaire's a gungy taste in ma mooth, n ah'm shiverin, n the cupboard n the fridge ur bare n the windaes ur that iced up thit they wilnae open, tae let oot some ay the smell fae the hoose. Ah'm gittin hungry but, like it's worms eatin at ma guts. Nae point botherin Jinty, cause wir no speakin, so ah heads oot tae McDonald's tae git ma breakfast. Aye sur, that might stoap us shiverin.

People say aw McDonald's ur the same but ah reckon thit the yin in Gorgie is the best oot aw the McDonald's. Aye. The yins in the toon urnae as good: people too stuck-up, they dinnae talk tae ye, no like in Gorgie. So ah walks doon tae the street tae git ma Chicken McNuggets. Barry. N it fair stoaped the shiverin! That it did! Aye, thaire wis still room eftir fir an Eftir Eight McFlurry but they didnae huv any, jist the ordinary McFlurries. — How is it thit thaire's nae Eftir Eight McFlurries? ah goes tae the lassie, her wi the spoats.

— It wis jist a promo thing, the lassie goes, — a limited time only.

— Ah fair liked that. The Eftir Eight Mint McFlurry.

— Naw bit it wis jist a promotion. It's aw stoaped now.

— Aye . . . aye . . . aye, the Eftir Eight Mint McFlurry.

— Stoaped now.

— Eftir Eight Mint McFlurry. Aye, ah fair enjoyed that awright, ah tells hur, — did ah no, but!

— It's stoaped now but. Limited time only. They jist wanted tae pit thum oan for a limited time tae see if thaire wis demand. Limited time.

— Will they pit thum back oan again?

— Ah suppose. If thaire wis demand fae folk.

— How dae ye demand?

— Dunno . . . Grace! She shouts another lassie ower. A lassie wi nice big white teeth. Aye sur, awfay white teeth. — Jetulmin here wants tae ken whin the Eftir Eight Mint McFlurry's gonny be back. Telt um it wis limited time but if folk demanded it they might bring it back.

— That's right, the new lassie, a supervisor lassie, goes.

The other lassie goes n sees tae an awfay fat boy whae wants a double cheeseburger n Coke. Nae chips fir the boy, but. Ah thoat eh'd want chips, ken wi him bein awfay fat. But ye cannae say nowt tae the boy. The likes ay Jinty, she wid say: 'You no huvin chips? Ah thoat the likes ay you wid be wantin chips!' Aye she wid. But that's how ye git in trouble, openin yir mooth n sayin bad things tae folk. Ah looks at the supervisor lassie. — Is thaire a wee bit ay paper ah huv tae sign?

— What?

— Soas they kin tell ah liked it? Ah mean, how ur they gaunny ken?

— They jist do.

— But like, how kin they?

— Ah'm sorry, sir, but ah've no goat time tae talk aboot it, she goes. — Next please!

Ah suppose they wir awfay busy. But ah'm daein the paintin the day, which ah nearly forgot aboot! So ah'd better jildy! Ah eats up quick n heads fir the door. Ah passes the boy wi the double cheeseburger n Coke. Eh's no touched ehs cheeseburger. — Yuv no touched yir cheeseburger, ah goes tae the boy.

— Naw, ah like tae drink the Coke first.

— Ah thoat ye'd wash it doon wi the Coke!

— Naw, ah like tae drink the Coke first.

— Aw.

Ah'm thinkin aboot this, gaun oot the restaurant. Ah looks back in n the boy's just liftin the double cheeseburger tae ehs mooth. Eh stoaps n ehs mooth is open as eh looks ay ays. Ah turns away cause it isnae nice tae stare at fat people.

156

Ah gits tae the flat, which is jist next door tae the last yin. Raymond Gittings is waitin thaire n goes, — Right, Jonty boy, yir daein the skirtings in here, pal.

Eh shows ays the room, n thaire's a young lassie, sortay student lassie, sittin doon at a desk daein writin. — This is Scarlett, Jonty, she rents the flat. Yir gaunny huv tae paint roond her.

— Hiya, Scarlett, aye, ah'll dae that, ah will, sur.

The lassie looks up n smiles. Nice white teeth n black hair but wi sortay freckles that might belong on a mair ginger-heided lassie. Seems a kind lassie, aye sur, a kind lassie.

Raymond goes away n ah'm startin oan the paintin. Lyin doon oan ma front n paintin they skirtins. So ah'm paintin away n tellin the lassie aw aboot what happened at McDonald's n she goes, — It's all to do with aggregate demand. They manufacture a certain amount and if the product sells well within that period, they'll put it on the market.

That gits ays thinkin, aye sur, sure it does. — Aggregate demand. Like aggregate scores at the fitba, like. In Europe but, ay. Like it's nae good gittin a draw at Spurs if yuv loast five-nil at hame first! Naw it isnae!

The lassie looks doon fae her books wi a wee smile. — Yes. I suppose that's exactly what it is like.

— Ah ken what ye mean, ah goes, lookin up fae the flair, — but tae me it might be aboot Eftir Eight n McDonald's arguin aboot the profits.

— What? The lassie looks doon fae her books again. — I'm not sure I understand –

— Aboot whae gits the maist money, McDonald's or Eftir

157

Eight. See, if it wis up tae me ah'd gie maist ay the money tae Eftir Eight, cause that's fairest, seein as how McDonald's must huv mair money. Aye, ah wid that.

— Right . . .

— Ah mean, ye need tae eat proper meals, but an Eftir Eight, ye couldnae live oan that. That's like a sortay treat. A burger but, aye sur, a burger ye could live oan. Or a McNuggets. McDonald's huv goat the McFlurry, the ordinary McFlurry likes. But perr Eftir Eight's no goat nowt like the Big Mac or the Chicken McNugget!

— Yes . . . you're right, the lassie sais, gittin up n gatherin her papers n books intae a bag. — Just popping out for a spell.

— Aye, ah goes. Ah ken how she feels cause studyin must be awfay hard. Like whin ah wis at the skill. Ah found it awfay hard tae concentrate, n that's whin ah wis thaire! They used tae say: stoap lookin oot the windae, John MacKay, and start lookin at yir books, but aw posh likes. Aye sur, they did that! That Scarlett lassie must be the same. It's a barry name, Scarlett. If she hud a felly that loved her, the felly wid be able tae say 'Ah've goat Scarlett fever!' Ah wish she wis here soas ah could tell her the joke: your felly must huv Scarlett fever! Aye.

Ah kin concentrate oan they skirtins though. Ah loat ay boys dinnae like daein the skirtin but ah dinnae mind. Ah like lyin doon oan a nice warm flair, n jist gaun roond n roond the whole room, aye sur, ah'd go roond the whole hoose if they lit ays, that's what Raymond Gittings once sais tae ays. Eh goes, 'You'd go roond and roond that whole hoose if we let ye, Jonty.' Ah goes back tae him, 'Aye, Raymond, ah wid that, boss, aye sur, aye sur, aye sur.'

158

Fair day's work fir a fair day's pey, aye sur, so ah feel ah deserve a pint eftir that. So when ah gits back tae Gorgie ah'm gaunny go intae Campbell's, but ah dinnae, nup, ah do not. Ah goes tae the bad place, that Pub Wi Nae Name, n ah goes in wi ma heid up aw high, cause ah dinnae want thum thinkin ah've goat anything tae hide. No fae thaim! N thaire's Jake tae see, aboot the paintin. Aye.

But eh's no behind the bar, so ah goes intae the lavvy n gits ma boaby oot for a pish, but it's awfay itchy. It's no a nice thing tae say aboot yir ain sister, but wi our Karen bein ower fat, ah dinnae think she cleans ursel doon thaire as good as the likes ay wee Jinty, naw she doesnae. So ah'm fillin up the sink wi warm water n pittin ma boaby intae it. Jist gittin it aw clean under the Jerry helmet likes, whin Lethal Stuart n Tony comes in n catches ays. — What ye up tae, Jonty . . .? Tony goes, ehs eyes bulgin.

— Jist washin ma boaby cause it's a bit itchy likes. Aye sur, awfay itchy, aye, aye, aye . . .

They laughs n goes intae thon cubicle for mair ay the bad stuff. Thaire's nae paper tooils so ah pits ma boaby under that hand dryer. It's mental! It's gittin dry in nae time! It feels nice n soothing blawin hoat air against ma boaby n it fair gits it awfay hard!

Then the Barksie brars, that Evan n Craig, comes in. Evan Barksie goes, — What the fuck are you daein, ya dirty wee cunt?!

Ma cock goes aw soft again n Lethal Stuart n Tony comes oot. — That's a beauty ye goat thaire, Jonty!

— Ridin the fuckin machine! Evan Barksie points at ays.

159

N ah'm zipped up n ah'm leavin, n thir follayin ays oot the door, laughin n sayin things. But ah'm no runnin away, no fae thaim, so ah goes up n gits a pint. Ah takes it tae a seat, n thir aw ower beside ays.

— Awright, Jonty! Evan Barksie goes tae ehs, that wey whaire eh kids oan eh's yir pal but ye ken eh's no yir pal, no really but, ay. Naw sur. — Whaire's wee Jinty these days? No seen her in here since that mad night wi aw goat the lock-in!

Ah feel ma face gaun rid. Ah takes a gulp oan the cauld Tennent's Lager. Aye sur, sometimes it's barry tae git the cauld Tennent's Lager. It's goat that nice cigarette sortay taste, n that's guid cause ay the smokin ban: still being able tae taste a fag wi yir beer.

— Ah reckon eh's choked hur tae death! Tony goes.

Thir talkin pish thir talkin pish n ah cannae speak, n ma ears ring n ah want tae run ootay the door, but ah'm stuck in the middle ay thum n ah cannae move.

— That big fuckin welt ay yours, Jonty, Lethal Stuart sais, — doon her wee throat? Death by gam!

They aw laugh, except Barksie, whae's lookin at ays aw bad. Aw sur, ah dinnae like this.

— Ah dinnae hud wi that talk, ah tell thum, — naw sur, naw sur.

Mair laughs ootay thum aw, then Tony goes, — C'moan, Jonty, dinnae take the huff, pal. The boys ur jist huvin a laugh. Thir aw jist jealous, mate!

But naw naw naw, ah'm no wantin that. — It's no a laugh tae some! N ah gits up n pushes past thum n leaves half ma pint ay Tennent's Lager n goes oot the door.

— That wee cunt's a fuckin freak! A fuckin pervert, ah hear Barksie say as ah step ootside.

Then ah hears Tony go, — Naw, wee Jonty's awright, eh's a hermless wee cunt.

So ah goes ower the street n gits hame. Ah watches the telly fir a wee bit, then goes back tae McDonald's fir ma tea. It's better thin listenin tae that in the pub, aye sur, aye sur. N thaire's Jinty, probably still in the bedroom, sayin nowt. Well, if she's no talkin tae me ah'm no talkin tae hur. Naw sur.

Ah wis hungry, skirtin boards ey make ays hungry cause ay the smell ay the gloss paint, skirtin boards n doors, so ah thoat tae masel mibbe git the cheeseburger instead ay the Chicken McNuggets, for a wee chynge. Aw aye, it's nice tae get a wee chynge. Aw sur, aye sur.

21

WEE GUILLAUME AND THE GINGER BASTARD

Ah'm oot wi the wee fellys, Guillaume and the Ginger Bastard. We've been tae the pictures tae see thon *Wreck-It Ralph*. No too bad like: for a bairns' film, ken? So wir gaun doon the Walk fae the Vue cinema, headin tae the fish bar in Montgomery Street, fir some scran. Wee Guillaume looks up at ays. — Does Ralph love Vanellope?

Now ah'm a wee bit uncomfy thinkin aboot this. — Eh, aye . . . but like a kind ay daughter, or mibbe a wee sister, a wee pal. No in the sense ay wantin tae ride her or nowt like that, cause she's too young.

Guillaume rolls ehs lower lip doon, looks at the Ginger Bastard, whae sortay shakes ehs heid.

Thir no gittin this at aw. — Ah mean, Ralph isnae like a nonce or a sex pervert, ah explains. — Eh's jist a big, dumb guy whae lives oan ehs ain n works oan a building site, ah goes, then realise, whoops, ah'm better just shuttin the fuck up here!

The wee cunts ur huvin a think aboot this. Then the Ginger Bastard goes, — Whose mum did you love best, his or mine?

Jesus pishybreeks Christ! Now thir baith lookin up at ays

162

wi they Oliver Twist pusses, as we cross ower London Road at the lights. Well, that yin sortay stumps ays. Ah'm tryin tae remember which ay thair mas wis the best ride; been that long since ah cowped either. That's what comes ay bein pretty much solidly booked. Probably the Ginger Bastard's. Cause she isnae much tae look at, she gits rode less, which makes her try harder whin the boaby does come along. — Ah loved them baith tae the fill extent ay ma no inconsiderable abilities, ah goes, leavin the wee cunts tae ponder that yin.

— You're talkin aboot sex but, no love, Guillaume goes as we gits intae the Montgomery n sits doon. Ah shouts up three fish suppers tae the lassie behind the counter. Ah'm thinkin, 'a bit heavy, wi they varicose veins,' but that mingin bastard Auld Faithful twinges back in the Morse code ay the baws, 'in a fuckin minute!'

— You're only nine, ah snaps at Guillaume, — ye shouldnae be thinkin aboot yir hole right now!

— He's got a girlfriend, the Ginger Bastard says, laughin n pointin at um.

— Naw ah've no! Guillaume grabs the Ginger Bastard's finger n bends it back. He screams oot.

— Enough! ah goes, n they settle doon as the grub comes ower. Jesus sex-case Christ. Talk aboot the inappropriate sexualisation ay bairns! That school must be fill ay fuckin nonces, groomin the perr wee cunts! What's aw that aboot? You tell me! — Yous've goat a couple a years before ye start thinkin aboot that stuff, ah tell thum. — Ah wis eleven before ah popped ma cherry, ah explains. These wir mair innocent times: bairns the day ur like fuckin animals.

22

A SHOPPING LIST CONFESSION

Jonty walks into the Roman Catholic church. Looks in awe at the statues of Jesus and the Virgin Mary. He wonders who has more money, the Pope or the Queen: the feudal Roman Catholic Church or the British monarchy and aristocracy. Speculates whether, as a painter and decorator, it is better to be a Catholic or a Protestant.

He's scared at first. Real dad Henry used to say to him as a kid: *Dinnae go in thaire, son, or the funny fellys in the frocks'll git a hud ay ye.* But it was very posh, not like the old kirk in Penicuik with the Reverend Alfred Birtles, the minister with the hair growing out of his nose, who had a strange dampish smell that Jonty always associates with church.

He sees the confession booth, enters and sits down, like they do on television. He senses that the other side is occupied and, sure enough, the hatch slides open. The thin hands of a man are partly visible through a grille. There's a fresh smell of aftershave, and the polished wood of the box, not like Reverend Freddie Birtles's musty, dank smell. — Hello, my son, the voice of the priest says. — What troubles you?

Jonty clears his throat. — Ah'm no a Catholic, Faither, n

164

ah dinnae agree wi huvin a pope, naw sur, naw sur, ah do not, but ah want tae confess ma sins.

— I really think you should see someone of your own faith, if you feel the need to unburden yourself, the priest says. His tone is very deep, Jonty thinks. This concerns him, as it is the voice of a less kind schoolmaster.

Jonty does not like what he is hearing. — But you're supposed tae help but, sur, aye, meant tae help, cause wir aw God's children, likes. Aw God's children, Faither, that's what it says in the good book, aye sur, the good book.

— But the act of confession is a sacred covenant. For it to work, you need to have faith. You are of the Protestant faith, I take it?

— Aye sur, aye sur, Prawstint, sur, that's me, a Scottish Prawstint, Churchy Scotland, sur. Aye aye aye.

— So why here? the priest says. — You don't have any connection with, or belief in, the doctrine and teachings of the Roman Catholic Church.

— Aye, ah dinnae like pape stuff usually, naw sur, but ah like that confession. That's barry! Ah like the idea ay bein able tae confess' ma sins. Guid fir the soul, sur, aye, guid for the soul.

He hears the sound of the priest forcibly expelling air. Then, the voice slowly and deliberately says, — But you don't understand; you can't simply pick and choose a particular article of a faith that happens to interest you. A Church isn't like a supermarket!

Jonty considers Tesco's, Sainsbury's and Morrisons. How some things were better when you bought them from different

165

shops. — Mibbe it should be but! That wid be awfay guid, sur, see, if ye could jist pick oot the best bits ay each religion! If ye didnae huv tae go tae church at aw, unless it wis fir weddins n funerals like us Proddies, n ye could git confession fir yir sins like youse papes, n then dress up the lassies like they Muslims dae, so that other men couldnae look at thum!

— I don't think –

— Cause that's the problem, Faither, that's what ah want tae talk aboot, whin other laddies look at yir lassie!

— I really think you should leave –

— But wir aw God's creatures –

— Please leave, before I call the police, the priest says, and Jonty can hear him rising.

— Aw sur, nae need fur that, sur, ah'm gaun, sur, and Jonty gets up, but when he moves outside he's confronted by a younger man than he'd assumed, a cub priest. Jonty is shocked; this sort of man could get a girlfriend if he wanted, he doesn't really need to bother with children. — That's me away then –

— Go! The priest points to the door.

Jonty quickly runs out of the church. He knows that the priest would never catch him in that frock, even if he was a young fellow!

Outside it has turned cold. Jonty can see his dragon breath, but he keeps running until he gets to his own stair and safety. Mrs Cuthbertson from across the landing is coming from the other way, struggling with a big bag of messages. — It's awfay cauld, Jonty son.

— It is that, Mrs Cuthbertson, it is that. Cauld, aye. Lit

166

me take that bag ay messages up fir ye. Aye. Yir messages. Jonty holds the heavy stair door open and the thin-framed old woman squeezes inside, anxious to take refuge from the wind.

— God bless ye, Jonty son, ah cannae manage like ah used tae be able tae.

— Nae worries, aye, nae worries, Jonty says, taking the bag. — Fair weight, Mrs Cuthbertson, aye, an awfay weight, he repeats, but it's no trouble for him. Although thin, Jonty is wiry and has strength.

— Yir no jokin, Jonty son. Mrs Cuthbertson feels her aching shoulder and arm pulse in grateful relief. She's walking slowly alongside him as they start climbing the stairs. — Aye, yir a guid laddie, Jonty son. One ay the best.

— Jist a simple country lad. Penicuik, aye sur, aye sur, Penicuik.

Mrs Cuthbertson shakes her head. Her eyes spark fervently. — Dinnae you lit anybody tell ye thit yir simple, Jonty son, cause yir no. She points at his chest. — Mibbe yir slower cause yir no a city boy, but yir no simple. Yuv a good hert, Jonty son.

— A guid hert disnae count for nowt but, Jonty contends, and, thinking of the misery with Jinty, he advances the proposition, — disnae make ye happy, naw it does not.

Mrs Cuthbertson is hurt; she puts her hand on her bony old chest. — Dinnae say that, Jonty son. If yuv no goat a guid hert, yuv no goat nowt.

— Ah well, mibbe, Jonty nods, coming up to the landing, — but if yuv goat a guid hert some folks jist want tae stick

167

a knife in it. They see that guid hert like a target, like a bullseye on a dartboard. They go: 'We'll git this guid hert here.' Aye they do. Aye they do.

Mrs Cuthbertson's face hangs at this response. Jonty knows that what he says is true, but her obvious melancholy forces him to say nothing further. He leaves her and gets into his flat. He realises that he's shivering again, through walking in that cold drizzle outside with his wet collar up. He glances into the bedroom, sees Jinty, eyes blue-rimmed like she has on eyeshadow, in the bed as he left her, her head propped back on the stack of pillows. He thinks about going in, and is ready to knock on the door, but pulls his hand away and heads into the front room. He looks across Gorgie Road towards the bridge and The Pub With No Name. A taxi rumbles by.

Juice Terry is driving into town. He's been to see his mother in Sighthill and has dropped off a couple of messages in Broomhouse and his old stomping ground of Saughton Mains. He looks at The Pub With No Name and thinks about going to ask after Jinty. However, there's a familiar twinge in his groin area. — Yon time, he says to himself, and responds to one of the two messages Sara-Ann has left him, and heads for the Caledonian Hotel.

Sara-Ann is packing her stuff, ready to go to her mother's. She asks Terry something about his South Side flat, and he doesn't like the hopeful looks she's giving him. Terry changes the subject in the manner he knows best. — Time for a bit ay rumpy-pumpy before we head oot tae Porty-worty?

She locks her arms round him, grabs his curly mane and

they stumble to the bed. It's a wild and intense session, of the sort that makes Terry yearn for the appearance of a couple of video cameras and an overhead boom mike, and even the cajoling, bossy presence of Sick Boy, his face set stoically, holding a clipboard. It would be a price worth paying to have this one down on tape.

Afterwards, in the sweat-saturated wreckage of a bed, Terry, feeling a tweak of romance in his heart, says, — Kin tell you've no hud any bairns. That chuff ay yours is as tight as a drum!

— Is that supposed to be a compliment?

— Course it is, it's the best yin ye kin gie a lassie! Naebody wants telt that thuv goat a fanny like the Grand Canyon. Yours is tighter than Gary Barlow eftir a tax bill!

They talk about past loves. Sara-Ann tells Terry she's had relationships with men and women. Terry, or rather Auld Faithful, hears the second part only, and sends his brain a signal. — We've goat a lot in common.

— What?

— Well, you like lassies n ah like lassies.

— Yes, Sara-Ann concedes. — I was completely finished with men. Then Andy came along, and that was a huge mistake. She shakes her head and wonders out loud, — So why the hell did I get into this?

— If it helps any, just think ay me as a lesbo, but wi a cock n baws.

Sal looks pointedly at him. — That's not an original comment, Terry. In fact, every guy I've been with has said something along the same lines.

169

Terry shrugs off the declaration, but makes a mental note never to use such a line on a bisexual woman again. — You goat Internet in this room?

— Yeah. She nods to her laptop. — Help yourself. Sara-Ann reclines on the bed, watching Terry push back his corkscrew curls, his gaze burning into the screen. — What about you, ever been with another guy?

— It's jist no ma thing. Dinnae git ays wrong, ah've tried, Terry says, then looks up from the screen. — Ah thoat, thaire's goat tae be something in this, so ah tried tae ram this boy one night. But ah jist saw that hairy ersecrack n Auld Faithful here, he pats his cock, experiencing a satisfying twinge, — jist wisnae feelin it. N ah kin git it up like that. He snaps his fingers. — Well, a fuckin adult-fullum actor, yuv goat tae but, ay. Then ah thoat it was cause the boy wis a bit butch, so ah goat a hud ay this wee tranny one night. Tell ye, plenty burds ah've banged, no you likes, have been a lot rougher-lookin than this boy. Shaved erse crack between peachy wee cheeks, so ah thoat: here we go, Terry explains, then his eyes fall back on to the screen.

Sara-Ann props herself forward. — What happened?

— Fuck all. This boy, he swivels in the chair into her full view and pats his penis, — eh still wisnae playin ball. Terry shrugs. — Aye, in an ideal world, every other laddie would be celibate, n ah'd be bisexual: increase the pool ay opportunities. But naw, I've hud tae come tae terms wi ma heterosexuality.

Sara-Ann sits cross-legged on the bed, and pushes her hair back. — What about if somebody tried to fuck you?

170

— No wi these fuckin Duke ay Argyles; ma eyes water just thinkin aboot it.

— I thought you tensed up, when I tried to, you know, with my finger . . .

— Too right! Wi they nails you've goat? Ah'd be walkin aroond aw week wi an *Evening News* stuffed up ma hole tae try n staunch the bleedin!

— Shit. Sara-Ann glances at her watch on the bedside table, and pulls it on. — We should go.

They head downstairs and check out of the hotel, driving through the rainy Edinburgh streets. Terry knows he's been lumbered, but part of him likes playing the Good Samaritan, and he takes Sara-Ann and her stuff out to, not quite Portobello, but snobbier Joppa, as he'd suspected.

— Wait, she says, — I'm just dropping this off. Take me back into town and we'll get a drink.

Terry fights down his discomfort. — Ye no want tae get settled?

— No. I got settled for seventeen years in this place and I couldn't wait to get the fuck out. Nothing has changed.

Terry soon sees why. Sara-Ann's mother apprears, a thin, suspicious grey-haired woman, looking disdainfully at the cab. Terry's first thought is that he'd love to give her one. He dispenses a friendly wave, but she responds with a sour pout and turns towards her daughter. — Now there's an auld lum needs sweepin, Terry says softly, looking at the thickening outline of his cock in his tracksuit bottoms. Raised voices tell him that mother and daughter seem to be having harsh words.

Then her mother runs into the house, and Sara-Ann

follows, slamming the door shut behind her. Thinking that she might not return, Terry wonders whether he should call her, but as he's deliberating, Sara-Ann suddenly reappears. Her face is tense and white, and her eye make-up slightly smuged. It's obvious that she's been crying.

— I want to get fucking pissed, Sara-Ann declares, as she climbs into the taxi. — Somewhere cheap and nasty suits my mood right now.

— Ah'll take ye tae the Taxi Club in Powderhall: cheapest pint in the toon!

They head into Leith, then up to Pilrig; Terry explains about tramworks, slipping into Powderhall through the back-streets of Broughton. When they get into the small club, it is practically empty, but Doughheid is playing darts with Cliff Blades, supervised by Stumpy Jack, a cider-drinking Falklands veteran with a prosthetic leg.

Terry introduces them to Sara-Ann. — This is ma mate Doughheid. Called so cause eh's no the quickest bus in the Lothian Region depot.

Doughheid looks at him, bottom lip hanging south. — You telt me everybody called ays Doughheid cause ah wis eywis chasin the big money!

— Ah lied, mate, Terry admits, leaving Doughheid to consider the social implications of this revelation as he nods to a man with thick lenses. — This is Bladesey. And this slaverin peg-legged cunt here's Jack. Terry sweeps a theatrical hand at his friends. — This ravishing beauty is Sara-Ann Lamont, known as Sal, and ah'm pleased tae say she cannae keep her greedy mitts off me!

Sara-Ann feels a strange coyness swamping her, hating herself for managing only a weak, prim retort, — You wish . . . before she corrects herself. — Fuck, I'm just back in this place, and I've turned into Miss Jean Brodie already!

— Where have you come from? Bladesey asks in an English accent.

— Close to where you're from by the sound of it. London.

— I'm from Newmarket, actually.

— Control been fuckin ye aboot lately? Jack asks Terry.

— Naw, as long as ah'm slippin Big Liz a length, she keeps ays awright. That McVitie is the real cunt, but he's retirin soon.

— Aye, they've been at it wi me, Jack sneers, lifting a whisky to his lips.

— They cunts fae Control get oan yir nerves, Terry agrees. The other week thaire they pit ays oafline aw night cause ah widnae pick up a fare fae the Ferry Boat doon tae Granton. They goes, 'You're the nearest cab.' Ah goes, 'Ah'm in Queensferry Road, no Ferry Road, ya daft cunt. Learn tae read a fuckin map.' That cunt McVitie, ah heard it wis, goes, 'My satellite tells me that you're the nearest cab.' Ah goes, 'Yir satellite's aw tae fuck. Where the fuck's that come fae, outer space or some-where?'

Jack laughs. — Aye, you've goat the gen oan him fae Liz, right enough.

Terry glances over, sees a slight reaction from Sara-Ann at the mention of Liz's name. — Ah've been maistly off the system though, cause ah'm workin fir this boy, Ronnie Checker, ken the American cunt oan the telly?

— Business takes balls! Jack shouts.

— Ooh, I should imagine he would be something of a tyrant to work for, Bladesey says.

— Nah, eh's a fuckin shitein cunt really, ay, Sal? Feart ay that Bawbag! Fuckin crappin ehs breeks! We hud tae go roond the other night n hud the cunt's hand, ay?

— He seemed to think it was some kind of Hurricane Katrina/New Orleans-type deal, Sara-Ann laughs.

— Well, says Stumpy Jack, — never mind shitey hurricanes, ah'll tell ye whae the real cunts are: they bastards in Control! Tryin tae git ays tae take a test! Sayin ah'm no fit tae drive a cab! Been drivin a fuckin cab for years!

— Be private hire for you next, Jackie boy, Doughheid observes.

— Private hire? Nivir kent one ay they cunts that didnae huv a record the length ay yir airm!

Terry nips to the toilet for a pish and a line, and on his return is delighted to see Sara-Ann bringing a round of drinks on a tray. — Class, he nods to the others, — ah like that in a burd.

Sara-Ann looks at the men around the table, in a deep socially anthropological way. She thinks about how, although she grew up in this city, she's never spent any time in the company of men like these.

— Well, I'm an old-school chap in many respects, Bladesey contends, — but willingness to pay one's way is an attractive feature in anybody.

Sara-Ann cracks a half-smile at him. — So what attracts you to a woman, Cliff?

174

Bladesey blushes slightly. — It would have to be her eyes. They say it's the gateway to the soul.

— They've no goat fuckin eyes in your case! White-stick job, mate, Stumpy Jack says.

— What aboot you, Terry? Doughheid asks. — What is it attracts you to a woman?

— Just the fact that thir women's enough for that randy cunt, Jack roars, then looks sheepishly at Sara-Ann. — Sorry, doll, ah didnae mean it like that –

— Shut it, ya fuckin splinter-thighed muppet, Terry roars, then turns to Clifford Blades, and puts his arm round him. — Ah'm wi you, Bladesey, it's what you said, mate; nowt sexier in a lassie than the eyes. As in '*aye*, ah will suck yir boaby', '*aye*, ah will sit oan yir face'.

As the drunken laughter erupts, the karaoke operator enters and starts setting up in the corner.

— It looks like it's going to be one of those nights! Bladesey shouts.

— Ah cannae git too fucked up, Terry says, looking in mild appeal at Sara-Ann, — cause ah've goat tae drive this American bam up tae the Highlands the morn.

— I want more drink! Sara-Ann announces.

— Only if ye agree tae dae karaoke with me, Terry states.

— Done!

— Game on, and Terry goes across to the operator, tells him to put on Journey's 'Small Town Girl'.

23

WHITE FUNNY STUFF

Mind whin ah first met ye, Jinty, in the pub oan Lothian Road? Aye sur, Lothian Road. Mind ay that, Jinty? Mind what ye sais tae ays? Ye goes: 'Yir no that brainy, ur ye, Jonty?' Ah meant tae say back, 'Well, mibbe you're no very brainy either, Jinty; ye might be brainier thin me, but yir still no that brainy.' But ah said nowt cause ye wir brand new, aye ye wir, n then ye said, 'Well, it doesnae matter but, cause yir a nice felly n ah like ye.' N then we went hame n did it. Ye sortay moved in eftir that cause ye telt ays thit the boy ye wir steyin wi had kicked ye oot, n ye didnae want tae huv tae go hame n stey wi Maurice.

Mind when we first did it? The winchin? You goes, 'Whoa, Jonty, yir a bigger boy thin ah thoat! Yir an awfay big laddie, mibbe no tall or brawny but aw the weight ay ye is in yon cock!' N ah gied ye it awright, Jinty, mind ah gied ye it? Split ye right up the middle n ye liked it! Sure ye did! Aye sur, aye sur, aye sur. Makes ays feel bad but: aw them in that Pub Wi Nae Name makin a fool ay my boaby. Aye, they probably jist want ays tae paint doon thaire so thit they kin torment ays mair. You nivir made a fool ay ma boaby, Jinty.

Aye sur, ye wir ma girl, Jinty. Cept whin ye goat pished. Ye cheynged whin ye goat pished but, ay. It wis a different

176

thing, Jinty, aye sur, a different thing. The demon drink, aye sur, the demon drink. N that funny white stuff, naw naw naw, ah'm no wantin tae talk aboot that . . . pit ye in the jile . . . ye dinnae want the jile. Cause it turned yir dad funny, aye, Jinty, Maurice, yir faither, he went funny in the jile, aye sur, aye sur, aye sur . . .

N ah telt ye, Jinty, whin ye came back n wi hud that row, n you said ye wir gaun oot again, ah said, 'Dinnae stey oot wi thon Bawbag oan!' That wis what ah said. Aye, ah did. No thon night whin the gales wir blawin doon the Gorgie Road at a hunner n sixty-five mile an ooir. N ye widnae listen, ye wanted tae go back tae that pub, wi thaim, in ye wid've jist went again for mair funny white stuff so ah hud tae stoap ye, Jinty, aye, ah did, aye sur, aye sur, aye sur, aye sur, aye sur, aye sur, aye, aye, aye, aye, aye sur, aye sur, aye sur, aye sur, aye sur, aye sur, aye sur, aye sur, Penicuik sur, aye sur, aye sur, aye sur, aye sur, aye, aye aye, that's right, aye sur, aye sur, aye sur, aye sur, aye sur, aye sur. Aye.

Shid nivir huv left Penicuik.

Naw sur.

Naw.

24

INSTRUMENTS OF THE DEVIL

Ya cunt, that wis some session, doon the Taxi Club last night. Some cunts say the Taxi Club isnae what it once wis, n it isnae, but it's still one ay the cheapest pints in toon, n that hus tae count for something. Suicide Sal got pished as fuck but, n she wis anglin tae git back tae mine. Ah body-swerved that yin n she passed oot, so ah took her back oot tae Joppa. On the wey thaire she fuckin woke up n telt ays tae pull ower somewhere, already pillin her clathes off. Fuck sakes. Ah found a spot n banged her back tae sleep, but it wis some graft. A total goer and a tidy ride, but that shaved minge ay hers needs either another fuckin trim or tae grow oot a bit, cause it nearly tore the fuckin scrotum oaf ays. Baw sack like a fuckin blown-oot tyre oan the motorway! But job done: she wis fuckin wasted eftir that ride n aw the peeve. Hud tae cairry her oot the cab n hud her up when ah pressed the bell. The auld girl came oot n dragged her in; ah could hear another shoutin match gaun oan. But that wis me offski.

Up early this morning tae git doon tae the sauna, eftir stoapin oaf for breakfast at this place oan the Walk that does good porridge. Complex carbs: set ye up fir a day's shaggin. When a burd sais, 'What's your fuckin secret, Terry?' ah ey tell them: porridge. They think ah'm jokin but ah'm no: best source ay complex carbs but, ay.

That wee Jinty wis a bit ay a scrubber, aye, but wi aw are given the chance. Another tidy enough ride though, and that's the main thing. Ah'm no that struck oan the vibe doon this Liberty place, n ah dinnae like tae think ay her bein in bother. Burds, even somewhere like that, shouldnae be huvin trouble at aw: you've goat tae respect fanny.

So ah check doon the sauna, but thaire's jist that Andrea, wearin a black eye, n that grinning-pussed wee Kelvin cunt. Thaire's nae Jinty, n nae Saskia either, which sort ay makes ays feel worried. So ah dinnae hing aboot n git back up tae the motor. Ah call Saskia, but it goes tae her answerphone. It's goat nippy ootside, everybody's wearin their winter clathes, yir even seein the odd hard cunt in a jackit or jumper.

Ah'm back tae Gorgie n check in at The Pub Wi Nae Name. The Barksies are in thaire, n Evan (at least ah think that's Evan) is oan the pool table wi some muppet. — Barks.

— Tez.

Evan kin be awright, in fact eh kin be a bit ay a laugh oan his good days. But basically eh's one ay they moanin-faced cunts that's doon oan every other fucker. Been like that since school; ey has that 'how uv they goat that, n ah've no' sort ay mumpy, snidey wey aboot um. Weird tae think how eh used tae bully The Poof back then. Wi aw did, ah suppose, but Evan took it tae extremes. *Ah* even telt um tae fuckin cool it a few times. — Nae sign ay that wee Jinty burd?

— Nah, that wee Jonty cunt disnae lit her oot. Eh caught

179

her bein a wee bit naughty wi me in the bogs. Hi hi hi! That night you wir in: you droaped her oaf, mind? eh goes, n ehs mate, a skinny cunt in a V-neck jumper, sniggers. It's that Lethal Stuart boy. Evan lines up his shot, looks up fae the table. — The night the hurricane wis oan. Mind?

— Right. Nice one. So whaire's this Jonty boy?

The Evan Barksie twin points oot this dippit-looking wee cunt in the corner, which is sectioned oaf, n eh's paintin away at the waws in the alcove. Ah'm watchin um sortay starin oaf intae space, as eh paints in smooth, steady strokes.

FUCK ME!

AW NAW.

Ah ken that wee cunt's puss! Eh's fuckin Hank's brar, which makes him one ay that auld cunt's up the hoaspital! Which makes um, technically speakin, ma fuckin half-brar, even though ah've no spoken a word tae the wee radge in ma puff! N ah've jist banged the dippit wee cunt's burd!

JESUS FUCK ALMIGHTY!

At least it's no as bad as what happened tae ays before. Shagged a burd oan hoaliday in Tenerife, found oot she wis one ay that auld minger Henry's! Ya cunt, ah couldnae git up for an ooir eftir finding that oot! So now ah've goat a golden rule wi toon fanny, even when ye meet them oot ay toon, like oan hoaliday: ask them whae thair fuckin faither is.

The boy looks ower n half smiles ay ays, n ah thinks aboot gaun ower tae um, bit naw, fuck that, ah jist gies um a drinker's salute back. He grins back at ays, aw shy, then looks away tae the waw. So ah sit at the bar wi a boatil ay Beck's n watch um.

— Eh's no aw right in the heid, the other Barksie, Craig, goes. — Came intae the bogs n washed ehs welt in the fuckin sink, then dried it under the dryer. Fuckin retard.

— Some welt oan the boy but, this gadge Tony laughs. — Wee cunt's like a fuckin tripod!

Makes sense; if the boy's knobbin that feisty wee ride Jinty, eh'd need something gaun fir um, n him packin a welt is likely tae be it. Straight fae the Lawson gene pool, probably aboot the only decent thing that cunt Henry gied us both. Cannae talk tae the boy but: dinnae want tae draw attention tae the fact that ah've banged ehs missus. Perr boy looks that dippit eh probably doesnae even ken she's been graftin as a Roger Moore.

I get in the cab and head tae the golf coorse tae pick up Ronnie whae's telt ays tae meet um thaire. Eh's wi that stiff-ersed cunt, Mortimer the boy's name is, and they've been huvin another wee barney. — Make that your priority! Ronnie snaps, sendin the muppet oaf wi a flea in ehs ear. The radge turns n gies me a funny look as he heads oaf tae ehs motor. Ronnie shakes ehs heid in disgust, then smiles at me. He's wearing a hat wi Atlanta Braves oan it; the Mohawk must be flattened doon. We heads tae the Balmoral, n he goes upstairs tae git his stuff thegither. Ah'm waitin for him in the lobby, so ah phones Saskia again. This time she picks up, which is a wee relief. — Terry . . .

— Awright, pal? You okay?

— Yes, I was just for having some flu. There is still no word from Jinty?

— Naw, ah say, n hear her sneeze. — You'd better get

181

back tae bed wi some Lemsip. Ah'll see ye later n shout ye if thaire's any news.

— Okay . . . I will too, if I am hearing something. Thanks . . .

— Sound, cheers. Ah hings up as ma mate Johnny Cattarh phones, telling ays some ketamine story that ah kin dae without hearin, n ah'm gled tae git shot ay the cunt. Drug tales are like dream tales and shaggin tales: only interestin if thir yir ain. Ah only watch porn tae make a list ay the lassies that ah'd love tae work wi. Which is basically thum aw, mind you. It wid be nice tae git doon tae Tufnell Park n see Camilla n Lisette again. Top burds. So that pits ays in mind tae call Sick Boy, whae picks up right away, which is unusual. — Terry.

— Simon! How goes?

— Busy. Your point is, caller?

— Ah'm rarin tae git intae some scud! Nae scripts oan the go?

— Nothing on the slate, apart from *Shagger* 3, which as you know, is Curtis's movie.

That wee cunt wi the stutter. Fuckin taught the bastard aw eh kens n aw. — Right . . .

— I'm taking a wee break and working on the distribution. The website's being revamped, which requires a substantial investment in both time and money. But it'll make the downloading and processing of credit-card details easier, so we'll hopefully get the pay-off in sales. I'm rebranding Perversevere Films as quality erotica, Terry, and script development takes more time in the premium market. Can't even see us shooting

182

Shagger 3 till closer to spring. Have you been keeping up with those acting classes?

— Aye, ah lie. Ah stoaped last year. There wis only three burds in the fuckin group, and once ah'd rode them aw, thaire wis nae real point.

— Good, well, stay patient and stay trim.

— Sound. In the meantime, ah'll keep talent-scouting!

— I'm sure you will. Till later, he goes, hingin up. He's an abrupt cunt, but ah'm no bothered as Ronnie's appeared oot ay the lift. The hat's away but the Mohawk's still combed back.

— Jist tryin tae sort oot some shaggin work, ah grins, waving the cheeky phone.

— You got a one-track mind, Terry. Ronnie shakes ehs heid, then ehs eyes crinkle up. — So, hey, how's ole Occupy the Streets doing?

— Ah'm no sure she's an Occupy the Streets sort ay burd, ah goes, checking the emails list on the cheeky phone. — She writes plays, like fir theatre n that.

— Theatre, huh? Never my thing, he says, but ye kin tell he's thinkin aboot it.

So we're in the fuckin sherbet, makin good time, clearin the city n gaun ower the Forth Road Bridge, n ah'm tellin um aboot Johnny. — Cunt wis tellin ays aboot that fuckin ketamine. Telt ays that he didnae ken what he wis daein, it wis like travellin back in time n losin ooirs. Ah sais, ya cunt, ah'm fuckin well like that aw the time wi this knob. Aw the blood goes fae the heid n ye wake up in a strange place a few ooirs later wi the polis bangin oan the door, fittin ye up fir the register n a cell in Peterheid! Time travel? Ya cunt, ah've started cawin Auld Faithful here the fuckin Tardis!

— Interesting . . .

— Wrecked fae last night, bud. Too much peeve n shaggin, ah goes n fingers a wrap in ma poakit. — Here, ye fancy a wee bitty posh up the hooter, mate?

Ronnie looks at ays, tryin tae work oot what ah'm talkin aboot.

— Ching. Racket. Bugle. Gak. Charlie.

— Oh . . . I've told you I don't do drugs, Terry.

— Ye cannae really class a bit ay ching as a fuckin *drug* these days, mate. Besides, it wisnae that the other night whin Bawbag wis rattlin oan yir windae!

— That was an emergency . . . No, I hate drugs, though I believe that they are instruments of God, designed to snare and eradicate the feckless ghetto dweller, thus lowering the tax burden. I choose to follow a diet prepared by an expert nutritionist, designed for those who aspire to longevity.

— Each tae their ain. Dinnae listen tae they so-called experts but, mate, thir aw part ay an industry that's there tae con ye oot ay yir dosh. Ah pits the radge in the picture. — He's peyed tae gie ye advice, right?

— Yes. Considerably.

— Well, ah'm giein ye it for free. You can say it's worthless, that ah've nae expertise. Or ye can be enlighted and think, 'This cunt has nae vested interest, so he might just be on the ball here.' Whae dae ye pey for advice? The likes ay that cunt Mortimer, whae only tells ye what eh thinks ye want tae hear. That's nae good tae you!

— Okay, okay . . . God, Terry, you sure can talk. What the hell's the point you're making here?

— You've goat aw they organs in yir body: liver, kidneys n aw that. The function ay they organs is tae process aw the shite ye pit intae yirsel. Right?

— Yes . . .

— So if you're no giein them the occasional bit ay shite, n jist puttin poofy stuff through them, thir no gittin tested. So they never build up tae the level ay resistance they need tae be at. Think Scottish teams in Europe. Then some real disease hits ye, like Real Madrid style, n they're useless, cause they've never hud serious game time. It's science, mate, it's how aw they tribes' auld-school medicine men would go n take aw sorts ay poisons n walk intae the forest or desert. They'd trip, then spew, n then shite like a squaddie, and come back aw purged. N they cunts lived donkey's years. Ah hud the wrap. — Gie the cunts a wee test. A rigorous trainin stint, ah call it. No gaun ower the score, but a wee workoot, likes.

Ronnie's defo thinkin aboot this; eh starts teasin up that Mohawk. — You really believe that? That the occassional test is the best way of keeping your vital organs ticking over?

— Of course! Everything has a function! Lit thum git oan wi thair fuckin joab! Ah'm no sayin go ower the score, but the odd wee toot isnae gaunny dae ye any herm!

— Dammit, Terry, I hadn't touched drugs since freshman year, before that Ballbag came along . . . and now . . . you are a bad influence, eh goes, lookin at ays aw pretend hurt, but the cunt takes the wrap n sticks a bit oan ehs key n snorts it.

Ya cunt, ah'm sure that fuckin Mohawk stiffened up at that toot!

— Listen, you've taken me into your confidence regarding your activities. Could I presume to do the same?

— Of course, Ronnie, wir muckers, ah tells the cunt, which is obviously shite. This is business n thaire's nae sympathy in business: that cunt should ken that mair thin maist. It's gittin tae be quite a barry drive now, as we're hittin the banks ay Loch Leven.

— The land thing is important, but it's just another development deal. It's all about legacy, that's what guys like Mortimer don't get. I'm here to get something that only one other man on this planet has, because there are only three of them in existence. I already have one, and I want the other two. Both of them are here in Skatlin, and I'm closing in on them. He taps his beak. — This is all hush-hush, you understand. I have rivals.

The cunt's talkin aboot they Bowcullen Distillery boatils ay whisky, but ah'm obviously no littin him ken that ah ken what ehs eftir, n how much eh wants tae pey. They sais oan that distillery website that the third boatil wisnae fir sale, bit that's probably jist shite, tae drive the bids up. Everything's fir sale if the fuckin price is right.

We goes through this toon n stoaps at the lights as Ronnie takes a huge hit up his hooter. But ah looks roond n realise that we're right alongside this fuckin polis car!

FUCK SAKE.

The cops have clocked this n thuv telt us tae pill up, which ah dae acroass the street. They dae the same a few yards back n come right oot.

— Fuck . . . it's the polis . . . ah goes, as Ronnie slips the wrap intae his poakit. — Dinnae grass ays up, ah'll lose ma licence.

— I ain't no goddamn snitch, Ronnie shouts. — Lemme handle this, eh shouts, as the cop taps oan the windae. Ronnie rolls it doon n thaire's a load ay ching on his beak and he's fuckin wired. — Is there a problem, officer?

The cop looks at Ronnie, then at me. — Where are you taking this man?

— Up tae the Bowcullen Distillery. He's got a meeting –

— Why are you asking my goddamn driver?! Ronnie shouts.

— Sir, I'd ask you to be calm . . . you're obviously intoxicated.

— What?! Do you know who I am?

— I'm going to have to ask you to accompany me down to the station, sir, we can get those details en route . . .

— No way! I have an important business meeting! There is something on the line here! Something that you will never get in a million years on your Skatch cop salary, you goddamn loser!

— You are coming with me, the cop snaps and starts shoutin intae his radio.

— You goddamn maggot! Do you know who I am? I could crush you and your entire two-bit Lothian Police Squad with one single phone call!

— Which you will be able to do down the station, sir. Now if you would please accompany me? The cop reaches in and opens the door.

Ronnie gets oot and the cop grabs him under the airmpit. Ronnie pushes the cop, who tumbles backwards on his erse. — Fuck you, assholes! I'm Ronald Checker!

A second cop comes oot the car and blasts Ronnie wi the Taser gun. Ronnie's Mohawk seems tae stand oan end for a second, then eh faws doon, pish spreadin across ehs light canvas golf trews.

The Taserin polisman's lookin worried, n sayin, — He assaulted a police officer, I had no option, as they load Ronnie, whae's semi-conscious, intae the back ay the car.

— You will follow us, please, sir, the other cop snaps.

So ah follow the polis car doon tae the station in fuckin Kinross. It's a shitey two-storey building like a couple ay council hooses knocked thegither. While they're chargin the cunt ah clocks ehs laptop n grabs a hud ay it. Ah goes intae the email windae, which is still open. Ah trawl through the usual shite, but thaire's yin that's interesting.

To: rchecker@getrealestates.com
From: lsimonsen@mollersimonsen.com

Dear Ronald,

I trust you are well.

As you may or may not know, I have also bid for the rare Bowcullen whisky, one of the 'Trinity collection'. You, of course, already have one of the bottles.

I'll come to the point: I feel that the distillery is playing us off against each other in order to up the bid. The gentlemanly and sporting thing to do would be for us to jointly purchase the whisky, and then settle its ownership by playing a game of golf.

What do you say?

Kind regards,

Lars Simonsen

To: lsimonsen@mollersimonsen.com

From: rchecker@getrealestates.com

Dear Lars,

Bring it the fuck on!

Checker

So ah fuckin goes n spondoogles this Lars Simonsen cunt, but oan the cheeky phone. This gadge is fuckin minted! Well, ah'm thinkin that anybody that's got something these bams want hus goat tae be in a strong position! Guaranteed!

Ah goes intae toon n picks up a pair ay keks, estimatin that Ronnie's about a 34-inch waist. Ah hand them intae the polis oan the desk. He gits discharged about an hour later, lookin a bit frazzled, as eh talks tae a lawyer, whae seems tae have smoothed things ower wi the cops.

Eh comes oot n the troosers seem tae fit okay.

— How did it go?

—Assholes! I got to make a phone call and they crumbled. He looks ower tae the lawyer. — I've a good mind to sue their asses!

— Thanks for no lettin oan that the ching was mine . . .

— For sure. But I would ask for your complete discretion regarding this episode.

— Course, mate. Ye cannae fuckin well bedroom-hop like the Juice T n no ken a wee bit aboot discretion. Ah wrote the manual, ah tell um. — How's they strides? Ah nods tae his pins. Aw good?

— They're okay, Terry, but I feel a little rough. Those fucking Tasers, man . . . assholes! he shouts back.

— Easy, mate, ah goes, — discretion, mind, steerin um tae the door. Best tae git the fuck oot ay here.

It's no a bad drive up tae Inverness. Ronnie's a bit nauseous, so we have tae stoap the car a couple ay times. The first time, outside Perth, eh's a bit rough, but the next time, though, he's quite chatty, and even the wee bit ay puke eh brings up disnae bother um. Ah ken what's exciting him, awright.

We get oaf the motorway n oantae a B-road just north ay Inverness. There's a sign for Bowcullen Distillery, but if ye didnae ken where the slip road was, ye could easy drive past it. We go intae this spooky wooded area, the road jist a single-track. Ah huv tae pull in as some cunt wi a Land Rover is comin the other wey. The distillery's oan the right, a great auld red sandstone villa, wi a modern building set oantae the back ay it. If it wis spring and the leaves were oot, the trees

190

wid conceal it fae the road. We crunch up the gravel driveway, and open the car doors to meet the crisp, cauld air.

Inside the hoose it's aw grand and wid-panelled, wi a reception desk. A posh, sexy-looking aulder burd, that ah'd love tae ram senseless ower that desk, gies us baith a wee smile. Then she rings for this boy and he comes acroass n greets Ronnie. Ah backs away, pretendin tae read this glossy brochure in a rack. It's aboot aw thair whisky products, but there's nae mention ay the Trinity collection.

This slick-looking cunt has a whispery voice, so ah cannae hear what's bein said, but then Ronnie comes ower tae me, ehs eyes aw glistenin. — Terry, please follow us. I want to show you something beautiful, he goes, then intros me tae this boy, — Eric, Terry. Terry is a friend of mine, and Eric runs this distillery. A family business, right, Eric?

— For almost four hundred years, this smug cunt goes, escortin us past this security desk, n doon intae a big brick-wawed cellar the size ay a fuckin aircraft hangar. It looks auld n it is, but ye kin hear some kind ay modern ventilation system operatin. There's mair boatils ay whisky than ah could ever imagine ma auld mate Post Alec gittin thru! We come oantae this corridor, at the end ay which is a locked door. This Eric gadge produces a big key and opens it. It's another wid-panelled room, but fill ay gless display cases, n lit up, showin oaf this range ay vintage whiskies. It's like they've aw got a date and a wee note on them. The one that's in the most prominent place, on the back waw, is a boatil fae the Bowcullen Trinity.

It's like a dark red colour, mair like a wine than a whisky,

191

but it's in a weird dimpled bottle shaped a bit like that Gherkin building doon in London.

— The Bowcullen Trinity, Ronnie says, nearly breathless. — One of only three bottles in existence.

— Yes, Eric goes, — our original plan was to keep one for perpetuity, and sell the other two. But . . . he smiles at Ronnie, — both yourself and the other party have made competitive offers, and running costs of this place are high and the recession sadly means that we have to look at all income options. The whisky does cost a lot of money, but that simply reflects the scarcity and rarity of the stocks it's blended from. Some have been maturing at the distillery for more than a century and a half.

Ronnie licks his lips. He's chatting away wi this Eric boy as we head upstairs. Then eh gets oan ehs phone. — Mortimer. Prepare the formal bid. Drop everything and expedite this deal.

So we leave the place and get back intae the cab. We wir apparently supposed tae be thaire for lunch, but Ronnie's arrest hus snookered that. Ah ken how much that whisky shite is worth, but ah'm playin the daft laddie. — Ah'm sure it's good whisky, but seems a lot ay dosh for a boatil ay pish, mate.

— You don't drink it, Terry! It's a collector's item. An investment. It's only going to gain value!

— Pity that other cunt's involved.

— There is always a deal to be made, Terry, remember that.

We get tae this Highland Hotel n it's fuckin barry. We get

a few whiskies at the bar, Ronnie gaun oan aboot them. — I can't believe you're a Scotsman and know nothing about whisky!

Ah'm starvin n ah orders a steak n chips wi mushrooms, though ah cools it oan the chips, worryin aboot the love handles and that scud hotline. Ronnie struggles wi a bowl ay Scotch broth, that Taserin fucked his appetite, n eh decides tae huv an early night, tae hit the room n make some calls. Ah watches a bit ay a Champions League game wi the barman boy. It's off-season n the hotel's practically deserted, nae fanny hingin aboot. So ah decides tae head tae ma scratcher, n ah switch off the phone n ah'm lyin thaire oan the bed stripped fae the waist doon. Ah does the auld trick ay callin room service n orderin a sandwich, then pretendin tae be asleep.

Unfortunately, it's a fuckin gadge whae comes in, wi a rid-couponed apology. — Sorry, sir . . . n eh sets the sanny doon n fucks off. Ah calls Big Liz fae Control n hus some phone sex wi her. It's less risky than the real thing; when she sits on yir coupon, they flaps are like Gestapo officer's gloves! So ah batters yin oaf, then it's mair ay the same wi Suicide Sal. By the time ah've shot off a second load, ma knob's sair as fuck; nearly pilled the fuckin end oaf it! Good night's kip but.

So in the morning wir headed tae this restaurant, nestling by the side ay this loch. We gits in and thaire's these two boys thaire; one's a big tall radge, rail-thin, sandy-haired, Scandinavian accent. The other cunt, a chunky gadge, looks mair like a minder, n ah gits a chilly eye fae the fucker. Gies um yin back. Manners cost nowt.

Then Ronnie n the tall gadge are off tae this table, orderin breakfast and having a confab, so me and the minder boy are seated at another table, a wee bit away. A lassie comes ower n takes our breakfast order. — Pump that yin, ah sais tae the boy, as she heads oaf, — in a fuckin minute!

Cunt just sits thaire wi that funny puss oan um.

— Listen, mate, ah goes, — you can sit there with that face on aw ye like, but ah'm no fuckin lookin at it. Cheer up, or ah'm movin ma table.

He stares at me for a bit like eh's gaunny swing for ays, then extends his hand. — Jens, he goes, wi a wee smile playin roond the lips.

— Terry, ah sais, n the boy's goat some fuckin shake, — but ah git called Juice Terry.

— Juice Terry . . .

So the lassie comes wi the brekkie, n ah ken it's decadent but a wee Bloody Mary tae go wi the oysters n the kippers fir me, n smoked salmon for the Jens felly. — Ah kin smell the loch oaf that cunt fae here, ah sais tae the boy, — nae whiff ay the fjord oan that bastard's scales!

So we're huvin a bit ay a laugh, and Ronnie n the other boy are still aw torn-pussed and aw deep in discussion. Then, they're flippin a coin. Ronnie's aw excited, the cunt must have called it right. After that it's aw big handshakes.

As we're headin back doon tae the city, Ronnie seems chuffed, but a wee bit thoughtful. He's oan the blower tae Mortimer, no tipplin that ah've got the nosy switch oan and kin hear the fuckin lot.

— The agreement is that we put in fifty thousand dollars

each, and purchase the second bottle of the Trinity collection for one hundred grand. Lars's people will place fifty thousand dollars in the No. 2 account. We will make the purchase of the bottle and we'll be custodians of it until Lars and I play a round of golf, the winner taking the bottle as the prize . . .

Ah glance at Ronnie's coupon in the mirror; it's startin tae flush up tae fuck.

— . . . I don't expect discussion on this, Mortimer! You've made your views clear . . . For me this *is* the goddamn big picture! Make it happen!

Perr Mortimer's getting it tight, the cunt!

— What do you mean, what happens if I lose? If I lose we have one bottle each, and we play another game, the winner taking both bottles. Now make it happen! Dammit!

Ronnie switches off the phone, as ah makes oot ah'm puttin the cab speaker oan. — Awright, Ronnie?

— Just an asshole that won't do his fucking job, Terry. Mortimer doesn't get whisky; he doesn't get golf. All he's focused on is this two-bit land deal, and his commission, Ronnie scoffs. — Sure, the numbers are good, but he's an Ivy League Yankee stiff-ass with no goddamn soul.

— So ye made the deal then, Ronnie?

— Yes, but please, keep this confidential.

— Ah telt ye before, mate, ah wrote the fuckin book when it comes tae discretion. Listen, oan that very issue . . . we should celebrate. How d'ye fancy gittin yir hole?

— Prostitutes? I don't pay for sex!

— Dinnae gies that, ah tell um, thinkin ay The Poof's wise words. — Ah bet ah could take one sketch at yir exes,

195

mate, n that wid tell ays that you've fuckin well peyed fir it awright! The clothes, cars, hooses, jewellery . . .

That fuckin well gits the cunt! — You got a point, dammit, I could dial some high-class call girl right now, he waves ehs phone, — but that shit does nothing for me.

— Me n aw, mate. Ah'm no suggesting hoor. Ah ken plenty weys ye could git a hot date!

— Terry, I'm too damned busy to get involved with women! I gotta call that fucking Swede about our arrangement –

— Dane, buddy, the boy's Danish, ah tells the ignorant cunt. — N yir nivir too busy fir a ride, mate; what the fuck's the point ay workin aw ooirs if ye cannae enjoy some rumpy-pumpy? Yir jist a sad fuckin addict tae graft. Leave it tae that Mortimer cunt tae sort oot. Ah eywis say: why huv a dug n bark yersel, n ye kin see eh's comin roond at that. — C'moan, let's check in at this daft wee speed-datin club ah ken, designed for busy professionals like us – it'll take us ten fuckin minutes tae pill!

— Oh, what the hell . . . the cunt actually fuckin smiles, — . . . You know, Terry, I've kinda been enjoying our little adventures!

So am ah. It's a smooth drive back tae toon, n ah parks up n we gits doon tae Bar Cissism. Right away ah kin see thit thaire's some fresh minge oan offer! Ya beauty, a ginger burd n aw! So ah gits fired in, n wir gittin oan like hoose oan fire! Cannae wait tae see if the rug matches the curtains wi this yin! As we're chattin away, fae the corner ay ma eye ah clocks Ronnie, sittin back talkin tae this burd. N ah kin hear her sayin, — What dae ye huv yir hair like that fir?

196

Ronnie disnae look chuffed, n eh gits up n goes tae another table! Fuckin radge!

Fuck him – ah'm layin it oan the line wi the ginger burd. — Tae be honest, ah'm no really lookin for a relationship. N if ah'm bein really upfront ah'm no even that fussed aboot a steady ride; a one-off'll dae ays right now. Nae reflection oan you, you're tidy likes, it's jist thit ah'm solidly booked ower the next few months.

— That's aw ah'm eftir n aw, the lassie goes, — ah'm busy tae. So ye stey near here?

— Your carriage awaits – excuse me a second, ah goes, thinkin, *result*, as ah heads ower tae Ronnie, whae's talking tae some posh bint aboot gowf. — Ronnie, ah've goat tae shoot oaf for a wee bit. Thaire's some minge needs splittin, ay.

— You can't leave me here, he looks at the lassie opposite whae's checkin something on her phone, — I'm getting hit on!

— Good on ye!

— But you're my driver –

— Have tae jildy, buddy boy, minge needin split, ay, ah repeat, tae emphasise that ah'm no fuckin aboot here. — As you say: close the deal, business takes George Bernard Shaws, n ah winks ower at the ginger burd, — but the hotel's just a short walk acroass the street. See ye in reception in an hour. You Yanks need tae dae a bit walkin, gittin in and oot ay motors aw the time isnae good fir ye!

— When in Rome, I guess, Ronnie goes, then sais, lookin ower at the lassie oan the phone and droapin ehs voice tae a whisper, — None of them seem to have seen the show, but

197

they do get pretty impressed when I tell them I'm staying at the Balmoral!

— I'll bet they do, ah tell um, cause every burd in here kens whae he is and thir poised tae take um tae the cleaners.

His problemo; ah'm fair taken by this ginger nut but, ay. She's goat they freckles like some cunt just shot a wad ay orange spunk aw ower her puss. Her hair's a bit short but; the point ay being a ginger is tae lit they fuckin locks flow. This is for a lassie, obviously; for ginger-heided laddies, the likes ay the Ginger Bastard, ye make sure the fucker's razed oaffay that scalp. But she's as obsessed wi ma hair as ah am wi hers. As we exit she starts pattin the locks. — Ah like your hair.

— Ah feel the same aboot yours, ah goes, as we gits oot intae the street.

— You jist want tae find oot if the rug matches the curtains, she smiles.

— Well, now that ye mention it, ah'm no gaunny lie . . .

So when we gits back up tae mine we strip oaf (she's no fuckin shy!) n it's the best ginger muff ah've seen in ma puff! She's kept it thick but chopped it in a nice wee 'V' at the toap, like an array pointing tae the site, as if ah need some air-traffic-control cunt flaggin me intae that landing bay! Wish Sick Boy hudnae decanted tae London, could dae wi a digi cam oan this yin fir the catalogue! But that wee bit ay plumage oan top sais it's Doaktir Who's skerf time! — Ye must git that pussy munched oot a loat, ah goes.

— Ah dae awright.

— Yir gaunny dae awright here, ah winks. — This tongue

could take the crumbs oot the bottom ay a Pringles tube, ah tells her, n she hus a wee giggle. Ah sees her lookin at Auld Faithful, standin tae attention, like a fox staring at a juicy chicken. — Aye, first burd ah ever went wi wis baith epileptic and asthmatic and she started huvin a double episode, right when we wir gaun at it! Ah said tae masel eftir: 'Terry, dinnae lit yir standards droap.' They huvnae since! Anywey, less talk, mair cock . . .

So ah'm doon oan it but she's turned roond n giein Auld Faithful the same treatment. N this burd's an expert, it's gittin sooked, licked, teased, flicked, then she's takin it right tae the back ay the throat. See, whin ye meet yir equivalent in the burd world, it's jist so fuckin barry! Ye acknowledge that yuv baith goat other holes n poles tae colonise, so thaire's nae point in pretendin it's gaun anywhere, but see, those moments: fuckin vintage, ya cunt.

So ah'm wonderin if we can sort something oot oan camera later, when . . . ya fucker . . . she's gaspin away, pushed the cock aside, n ah'm oaf her n roond her and in her, giein her it good style. Her coupon's flushin up the same colour as that napper, n she makes a slutty, evil face n we're baith screamin n tearin away like some cunt had poured petrol oan us n set us alight n time slows doon like a car crash n wir fillin the room, flat, stair, street, city, country n world wi noise, signallin tae some green space pervert wi fifty cocks n fannies oan it, whae's settin course fir Earth right now, tae git some ay this action . . . another wey ay sayin: a decent ride.

Eftir oor heids start tae reassemble, ah pits the scud-movie proposition tae her, but she's no interested. — Ah work for the Royal Bank ay Scotland. The last thing I want is everybody in ma office looking at me doing that online!

She was bound tae be a raver working for the Royal Bank. Eftir aw, these cunts went n fucked everybody! She doesnae stick aboot though, n ah like that. She's the sort ay burd that'll be thinkin aboot cock, but different cock, within an ooir. When she heads off, ah checks ma phone. Perr Ronnie's left two messages, so ah shoots doon tae the Balmoral, still in a bit ay a daze. Lookin at the passin fanny soon sharpens ays up again but, it's like a line a ching, n Auld Faithful's twingein, like eh wants another feed, by the time ah've hit the fuckin Bridges. Then the idea ay ching starts burnin ays, so ah pills into this wee lane ah ken, in a turning oaf Chambers Street, n cut oot two enormous lines above the dashboard n take them up the Vespa scooter.

Ah'm flyin as ah gits parked up n intae the Balmoral reception. Ah sees Ronnie waitin, but the phone goes again, and this time THE POOF comes up oan the caller ID. Stupid really, ah'll huv tae change that tae VICTOR, but ah cannae be ersed, n ah like seein it flash up. Ah waves doon Ronnie, whae's takin a call ay his ain, n The Poof's giein it the big yin aboot Jinty. — One of our scrubbers is missing, Tez.

— Aye, wee Jinty, still nae sign. Nane ay the other lassies huv seen her.

— Right . . . She didnae say anything tae you . . . aboot me, likes?

— Nup, never talked aboot you or the sauna at aw, ah goes, cause neither she did. And even if she had, ah widnae be grassin her up tae that cunt.

A silence on the phone as ah glances in the mirror, sees Ronnie lookin at ays aw that impatient wey, jist cause he's finished his call. Him lookin at ays like eh owns ays, n The Poof oan the line, whae's probably aw pit oot that Jinty never mentioned him. Wi cunts like The Poof, n Ronnie, it's aw aboot thaim, n they get aw upset if naebody's talkin aboot them, and aw paranoid if everybody is. That's how aw celebrities, gangsters, businessmen n politicians are jist totally fucked up. Ah jist swerve aw that shite; it's a ride that ey does it fir me. Strugglin tae keep ma mooth shut but, wi aw this ching coursin through ma system.

Then the voice goes, — Right, Terry, just keep ays in the loop. Anything ye hear aboot Kelvin, let me ken, on the QT like. And keep tryin tae find Jinty.

When ah finishes the call ah sees that Ronnie still isnae chuffed. Cunt kens ah'm lit up, n kens that something's wrong. Ah gits in first. — How did ye git on wi that burd? Cowp it, aye?

— What . . .? No, we exchanged numbers and she said she'd come round but she called to reschedule.

— Reschedule? Sounds tae me like she's taking the pish, mate. Top Tezza tip: never run eftir a bus or a lassie, there's eywis another comin.

Ronnie's still no smilin. Eh might be a straight cunt now, but in his twenties he probably went n did mair lines thin Doughheid in a bookies office. — What's going on with you . . . are you okay? Are you doing more cocaine? After the hassles we had with those cop assholes?!

Ah decide tae tell him ma dilemma. — This burd, good

201

friend ay mine, ah explains (if ye cannae count somebody ye cowped aw weys as a good friend, then wir in a sorry state as a fuckin species) — she seems tae huv vanished oaf the face ay the Earth, ay. N cause she disappeared oan ma watch ah'm feelin a wee bit guilty.

— Your watch?

So ah'm tellin him aboot The Poof, n how ah'm lookin after this business he runs that she works at, n how ah want her back before he returns fae Spain or eh might take the strop.

— You oughtta get the police involved, Ronnie says, then seems tae think aboot it.

— No wantin them intae anything we dae. Keep the state n its agencies oot ay yir private biz, ah goes.

— Damn straight, Ronnie agrees. — Assholes. Hell, a cop don't even carry a piece here, I guess that's why they go around harassing decent citizens instead of locking up ghetto-gangster scum.

Ah suddenly realise thit ah'm feelin a bit fuckin rough, sortay sweatin n dizzy, so ah sits doon. It's like ah'm fuckin trippin here, n ah'm tryin tae git ma breath as everything's spinnin roond. Fuck knows what wis in yon ching . . .

Ah hear Ronnie's voice: — Terry, you okay? What's up?

— Aye . . . Ah'm leanin against the fireplace, watchin they cunts checkin in. This isnae good.

Ronnie's got his hand oan ma shoodir. — You okay, buddy? ah hear um ask but like it's aw muffled n far away, then eh's shoutin, — GET A DOCTOR!

N ah'm oan the flair, ah dinnae mind ay fawin ower, but

202

ah'm oan the fuckin flair, lookin up at the big glistenin chandelier in the lobby. — Ya fucker, ah passed oot thaire for a minute, ah goes, tryin tae git up.

— Don't move, Ronnie goes, hudin ays doon. — There's an ambulance on its way.

— Ah dinnae need –

— This ain't good, Terry. You oughtta get it checked out, I got it covered under associates on my health-care plan.

N ah'm thinkin: wi that auld cunt Henry in the hoaspital, n pit it thegither wi the auld girl's legs, mibbe ay fuckin well should kick back here n let them investigate. Genes n that but, ay. N thaire's a fuckin ambulance outside, n the boys come in, n they've goat ays oan a stretcher n thir cartin ays away . . .

25

TYNECASTLE HOSPITALITY

We're headin tae the big hoaspitality suite under the stand! Panelled wid oan the waws, they say, aye sur, panelled wid! Me! Jonty MacKay fae Penicuik! Aye, me n Hank ur gaun right in tae see ma cousin Malky! Jist walkin through they doors, like wir aw important! If ah telt wee Jinty, she'd say, — Yir fair gaun up in the world, Jonty! Yi'll no be wantin tae speak tae the likes ay us!

But ah'd ey speak tae Jinty, aw aye, ah wid that, but she hus tae speak tae me first but. Aye she does. But ah'm no thinkin aboot that, cause ah'm aw excited n happy even though Hank's no lookin that chuffed. — Thi'll be thinkin wir too good for the Cuik now, Hank, ah goes, cause they will that. If they saw us, like.

— Nowt wrong wi Penicuik, Jonty, Hank goes. — People forget that, people like Malky. Dinnae you become one ay thum.

— It's nice ay um tae ask us but, Hank, nice ay um, aye sur.

— Aye, suppose so. Hank's lookin at me aw that wey, like in the eyes, like he ey did whin we wir younger. — As long as eh disnae start lordin it ower us. He forgets thit we're just as good as him.

— Jist as good, Hank, aye, jist as good. Wi are that, aye,

204

aye, aye, ah goes, n wi gits tae the door. Thaire's an awfay nice smile fae a felly in a maroon jaykit. Likes ay a steward. Ah'd like a maroon jaykit like that. Tae dress up in. It would be a barry job tae jist take people intae the hoaspitality oan match day. But what if somebody ah kent wanted tae git in, but wisnae oan the list? Ah'd huv tae turn thum away, cause that wid be ma job. But ah widnae huv the hert tae dae that, nae sur, ah wid not. Maybe it isnae the job fir me, cause ah like the paintin wi Raymond n aw. Skirtins. So when wi gits up tae the felly in the maroon jaykit, eh goes, — Welcome to the Tynecastle hospitality!

N eh lits us in cause wi gie him the names; aye, oor names thit's oan the list. — Nice smile fae the doorman but, Hank, ah goes, as we walks intae the room, n they waws are wid-panelled n aw, just like folks sais it wid be. — Nice tae be nice. Panelled wid n aw!

— Too Americanised, Hank goes. — Ye dinnae want aw that phoney shite in Scottish fitba.

— Bit phoney's an American word, Hank, so mibbe yir gittin aw Americanised yirsel but, ay? Goat ye thaire! Aye sur, aye sur, aye, aye, aye.

Hank's no hearin ays but, cause eh's lookin at Malky, whae's goat a drink in ehs hand, talkin tae some people. Aye, n Hank's goat kind ay a bad-hert face oan. — Eh thinks runnin a minicab firm makes um a big noise. We'll, eh isnae a fuckin big noise tae me, Hank goes.

Ah kin see what Hank means, but huvin a fleet ay cabs is better thin drivin a forklift truck, or paintin a hoose, or a pub, even, ay that ah've nae doots! — Aye . . . aye . . . grand

. . . aye sur, n it is, ah goes tae Hank, lookin aboot. — Thaire's white tablecloths n fellys in suits! Ah goes up tae the panelled wid n starts smellin it, fir the polish oan it, ken?

Ah feels Hank's hand oan ma shoodir. — Stoap sniffin wid, Jonty!

— Jist fir the smell ay the polish but, Hank –

— What huv ah telt ye aboot smellin wid? Yir showin us up! Hank goes, n thaire's this other steward boy, n we lets um see the passes Hank's goat. The steward nods, n Malky's thaire, talkin tae two boys in suits. But fair play, eh comes right ower tae welcome us awright. — It's my cuz Hank and my cuz Jonty!

— It's nice here eh, nice, ah goes, cause it is. — Thaire's wid-panellin n cream waws above it. Magnolia, that's what they caw that kind ay paint. Aye, ah ken aw aboot that, dae ah no, ah tells um. — This is the life!

Malky nods ower tae a guy in a nice blue suit. — Keith Fuller, eh sort ay whispers. — Made it big in double glazing back in the eighties. See what he did? Reinvested intae personal insurance, medical stuff n that. Eh taps ehs nose. — Made a mint.

Ah'm thinkin aboot this, because that Vladimir, the Lithuanian felly fae Russia, he's no meant tae be helpin the club nae mair. — What does he no come in n help the club fir?

Malky goes tae speak, then eh sort ay cannae.

— Aye, Jonty's goat ye there, Hank goes. — If eh's goat that much money, what does eh no come in n help the club fir?

206

Malky shakes ehs heid. — Naebody goat rich fae pittin money intae a fitba club, n quite a few goat poor, eh sais. — Let's jist say Keith is part ay a wee consortium – in which I expect to hold a small interest – who are watching developments closely, n eh taps the side ay ehs nose again.

— Shite, Hank goes, n Malky hears but sort ay kids oan he disnae.

Then this wee guy comes ower n goes, — Hello, Malcolm.

— My good friend Mr Deans!

They start huvin a blether, about Herts's chances the day. See, if it wis me that wis Paulo Sergio, ah'd tell thum aw tae gie the baw tae Ryan Stevenson. That's aw ah'd say, jist one thing: gie the baw tae Ryan Stevenson. Aye sur, Ryan Stevenson.

Then the wee boy goes away but this big tall boy comes ower. Looks awfay posh; pan-loafy as muh ma would say. Malky introduces the pan-loafy boy tae us. — My good friend Donald Melrose QC!

The pan-loafy boy wi the funny letters eftir his name sais, — Malcolm. How are you?

— I'm just telling my cousins Hank and John –

— Jonty, ah goes, n Malky looks a wee bit pished oaf wi ays, but ah've ey been kent as Jonty, fae way back in Penicuik, n he should ken that, aye sur, eh should ken that.

— Jonty . . . the boy goes, then looks at Hank and nods. Then eh smiles and turns tae Malky. — This fabled consortium, of Scotsman Publications myth, which may or may not exist, and, assuming it was said to do so, and I was indeed a member, though, as you know, no such verifying document proves the existence or otherwise of the undernoted so-called consortium . . .

Ah'm tryin tae follay the boy, pan-loafy Donald, but eh's talkin awfay fast n posh n ah cannae hear um right . . .

— So . . . and the boy smiles at ays again, — . . . it could very well be a figment of the imagination of some of the more obtuse members of our local Fourth Estate. Eh turns tae Malky. — No minutes of meetings, no documentation, no emails between prominent members of the business community and high-ranking local city officials and councillors can be evidenced to exist, the boy goes, n ye ken eh'd be good as a lawyer cause naebody wid understand what eh wis sayin, no until ye wir in the jail. Ye would understand then awright! Aye sur, ye wid. Aye.

But what eh sais gits me tae thinkin, so ah turns tae Hank. — It wis like that dug Clint, Hank, mind Clint the dug?

Hank looks away, like eh's no heard ays. Ah tugs ehs sleeve. — What, Jonty?

— And sorry, you are, again . . .? Pan-loafy Donald goes.

— Jonty, ma cousin, Malky goes.

— Aye, Jonty, ah goes. — Aye sur. Jonty. Jonty MacKay.

— What about *Clint the dug*, Jonty? this pan-loafy Donald Melrose boy sais. But the word 'dug' didnae seem right comin fae such a posh mooth.

— Mind ah goat Clint the dug, ay, Hank? ah goes tae Hank, but eh jist shrugs it oaf like eh cannae remember, so ah turns back tae pan-loafy Donald. — But see whin ah goat um, Clint the dug, eh hud somethin in ehs throat. But ah hud went tae the skill tae tell everybody ah hud a puppy,

208

Clint the dug, n everybody wanted tae see um, ah explain n Donald looks tae Malky, whae looks tae Hank. Ah carries oan. — Then ah goat hame n the dug hud goat pit doon. Somethin in ehs throat. Mind, Ma n that, ah goes tae Hank, whae's still lookin away acroass the room, — they sais tae ays, Ma n real faither Henry, 'Clint the dug wis taken ill, n eh couldnae swallay right.' So they hud um pit doon.

— Fascinating, this posh Donald boy goes, then asks, — And your point here is?

— Everybody sais, 'Whaire's this puppy, this Clint the dug?' But whin ah telt thum what hud happened, they jist goes, 'Yir talkin rubbish, Jonty, thaire's nae Clint the dug, you jist made aw that up!' N ah couldnae prove thaire wis, aye, but they couldnae prove thaire wisnae. Naw sur, they could not! But it meant it wis up tae me tae prove it, cause ah'd sais tae everybody thit thaire wis a Clint the dug. N thaire wis! Mind, Hank?

Hank's still lookin away but. — Jonty, Malky goes, in a low voice.

Posh Donald, eh's sortay like a bloodhound ehsel wi they hooded, bloodshot eyes. Aye, that's what eh looks like! Mibbe it wis Clint thit pit ays in mind ay that, but Clint wisnae a bloodhound. — Hmmm. So you're drawing an analogy . . . Jonty, this posh Donald goes, — an *analogy* between the existence of this unfortunate canine . . . Clint –

— Aye sur, Clint the dug, aye sur –

— And the hitherto much-disputed and speculated-upon existence of the consortium?

Ah ken whit an allergy is, cause it's what Clint the dug

hud, in ehs throat. — Aye sur, aye sur, aye sur. Ehs throat. Aye sur.

— Your cousin is a fascinating fellow, with a rather interesting and speculative perspective on life, Malcolm, Posh Donald sais, then eh turns tae me. — Jonty, we must resume this discussion another time. Eh looks at ehs watch. — Right now the game is about to commence and we should take our seats.

So we goes outside intae the good bit wi the seats, lookin ower at oor auld seats in the Wheatfield. Seats we dinnae need any mair! No now! Malky whispers in ma ear, — Keep it doon a wee bit, Jonty, n try no to show me up, no in front ay a member ay the consortium!

The teams ur comin oot tae a big cheer.

— But he wis sayin thaire isnae a consortium –

— Shh! Here's the boys comin oot.

Ah starts twirlin ma skerf tae try n git some atmosphere gaun, ye goat tae git some atmosphere, n this steward boy comes ower n says, — Nae twirlin ay skerfs oot here, mate, go ower thaire if ye want tae dae that, n eh points ower at oor auld seats in the Wheatfield Stand.

— Jist tryin tae git some atmosphere gaun. Aye sur, atmosphere, ah tells the boy. Cause naebody sings 'Hearts, Glorious Hearts' or 'The Gorgie Boys' ower here.

— Ower thaire fir the twirlin ay skerfs!

N aw pits the skerf doon n looks aroond n ah'm jist aboot the only yin wi a skerf oan here! Malky bends intae ays n goes, — That's a big no-no in here, Jonty. Yir no ower in the Wheatfield now! Thaire's different standards ay behaviour

210

required for the hospitality, Jonty. Ye cannae git away wi murder in here!

— Sorry, Malky . . .

— Showin us up like that in front ay members ay the consortium, Malky sais, n eh's no very happy. — It's no every day that somebody like me, an ordinary laddie fae Penicuik –

— Aye sur, Penicuik, the Cuik, the Cuik, the Cuik –

— Ah could even git asked tae join the consortium!

— Bit thaire's nae consortium, the boy just sais. Ah turns tae the pan-loafy Donald, whae's sitting behind ays. — Ay, Donald, ay, pal, ay, thaire's nae –

Malky tugs ma sleeve. — Jonty! Enough! Behave yirsel! Unbelievable. Eh shakes his heid.

— Sorry, Malky –

Malky's awfay upset wi ays now, lookin aw that hurt wey. — See, Jonty, ah thoat thit if ah took ye here ah could educate ye. Help ye better yirsel. Eh shakes ehs heid again. — But ah wis wrong.

Now Hank's gittin aw huffy n eh turns oan Malky. — Well, if that's what ye think ay us, we'll jist go! Come oan, Jonty!

— Naw, stay fir five minutes, please, Hank, five minutes, ah sortay begs, hudin um doon cause Templeton's jist gied Ryan Stevenson the baw n it's grand here cause ah got a nice smile fae a blonde-heided lassie in a sortay broon fur coat, sittin in front ay us, n they say ye even git a free half-time pie! — Stey till the half-time pie, ah goes tae Hank, whae shrugs n settles back, n Malky does n aw, n it's barry-barry cause the baw goes zing! Right intae the net! N wir aw pals again, huggin each other, n ah goes tae the blonde lassie,

— Ryan Stevenson; aye sur, aye sur. Ryan Stevenson, mind ah sais?

— Ye did that, Jonty, ye did that! Hank goes.

— The Jont's called it right! Malky slaps ma back.

Donald the lawyer boy bends forward in between me n Malky. — Malcolm, your cousin Jonty appears to be a modern-day Nostradamus!

N ah keep ma mooth shut cause that wis the boy in the village wi the humpy back, n cause eh wis a bit slow the villagers hounded the boy, like they did wi me in that Pub Wi Nae Name, aye sur, they did. N that posh lawyer wi his education, he sees aw that, cause eh's used tae investigatin guilt, n ah dinnae want tae think aboot The Pub Wi Nae Name again, naw sur, naw ah do maist certainly not. Nup.

So ah keep quiet for the rest ay the game. That ah do, sur. Aye. Aye. Aye.

26

THE HEART OF THE MATTER

Hud a pretty bad night eftir ah got back fae the hozzy, couldnae kip right n felt totally fuckin Zorba. The hert wis thrashin away, n ah wis thinkin thit ah must've goat an awfay dodgy batch ay ching, like either the worst or the fuckin best. Aw they tests they done: fuckin blood, pish, shite, X-rays – the cunts took the fuckin loat.

Now ah'm gittin aw stressed aboot the results.

So the next day ah'm roond tae the fuckin hozzy tae find oot the Hampden Roar. Ah'm waitin for a fair bit, distractin masel by checkin oot this lassie working oan the reception. An aulder burd (well, probably a good bit younger than me if the truth be telt, but ah've ey been a timeless sort ay cunt) goes n gies ays a wee smile. She's got that shagger's glint in the eye, n a tight set tae the mooth, which spells: G-A-M-E. Ah'm checkin fir a wedding ring, no that that rules anything oot. Jist useful tae dae a bit ay profilin, like fuckin *CSI: Saughton Mains*, or mair like *FSI – Fanny Scene Investigation: Saughton Mains*!

Ah'm aboot tae make a move when a boy pokes ehs heid oot an office. It's the same cunt that wis aboot last night, when ah barely kent whaire ah wis; him that gied ays aw the tests. Practically aw ah mind is the boy ramming ehs finger up ma erse tae check the prostate gland, n ma eyes waterin cause ay

213

the Dukes ay Hazzard. Ah sais tae the cunt, 'You eywis like this oan a first date? What aboot the music n soft lights first, ay?'

Cunt didnae like it; hud the serious face oan, jist like eh hus now. — Mr Lawson? Please come in.

Well, ah think yuv goat tae huv a laugh at work. But right away ah dinnae like the coupon oan this cunt. No one bit.

— Please, take a seat.

— What's the story then, Doc? Or should ah say, 'Who's the story then, Doc?' That's an auld yin, ay. Ah hud tae go back in time tae git it! Back in time? Tardis? Naw?

The cunt jist shakes ehs heid. Ah'm no happy here.

— I'm sorry, Mr Lawson. I have to inform you that the initial results of our tests yesterday detected an irregular heartbeat. It's quite a common thing.

— What? What is?

Cunt seems no tae hear ays. Eh hands ays this prescription fae two sets ay pills. — So it's important that you take these medicines and refrain from everything that could cause stress. No alcohol, and particularly no sexual activity.

WHAT?

Ah cannae believe what ah'm fuckin hearin here. — But . . . it's the spi—

— I stress that any form of sexual arousal could be fatal, eh goes.

— EH? YIR FUCKIN JOKIN!

— I'm afraid not, Mr Lawson. In any case, those anti-coagulants will thin your blood, making erection very difficult to achieve. And, to be doubly sure, the second set contains a compound that suppresses the libido.

— What the fuck –

— I know this is a shock, but you have a very serious heart condition. You must start taking these medicines immediately, and we'll monitor what effect they've had when you come back in a week's time. I stress that they are essential, and they will help to prevent heart attacks, but they will not reverse the damage you've already sustained to your heart.

— What damage?

— You've had a minor heart attack, Mr Lawson. Unfortunately, it's not unusual for an attack of this kind to be followed up by a more severe one. The cunt's lookin ower they specs at ays like a fuckin gunfighter. — And by that I mean a potentially fatal one. So get on this medication immediately and give it a chance to work.

JESUS FUCK.

Ah goes tae speak but ah cannae. Thaire's nowt tae be said.

— In the meantime, we need to do more detailed tests. So if you take this form, n eh hands ays a sheet, — and go to Radiology at the end of the corridor, they'll set the wheels in motion.

So ah jist walks ootside in a daze, n goes through aw they fuckin tests, n some ay them seem tae be the same yins ah awready did n aw.

Eftir it ah'm shattered, n ah gits back intae the cab n sits doon, n looks at they fuckin pills in the two different boatils. Ah cannae believe how yir life kin jist change like that, n mine's fuckin ower.

The phone goes. It's Suicide Sal. Ah switches it oaf.

27

IN GOD WE TRUST – PART 2

Golf. The greatest personal freedom a man can enjoy is going around the golf course with a friend or business associate. Of course, I have to beat this asshole Lars, and he's pretty good. I invited Terry to caddy for me, but he's opted to sit in the car and be goddamn miserable, which sure ain't like him. I guess that sweet lil' Ms Occupy must be bustin his nuts.

I realise I gotta get into training for the whisky play-off against that Swede asshole, so I've hired a specialist, the pro at the local club. This Iain Renwick guy is a non-event, who once led the British Open on day two before crumbling and barely scraping into the top ten. But that makes him a hero for ever here. Those people and their celebration of mediocrity, hell, it's almost quaint, and they seem happy enough. That's why we gotta help them all, we gotta make them striving and, yes, unhappy, because that's the *only* way they'll achieve. We are here to help them.

We are to here to help them, oh Lord.

Myself and this out-of-shape Renwick guy, fifty pounds overweight, ruddy face, sweating, are both three over par, struggling in the sudden gusts of wind that burst from over the North Sea. They make a game of golf into a frustrating fucking lottery. The prick of a coach is saying that my posture is too tense and that I need to 'open up my shoulders' on my swing. I feel like telling the cocksucker that he'd be stiff too, if he was playing for the stakes I am!

I'm relieved when a call comes in on my phone and it's the motherfucking Viking. — Lars.

— Ronald . . . so all is good with regard to the whisky? You have it, yes?

— The sale has been concluded.

— Obviously, you understand that I would like to see it.

— You *are* goddamn suspicious. But I guess I would be too. My guy Mortimer is picking it up and plans to take it to a safe-deposit box at the Royal Bank of Skatlin.

— My people must first examine it to establish that it is the genuine article and not a forgery. We both want to enjoy the best, Mr Checker, this we have in common.

— Sure. So it's no problem for you to see the whisky. I'll give Mortimer a call – it should be with us very shortly.

There's a cold laugh down the line. — Good. And you and I both know that there is a third bottle, which has been purchased by a private collector, and it is here in Scotland.

— The blue blood . . . I heard he was in the Carribbean, I say, too quickly. I'm watching Renwick tee off at the fifth. The fat, red-faced asshole looks uncomfortable in the wind, like it's shoving the air back into his crappy lungs.

Lars smirks at me down the phone. — Do not insult us both, Ronald. I know you know where he is and that your people have been in touch with him. As have mine. I have a broker who is –

— Okay . . . what are you suggesting?

217

— The same arrangement. We pool our resources and approach this buyer, then make a joint purchase and play another game for the third bottle.

This Norwegian may be a goddamn cocksucker, but he sure likes a sporting wager. — Hell, yeah, we will! We're gonna have ourselves a little series here! I'll call you when the second bottle is in my hands!

I ring off, catching a sly glance from Renwick, as I get Mortimer on the phone. He's still dragging his feet and going on about the land deal for the goddamn hotel and the apartments. I tell him straight: fuck the hotel deal, this takes precedence. The two-bit deal is only a cover for my acquisition of that sweet, sweet Bowcullen Trinity. The holiest Trinity outside of Father, Son and Holy Ghost!

I catch another glance at that Renwick douchebag; sonofabee has that slimy grin on his smug-but-dumb-ass peasant face, like he knows something you don't. Well, ain't about fucking golf, that's for sure!

We're tied on 74 going into the last hole, a five par and the longest on the course at 490 yards, and I pray for a victory against the wheezing Skatch charlatan.

If you are busy, oh Lord, please ignore me for seeking counsel on what seems such a manifestly frivolous matter. I only raise this safe in the knowledge that your energy and vision is boundless. As I said in Leadership 2: The Business Paradigm, *'Strive for the eye of God in the pursuit of business, to see and to know all. Obviously you will never get to that point of perfection, but He loves the aspirational.' (This was not an insinuation that you are susceptible to flattery; hell, that sickly offspring of vanity is a Mortal sin.) But please give me the power and eye to take out both this alcoholic Scot and the non-believing, cold-hearted socialist-materialist Scandinavian. For you are the power, the kingdom and glory, for ever, Amen.*

And in this dark land, with its dull, bruised skies, He answers my prayer! A gargantuan drive down the fairway, a slick, hard pitch on to the green off the six iron, and a short putt against a brutish wind into the hole! A shit-kicking eagle on the last! That goddamn cocksucker Renwick comes in at one over! I feel a tumult of divine glory rise in my breast, till it dawns on me: I'm *paying* this incompetent asshole to teach *me* golf.

— Aye . . . good game, the treacherous creature in the Pringle sweater reluctantly wheezes, as I turn to find Terry.

I see him, bunched against the clubhouse with his hands in his pockets, his brow furrowed and his eyes vapid and empty. He doesn't even react when this woman in the parking lot is bending into the back seat of her car to get something, displaying a fine ass to the world. Worse, he bristles all indignantly when Renwick, looking like a sex offender, makes some lascivious comment. That ain't like Terry! To look at his face you'd think the world was coming to a goddamn end!

28

COLD COMFORTS

Jonty knows that it will now be impossible for him to take Jinty down to The Pub With No Name. Or even Campbell's. No, not with the way she smells. He is moved to lament on the unfairness of it all, because Jinty was usually so clean. She was always showering, and not just in the morning, but also when she got home from work, from those dirty and dusty offices; it was the first thing she did. And the way she washed, that stuff she put on, not soap but this lotion from a tube that had gritty bits in it. Jonty sometimes tried it, but they always scraped him. All those creams and perfumes though, they made Jinty smell so nice and her skin so soft. Not like now: it is cold to the touch, and a fetid odour is rising from her.

And she isn't waking up; just lying there on that bed. Jonty has tried to take most of the blood off her mouth and chin with the sponge. But she is starting to smell bad. They would be complaining in this stair soon, like people did. He worries about what they might say: *That Jonty, eh shouldnae even be in the toon, eh's jist a simple country lad fae Penicuik, he cannae take care ay himself.*

But he still loves her so much, even after the terrible argument. It is so cold and damp, and wee Jinty has drastically changed, he can see that, but when he looks at her he finds that he is as stiff as ever. Yes, he still loves her. But he would have to put something on for them both. There is gel in the bedside cabinet. And then he is looking at her and touching his hardness and greasing it.

The flat is a mess. The bedclothes stink of Jinty; not how she was really, but how she is now. Jonty pulls the duvet aside, and looks at her lying there, all cold and different. He shuffles on to the bed beside her and fixes her fringe so that it falls into her eyes, like it sometimes did.

It's easy to slide off her jeans, then remove her blouse and silky underpants. He keeps her bra on, not wanting to reach round her cold back to fiddle with the catch, not until he warms her up. — Aw, Jinty, it's awright, Jinty, dinnae worry, Jinty, you'll no be alone, ah'm comin, ah'll be wi ye, aye sur, aye sur, aye sur . . .

As Jonty's weight falls on her, gas suddenly belches out from Jinty's mouth. The rank air reeked even more. — Aw, Jinty . . .

Jonty pushes and pokes at her opening with his greasy cock. Why did she do this to them? Why did she go to The Pub With No Name?

— Aw, Jinty . . .

It seems like she is closed to him, but suddenly, a stinging, icy rush grips his dick as he slides into her. It is not an altogether unfamiliar sensation. When Jinty came in and her hands were cold (she always used to say 'Cold hands, warm heart') and she grabbed his cock, it was like a game they played: it was like that. She would say 'Sorry, Jonty, my hands

221

are really cauld' and he would tell her 'It doesnae matter cause ma cock's still hot!' But she is cold *down there*. — The wey ye like it but, Jinty, the wey ye like it, but ye huv tae wake up now. Ye huv tae wake up n move, Jonty grunts, as he thrusts. This will wake her up, it was like Sleeping Beauty . . . if somebody could wake up through a kiss, how much more likely were they to do it with a ride? And Sting had done that. Sting had. Yes, he had. Jonty had seen it once in a play on the telly, which he'd only watched cause Sting was in it. Sting had rode a lassie into life.

WAKE UP, JINTY . . .

WAKE UP . . .

He almost stops when a fly pops out of her open mouth. It spins around in the air slowly, then lands on her face, crawling over it, before vanishing from his sight. They were like helicopters, flies, when they got tired. So Jonty grits his teeth and pumps. He will pump her back into life. But nothing is happening. He keeps thrusting. — Ah did it wi Karen, Jinty, ah ken it wisnae right, but ah wis feart, Jinty, ah wis feart ye'd nivir talk tae ays again . . . talk tae ays, well!

For a spell it even looks like Jinty is enjoying it, like she used to. The hair falls back, and her face almost has a twisted smirk. Jonty's fingers go up and he has to push his mouth hard on her frozen lips to be able to stand her cold, glassy eyes. That's better. The way he could batter into her and she would always want more. But it isn't the same, not now that she's so cold and stiff, her lips all hard and blue, not the soft way she used to be. It is hardly like Jinty at all. But he loves her still and at least he can still make love to his beloved

222

Jinty, not like that Barksie down The Pub With No Name. He wouldn't look at Jinty now, he would turn his nose up, because people like that know nothing about love, and Jonty will never let his Jinty go because he loves her so.

But it isn't the same.

And he knows: it isn't right.

He keeps pushing, but it isn't right as she's that cold and it is all sore and tight, but he inches further in but it's so cold, and her weight shifts under him, and her mouth, it hangs open again and that smell comes up like sulphur from deep inside of her and Jonty thrusts in further to try to bring her back, but that smell from her mouth . . . *shut yir mooth . . . shut yir mooth . . .*

PART FOUR

POST-BAWBAG
RECONSTRUCTION

29

SAUNA SOJOURN

Terry has been thrust into a new universe, a gelid, brutish space, where the hostile incursions of others are laid bare. He drives around Edinburgh's rain-blackened streets, wilfully distracting himself from everything bar the automated move-ments of driving the taxi. The road signs, the brake lights of the car in front, the lane changers, he gives them all the novice driver's grinding attention. He tries not to think of sex, nor of his condition, but those two contradictory topics surface intermittently in his fevered mind. He fights their intrusion, driving around town, ignoring instructions from Control, sex texts from Big Liz, and blind to threats of being taken off satellite, as he carries on past the outstretched hands of fares he can normally smell streets away. And when Connor calls him up to do business, he is lukewarm.

Sometimes he forgets when the cab is occupied. Only a glance at her small figure in the rear-view mirror, sitting back in the seat, reminds Terry that he's dropping Alice off at the hospital again. He sadly laments how women like his mother were always hoodwinked by wasters like Henry. At the Royal Infirmary he waits downstairs in the coffee bar, a call purring in on his mobile. The number is a long one, conjuring up exotic images of foreign women bagged at Edinburgh Festivals past. Despite his medical issues and the pills that he's started taking, Terry instinctively hits the green. To his chagrin, it's The Poof. — Vic . . . didnae recognise yir number thaire, mate.

— Aye, ah got a Spanish mobby cause ah might be here a wee while longer. Nae bizzies been hingin aboot the sauna?

— No that ah kin tell, Vic. Terry rises and moves towards the exit doors. — But ah ken that some ay them use the place. Ah'll ask the lassies . . . subtly, likes.

— Good man, Terry, The Poof says gruffly, then his voice dips. — Ah cannae say this tae Kelvin, cause the lassies tell him nowt. They dinnae like him.

Terry remains silent, but thinks: *they dinnae like you either, ya cunt.*

The Poof asks Terry about the sauna. Terry informs him that it's all good, but that Jinty is still missing. — It's like she's vanished oaf the face ay the Earth.

— Fuckin hoors. The Poof's tones briefly fracture, before he adds in more measured timbre, — She wis a good earner. She better no huv went ower tae Power's place. Track her doon, Terry.

— Ah've been oan the lookout, ay, Terry says, glancing out at the rain-lashed car park. He moves one step sideways, opening the automatic doors. Another step back closes them.

— Track her doon, The Poof repeats, adding the ingredient of exasperation. — She's goat tae learn that ye dinnae jist walk oot on me wi nae fuckin explanation. Ah dinnae dae business that wey.

Maybe it really was time, Terry considers, to stop thinking of Vic as 'The Poof'. — Okay, Vic, ah'll dae ma best.

— That's aw ah kin ask, mate, but if ah ken you that'll be mair than enough. Loads ay faith in ye, The Poof says ominously, then hangs up.

Terry isn't easily intimidated by nature. He's faced down many jealous husbands and boyfriends in his time, crossing men whose destructive passions had driven them to the point of madness. But The Poof, this one-time figure of abject contempt, now places a chill in him, and he allows himself a guilty shiver.

As he lets his foot move to the side, the door opens again. Then, from the corner of his eye, he sees that somebody is watching him. It is a small, thin man, his hair sparse on top, but sticking out prominently at the sides. It is Jinty's boyfriend, the wee half-brother he'd seen in The Pub With No Name. He is probably in to see the auld cunt upstairs, Terry considers.

Jonty moves over to Terry. He places his foot forward, making the sliding doors open. Then close. Then open. Then he looks up at Terry. — Ye pit yir fit one wey, they open. Ye pit it the other wey, they shut. Aye sur.

— Sound, Terry nods.

Jonty makes the doors open and shut again. From a distance down the hall, a man in a security guard uniform frowns. He moves towards them.

— Open. Shut, Jonty says.

— Better stoap, mate, ay. Here comes the boy.

— Aw, Jonty says. — Will ah leave thum open or shut?

— Shut, says Terry, taking Jonty by the arm and pulling him closer. The security guard stops a few feet away, his thumbs resting in the belted waistband of his flannel trousers.

He contemplates them for a second, then turns and heads back to his desk. Terry breaks a sparse smile. — You're Hank's wee brar, ay?

— Aye sur, Jonty MacKay! That's me. Aye sur. Aye. Aye.

— I'm Terry. Terry Lawson. I'm Hank's big brother, well, big half-brother.

Jonty looks agog at Terry. — Does that mean you're ma brother n aw?

— Half-brother, aye. But dinnae git too excited, it's no exactly an exclusive club, ay.

Jonty seems to grow downcast at this consideration. — They ey sais thaire wis others, aye they did. Muh ma n that. Aye sur, aye, aye. Others.

— Plenty, mate. So ye git called MacKay?

— Aye, cause ah changed it, like Hank n Karen, ma brar n sister, whin muh ma went wi Billy MacKay. Aye sur, Billy MacKay. Penicuik. Aye sur. But ah'm really John Lawson.

— Sound, says Terry. — So you're up tae see him then?

— Aye sur, ah am. Ye gaunny see um?

— Mibbe later, pal, ay.

Jonty nods at this, and prepares to take his leave. — See ye, Terry! See ye, pal!

— Awright, mate, Terry smiles, watching him go.

So Terry waits for Alice, lighting a cigarette from the pack he'd taken from the golf club bar last night, after Ronnie had defeated that sweaty golf pro on the final hole. He'd stopped eight years ago. Thank fuck the doctor said nothing about tobacco and drugs, though it's probably reasonable to assume that with a serious heart condition, ching, in particular, isn't a great idea. In the event, realising his weakness, and noting the raptorial gaze of the security guard, he crushes out the cigarette halfway through and, thinking of Jonty, opens the doors, flicking it outside. He makes eyes at the vending machine for the best part of ten minutes, resisting a bar of Cadbury's Dairy Milk, before his mother appears. Alice looks frail; it is as if Terry is seeing her for the first time, and he feels impelled to take her arm, which she brushes off.

The doors swish open as two girls walk into the hospital. Even through the erection-crushing bromide pills they've given him, Terry can feel a root insinuating. To Alice's surprise, he turns away to face the wall.

— There was this funny wee guy up there, Alice says, her mouth puckering in distaste, — he kept peeking in through the window, but he wouldnae come in.

Terry nods as they walk across the car park in a dull drizzle of rain. — Aye, ah saw him earlier. Wee Jonty's his name. Another yin ay they bastards that auld cunt knocked oot eftir eh ditched you!

Alice cringes visibly as Terry opens the cab door for her. She climbs in and he gets into his seat, starting up the engine and pulling away. He is lost in a single thought: I WILL NEVER HAVE A DECENT RIDE AGAIN. It is some time before he even hears his mother's voice. — Terry! Ah'm talking to you! Ye no even gaunny ask how eh is?

— Ye telt ays that the cunt's dyin, so ah'm assuming still shite.

This has the desired effect of stopping Alice in her tracks, but the way she wilts into the unforgiving cab upholstery induces a spasm of guilt in Terry. His mother sadly ponders, — It disnae look like it'll be long now.

Terry can't spare a single beat of empathy or regret for Henry. The extent of his hatred for the man, even now, shocks him. He is more than happy to drop Alice back at Sighthill. As she gets out the cab, the rain now stopped but the sky still overcast with black cloud, Alice says sheepishly, — Donna wants tae go in and see him. Tae show him Kasey Linn.

— What? Terry's head cranes round. — She doesnae even ken the bastard! Now she's takin her bairn in tae see him?

— She barely kens her faither, so ye cannae blame her wantin tae know her grandfaither, Alice says quietly, her tone crestfallen rather than confrontational, so Terry sucks down a breath and starts the cab, pulling off without saying goodbye and driving right back into town.

The rain's come on again, now falling in whipping sheets as Terry sets the wiper to work, cheerlessly negotiating the tired city-centre traffic. Having juggled multiple relationships for years, enduring all the myriad hassles, he believed that life without sexual encounters would at least become more straightforward. However, if anything, it seems to be getting more complex than ever, but without the telling pay-off. He decides to head back down to Leith and the sauna.

When he arrives, Kelvin is on the desk. Terry finds it impossible to look into those pinched, shrew-like eyes without the words TAXING CHEAT flashing into his brain. Although Kelvin had never called him, they'd swapped phone numbers as tired business protocol, and he'd punched his digits in under that designation. — Still nae sign ay Jinty? Terry mech-anistically enquires.

— Naw, n Vic isnae chuffed, Kevin slyly trills. — He liked tae go a wee bit voodoo oan that scrubber, he volunteers, as Terry keeps his stare trained on him. — Bit ye could check oot that boozer in George Street, the one she goes tae every Setirday night. That Business Bar.

— Right, Terry nods, — ah ken the boy that owns it.

He immediately realises that he shouldn't have disclosed that information, as it sets off a series of scamming gymnas-tics in Kelvin's eyes that would be visible from space.

Then Sara-Ann phones, and Terry picks up to a storm of accusation. — Where are you? Where have you been?

He moves across the reception area, out of Kelvin's earshot. — Busy, eh.

— I'll bet! Sara-Ann roars. — You never think about one single soul other than yourself!

Terry is about to disclose his medical condition, but checks himself. A couple of girls are hanging around on the settees, talking and drinking coffee. Besides, rule number one: tell them fuck all. — Ah wis takin muh ma tae visit ma faither in the hoaspital, then helpin a pal look for this lassie in ehs work. He raises his voice to open out his motives. — She's gone missin.

There follows a short silence on the line, which Terry takes as indicative of some kind of penitence. Then it is followed by a reaching, — When can I see you?

— Ah'll gie ye a bell the morn. No bein wide, but I'm up tae ma eyes in it right now.

— Make sure you phone me! I need to see you!

A couple of days ago, Terry thought of Sara-Ann as a beautiful woman, feeling exalted in her company. Now that he can't shag her, all he can see is hassle and need.

30

IN GOD WE TRUST – PART 3

The unusual silence on the ride out to Musselburgh – other than Terry's thin breathing and the ticking over of the engine – is starting to bug the shit outta me. I'm back on my phone, scrolling emails as I look out the window at the sunlight flickering through the threadbare trees. Maybe just a little sign that God ain't quite given up on this place yet.

Terry must be about the only asshole I've never wanted to fire. Why? is the question that bugs me all the way out to the course. I run a business, and the first thing I wanna check is any employee's résumé. I'm the star (the cocksucking, motherfucking STAR) of a TV show, where I repeatedly stress the same goddamn thing. So why did I hire Terry, some bum from a project, when I know nothing about him? I guess because he wants nothing from me. I guess because he said no. But he's my fucking *driver*, and he orders me around! I take shit from this asshole that I ain't taken from *anybody*!

God, give me the power to resist this strangely charismatic corkscrew-headed asshole and his crappy ghetto drugs . . .

But hell, I gotta admit that I hate to see him crushed like this. There must be something I can do to cheer him up. I get a sudden inspiration. — You know, Terry, when I conclude this piece of business and obtain the second and third

235

Bowcullen Trinity bottles, you and I are gonna open one of them, and we are gonna have a big drink from it!

— Aye, Terry says drearily, like I've suggested he lives off food stamps for ever, — but you said that the three bottles together were the investment. The big value was in the Trinity, and that two on their ain wirnae worth a sook.

I'm wondering what in hell's name a 'sook' is – probably some Scarish name for a pound or 'half a quid' as those assholes put it.

— Hell yeah, but life is to be lived! If I obtain two, they can be the investment. I just let it be known that the third has been consumed. Then the demand for the two existing ones should become even bigger, once we concoct some bullshit story for the media of why we had to drink the third! C'mon! Let's nail that motherfucker as a goddamn celebration!

Terry doesn't seem too elated. — You're countin your chickens, Ronnie, you've only got one bottle as things stand. Ye shouldnae take things for granted.

— Sack that loser talk, Terry. Think positive and take life's prizes! It's a foregone conclusion. I play off a five handicap, he's a seven, and I've golfed head-to-head six times with that Dutch asshole, and won five of them! C'mon, buddy, think about it, a one-hundred-thousand-dollar bottle of Skatch, the most expensive whisky in the whole wide world *ever*, and *we* are gonna be drinking that sonofabitch . . . I'll bet you're excited, huh?

— Cannae wait.

I'm trying to work out what this goddamn mood swing is all about. — That lil thing you're sweet on been bustin your balls, huh? Ole Occupy? Hell, don't worry about that shit! What was it you said about buses and broads, right?

Terry's chewing on his bottom lip, like he's fixing to say something, but opts to let it pass. We pull up in the parking lot and go to get a drink in the clubhouse. We opted for Musselburgh, as Muirfield is a little too well known. The hallway leading to the bar is dark and narrow. At the end there's a radiance that hints at light without necessarily promising it. The Skatch seem to have embraced the outside darkness in their architecture and design, which throws up dark corners evoking concealed recesses, but also in the character of its people: full of hidden, bleak chambers. The broker, Milroy, comes in and joins us. He's a worried-looking undertaker-like dude, close-cut receding hairline and the nervous grey eyes of a trauma victim expecting more shit-kicking pain to come down on his ass. The motherfucker deserving of real agony, though, is that asshole Mortimer, who still hasn't shown up with the Skatch.

I call him, and he says he's just left Edinboro airport as his flight from London was delayed. Third World bullshit!

I call Lars to tell him this and he ain't happy, but he feels better when I suggest a game of golf. He and his henchman, whom Terry shakes hands with, arrive a little while later. Lars says he's been working on his game and he wants to surprise me when we play off for the Skatch, so he'd rather go round with his own guy, this blond Nazi goon with the laser-blue eyes that seem to be perpetually looking for something to destroy. We let them go ahead, while Milroy and I decide to play each other. Terry's caddying, or talking sneakily on his cellphone, probably to pussy, maybe even sweet lil Miss Occupy, as the game progresses.

Mortimer eventually arrives, wearing an overcoat and leather gloves, carrying the whisky in an ordinary duffel bag, as I instructed. He makes to open his mouth, but I decide that asshole's penance will be to come round the course with me. Fuck his stiff Yankee ass! Well, he obliges, but he has that expression on his face, like he's been rode long and put away wet.

The broker Milroy sure ain't too bad, playing off a 10 handicap, but there's a couple of assholes behind us, and at every tee they're making comments about us being too slow. One guy has dark, greasy hair and a pinched face and he's constantly blinking, like some subterranean creature unaccustomed to even this meagre light. The other asshole, chunkier, brown hair, is almost immobile, but his eyes move slyly in his head. They both stink of lowlife and trouble. Then at the ninth hole, a narrow fairway, surrounded by thick trees, just as I'm about to tee off, the gaunt-faced prick shouts to me that they wanna go first!

— What? I can't believe my ears.

— You have to wait your turn in line, Mortimer says.

The cretin ignores Mortimer and stares at me. — Youse boys are too fuckin slow. Ridic.

— You'll wait your goddamn turn! Who the hell do you assholes think you are?

— Fuck you, ya Yank cunt, greasy locks says, and he jumps forward and pushes his face into mine! He made minimal contact, but it *was* contact, so, thinking litigation, I stagger

238

back, bending and holding my nose, like I see those faggot soccer players do on TV.

— Asshole! You see what he did? You all see that?

— You are in serious legal trouble, Mortimer barks, coming to my aid, helping me straighten up. So does Milroy, who asks if my nose is broken.

— I hardly touched him, the perpetrator shouts. — No contact!

Then Terry springs forward. — Ah'll show ye fuckin contact, ya cunt, and he grabs the putting iron and drives it right into the greasy-headed perpetrator's shin!

The jerk-off screams out and falls to the ground. — Ya bastirt . . . yuv broke ma fuckin leg, he screams, looking up at us.

— Brek yir skull next time, ya fuckin wide cunt, Terry glares down at him. The perp's better-built buddy is standing there, balling and unballing his hands. — You wantin this wrapped roond yir fuckin puss? Terry says.

— Nup, the brown-haired asshole says and starts backing the fuck off!

I'm shaking off Mortimer's attentions, and pointing at the perp, whose friend is helping him away. — You attacked us, and I am gonna sue your asses!

— He hit ma mate! The perp's buddy points at Terry.

— This was self-defence, you goddamn motherfucking white-trash assholes!

— Aye, git tae fuck, ya muppets, goan! Terry shouts, wielding the putter. So the guys take their stuff and head off, the limping asshole supported by his buddy.

239

— Thanks, Terry. I nod to Mortimer. — We gotta call the police –

— Naw, leave it, Terry says. — Remember, ye keep the polis oot ay everything. Fuck sakes, Ronnie, yir meant tae be a rebel, a fuckin outlaw, no some privileged Ivy League cunt, and he looks at Mortimer, who has to eat that one up!

Terry's got me kinda thinking there. — I guess, but he –

— You're okay, the boy wis jist showin oaf and tryin tae intimidate ye. If eh'd wanted tae really nut ye eh could've. He's in a far worse state thin you.

— I'm loath to admit it, but he's right, Mortimer says. — You've had some bad publicity with the police here, Ron. We don't want anything else that might compromise the East Lothian deal.

I'm looking at the asshole limping away with his buddy. Then I fix Terry in a big grin. — You sure fucked up those assholes! Dammit, Terry, you're a pretty wild fellah!

— Mair ay a lover than a fighter, Ronnie, or at least ah wis. But ah've eywis believed in the one decisive blow. Ask thum a wee question: lit thum fuck off or git serious.

— Wow . . . I track those no-good project-bums heading behind the trees, making for the clubhouse and parking lot. — What if they got serious?

— Then it's ambulance time, Terry laughs, — usually for me, likes. Hud a bit ay a rep as a hard cunt, back in the day, likes. Ken how ah got it?

— I guess through taking no shit?

— Nup. A myth.

— By having bad-ass associates?

— Now we're getting somewhere. That was a big part ay it: knowing whae tae befriend. But most of all, it was by pickin ma opponents carefully. Terry glances up towards the clubhouse. The assholes are now outta sight. — These boys were gaunny dae nowt: could tell by lookin at them.

— Picking your battles is always good advice, and I look witheringly at Mortimer as Lars and his buddy, who witnessed the commotion from way over on the eleventh, are heading towards us.

Lars is pretty excited. — What was happening? Was there a fight? Jens could –

— Terry fixed everything, and fixed it *good*, I tell them.

— Where is the whisky? Lars asks.

— It's here. Milroy looks at Mortimer, who picks up the duffel bag and opens it.

I can instantly tell by Mortimer's face that something is horrendously, fatally wrong. It's like a wrenching hand, inside my fucking guts. I'm looking to the skies, sucking in air, trying to get some divine inspiration.

Please God . . .

— It's gone! Mortimer squeals. — It can't have, it's been by my side all the time . . .

PLEASE LORD GOD ALMIGHTY, INFINITE MASTER OF ALL, DO NOT LET THIS BE HAPPENING TO ME!!

— Did you . . .? I look to the clubhouse . . .

Please God . . .

There's no sign of those assholes . . .

— When ah whacked that guy, or before, did youse see

241

one ay them lift that bottle oot that bag? Terry asks, looking urgently at me, then Mortimer.

— I don't – I don't think so. Mortimer's squealing like some leather-clad faggot cruising New York City's Meatpacking District!

— I . . . I dunno . . . I can't goddamn think straight, I'm telling him, — I had my face covered when he hit me, I didn't –

— What is this?! Lars booms out.

— I'm sure they had a bag . . . it was similar . . . they might have picked up the wrong one. Mortimer's throat bobs.

— Listen, Terry shouts, looking at me, — I dinnae agree wi gettin the polis involved in anything, ever. But I'm kind ay thinkin now might be the time tae eat humble pie . . .

— I'll call them! Milroy the broker screeches.

— You have . . . you lost our whisky! Lars gasps right in my face.

But I'm looking at Mortimer. — You bastard . . . you inadequate, incompetent asshole! You and me, we are fucking finished! You are so yesterday's news! Consider your ass fired!

Mortimer looks at Milroy, then me. — But I didn't . . . I couldn't . . . what about the East Lothian deal?

— FUCK THAT BULLSHIT!!! THOSE ASSHOLES HAVE MY WHISKY! DON'T YOU GET IT!? I DO NOT GIVE A FUCK ABOUT ANY LAND OR DEVELOPMENT DEALS! I DO NOT CARE ABOUT ANYTHING OTHER THAN MY SKATCH!!! FIRED! FIRED! FIRED! GET OUT OFF MY SIGHT!

Mortimer takes a few paces back, blinking and swal-

lowing, but he doesn't go. Lars steps right in front of me.
— It is *our* whisky, and if it is gone you have to put up
your own bottle, he moans, — because half of that is now
mine!

— If you've . . . I spit out, looking him in the eye.

He gives me a gunfighter stare back. — I have done
nothing! This is your folly, or your games!

— There are no games, I shout back at him, as I see
Mortimer tremble, and Milroy is on the line to the cops,
frantically giving them the details of the robbery.

— Look, the polis'll pill them up, Terry says. — Somebody
might huv a description ay the car. Let's go up tae the bar
and wait to see what they say.

Good thinking. I turn to Mortimer. — MORTIMER!
FIND THAT GODDAMN SKATCH!

— But . . . but you said I was fired –

— You will be, I scowl at him, — but when you are I will
be cold, concise and cruel; forensically cruel as in an exit
interview. I shall gut you, splaying your myriad failings and
flaws all over the room for you to examine as you simultan-
eously try to reorder the debris of your life. It'll look like a
psychic crime scene! But until I've composed myself enough
to do this, you are still on the payroll, I explain. — Now find
my Skatch!

— Ron, I've a meeting back in town, with the Haddington
developers.

— CANCEL IT! DON'T EVEN THINK ABOUT
MOVING ON ANYTHING TILL I GET MY SCATCH
BACK!

I go to the restroom and kneel on the floor and pray for the safe return of my bottle of Bowcullen Trinity and the apprehension of all the twisted, deceitful and incompetent vermin who have contributed to the loss of the second bottle of this beautiful creation.

Dear Lord, am I to infer that you do not consider me a worthy custodian of the Bowcullen Trinity? Have I been too selfish and vain? This was a personal thing, Holy Father. I wasn't asking you to help me provide service jobs for local workers, or opportunities for investors from the business community. This one, just this one tiny little thing, was for Ron. Was I asking too much of you? Give me a sign, oh Father.

When I return, there's a cop present. He tells us that the assholes have been apprehended, but that there's no sign of the whisky. — They do not have it their possession. They claim to know nothing about it.

— So what in hell's name are you guys doing about it?

— Rest assured, we are looking for it.

Rest assured. I am not fucking resting assured. It takes all the patience and strength the Lord blessed me with to keep my mouth shut. We get to the cab, Terry, Milroy the broker and myself. I'm loath to let Mortimer out my sight, but I don't want that contemptible creature riding with us.

We are heading back to the city, in a tense silence, which Terry breaks. — Listen, mate, he says, lookin at myself and Milroy in his mirror, — ah dinnae want tae be pointin fingers, it's no ma style, but that Mortimer cunt, what dae ye ken aboot him?

— Everything! He's a senior employee in the company! I

244

know a damned sight more about him than I do about you, I shout at him, — other than that you're a goddamn drug dealer and a pornographer!

— That's ma point but. Terry stays calm. — Wi me, it's aw oot thaire, what ye see is what ye git. That Mortimer cunt but; he's the iceberg, maist ay it driftin away beneath the surface. He raises a hand, miming the action. — Wis he wi ye at yon Harvard Business School?

— No, he's a Yale man, but so what?

— Big rivals, they two, or so ah hear, Terry says, both hands back on the wheel.

— Yes, but – I try to explain as Milroy gasps 'this isn't good' softly to himself.

— You're fae the south, right? Ah'm bettin he's fae the north, aye?

— Yeah . . .

— So we've goat auld-school rivalry, the north–south divide; ah bet he's fae auld money n aw.

Lord, I can just see Mortimer's bland face, his ludicrous, buttoned-down shirts; smell that sickening aftershave, all covering up the stench of treachery! — That obsequious asshole! I never thought that he could stoop so low . . .

— Sounds tae me like he's the boy, Terry shrugs. — He's goat access tae yir private email account, aye? Ah'd change that, mate, jist tae be oan the safe side, likes.

— I can't believe that he . . .

— It hus tae be said, the cunt's nose hus been pit oot ay joint by the arrival ay Juice Terry oan the scene!

And Terry is right on the goddamn money! — You know,

he is obsessed with you! He's made all sorts of hints at your untrustworthiness!

— Hus eh now? Convenient, Terry quickly rubbernecks.
— Seems tae me that he's a breadhead that just husnae goat your vision, Ronnie. Aw obsessed wi his cut oan this Haddington deal. He'll be on big bucks, ah'm bettin.

— It's a good commission, and there's a finder's fee, cause he set this motherfucker up, through contacts he'd made when we were over here for the Nairn project . . .

— He doesnae like this whisky lark, mate. Terry looks at me in the mirror, whipping that mop of hair back. — He thinks it takes your eye oaf the ball. So ah widnae be surprised if eh's trying tae scupper yir big whisky deal oot ay personal gain and, of course, pure spite.

Terry may be a goddamn lowlife in many ways, but he sure has a good insight into the human condition. My phone rings again, and it's Lars. He tells me that his broker is going to phone Milroy to engage a recovery agency to find the whisky. I'm happy about that; those useless cops won't give a goddamn crap.

Mortimer.

If his hands are tainted with this treachery, I will smite that Judas asshole, so help me God.

31

GOING MCNUGGETS

'Penicuik is awfay great, ah've goat muh ma, ah've goat ma mates.' That wis a poem ah once wrote, back at the skill. It's sort ay no true but, cause ah dinnae really huv that many mates in the Cuik, cause they ey took the pish. Aye sure, that they did. N Gorgie's gittin the same. Even worse thin Penicuik, if the truth be telt. Thaire's no a place as bad as that Pub Wi Nae Name in Penicuik. No sur, there is not!

Cause at least here ah've goat muh ma n muh sister. Whereas in Gorgie thaire's jist Hank, but he's goat ehs ain faimlay now. Ah ken eh's no goat any bairns, but ye huv tae count Morag. Aye sur, ain faimlay, that's what ah sais tae Hank, ah sais, 'Yuv goat yir ain faimlay now.' Aye, ah've goat Karen n muh ma, even if thir baith gittin awfay fat.

So ah'm back at the auld hoose, in the front room, n Karen's sittin back in thon chair wi her cookies. She's pit two sausage rolls in the microwave, aye she hus that. Thaire's a smell in the hoose, the yin that ah like tae call the smell ay washin n soup. — Well, ah think she's jist away n left ye for good, Jonty. Ye kent it wis gaunny happen sooner or later, wi a lassie like Jinty. Flighty. It wis ey bound tae happen.

— Bound tae, ah goes.

— Flighty, that's Jinty. Ye deserve better, pal.

Ah keep hur phone oan ays still. It goes oaf sometimes but ye kin see the names come up, like ANGIE n that, n ah ignores it. But this time it's ma phone that's gaun in ma poakit, no Jinty's. It's Raymond Gittings; ah kent it wis him cause ehs name came up. Aye, it's barry how thair names come up now so ye ken whae it is, aye sur, ye dae that. Ah jist ignore thum aw oan Jinty's phone; Maggie, April, Fiona B, Fiona C, Angie, ah jist lit thum aw run tae voicemail n leave thair message. Then ah play back the messages hudin the phone tae Jinty's cauld ear, soas the guid Lord in the sky'll ken thit ah'm no listenin intae hur business.

But this time it's ma phone thit's ringin n it's Raymond. — Raymond, ah kent it wis you, wi the caller ID, that ah did. Saw yir name n ah goes: that'll be Raymond.

— Aye, Jonty, yon caller ID it's a barry thing right enough!

— Is it no though, Raymond! Caller ID!

— Listen, ah've goat a wee joab for ye. Couple ay housin association flats doon the Inch. Smoke damage, Jonty. Ah'm doon thaire right now, ma wee pal. Goat ledders, spare overalls, the lot. Ah really need a hand but, Jonty. Ah ken ye go by Shanks pony n Lothian Regional Transport, but when kin ye git yirsel doon here?

— Ah kin be thaire in an ooir, sur! Ah sur, an ooir!

— Kent ah could rely oan ye, Jonty boy! See ye in an ooir, 61 Inchview Gairdins.

— Ye see, ah'm no in Gorgie but, eh no, ah'm at muh ma's in Penicuik. Aye sur, that ah ah'm. One bus, just the one bus.

248

— An ooir then, Jonty boy, Raymond goes, n eh pits the phone doon.

Ah shouldnae go oan like, bit ah git aw stressed in the chist whin ah talk sometimes, aye sur, stressed in the chist, like the spiders ur crawlin around in thaire. Aye. Ah ken ah'm paintin The Pub Wi Nae Name, but ah huv tae be loyal tae Raymond, even if it means workin in The Pub Wi Nae Name at nights. — So ah huv tae go now, ah tell Karen, aye, aye.

So Karen's no happy, cause she's been through tae the kitchen n brought the sausage rolls n goat they chocolate-chip cookies oan a plate, the yins that are aw American. It's makin her aw fat, eatin American stuff. — Yuv jist goat here!

— Work bit, aye, work, ye cannae turn it doon, Karen, no whin it's jist the yin bus, aye sur, cause the Inch is usually two buses, aye sur, two buses. One intae the Bridges fae Gorgie, n the other aw the wey oot tae the Inch. Same road as Penicuik, sur, but no as far oot as the Cuik; naw sur, naw sur, naw sur.

— Ah ken that, Jonty. Ah ken the Inch is jist the one bus away, she sais. One ay hur teeth is aw deid, like nearly black. Ah dinnae ken if they kin sort it. But that's no as bad as eatin American food. It's awright for Americans; they kin git aw fat cause they live in big hooses n sit in big cars, like oan the telly oan Fullum Station Fower. Aye sur, ye see thum aw oan thaire.

Then ah'm thinkin thit ah've jist enough for ma fare so ah gits up. — Ah'm away!

— No steyin fir yir sausage roll? Karen's mooth sortay hings open, but her eyes are kinday half shut.

— Nup. Huv tae nash. Aye sur.

Karen isnae happy cause she's walked intae toon earlier, tae git they sausage rolls, n by toon ah mean Penicuik, no Edinburgh, cause that's way too far for Karen tae walk. But see if Karen did that, it wid git some fat oaffay her. Wid it no though! — But ah goat this aw special, fae Greggs!

— Naw, huv tae nash, n ah'm headin oot.

— But it'll go tae waste!

— Naw it willnae, no in this hoose, you ken that. Eat thum baith . . . Ah opens the door.

— How kin ah eat thum baith?! she screams, but ye ken she will, aye sur, ye ken she will.

— Gie it tae Ma, well!

— She's goat two already, Karen squeals.

But ah gits ootside n nashes tae the bus stoap. Nae time tae waste! Barry, cause this is a bus comin, jist in time, headin fir toon. Aye sur, right intae toon, but it passes the Inch n that's where ah'm gittin oaf. So ah gits intae the flat n Raymond Gittings is thaire. — Hi, Raymond, hiya, pal!

— Jonty, ma wee mate! Mr Reliable! Kent ah could count on you, Raymond goes n takes me aroond.

But ma hert's gaun awfay bad cause Raymond just said what wee Jinty eywis said. That ah wis mair reliable than other laddies, that ah nivir did wrong, that she could ey count oan me.

N look at how that ended up. Jinty aw cauld, n ah cannae say the word, especially no that word thit means yir no comin back, that 'D' word, cause ah keep waitin fir wee Jinty tae wake up but ah ken, ken in this bad hert, that she's no really gaunny wake up, n now that smell, that awfay, awfay smell. Aye sur, aye sur, aye sur, aye sur.

N Raymond is sayin that as soon as we git they flats done n painted, they kin git money fir the rent fae them, so we really huv tae go. It's gaunny make it difficult wi The Pub Wi Nae Name but at least in the night ye kin avoid aw they mooths ay spite. Aye sur, ah cannae be daein wi mooths ay spite. Naw, ah cannot.

N ah starts, n ah'm pittin oan the paint in smooth, even strokes, n ah'm thinkin thit if ah could git a nice colour ay paint ah wid paint Jinty a different colour tae that blue. Cause thaire wis a lassie in a James Bond fullum once thit goat painted gold, n that's what Jinty deserves: tae be painted gold, cause maist ay the time, when she didnae go doon that Pub Wi Nae Name, or take that bad stuff in her nose, she wis as good as gold.

N before ah ken it, Raymond Gittings is below me, cause ah'm quite high up oan this ledder, n eh's gaun, — Wow . . . that's incredible, Jonty. Ah cannae believe yuv done aw that. Amazin. There's gonny be an extra fiver fir ye! Ye awright up thaire, Jonty? Hi! Yir no greetin ur ye?

Ah climbs doon. — Naw sur, it's just the fumes, ah goes but ah am sortay greetin, cause ah do greet in secret when somebody's that nice tae me like Raymond eywis is. So ah cleans up n gits the buses, two buses, right ower tae Gorgie.

Ah steys oan past ma hoose, past The Pub Wi Nae Name, past even the McDonald's. Ah go tae the garage n gits the gold paint. It only comes in they spray cans but. The boy asks me what ah want it fir, n ah goes it's tae paint a full-sized statue. The boy sais that ah'll need half a dozen n that it's no the best ay bargains, but ah'd huv tae go tae a trader or order gold paint. Ah goes, naw ah need it now but. It takes maist ay ma wages but it's worth it.

The good thing is that ah've still goat enough for a McNuggets fir ma tea. Ah nivir goat a lunch brek wi aw thon paintin, so ah gits it now. Ah counts the McNuggets, n thaire's fourteen. Ah'm sittin thaire when ah looks up n sees ma cousin Malky standin in front ay ays. — Hello, Jonty! Was walking by and I looked in the window and saw you sitting there, n eh looks roond aw uncomfortable.

— Hiya, Malky! Ye gaunny git something for yir tea?

— Eh . . . no, I'm meeting a friend from the taxi trade for a quick pint over in the BMC club. Of course, it can get a wee bit coorse ower in that neck ay the woods, Jonty, so we won't be staying for long. No, we're heading for the Magnum, in the New Town. They serve a nice breaded chicken dish, eh looks at ma McNuggets, — proper chicken, and I expect tae find a decent haddock fillet on offer!

— Haddock fullet . . .

— We're going to be joined by Derek Anstruther, he touches his nose, — a friend, who is, shall we say, privy to certain information about the goings-on over the road, n eh nods ootside.

— In the BMC?

— No! The stadium, Tynecastle!

— Ryan Stevenson's goat barry tattoos oan his neck.

— Aw aye, they're certainly colourful, ah'll gie ye that!

— Naw but it's really sair tae git them done thaire so it

shows that Ryan Stevenson must be tough. So if ah wis pickin a midfield player, ah'd pick Ryan Stevenson cause it means he'd be tough!

— Sound logic, Jonty! What's that in yir bag? Eh picks up one ay the tins ay spray can. — Ah hope you're no one of these graffiti artists we hear aw aboot, Jonty! Jonts in the hood!

— Naw sur, naw sur, naw ah'm not, n we fair huv a laugh at that yin, me n Malky, aye we do, n eh asks eftir muh ma n Karen n Hank, n then eh goes away tae the BMC. Aye, but we fair hud a laugh!

But by the time ah finish ma tea n get doon the road n inside the flat, it feels aw cauld n lonely. Cause the laugh's aw worn oaf. That's what happens, ye git a laugh, then the laugh wears oaf n it's no funny any mair. Cause it's cauld.

Jinty.

Sorry, Jinty, sorry, darlin, but ah huv tae git ye oot ay the hoose now. Ah'm no wantin the jile, Jinty, cause ay the smell, aw naw sur, naw sur, naw sur, no the jile. Naw, naw, naw, no eftir what happened tae yir ain faither, Maurice, how funny he went.

Ah've goat some mince in the fridge fae Morrisons, Jinty, aye sur, some mince sur. The morn ah'll take oaf the grease n make it wi some peas n mash up some tatties. Hame-cooked meal! Ye cannae eat oot in McDonald's restaurants aw the time, Jinty, cause yir no wantin people tae think yir aw snobby jist cause yuv goat a joab. N it's barry tae eat real tatties sometimes. That wis one thing ah ey liked aboot ye Jinty: a loat ay lassies ur awfay lazy in the kitchen but you ey peeled

253

a tattie. Aye, ye wirnae feart tae peel a tattie. If they said tae ays, 'Is your Jinty a guid cook?' Ah'd go, 'Aye, she's no feart tae peel a tattie, naw sur, she is not.'

Aye, Jinty wis as good as gold, maist ay the time, so she needs tae *be* gold. So ah pits aw the auld newspapers n they plastic bags Ma gied ays, n pit thum doon oan the flair. N then ah lifts Jinty oot the bed n lowers her gently oantae them. Ah goes through n gits the shower cap she ey wore, n pits Jinty's hair in it soas no as tae git paint oan it. Jinty wis ey fussy aboot her hair. Then ah starts sprayin slowly. First her heid in the shower cap, then ower her face, her neck, her airms, tits, belly, then another can, her thighs, knees, shins n feet. Ah does as much ay the sides as ah kin git. Then ah brings the heater through n switches it oan fill, so that the paint'll dry.

Ah goes n watches ma DVD ay *Heathers*, cause thaire's barry lassies in it. Sort ay barry lassies that wear black. But ah saw yin ay thum that wis aw aulder now, but in another fullum. Still wearin black, but. Then ah watches *Close Encounters*. We ey used tae say: di-di-di-di-di, me n Jinty, at the end. When ah goes back through, Jinty's dry n looks barry. Ah turns hur ower n does the other side ay hur. Ah watches *Born on the 4th of July* then *Platoon*. It's guid that people watch war fullums. If everybody watched war fullums they'd aw see thit war wis wrong n no fight any mair. That's what's wrong: too many fullums aboot peace. It disnae gie folk enough chances tae see wi thair ain eyes how wrong war is. Naw sur, it does not.

When ah gits back tae the bedroom Jinty's nice n dry. She

looks barry aw gold. Like a statue, but like Jinty still. But it's still too early, so ah goes through aw ma Bond movies but ah cannae find the yin whaire the lassie's gold, so ah jist watches *Thunderball*, which is awfay auld but good still.

Eftir it's finished it's aw late n ah looks oot the windae. Thaire's naebody oot oan the street n hardly even a motor passin. So ah wraps her gold body up inside the Herts duvet cover, the yin we goat fae the Herts shoap last Christmas, n takes her doon the stair. Goat her by the ankles n jist pillin her behind ays. If anybody comes now ah'm done fur! Even if it is four in the morning thaire must be boys oan shifts n that. But she's smellin bad, ah huv tae git rid ay hur. Ah cannae look roond cause ah ken her heid's bumpin, n ah dinnae like that, nae sur, ah dinnae, but ah've goat tae git her oot ay the hoose n make it aw like she nivir came back eftir Bawbag.

We git tae the bottom ay the stair n ah goes tae the back green n gits that wheelbarry. Ah eases her doon intae it n takes hur doon the road. The rain is like needles. Ah'm pushin the barry n it's aw cauld, frozen rain lashin at ma face n stingin ma hands oan the grip ay the barry. It gits the Herts duvet aw wet n ye kin see the outline ay Jinty's boady mair. Ah'm no sayin ah'm no bothered aboot that, but ah'm mair bothered aboot ma hands, cause ah wish ah'd pit gloves oan. It's awfay cauld n the rains like aw sleety n it's nippin ays, aye sur, nippin ays like hell. The streets are empty, then a car goes past, n ah git *extreme spiders in the chist*, but it disnae stoap.

It's deserted but thi'll be folk hingin aboot at Haymarket n ah cannae risk gaun yon wey, naw sur, ah cannot. So ah'm gaun the back wey, hur in the Herts duvet cover, aw curled up. It's hard work n aw, but ah gits roond tae the back ay the station n tae whaire they tramlines are. Thaire's a fence but it's goat a gap, so ah gits through first, then ah sort ay drags Jinty through behind ays. It gits hard but ah realise it's cause ay the Herts duvet gittin caught oan the fence. Ah'm lookin aroond fir the best place tae leave hur, n ah drags hur acroass this ground wi lumps ay concrete n bricks.

We gits tae the bridge bit, n ah looks right doon thaire n that's whaire Jinty's gaun. So ah cowps her intae the big hole wi the widden boax sides n they steel poles inside it. As she faws it's like ma hert stoaps beatin but whin ah looks she's went right doon tae the bottom ay the boax, n missed aw they metal spikes. Aw sur, that fair makes ays gled cause it wid huv been awfay, awfay biscuits if she'd landed on they spears. Thir dug oot deep doon, ye kin hardly see her, jist a bit ay gold oan her airm thit's come oot fae under the Herts duvet. So ah gits back doon tae the boatum ay the bridge n looks intae the hole the spikes came oot ay. Then ah starts fillin it wi rubble, kickin piles ay it doon oan toap ay hur, coverin her up. Then ah sais 'Cheerio, hen' n ah goes hame.

Ah'm hopin thi'll jist tip the concete right ower her, but ah ken thi'll probably find her.

Ah'm circlin roond tae go back the other way, oan that big wide road, n ah come oot at Haymarket n then this taxi stoaps.

32

THROUGH STREETS BROAD
AND NARROW

Cunt, this no gittin a ride is fuckin well drivin me nuts. Real fuckin nuts, but: voices-in-the-heid nuts, dark-fuckin-thoughts nuts – the whole-fuckin-loat nuts. So ah'm daein as much backshift as ah kin, drinkin they poofy caffeinated teas tae keep awake n tae distract masel. There's fuck all at this time ay the night and year, it's mair shift workers n no sae many scantily dressed burds aroond tae torture ye. Except probably Standard Life staff: they can strike any time.

Yisterday wis bad enough, huvin tae make a statement tae the polis aboot the whisky. Then they asked ays tae come doon tae the station at the South Side, n go ower it. — When was the last time you actually saw the bottle of whisky, Mr Lawson?

Ah telt the copper – an aulder boy wi a big sack ay flesh like a huge bawbag under his chin – that ah'd only set eyes oan it once, wi Ronnie, n that wis at the Bowcullen Distillery, when it wis still in its display case. Ah never actually saw it that day on the links, just Morty comin along wi the bag. Cunt could've hud a boatil ay Tesco's shite or fuck all in that bag for aw ah kent, ay. Boy seemed satisfied wi that, or as much as any polis cunt could ever be.

Eftir ah had a wee rundoon tae Liberty Leisure. Nae word aboot Jinty, n they seem tae huv gied up oan her. Went fir a coffee wi Saskia, then back tae ma kip (oan ma ain, torture but, eftir spendin aw that time wi a fit burd), tryin tae git some Zs in before gaun oot at night. Ah goat a phone call, didnae recognise the number, probably a call boax, but ah kent the voice right away. — Get rid, was aw it said, before the line went deid.

Ah'm headin doon Balgreen Road n ah sees this wee cunt up ahead pushin a big aluminium wheelbarry, turnin oantae Gorgie Road. Fuck sakes, it's that dippit wee Jonty! Ah pills up alongside um. Eh looks up at ays, sort ay worried at first, then eh's aw smiles whin eh sees it's me. — Jonty! What's up wi the barry, mate?

— Ah'm takin it back, back tae ma bit, aye sur, that ah am.

— Awright? ah goes. The perr wee cunt's wearin a T-shirt n a thin wee jaykit n eh's soaked n shiverin. — Ye look freezin, mate. Jump in. Ah've goat the meter oaf! C'moan. Where ur we gaun?

— Jist doon the road, Terry sur, then eh points to the big barry. — Ye dinnae mind a wheelbarry in yir taxi?

— Hud a few wheelbarries back thaire, mate, ah laughs, but the wee cunt disnae git it. Eh stands lookin at ays. — Aye, ye look frozen, pal. Ah'd git masel hame if ah wis you, n ah gies um a wink, then thinkin ay Jinty n seein if ah kin catch um oot, — git tucked up beside the missus, eh!

The wee fucker jist stares at ays. Then eh goes, — She's away, aye sur, ah dinnae ken whaire she went, naw sur . . .

258

Perr wee cunt. Aye, eh's bit fuckin simple, but ah kin tell eh's no spinnin porkies. She's shot the fuckin craw. Probably kipped up wi another felly right now. — C'moan, mate, hop in.

— But ah've goat a barry, Terry, a wheelbarry.

— Nivir mind that, jist load it in thaire, mate . . .

So ah gies um a hand n we gits it in n ah takes um roond tae the all-night coffee place oan the industrial estate. Ah buys um a black coffee n gits a tea fir me. — Thanks, Terry, Jonty goes, — yir awfay kind.

— Cheers, buddy.

— Terry the kind cab driver, this dippit wee cunt goes. — Kind Terry. Yir kind but, ay, Terry? Ay yir kind? No a loat ay people in this world ur kind, Terry, but you are. Kind Terry. Ay, Terry? Ay yir kind?

Kind ay fed up wi this doolally wee cunt, if the truth be telt. But the wee radge's certainly goat something gaun fir um: pillin a burd like Jinty. N accordin tae they cunts in The Pub Wi Nae Name, that something is located in the trooser department, wi nae bad-hert issues tae fuck things up . . .

Ah'm thinkin aboot what else goat handed doon fae the auld cunt n ah wonder how the wee gadge goat tae be that simple. Ah mean the auld cunt's nae rocket scientist, but Jonty's auld girl must be a real fuckin dopester; either that or she droaped the perr wee bastard oan ehs heid at birth. Wee Lucy, ma first ex, she wis quite fuckin smart and oor Jason's turned oot a lawyer. Viv, oor Donna's ma, she wis nae mug either, but perr Donna's mair like me: it's a brains-in-the-underwear job. Neither wee Guillaume nor, tae be fair,

the Ginger Bastard, seem like dummies but. Thank fuck ma
auld lady wis the dux ay her class at DK, as she keeps tellin
ays. No thit that's sayin much, mind you, a bit like bein the
best-lookin sex offender in Peterheid.

Aye, whin they shut that school doon aw the feral scum
fae the tenements goat tae go tae Leith Academy wi the
snobby bairns fae ower the links. Even as a fuckin sprog in
Saughton Mains ah mind ay muh ma's kid sister, Aunt
Florence, greetin her eyes oot n gaun, 'Oh God . . . thir comin
fir us . . . they clarts fae Daft Kids ur comin fir us . . .'

Course, the auld cunt wis one ay thum, that's how eh
goat muh ma. Goat her up the duff wi me, n they moved oot
tae a new hoose in Saughton Mains. Steyed around long
enough tae gie her Yvonne as well, then he fucked oaf, the
dirty auld cunt. Rode his wey through toon eftir that, droapin
bairns aw ower the place. Pre-Aids n CSA, the cunt wis
laughin Twixes n Mars bars!

So ah takes the wee Jonty felly hame n watches him
draggin the wheelbarry intae the stair. — Ye off tae yir kip
now, Jonty?

— Naw, Terry, ah'm workin, no through the books but,
sur. Ower thaire, aye, ah'm paintin The Pub Wi Nae Name,
n eh pills oot a big key. — Ah'm supposed tae be daein it in
the mornins, so dinnae tell naebody! It's jist thit ah've goat
mair work oan wi Raymond. Raymond Gittings. The Inch,
aye sur, the Inch.

— Sound, yir secret's safe wi me, bud. Ah'll help ye sheet
up ower thaire. Business is a wee bit slow, n ah gits oot the
cab.

— Eh, ah cannae ask ye up, Terry, cause it's gaunny make ays shy cause the flat's minging, ken. But you wait here, ah'll be right doon, aye sur, n the wee bastard vanishes. Ah gits back in the cab, n thaire's a message fae Control, obviously Big Liz.

YOU'VE BEEN OFF THE SATELLITE AY LOVE TOO LONG, YOU BAD BOY! I THINK YOU NEED A WEE BIT AY DISCIPLINE!

Ah cannae bring masel tae type anything back. Then Ronnie's on the phone, that cunt calls at aw ooirs.

— Terry . . . good, I reckoned you might be on shifts, so I thought I'd try you.

— Ronnie, how goes?

— The goddamn whisky's still missing. The police don't give a shit, and Lars is busting my ass. Listen . . . could I meet you at your place in an hour?

This is settin the warnin bells oaf. — Aye, fine, mate, ah goes, n gies um the address.

Sure enough, Jonty's doon just a couple ay minutes later, n wi heads ower the street tae the pub. Eh pits the big key in the lock n opens the boozer.

We're sheetin up in the gantry area behind the bar, n ah suddenly see a perfect opportunity for me. Ah'm lookin at the whiskies on offer, the Macallan's aboot the best, n there's a Highland Park, as well as they shitey Glenlivets and Glenmorangies that mugs whae ken nowt aboot whisky and think thir treatin themselves end up drinkin, n the usual blends: Bell's, Grouse, Dewar's, Teacher's.

— What ye daein back thaire, Terry? Jonty laughs. — Ah

261

hope yir no stealin drinks, cause yi'll git me intae bother, aye ye will.

— Naw, mate, nowt here worth drinkin, ah'm a connoisseur these days but, ay, so ah helps him for a bit, then ah leaves the dippit wee cunt n heads back tae the South Side.

When ah arrive at ma flat, Ronnie's thaire wi Jens n Lars, that ghoulish-lookin broker cunt n two fuckin slimy paedo bodybuilder types in suits. Straight away ye ken that these cunts are trouble, no that they wid dae much. It's aw that pumped-up muscle; useless in a proper pager, nae functional strength in it.

— Listen, Terry . . . Ronnie goes, takin me tae the side n lowerin ehs voice, — this is goddamn embarrassing, but the police won't move quickly, so the brokers and the insurance company are investigating everybody who was around when the whisky went missing. This is at the insistence of Mr Simonsen. Eh nods ower at the Lars cunt. — I can't force you to agree to this, I can only request. But we need to search your apartment. We've already done Mortimer and the golf club, and we, ehm, managed to convince the two guys to cooperate, Ronnie explains, and eh raises ehs hands. — Even my own hotel room has been gone over. Drew a blank each time.

— So ye found they boys fae the course then? How did ye manage that?

— Oh, we have our ways. Ronnie glances tae the suited-and-booted steroid nonces. — Not that it did us any good, there was no sign of the Bowcullen on them. But you see how we gotta cover all bases?

— Of course, mate . . . ah goes, then looks at they two

shrivel-scroted wankers, — cause ah'm reassured that ah'm no being singled oot. Just as long as yis dinnae trash the joint!

— You have my word, and I can't thank you enough, Ronnie sais. — It goes without saying that I consider you above suspicion, but Lars has staked a lot of money and made an emotional investment in that Skatch, so he needs to be sure.

— Nae worries, boys, ah shouts, steppin ower tae the rest ay thum. — The only thing dodgy ah've got up thaire is some scud, n thaire's nae illegal stuff.

— And we need to look in your taxi, too, Lars says.

— Okay, ah goes, n ah opens the cab door for Jens, then fishes oot the keys tae ma flat n gies them tae Ronnie.

33

FEVERISH

Ah'm no feelin well. Aw feverish like, aye sur, aye sur, aye sur, aye sur, aye sur, aye sur, aye sur, aye sur, aye sur, aye sur, aye sur, aye sur . . . too much work . . .

Aw feverish.

They noises in ma heid, like doors openin and shuttin aw the time. N thaire's this smell ay burnin. Ah cannae stay in without Jinty n ah'm no gaun tae Penicuik tae see Karen n ah'm no gaun doon that Pub Wi Nae Name. Naw ah'm not. Cause they blame the fumes ay the paint oan me, aye sur, aye sur, that they do.

So ah phones Kind Terry oan the mobile phone n sais that ah wis gaun up tae the hoaspital tae see real faither Henry, n eh sais he'll take ays. Aye, eh does, eh comes roond n ah meets um in the taxi at the fit ay the stair.

— You're sweatin, Jonty, ye awright, mate?

— Aye, Terry, aye sur, n climbs intae the cab. — Ye no gaunny come n see Henry?

— Naw, mate, ah dinnae like the cunt.

— Ah dinnae like um either, but eh's the real faither tae the baith ay us, Terry.

— Eh's nae faither tae me, Terry goes.

But ah'm gaun up, cause ah ken that good people, they

264

kin dae bad things, by mistake like, n mibbe real faither Henry wis the same n it wis aw jist mistakes. N eh saved ays, saved ma life, that time ah fell intae the harbour. Eh ey talks aboot it but. Aye eh does.

So Terry droaps ays oaf n ah'm up oan the ward n watchin um through that gless windae, sittin in ehs bed. Ah dinnae ken whether ah should go in n speak this time, or jist keep ma face pressed up against the gless. Like ah did whin the woman that wis wi Terry was here. Ah kin see a big mark oan the windae wi ma breath, so ah tries tae lick it oaf. Real faither Henry's aw auld but looks like one ay the starvin bairns oan the telly, but in an auld sortay wey. Then eh turns ehs bony auld heid roond n looks right at ays. — Jonty, is that you . . .? eh sais, in a voice aw soft. — Ma wee buddy . . . come in . . . come in . . .

So ah jist sort ay steps roond n sits in the chair beside um.

— Wee Jonty . . . eh goes, — saw ye lickin that windae thaire! Still an awfy laddie for pittin things in yir mooth, ey goes, aw sly.

Ah dinnae like his bad talk, so ah sais nowt. But ah kin feel aw the wee spiders in my chist cause ay him. Then it aw goes quiet fir a bit, so ah sais, — Ah met Kind Terry, he's yours n aw, ay? Kind Terry. Doonstairs in the taxi.

Real faither Henry's aw weak, but eh sort ay comes a wee bit alive at that. — Terry . . . Juice Terry? That fuckin bam? That fuckin waster? He's nowt tae dae wi me!

N ah git ah annoyed cause Terry's good, n ah'm thinkin aboot what he's done. — Naebody's nowt tae dae wi you! Even yir ain faimlay! It's no right! God'll punish ye!

265

Eh jist laughs at me. — Yir still no right in the heid, are ye, ma wee pal? Sometimes ah think ah should've let ye droon like a puppy or kitten in that harbour – mind whin ah pilled ye oot?

N ah feels ma heid hingin aw ashamed, cause eh did save ays, aye sur, aye eh did. — Aye . . . ah mind, aye sur . . .

— But yir a good yin, Jonty, yir no the worst ay thum, no like that Hank . . . n ehs eyes light up. — How's Karen? How's ma wee golden girl? Nivir comes tae see hur auld faither! Ma wee golden girl . . . aye, she liked pittin things in her mooth n aw!

N ah'm feelin aw seek thinkin ay Jinty aw gold n gaun doon that hole by the bridge, cause eh did call Karen that, cause ay her blonde hair, before she goat aw fat but, ay. — It's no right what youse did! You made hur bad! You made us aw bad!

— She been talkin? Suppose thaire's nowt tae dae doon thaire but talk, her n yir big fat ma. Aye, ah ey kent she'd run tae fat like her ma. That wis how ah hud tae brek her in, see, before she ran tae fat. Thaire's nae guid ridin in a woman that's run tae fat. It's no jist the fat itsel, though that's bad enough, it's thit a lassie gets depressed when she runs tae fat. Nae guid ridin in a lassie that's depressed, he shakes his heid, — yir jist gaun through the motions.

Ah'm hearin aw they noises in ma heid n ah'm thinkin ay Karen oan the couch n her bad tooth n wee Jinty, aw blue n then gold, n gaun doon the hole, a fly comin oot her mooth . . . — What you . . . what you did . . . what you did wis aw wrong!

Eh jist creases up his auld wee face intae a smile. — Whae's tae say what's right n what's wrong, Jonty? N eh points tae the ceilin wi ehs bony hand. — He'll decide, no you or naebody doon here, that's fir sure.

— What dae ye mean?

Eh looks right at this wee telly eh's goat, yin that comes right oot oan a metal leg. Thaire's this programme aboot animals oan. Ah would watch but ah huv tae stoap cause they kin sometimes make ye greet when it's a shame for them. Sometimes folks cannae see it but, cause ye learn tae greet inside. — Is it right thit thaire's aw this pollution, wipin oot different species every day?

Eh's tryin tae trick us wi words again. Ah pits ma fingers in ma ears. — Ah've goat tae go!

N ah runs away oot the ward, n even though ma fingers ur in ma ears ah kin still hear his laughin voice n see that skull-heided smile . . . aye, ah ken, ah do, aye sur, aye sur, aye sur . . .

Cause ah am right in the heid, ah am . . . Jinty's fault . . . an accident, aye sur . . . but they'd nivir believe ays, they'd jist say he's no right in the heid n eh's goat a bad hert.

N ah'm phonin Kind Terry. — Awright, Jonty?

— Ah saw um, Terry, n eh wis bad like you said eh wid be. Eh said bad stuff, aye, he did that, sur, bad stuff that's no right . . . aw sur . . . n ah'm sortay greetin, thinkin aboot him n Karen n Jinty, n how it's aw an awfay mess.

— Are ye still thaire, at the hoaspital?

— Aye . . .

— You hud oan thaire, mate, n ah'll pick ye up. Ah'm no far, ah'll be thaire in five minutes.

— Aye . . . yir kind, Terry, aye sur . . . aye ye are . . .

— Jonty. Five minutes, mate, eh sais n the line goes deid.

But it's awfay nice ay um n it cheers ays thit thaire's guid people in the world like Terry, like new *half-brar Terry*, tae make up fir the badness ay him up thaire. So ah goes n hus another wee shot at makin the doors open n shut again. But the man in the uniform comes ower n sais tae stoap it or ah'll brek the doors.

— How many times kin ye open n shut them before they brek?

— Ah dinnae ken!

— But how dae ye ken ah'll brek thum then?

— You bein wide?

— Naw, ah jist want tae ken how many times ye kin dae it before it breks, soas ah'll ken no tae dae it that many times!

— Ah dinnae ken! But stoap it! Yir causin an awfay draught, eh goes, so ah stoaps. Ah wis gaunny say thit ah wis tryin tae lit some fresh air in, but here's Terry anywey and ah'm headin oot n ah'm climbin intae the safe taxi wi him, n the meter's no oan again. — Lit's git ye hame, pal, Terry goes.

Eftir a bit ay drivin doon the road, Kind Terry sais, — Tell me, Jonty, dae you ever get voices in yir heid?

— Aye, ah dae! But it's like me, jist talkin tae masel! Aye sur! Dae you git thum n aw, Terry?

— Aye. N they used tae say jist one thing: cowp thon. Now thir sayin aw sorts ay shite, n ah dinnae like it, mate. It's worse at night, when ah'm tryin tae git oaf tae sleep.

— Aye sur, at night.

— Kip, Terry sais, — ah'd gie anything fir one fuckin night ay peaceful kip!

N Terry droaps ays hame n ah gits intae the stair n sees where ah pit the barry back in the stair the other night, n now Jinty's away wi the trams. Ah'm awfay worried that the polis'll come tae ma door. Ah cannae settle in the hoose n before ah ken it ah'm doon The Pub Wi Nae Name, n ah've sectioned it aw oaf by the jukebox. Ah jist want tae kid oan ah'm normal, n dae ma paintin. So that's me back at it, blottin thum aw oot, jist concentratin. Aye sur, jist concentratin. The paintin.

— Yir daein a guid joab, Jonty, Jake says.

Aye, but a guid joab disnae stoap aw *thaim* fae bein here, naw sur, it does not. Aye, cause *thir* aw here awright, n thir aw drinkin. Aye, they are. N daein the devil's poodir as well, ye kin tell by the wey thir gaun tae that toilet in pairs, aye sur, in pairs. Poodir it'll be, ay that ah've nae doots. Naw sur.

— Whaire ye been, Jonty? Tony goes.

Craig Barksie shouts, — Been giein wee Jinty the message again, ya dirty wee cunt? Hi-hi-hi-hi-hi!

— Kin tell by the look oan ehs face, eh! Hi-hi-hi-hi-hi! Tony goes.

— Hi-hi-hi-hi-hi!

Dinnae listen tae thair voices, thair laughin voices, jist keep oan paintin . . .

— Hi-hi-hi-hi-hi!

— Dirty wee cunt! Hi-hi-hi-hi-hi!

It's no right, nae sur, it's no right at aw . . .

— Dirty lucky wee cunt! When did last git *your* hole, ya cunt? Hi-hi-hi-hi-hi!

Ah want tae go, it isnae right bein here . . . keep paintin . . .

— Cheeky cunt!

Naw sur, naw sur, naw sur . . . dip the roller in the tray, squeeze oaf aw the durty big drips, run it ower that patch ay auld paint oan the waw . . . once . . . twice . . .

— Hi-hi-hi-hi-hi!

. . . like yon song once, twice, three times a lady, sung by the darkie boy that did the awfay nice song aboot stalkin the Chinky lassie, aye sur, eh did that, awfay nice song . . .

Cause ah'm jist paintin away, loast in the paintin, no hearin thair bad voices, cause ah sees thum at thair table n ah dinnae like thair table, ah dinnae like this pub. N whin ah say ah dinnae like the table ah'm no gaun oan aboot the table itsel, ah'm gaun oan aboot the *company* at the table. It's the *company* that's wrong, the *company* that made ays fight wi ma wee Jinty. Aye they did. So when ah finish that bit whaire the jukey is ah tell Jake thit ah'm done fir the day.

— Yuv done a guid joab, pal, eh sais.

Ah jist nods n ah walks tae the door, n ah'm no lookin at anybody. Like muh ma used tae say aboot the yins back in Penicuik, back at the skill. Ignore thum aw. Aye. Aye. Aye.

— Yuv chased um away!

— Hi, Jonty! Bring Jinty doon! Ah've goat a wee line fir hur, Evan Barksie's gaun in ehs takin-the-pish voice!

— Shi's wi the trams! ah turns n shouts back at thum, n ah wish ah hudnae said that.

270

— That's what thir callin thum now!

N ah'm oot oot oot oot oot ay thaire, sur, aye that ah am, aye sur, aye sur, aye sur.

AULD FAITHFUL 1

0
  0
0
0
0
;-) ;-) ;-) **;-)** ;-) ;-)
;-) ;-) ;-) ;-)**;-)** ;-) ;-)
;-) ;-) ;-) ;-) **;-)** ;-) ;-) ;-) ;
;-) ;-) ;-) ;-) **;-)** ;-) ;-) ;-) ;-
;-) ;-) ;-) ;-) ;-)**;-)** ;-) ;-) ;-)
;-) ;-) ;-) ;-) **;-)** ;-) ;-) ;-) ;-)
;-) ;-) ;-) ;-) **;-)** ;-) ;-) ;-) ;-)
;-) ;-) ;-) ;-) ;-) ;-) ;-) ;-) ;-)

Awright, Terry, ya fuckin doss
cunt, ah'm ready fir duty but
what's the story wi you, eh, ya
fuckin bam?! Ah'm gantin oan
fresh minge (no thit the minge
you provide ays wi is usually that
fuckin fresh, ya manky twat, but
ye nivir hear me complainin) but
ah'm no fuckin well intae this,

ay! What huv ah ivir fuckin well
asked ay ye? Ah've ey performed
even whin yuv flung peeve intae
yirsel aw night, n snorted enough
ching tae stoap Ron Jeremy gittin
a fuckin root oan! Nivir even goat
stroppy whin ye nearly halved me
in two oan that porno shoot! Aye,
think that yin wis aw a bundle ay
fun, ya fuckin choob? Well, ye kin git
tae fuck wi aw this bad-hert shite;
what's yir fuckin hert or yir fuckin
brain ivir done fir ye that ah've no?
Fuckin nowt! Well, you'd better jist
fuckin well shape up, ya useless cunt,
cause ah'm fuckin well chokin oan
pussy n if ye think ah'm jist here tae
empty the fuckin stagnant peeve oot
ay your swollen bladder ye'd better
be fuckin well thinkin again, ya radge,
cause that wisnae the fuckin deal! So
ah'm tellin ye now, Lawson, man the
fuck up cause you're the yin thit eywis
sais thaire's nae point livin withoot a ride
n the auld 'Juice' Terry Lawson, no this
mortality-obsessed auld sweetie-wife,
wid huv jist said: 'Doaktirs? What the
fuck dae they cunts ken?' n jist went hell
fir leather n jist plundered every fuckin

pussy fae Pilton tae the Pentlands, naw,
fae the North tae the South Pole, tae make
sure thit Auld Faithful here wis gittin ehs
fuckin rations, ya fuckin useless corkscrew-
heided cunt. Mind, yir no gittin any younger,
Lawson, yi'll probably be fuckin deid soon
anywey, wi the peeve n the ching, but that's
no ma department, so ah dinnae gie a fuck.
What ah'm sayin is that we're gonny huv a
serious fuckin problem, you n me, if you
dinnae start gittin yir act thegither n gittin
me the fanny ah deserve! Ah dinnae care if
it's tight young things, or slack auld pots, I'll
fuckin well fill thum aw, but you've goat tae
keep your fuckin side ay the bargain. Listen
good, Terry, cause ah'll tell ye one thing, pal: ye
really dinnae want tae faw oot wi yir auld pal
here. So that's you fuckin well telt, ya cunt!

35

SCOTLAND'S SMOKERS ON THE OFFENSIVE

Terry wakes in the thin, reedy sunlight, sweating, with his chest heaving. Last night he'd collapsed on top of his bed in his tracksuit bottoms and T-shirt. The heating had been left on full blast making the flat feel like a sauna. On blinking awake, he contemplates the terrible, weird dreams that plagued him.

After rising, showering and dressing, Terry looks down at the outline of his cock, springing to the right in his tight nylon tracksuit leggings, and mutters a curse, resolving that he is going to wear jeans to work. The tracky bottoms are far too sexualising.

In the cab, driving is difficult. Even with the pills, the horny twinges won't completely subside. He tries to avoid looking at passing women. Yet when he glances away from the road, he is confronted by the swelling at his groin. — You're tryin tae kill me, ya cunt, he says to the bulge.

— What? a voice comes from the back.

— No you, mate, Terry says, turning round to address Doughheid. Lost in his thoughts, he has forgotten he's picked up his friend and is driving him up to the court.

Doughheid's nerves are finely shredded. Terry fancies he can practically feel him vibrating against the cab's upholstery.

— Somebody's killin *me*, that's fir sure! Ah'm gaunny lose ma licence, Terry! Ma fuckin livelihood; aw for a wee bit ay fuckin tarry!

— Could be worse, mate, Terry declares, again moved to glance down at his groin. Perhaps the doctor's chemical ministrations are finally having some effect. Auld Faithful now seems inert, but all that realisation does is trigger a dull, sinking thud in his chest.

— How? How can it be worse?! Doughheid squeals.

— At least ye kin git yir hole, ya lucky cunt, Terry muses. — Stoap moanin.

Doughheid's eyes bore manically into the back of Terry's head. — You deal loads ay ching, n then ah git caught wi a wee bit ay tarry! Whaire's the fuckin justice in that!

Terry decides not to respond. Doughheid is irate and, after he is banned, there might be some exit interview with Control. He wants to keep his old mate onside, to make sure Doughheid's disinclined to grass him up. The worst thing is being unable to tryst with Big Liz. You can't snub Big Liz; that is asking for trouble. He'll have to explain his predicament to her. He pulls the cab up at Hunter Square. He and Doughheid exit and silently make for the court buildings. Terry opts to stay for the case, taking a seat in the public gallery, beside the usual assembly of students and dole moles who head there for the entertainment.

The judge is a slack-featured man in his sixties, who looks wearily at Doughheid. It's plain to Terry that this case is just part of another personal Groundhog Day to him. — Why did you have that marijuana on your person?

276

Dougheid looks back wide-eyed. — Ah've goat anxiety issues, Your Honour.

— Have you seen a doctor?

— Aye. He jist telt ays tae stoap daein sae much ching but, ay.

A series of guffaws erupt from the public gallery. The magistrate is less amused: Doughheid is fined a grand and banned from driving for a year.

Terry meets his friend outside, where Doughheid is talking to his brief. He hears the lawyer say that it 'would be futile' to consider an appeal. Terry sees it as a decent result. — At least ye kin still ride, mate. This bad-hert thing hus made me reassess my priorities, he sadly discloses.

— What? Yir jokin! What um ah gaunny dae fir a livin?

— Ah once went through a period where ah jist steyed in ma auld bedroom at muh ma's, Terry muses, lost in his own sad narrative. — Goat a bit depressed eftir this mate ay mine topped ehsel, n this burd ah wis seein jacked ays in. Obviously, ah still hud a couple ay manky lassies come roond tae watch porn wi ays, n sit oan ma coupon.

— So? So what does that mean?

— At least yir a free man, and ye kin git yir hole, Terry ruefully laments, — that's better thin me. He pats his chest. — Better thin huvin a dodgy ticker. One fuckin bit ay excitement then, boom: goodnight Vienna, endy fuckin story, the baw's oan the slates. Sometimes ah think, thaire's nae point, just fuckin well go fir it.

They get back into the cab and head for the Taxi Club in Powderhall. Bladesey, Stumpy Jack and Eric Staples, a former Hibs top boy who became a born-against Christian, are all present, and a round of drinks is shouted up as they commiserate with Doughheid.

— At least you'll no have Control oan yir back, Eric says to the disgraced cabbie.

— You've always goat Control oan yir back, Terry, Stumpy Jack smirks, — in the form ay Big Liz!

They all laugh at this, except for Doughheid and Terry himself.

— Where's that new lassie ay yours, Terry? Jack asks.

— Which one? Bladesey chuckles. — Between taxi driving and all his film-making activities there seems to be quite a few of them on the go!

Doughheid becomes animated for the first time, studying the uncharacteristic encroaching doom on Terry's face, as Jack recounts a tale of trying to stop two young women getting in a private cab. — Private hire? Fuckin sex cases. Widnae let any lassie ah ken git intae a cab wi one ay they mingin jailbirds!

Eric informs them that he's met a girl from his Bible group. Her strict religious views mean that her fanny is off-limits until she sees an engagement ring, but she reluctantly does anal. He gives the impression that he's in no hurry to propose. — Best wait, he winks, — till we get the message fae the big man, and he looks to the ceiling.

This conversation rankles Terry, who inside is fizzing and flailing in self-pity. He makes his excuses and leaves, to a round of strange looks passing between his friends.

Outside it's very cold. As Terry gets into the car, he is suddenly suffused with defiance.

FUCK IT.

So he drives out to Portobello to Sal's. She is delighted to see him, and drags him straight upstairs to the bedroom, barely scenting the unfamiliar reticence in his movements, as she tells him that her mum is out at Jenners for an afternoon coffee, whipping off her drawers and unbuckling Terry's belt and tugging down his jeans. She assists his cock out in its jack-in-the-box spring towards her; even through the medication it's stiffening up and she's right down on it.

Terry lies back on the bed looking up at the pastel-coloured shade, which casts a vapid light across the room.

Ya cunt, she's fuckin killin ays . . .

Fuck it, wi aw die . . .

Aw ya cunt!

Then Terry is aware that his heart is racing and he hears a voice boom out: — STOAP!!

He is as shocked as Sal is. It seems to come from anywhere but his own throat.

— What? What is it? Sal looks up at him, a strand of pre-cum hanging from her bottom lip to the bell end of Terry's cock.

— It's nowt, he says urgently, now desperate for her to continue.

Then the door swings open and Sara-Ann's mother, Evelyn, stands watching them. She halts a couple of seconds, then raises an imperious brow and turns away, closing the door behind her.

— FUCK! Sara-Ann Lamont screams. — Nosy old fucking cow!

Terry sees it as a sign. This woman has saved his life. Without her intervention, he wouldn't have been able to avoid the full-on session that would pop his fragile heart. He springs up, and starts to dress in haste.

— Oh my God. Sara-Ann lets her eyes roll. — What . . . where are you going?

— Ah'm oot ay here, Terry says, and heads downstairs, followed by Sara-Ann, pulling on her own clothes.

— Terry, wait, she begs.

Evelyn is lurking at the bottom of the stair. She jumps out and confronts them, an arcane sneer on her face. — Isn't your friend staying for his tea?

— Nup, ta, but goat tae nash, ay, Terry nods, then turns to Sara-Ann. — See ye, and he opens the front door and steps out into the chilled air.

Sara-Ann charges out after him. — What's wrong? What's up with you? We aren't fucking kids! I do what I like, and that poisonous old bitch can't stop us screw—

— Look, ah'm no well, Terry snaps. — It's best we dinnae see each other for a while. Ah'm sorry.

— Well, fuck you, Sara-Ann screams, turning to see her mother standing, arms folded, in the doorway. She storms past her into the house as Terry goes into the cab and pulls away.

He is just passing Meadowbank stadium, as Ronnie Checker calls. So distraught is he at his plight, Terry confides to the American the grim extent of his problem. Ronnie suggests they meet at the Balmoral.

On his arrival at the hotel, he sees Ronnie in the lobby,

sat in a huge leather chair by the fireplace. His Mohawk is flattened down and he wears a Pringle sweater. A golf bag is by his side. Terry slides an identical chair closer and sits beside him. — That is a tough break, Terry, Ronnie sighs, — especially for a guy like you who can't stop thinking about pussy.

— It's drivin ays mental, Terry acknowledges, but anxious to turn his thoughts somewhere else. — How are you daein? Nae word fae the polis or they investigators oan that whisky?

— Those assholes . . . you know, since I screwed up with them, I doubt they have their hearts in it. The broker still has those guys from the agency investigating, but it's like it's just vanished into thin air.

A glamorous woman strides into the lobby with catwalk entitlement, and is immediately set upon by fussing staff. Ronnie catches Terry's deep groan of longing futility. — You need something to take your mind off women.

— Thaire's nowt that kin take ma mind oaffay burds! That's the fuckin problem!

— You oughtta come out and hit some balls around with me the next time I go down to North Berwick to practise with that club pro.

— Ah've nivir played golf, mate, Terry scoffs, — it's no ma thing.

— That statement has no goddamn logic, Terry. How y'all know it ain't for you if you haven't played it? Ronnie shakes his golf bag then lowers his voice. — Besides, it's the best sex subsitute known to man. When my second wife left me and was screwing her racquetball instructor – not her tennis

281

instructor or fitness instructor, her goddamn *racquetball* instructor, how fucking emasculating is that? – Well, I had to be on the links every day. It was the only thing that took my mind off what they were doing together.

Terry is now all ears. — Aye?

— Golf is Zen, Terry. Once you're on that course, you've stepped into another world, where all life's frustrations and triumphs become totally irrelevant if they aren't happening right there.

— Ah'm in, Terry says in glum resignation.

— Great – we can hire you a set of clubs down there! Pick me up here tomorrow at nine.

— Can we make it later? Ah've got a doaktir's appointment then.

— Sure . . . Ronnie says, picking up on Terry's anxiety. — Call me when you're done. Oh, he grins hopefully. — Listen, Terry, I don't wanna be seen to be taking advantage of your bad situation, but I was kinda wondering, you couldn't spot me ole Occupy's digits, could you? I mean, I'm guessing that you can't get involved no more, and I gotta confess, I ain't been able to get that gal out of my head!

— A gentleman never passes round a lady's number, Terry's curls swish in reprimand, though he's massively relieved at the opportunity this presents, — but I'll pass yours oantae her if ye like, n tell her tae gie ye a bell.

— Of course . . . thanks, Terry.

— Wee bit ay advice. Terry's voice plummets. — Ye might have a bit ay luck if ye took some interest in her work. Like if ye said ye were keen oan sponsoring one ay her plays at the festival. Costs big bucks tae git a space thaire. Ah mean it's nowt tae you, but her art is everything tae her.

— Now there's an idea, Ronnie winks, — you are a sly one!

— Psychology, mate. Terry taps his head and rises. — See ye the morn, and thanks for the blether. It's helped.

— Any time, buddy! Ronnie sings. — And, Terry, that thing about searching your apartment the other night, you know that was down to Lars, right? I trust you, bro. You're one of the few people I can trust.

— Nae worries, Terry mumbles as he leaves, thinking, *he can go and fuck ehsel, him n Suicide Sal are welcome tae each other*. He heads outside and gets into the taxi, driving to Broomhouse.

The scheme has been refurbished since the days he'd hung around there, delivering aerated waters from the back of a lorry. It is still a poor area, but the gardens are now discreetly sectioned of with quality metal fencing. He finds Donna's place, reasoning she would have gotten the ground-floor flat from the council when she had the kid. As he enters the stair, two thin young guys, one sheepish, the other belligerent, are leaving the premises. Donna sees Terry and is surprised. — Ter . . . Dad, she says, seemingly more for the benefit of the departing boys than him. — See ye, Drew, Pogo, she says, as they skulk off, tracked in their departure by Terry, who steps into the flat. It smells strongly of nappies. Terry's spirits sink as he enters the front room to find the detritus of a party, or worse, a lifestyle, that is not going to be good for a child. Empty cans, full ashtrays, pipes and discarded wraps lie strewn across a grubby glass coffee table.

— How ye daein? Donna asks.

With her roundish face, and big, oval eyes, she looks so like her mother, Vivian, his second real love, that Terry briefly feels the air being squeezed from his lungs. — No bad. Thought ah'd swing by, he says, suddenly shamed. — See the bairn, ay.

— Right, Donna says, offering him some tea, which he declines. She goes into another room, and comes back, holding the child. — Just got tae change her, she says, her movements tense and jerky.

The infant is a happy, gurgling soul, gripping Terry's proferred finger with some power. — So this is the famous Kasey, then, he says, instantly contrite at the blandness of his response.

— Aye, Kasey Linn, Donna says. The television is on, and it's some local golf tournament. Terry sees Iain Renwick competing and is curious to watch it for a moment or two, but Donna evidently isn't a golf fan, and switches it off with a display of petulance.

They exchange minimal ritual conversation, both of them weighed down by the ton of words to get through, each too exhausted to begin the process of clearing the mountain of emotional debris between them. When Terry goes to leave he slips her two hundred pounds. — Get something for the bairn, he says. He feels a slack grip on the notes.

Driving in from the west side of the city, Terry wonders what Donna might actually spend the money on. Too engrossed in the cars in front of him, avoiding looking at the pavements in case he sees women, he fails to notice the shuffling gait of wee Jonty MacKay, another man lost in thought.

Jonty is thinking that it would be right if he was imprisoned, if God punished him in that way. But when he goes round the back of the station, and heads for the bridge, he sees that there are no police lines ahead, no evidence that any golden body has been recovered: only workmen going about their tasks. The area remains fenced off but Jonty sees the familiar gap and his wiry frame slips through. A few workmen glance at him as he walks to the end of the half-constructed bridge, and looks down to the base of the iron skeleton of the obelisk where Jinty was dumped. However, this section of the frame is now covered by concrete, held together by wooden boxing and drying and setting into another segment of support stanchion. The workies must have just poured the concrete down into the hole, on top of the duvet-covered Jinty. Jonty's sparrow head twirls back and forth keenly. Instead of elation, he feels a crushing panic. *Oh my God, thuv buried ma wee Jinty intae the huge pillar. It's no fair.*

But then he reasons that he'll be able tae ride a tram, when they finally come, past this place, to see Jinty. It will be like going to visit a grave, but very fast, and without a talking minister. This notion excites him, and his eyes swivel round trying to work out where the station will be situated, and how much time he'll have to talk to the pillar.

A hard-hatted, overall-clad yellow-vested foreman approaches him. — Ye cannae stey here, mate. Ye need tae git authorisation.

— When's it the trams ur gaunny be ready?

— Oh . . . naebody really kens that, pal, the foreman says, taking Jonty by the arm and walking him to the exit gate. As he opens it and ushers Jonty out, he taps his metal helmet and points to a sign on the wire-mesh fence. — Yir no allowed in this bit withoot one ay these, n tae git one ay these ye need tae be workin here.

Jonty looks around, a little bemused, then nods slowly and heads down the ripped-up street. The foreman tracks his departure. Another man from the site, who has been observing the exchange, raises an eyebrow. — Boy's mibbe no aw thaire. Shame, ay.

Jonty continues down Balgreen Road. It's cold but he doesn't mind. He likes to draw the frozen air into his lungs, hold it and then exhale with force, seeing if he can make the dragon breath bigger every time. He turns on to Gorgie Road, waving to somebody he thinks he might know who is on the bottom deck of the 22 bus. They turn away. When he gets home the house smells better without Jinty but it isn't the same. Soon Jonty feels very lonely. When the doorbell suddenly rings he's both excited and scared.

Through the peephole: a big splash of canary-yellow. It's Maurice, Jinty's father. Trembling, Jonty considers pretending that nobody is home, but he realises that he'll have to face folk eventually. He sucks in a huge breath and opens the door to let Maurice in. — Ah kent it wis you, Maurice. The canary-yellay fleece. Aye.

Maurice seems very upset, dispensing with the pleasantries. — Whaire is she? She's no phoned, she's no answerin

. . . somethin's up . . . this is gittin beyond a joke now, Jonty!

— Ah thoat she wis wi you, Maurice, aye, Maurice, wi you . . . Jonty says, and heads into the front room.

Maurice follows in eager pursuit, his thick lenses magnifying his gaze to psychotic proportions. — How would she be wi me?

Jonty now feels closer to prison than ever. He turns to face Maurice's gaunt, bespectacled face, suddenly envisioning himself sharing a cell with the old jailbird. A half-lie, or a half-truth, spills from his mouth. — Wi fell oot, Maurice, truth be telt, aye, wi hud an argument . . . aye sur, thoat she'd be wi you, she jist went oot n nivir came hame, truth be telt. Thoat she be wi you, Maurice, aye sur, sure ah did.

— What did yis faw oot ower? Maurice asks, his nose twitching under the onslaught of the air's ripe, dark aroma.

— Ah caught her doon that The Pub Wi Nae Name oan the night ay that Bawbag. She wis in the lavvies, wi this other laddie. Daein funny stuff up the nose. Aye sur, funny stuff up the nose.

— Drugs? Maurice's eyes bulge, reminding Jonty of the snake in *The Jungle Book*. — Jesus Christ. He flops down on the couch, immediately forced to regret his cavalier abandonment, as a shot spring rips into his buttock. He shuffles his weight in irritation. — Well, she nivir took that oaffay me. Nivir! Ah kent she wis funny wi the fellys, but ah nivir suspected drugs. Thought we'd brought her up wi mair sense than that . . .

— Aye sur, funny stuff up the hooter, she did, aye, she

287

did . . . Jonty confesses with a heavy heart, feeling like he's betraying Jinty with this disclosure. He eases himself on to the couch beside Maurice.

— Ma Veronica, God rest her soul, she wis nivir like that, Maurice contends, his moistening eyes adding another glassy layer behind his specs. — No wi drugs, no wi men. He fixes Jonty in a challenging gaze. — She wis pure oan oor weddin night, ye ken.

— Like Jesus?

— Better thin Jesus! Maurice scowls. — Like Jesus's fuckin ma! Like the Virgin Mary, nivir touched by a man!

Jonty is totally enthralled by this notion. — Did that make you feel like God, like oan yir weddin night n that, Maurice? Bet ye it did!

Maurice bristles with repressed violence, staring harshly at Jonty. Decides that he's too innocent to be taking the piss. — Yir an awfay laddie . . . and he puts his hand on Jonty's shoulder. Then he looks at him with tears in his eyes. — Ah suppose it did, Jonty. Aye, that's how it did make ays feel.

— That must huv been double barry.

Maurice nods and takes a cigarette out of a gold case. The cigarette case is a personal signature and is very import- ant to Maurice. He believes that Scotland's smokers were guilty of self-sabotage, bringing the ban on themselves by looking like cheap jakeys, tawdry fag packets crushed into their pockets. How much time and effort did it take to load a cigarette case? Life was about perceptions. He lights up a Malboro, pushing his long, greasy grey hair out of his bespectacled eyes. The way his locks fall forward again reminds Jonty of a Highland cow, or more likely, he thinks, with his big yellow teeth, a Shetland pony. Maurice sweeps them away again. — Huv ye spoke tae her? Ma wee Jinty?

— Naw, ah try tae phone but it just keeps ringin. Tae be honest wi ye, Maurice, ah think mibbe she kin see it's me but, so she's no answerin, no pickin it up, aye sur, no pickin it up. Aye. Aye.

Maurice shakes his head. — Naw, it's no that, cause she's no pickin up for me either. He brandishes his own phone. Jonty feels Jinty's phone in the pocket of his tracksuit bottoms, rubbing against his own one. — So what else wir yis arguin aboot? Maurice looks at Jonty through one measuring eye. — Apart fae the cocaine drugs and the felly doon The Pub Wi Nae Name?

— It wis money, Maurice, Jonty says, inspired.

— Aye, it's tight, right enough. When wis it no, but?

— That's right, Maurice, when wis it no!

Then the phone goes off in Jonty's tracksuit bottoms pocket. But he has two phones, his and Jinty's, both of which play 'Hearts, Hearts, Glorious Hearts'.

— Ye no gaunny fuckin answer that?

Jonty gets to his feet and picks out the ringing phone. He is sure that he's put Jinty's on vibrate. But out comes her one, distinguished from his maroon device by its pink Earl of Rosebery case. He swallows hard, lets it ring.

— Answer yir bloody phone! It might be hur, at a phone boax or summit! Maurice's eyes blaze.

So Jonty answers it, carefully walking across the room to the window. He presses it close to his ear. — Is that you,

289

Jinty? It's Angie! Whaire ye been, Jinty? Is that you? Jonty remains silent and clicks it off.

— Whae wis that? Maurice comments as he scrolls through the contacts list on his own phone.

— Wrong number, Jonty responds, — well, but, no a wrong number, sur, but ken one ay they yins, when they try tae sell ye insurance?

— Fuckin pain in the erse, Maurice grumbles, still fiddling around with his own device, but now more absent-mindedly. He looks up at his daughter's lover. — Ah've nae money, Jonty. But ye ken that, n Jinty kens it tae. Ah'd help oot if ah could, but ah'm t-toilin masel. See they fuckin rid bills? Pey one cunt oaf, another cunt wants mair right away. Maurice shakes his head.

Jonty does too, because he thinks Maurice isn't wrong. — Yir no wrong, Maurice, aye sur, truth be telt, yir no wrong!

— Wimmin. Maurice rolls his eyes up into his head, and for a brief few moments, under the lenses and the light, he appears to Jonty as the dead daughter he stuck in the hole, so much so that her lover lets out a gasp. — Ah'm no sayin thit Jinty's easy, Jonty. Maurice fails to register Jonty's desolation. — She wisnae an easy lassie growin up. His face creases into a sad smile. — Ye ken, ah'm surprised she stuck wi you fir that long. Thought she'd jist take the pish oot ay ye, like she did wi other laddies. Aw aye, thaire wis others awright, n plenty ay thum tae, Jonty! Maurice fixes Jonty in his layered gaze. — Ah'm no speakin oot ay turn here, am ah, Jonty? You ken the score but! Ye sais so yirsel! Yir argument! The other laddie! The Pub Wi Nae Name!

But Jonty doesn't want to hear this, no he does not. —
Naw, Maurice, yir right tae speak yir mind, aye sur, aye sur,
speak yir mind, aye sur . . . he says distractedly, as he sits
back on the couch beside Maurice.

— Is thaire another felly? N ah'm no jist talkin aboot
some bam wi a bit ay cocaine in his poakit! Is that whit ye
urnae tellin ays? Maurice's sectioned gobstopper eyes
mesmerise Jonty. — She'll be shacked up wi somebody else
now! Takin thaim fir a mug! Am ah right?

Jonty's brain is spinning, but all that escapes is a dark
mutter. — Pub Wi Nae Name . . . it's no a guid place. Naw
sur, it is not.

— You said it, Jonty! That Jake telt everybody eh'd rather
go tae the fuckin jail before eh'd enforce the smoking ban in
ehs pub. Eh joined EROSS, the fuckin loat! Hud ehs picture
in the fuckin *News*! Then, as soon as they brings it in, eh
flings me oot for huvin a puff! Goes, 'It's ma livelihood,' and
Maurice's face flares in rage. — That bastard stabbed
Scotland's smokers in the back!

— Stabbed . . .

— Aye, ah go in thaire sometimes, n ah dinnae say nowt.
Ah jist sit in the corner n look at him, n silently judge him,
Jonty. Judge him on behalf ay aw ay Scotland's tobacco users.
Fuckin hypocrite!

— Judge . . .

— But you nivir judge ma wee Jinty, n ah like that. Aye,
yir loyal tae hur, n ah do like that, Jonty, Maurice repeats,
seeming to stand up out of the couch, but only to shuffle
close to Jonty, resting his hand back on his shoulder. — Ah

dinnae ken what she's telt ye aboot hersel, behind closed doors n aw that, but ah suppose her past is her ain affair.

— Ain affair, Jonty gasps softly, his own hand caressing his chin, as he stares off into space.

— Aye, thaire wis plenty ay thum before you. Maurice's eyebrows crawl out from behind the top of his lenses, and up his forehead.

Jonty feels he should respond but he doesn't know how. He thinks of Jinty, first pink, then blue, then gold.

Maurice sharply squeezes his shoulder. The arthritic paralysis in that hand makes it feel and look like the talons of a predatory bird. — N they aw hud a loat mair gumption thin you. He briefly looks to the floor and shakes his head. — Ah blame masel for that. Ah used tae tell hur, 'Find a felly wi gumption.' But a felly wi gumption wid soon see right through her . . . He looks up at Jonty then bursts into tears. — Whaire's ma wee princess, Jonty? Whaire's ma wee Jinty?

Now Jonty has his arm around Maurice. — Thaire . . . Maurice . . . take it easy . . . aye . . . easy . . ..

Maurice winds his arm round Jonty's thin waist from the back and says, — Ah'm that lonely, Jonty . . . nae Veronica . . . n now nae wee Jinty . . . ye ken what ah mean?

— Aye . . .

— You'll be lonely yirsel, Jonty boy. You'll be missin her n aw, he moans in a low voice, but his eyes are busy, searching for a reaction. Jonty, cold and confused, doesn't react when he feels Maurice's thumb slip inside the back of his tracksuit bottoms, rubbing at him.

— Aye . . . Jonty looks at the side of Maurice's face, the

inside of his nose, which is all wee red spider's legs. He has the sense that something bad is going to happen, but feels that he deserves it.

— Stuck wi jist each other, eh, mate!

— Aye . . . stuck . . .

Then Maurice turns round and kisses Jonty on the mouth. Jonty neither responds nor resists. His stiff lips are like that of a letter box. Maurice backs away, but still sly and emboldened as he begins to untie the cord on Jonty's tracksuit leggings. This doesn't seem to Jonty to be as devastatingly violating as what he'd just done before. — C'moan, Jonty pal, hell mend us, but let me help ye oot ay this . . . c'moan, pal . . .

Jonty wonders whether Maurice will remove the canary-yellow fleece. And yes, it's off, and Maurice is rising and leading him to the bedroom. Then they are both naked, Jonty not looking at Maurice's cock, smelling Jinty as they get under the covers. It's not Jinty as he liked to think of her, but how she was at the end. Even with the windows open, the decaying scent has lingered, permeating the sheets. Jonty realises, with a sinking feeling, that he should have visited the launderette. Maurice, though, seems to register nothing. A Cheshire cat expression has insinuated itself on to his face, and for a second that is both grotesque and beautiful, Jonty gets a vivid sense of the daughter he loved in her father's expression.

And all he can think of is that he deserves this, whatever is coming, because Maurice's daughter is dead and it's all Jonty's fault. *The least ah kin dae is lit him git a decent ride oot ay ays.*

He hears a violent spit and feels a running wetness in the

crack of his arse. It's followed by a touch, gentler than he expected, and an invasive sensation, that Jonty guesses is a finger working itself into his anus. He giggles nervously. — Ha ha ha . . . Maurice . . .

Then comes a vice-like grasp on his shoulder, followed by a violent thrust and a sharper penetration; breaching, unremitting and searingly painful. — Try tae relax, Maurice coos into his ear, — makes it less sair . . .

Jonty wants to tell Maurice that there is gel in the bedside table cause sometimes Jinty was prone to being sore down there and liked him to use it. But Maurice grunts and thrusts again, and Jonty grits his teeth in a scorching ache he feels is only his due. — Aye . . . Maurice . . . aye . . . he gasps.

Maurice lets out a string of instructions and encouragements, all of which are lost on Jonty. Despite his fissuring insistence, Jonty thinks not of the father, but the daughter and the strange row that led to this bizarre place. Then Maurice rasps bitterly, in a different sound of triumph, — Remember the Alamo, and suddenly it's all over. Almost immediately, Maurice is out of the bed and quickly getting dressed.

Jonty rises too, heading for the front room, picking up his discarded trail of clothes and dressing as he goes. His arse is sore and itchy, and his piles are irritated, like when he does a jaggy shite. Only, as Dr Spiers who prescribed the haemorrhoid cream explained, it wasn't the shite itself that was barbed but the distended piles. So Jonty stands up at the window, looking outside across the street to The Pub With No Name, willing Maurice to leave the flat.

But Maurice seems in no hurry to depart. — Ah dinnae

want ye tae git the wrong idea aboot me, Jonty, he says, stepping into the front room, zipping up his trousers as Jonty watches a bus pass by, — Cause ah nivir learnt that in the jail. It wis the sites, Jonty, the big building sites, he seems at pain to stress. — Aw aye, thaire wis wimmin back then n aw, sometimes tons ay thum. But in case ay emergency, ay, Jonty. Ye need tae learn aboot they things, just in case ay emergency!

For the first time Maurice seems to experience guilt as Jonty remains silent, his look far away, but focused on the wooden blinds in the window of the tenement opposite. The seasoned convict and construction veteran feels moved to leave the canary-yellow fleece that Jonty has expressed admiration for. — Take that fir yirsel, Jonty son, ah kin easy git another, Maurice nods sombrely, thinking he can perhaps see some ignition spark in Jonty's eye in response to this gift. — Ah ken a boy oot at Ingliston. Same as that, but wi Detroit Tigers oan it.

Jonty watches him go, anxious as Maurice departs, fearful that he'll change his mind and return to reclaim the fleece. He lets out a breath he didn't know he was holding when he hears the door slam. Listens to Maurice's tuneful whistling of the 'Camptown Races', and the fading slap of his shoes on the stair. But then Jonty starts crying for Jinty, and he heads to the shower and tears off his clothes. He wants to wash everything away, but there's no hot water and the shower seems to be broken so he wipes his bum instead. Then he heats up the kettle and pours hot water into a basin, lowering himself into it.

Jonty n Jinty . . . naw you kin go first, Jinty; Jinty n Jonty, Jinty n Jonty, Jinty n Jonty, Jinty n Jonty . . .

He sits there for a bit till the water turns tepid, shrivelling his balls. He shivers, decides to get up and go out, delighted that he has enough for a McDonald's.

36

TRANSPORT ECONOMICS

Fuckin toon hotchin wi minge. Thir aw stoatin aboot blind fuckin drunk, in n oot ay ma fuckin cab, tae and fae thair office perties. N here's me, totally fucked n no able tae dae anything aboot it. Jist drivin aboot, no really bothered if the meter's switched oan or oaf. The next cunt ah take oot tae that bridge in the wee small hours ay the morning, ah'm fuckin well gaun ower wi thum. Cause ah cannae fuckin well live withoot a ride.

Ah'm still in a daze eftir what they sais at the hoaspital, that specialist cunt, Doaktir Stuart Moir, wi the follow-up results.

— Mr Lawson, I'm afraid it isn't very good news. Your heart is not in a good condition and unfortunately there is no viable surgical solution to the problem. This means that you're going to be on this medication for the rest of your life.

— What . . .? But ah'm feelin much better, ah lied.

— Well, that's good. But sadly your heart is a fragile vessel and cannot stand much excitement. If you look here . . .

N this Doaktir Stuart Moir cunt started shown ays this diagram ay a hert, n gaun oan aboot tubes n ventricles n blood supply, n ah goes, — So nae shaggin? Nae shaggin *ever*?

— It's not going to get any better, Mr Lawson. You are literally fighting for your life here.

— Jesus fuck . . . ye mean ah could peg oot any time?

— Not if you stick to the medication, and avoid stress and strenuous activity . . . and sexual arousal.

— Ye mean ah cannae huv a fuckin ride? Ever?! In ma puff?!

The cunt's just sittin thaire like ah wis talkin aboot needin an oil change in the cab. — I understand that there are huge psychological ramifications in this adjustment –

— Naw. You understand fuck all —

— so I'm going to refer you to Dr Mikel Christenson, who is an excellent psychotherapist, that rude cunt jist fuckin talked over ays, — and I strongly recommend that you make an appointment to see him, and eh handed ays this caird.

— A nut doctor? What good's that gaunny fuckin well dae? It's a hert doctor ah need!

This Doaktir Stuart Moir wanker jist takes oaf eh's specs n dusts them oan this cloth, n ehs starin at ays wi they rid marks oan the side ay his beak. — Regrettably, the situation now is all about management of the problem, rather than treatment of it.

So ah'm walkin oot ay the office, oot the building, headin for the car park n the motor. Ah'm drivin around aimlessly, ignorin Big Liz on the computer, n ah cannae even look oot the windaes at aw this fanny aboot toon . . .

Suicide Sal phones ays up. She's left tons ay messages n she isnae gaunny stoap, so ah picks up. — Terry, where have you been? Why are you avoiding me?

Aw ah kin think ay saying is, — Listen, Ronnie wants your number.

— What?! Don't you dare give that crazy creep my number! I loathe everything he stands for!

— It's maybe tae your advantage, ah goes, pillin up in a lane oaffay Thistle Street. — He telt ays he read one ay your plays, n liked it. Sponsorship wis mentioned. Eh does a fair bit ay that, ower in America, ay.

A wee silence, then, — You're fuckin kidding me!

— Nup.

Another hush oan the line. Ah'm thinkin it's gone deid till she goes, — Well, I suppose it can't hurt to talk, right?

— Sound, n ah pass his digits oantae her, — gie um a phone. Could be worth yir while. Catch ye later, ah goes, hingin up. At least that's one problem solved.

So ah starts up the motor, lookin for some fares before picking up Ronnie later. The last thing ah want tae dae is play fuckin gowf wi a Septic, but anything tae git ma mind oaf this hert n sex. Ah drives past they two fit burds wi thair airms outstretched, already half pished n office-perty slutty. They kin git tae fuck. Ah sees this boy up the Bridges tryin tae flag ays doon. — Awright, mate? Whaire tae?

— The council chambers, the cunt booms in ehs posh voice.

Ah'll show this fucker. Ah turns doon the Mile taewards the Palace.

— Why are we going this way?

— Trams . . . one-wey system . . . re-routed . . . council . . . ah goes, checkin oot the cunt's puss in the mirror. — So what's it you dae, mate?

299

— I actually work for the City of Edinburgh. Economic development department!

Well, ah fucked that yin up. But attack is the best form ay defence. — Aye? Well, ye want tae git they trams sorted oot. Affectin ma livelihood! Should be suin you cunts for damages. Typical ay a Jambo council but; yis trash Leith but ah notice that yuv left Gorgie awright, ay? Funny that, ay? Mind you, thaire's no much mair ye kin dae tae fuck that shitehoose up, goat tae be said, mate.

— I'm a transport economist and I don't see –

— You've maist likely been studyin official council documentation but, mate. Wee word ay advice: *dinnae study official documentation*. Aw fuckin lies. Try talkin tae the boys oan the groond, like muggins here. Ya cunt, ah'm fightin the fuckin power every day, these cunts at Control, ah'm tellin the fucker as wir gaun through the Queen's Park taewards the South Side, — ma whole life is one big rage against the machine, against the fadin ay the light. A fuckin thity-five-year square-go wi City Hall, mate. See whin yuv goat that oan yir CV, then come back here n geez yir patter. Till then, compadre, it's Juice T's wey or Shank's pony, the choice is yours . . .

The boy sais nowt.

The phone goes again n it's Sick Boy. — Terry, I'll come to the point. I need you in London next week, to shoot *Shagger* 3.

— Ah thoat ye had Curtis lined up for that?

— We've changed it. I rewrote the part for you as Shagger's older brother. A sweaty pounder when aroused, but bespectacled intellectual in real life. Think Hulk-Banner.

— What happened tae Curtis?

300

In the pause that follays, ah kin hear the air blawin oot ay his lungs. — He's jumped ship to the San Fernando Valley and signed up to a big porn producer. Treacherous little cunt. Yes, I know he has to take opportunities, but he's left me in the lurch.

— I cannae dae it.

— You what? Why?

— I just cannae. I've goat stuff gaun oan. I'll tell ye later.

— I see, the cunt snaps. — Don't call me, and I certainly won't call you. All the best, *mate*, eh hisses like a snake n snaps oaf the phone.

Ah pills up intae the cobblestoned courtyard outside the chambers. The mumpy cunt in the back gits oot n squares up. — That was a *very* roundabout way. Your tip is on the meter, the smart cunt goes. Did um a favour n aw the fucker. Some cunts ye cannae dae a fuckin favour tae, they just dinnae fuckin well git it. But this other boy's climbin in right away. A coloured felly, likes.

— National Library, the boy goes, but sort ay English, ay. Like the cunt oot ay *Rising Damp*. — Is it far?

Didnae want tae tell the boy it's jist roond the corner, so ah decide ah'll take um back doon the Bridges, then roond tae Chambers Street, tae cut through tae George VI Bridge. — As the crow flies, mate, naw, but no now wi these trams . . . dinnae git me started! The National Library . . . so, a man ay letters, ur ye, mate?

The boy gies a wee shrug. — Well, I'm doing a presentation for Edinburgh's Hogmanay. I was here last summer at the book festival in Charlotte Square.

301

— You must be a big-noise writer but, ay, mate?

— Well, I wouldn't say that, but I've published three novels.

— Would ah ken any ay thum?

— I'm not sure. Are you a reader?

— Ah wisnae, buddy, ay-no, no till recently, but ah've goat much mair intae books now, ah goes, gittin aw fuckin depressed thinkin aboot it, — as long as thaire's nae smut, like. Proper writin but, ay. So whaire's it yir fae?

— Well, I live in Cambridge, but my family comes from Sierra Leone.

— Humphrey Bogart, barry film.

— No . . . it's –

— Ah'm only windin ye up, mate, ay ken where it is! Africa, ay. Bet ye wish ye wir thaire now but, ay, mate? This fuckin weather! Too right! Eh?

— Well, I don't know about that . . .

— So ye were at that book festival in Charlotte Square last summer?

— Yes.

— Bet thaire wis plenty shaggin thaire but, mate? Aw they visitin authors, n aw they burds gantin oan it. Ya cunt, ah should be writin ma fuckin life story. Shaggin n chorin n gittin fucked up, wi wee bits ay work stuck in between jist tae break up the monotony. Aw done now but, mate, ay. But that's me but, ay, ah goes, — No you but, ay, mate! Bet ye wir shagging like fuck thaire! Some ay they artsy burds n aw: game as fuck, ah'll tell ye.

— Well, writers often get a reputation for being stuffed

shirts, the boy smiles, — but some of us know how to have a good time!

Lucky fuckin bastard. — Ah'll bet! Git fired in, mate!

— I'll do that!

Bein a darkie, the boy'll huv a welt oan um n aw. No as big as mine, but that's nae use tae ays now. Ye dinnae want tae make racist assumptions but: boy's cock might be like a badger's toenail for aw ah ken. — Ah'm no racist but, ay-no, mate.

— I don't recall suggesting that you were.

— Naw, but ah'm jist sayin, ken, cause some cunts ur. Ah eywis defend black punters against thum. Best fuckin ride ah ivir hud in ma puff wis a darkie burd, here at the festival a few years back. Nigerian. Nowt ay the lassie, a dancer likes, but a fanny like a fuckin vice. It fair wrapped around Auld Faithful like a packet ay bacon roond a German jumbo sausage!

The boy starts laughin at that. — You really should write a book.

— Mibbe ah should but, mate, ah goes, — but ah'd jist depress masel mair, or even worse, turn masel oan. Tell ye what, ah kin dictate it n you kin write it doon!

The boy jist laughs but ye kin tell eh's no fuckin interested but, ay.

— Aye, this lassie, fanny that tight ah wisnae even bothered thit she didnae like it up the erse . . . that's me but mate, ah used tae like it aw weys, ye ken what they say aboot variety . . .

— It's the spice of life.

— You said it, chief, you fuckin well said it. Listen, if yir lookin for anything, tae git sorted or that, ah'm yir man. Here's ma caird, n ah slips it through the Judas Hole and parks up outside the library. — This is you . . . aw wait . . . aye, ah wis tellin ye aboot this Nigerian burd. Aye –

— Listen, I wouldn't mind a gram of coke, the boy cuts in.

— Sound. Ah droaps ma voice tae a whisper, even though it's jist us in the cab. It's a guid habit tae stey in whin talkin aboot collies. — Bell ays in an hour n ah'll bring it tae ye. Ah dinnae keep it in the motor but, ay. No eftir ma mate Doughheid goat huckled; too many bizzies n grasses, ay, n this whole fuckin toon's cameraed up.

— Cool.

So the boy gits oot, n ah heads to Inverleith tae pick up the wee message fae Rehab Connor tae sort the cunt oot later. The worst thing aboot aw this is huvin tae tell folks. — I thought you'd been quiet, Connor goes, eftir ah spill the beans aboot the hert condition.

— Aye, cannae hack gaun roond the schemes wi this ticker. Thaire's eywis some burd wantin a wee laugh, ay.

— Your rep precedes ye, Juiceman.

— Aye, but now it's a fuckin curse instead ay a blessing, ah tells um. Then ah gits back intae toon n sorts the darkie boy oot, then goes tae get Ronnie at the hotel. He's goat his clubs so wir headin doon tae the coorse.

Ah chops oot two lines ay gak. — Git some speed up but, ay.

Ronnie isnae happy at aw. — We don't wannabe pulled

over by the cops again! You shouldn't be doing this stuff with your heart condition! This is the worst idea ever. You need a steady, relaxed tempo for golf and coke is probably the worst drug you can do for it!

— Git oan yin, it's jist a wee tickle fir the road! It'll huv worn oaf by the time we git doon thaire. Think Bawbag!

Ronnie doesnae look convinced, but it's still gaun up ehs hooter. Sometimes it's no aboot what ye need, it's aboot what ye want. — Hell . . . yeah . . . he says. — I got some good news. This Lord asshole of Glenbuttfuck, who has the third bottle of whisky and who hasn't been returning my calls, is finally starting to cave in. Lars and his guys have put in a joint offer. Of course McFauntleroy's pricks are playing hard-ball, but we should be able to close the deal.

— Still nae sign ay that second boatil?

— No . . . Ronnie says, suddenly aw downcast again. — It's like it's vanished into thin air. I've got a private investigator full-time on Mortimer, but so far there's nothing to suggest he has it.

Ah ken what'll cheer the cunt up. — Ah gied Sal yir number.

— Wow! Think she'll call?

— Whae kin tell wi lassies but, mate. Mind you, yuv goat fame and fortune oan yir side, n that's a better aphrodisiac than column inches, if ye catch ma drift.

Ronnie says nowt, but ah widnae size that cunt at mair than five inches tops.

So we're hittin the M8 and beatin the traffic. We're doon thaire in just over an hour. It's a big, open course, no many

305

trees or bushes, which makes the wind a factor. So we're on the fairway, n Ronnie's gaun intae his clubs, n pills oot a fat bastard. — Golf rocks, Terry. Once you approach forty, believe me, it beats sex. Every time. He smiles n shows ays the basic drivin stance. Eh does a couple ay trial swings then hands ays the club. — This is a short par-three hole.

Ah looks ahead, thinking aboot Kelvin's snidey face concentrated doon intae that wee baw. Looks up the fairway. Looks back n takes a swing at the cunt. The baw fairly fuckin flies: long and straight. It bounces oantae the green, rolls quite near the hole.

Ronnie lets oot a gasp n ehs eyes ur bulgin oot his heid. — Wow! Well done, Terry! I dunno if it's beginner's luck, or maybe you're just a natural!

We walks doon n ah'm close tae the hole, much closer than Ronnie. But ah fucks up wi the putting, n takes four instead ay two. Ronnie makes it in par.

It's the same fuckin story at the next couple ay holes. Ah'm awright at the drivin but this fuckin putting is a fuckin heid-nip! Then something hits ays like a ton ay bricks n ah suddenly understand it now; how aw life's frustrations are aboot no gittin yir hole! This is what gowf's aw aboot, that n overcomin aw the obstacles oan yir wey! At the end ay the game ah sais this tae Ronnie, n eh goes, — You were very good, Terry, you've got the swing of a natural and that is the most important asset a golfer can have. You just have to concentrate more when you're putting.

We go tae the clubhouse for a drink. Then Lars comes in wi Jens, n the broker guy. Lars is aw frosty-faced and says,

306

— They want one hundred and eighty grand for the third bottle.

— We oughtta bite their goddamn hands off!

— Pounds, not dollars.

— Motherfuckers! Did you tell him that there are only two of the Trinty around, and that it's worth less?

— It is not worth less to us. It's worth more, and he knows it.

Ronnie shrugs. — Okay, let's do the deal. I'll call my guys – not fucking Mortimer – and ask them to make the bank transfer to your account.

The Lars felly nods, aw slow like a Bond villain. — Obviously, once the deal is completed, this bottle will remain in my possession until we have played the golf, he sais, looking at the dippit wee broker boy. — It's only fair, given your custody of the previous bottle.

Ronnie puffs ehsel up, like eh's aboot tae contest this, but thinks better ay it n slumps back intae the chair. — I guess I can't really argue with that, eh goes. Ah've gotten fond ay Ronnie, but that cunt would have been a shiny-ersed fillin clerk in the civil service if eh nivir hud ehs auld man's money n Ivy League contacts.

— I believe that you do not have the bottle, but it did vanish while in your custody, auld Venus n Mars goes. — Therefore, there must be a punitive element in our challenge. My assistant, Jens, is a decent golfer, and then he glances at me, — we shall pair up in the game for the new bottle. Your partner will be your man, and he looks at ays again.

— Ah'm no a gowfer, mate, ah goes.

307

— Terry's just had a club in his hand for the first time today! Ronnie sais.

— I've not been quite transparent with you, this Lars boy smiles. — I've already procured bottle number three with my own cash. Now we have one bottle each.

— We agreed the other two bottles would be jointly purchased and played for –

— That was before you lost one. Now we have one each. He nods to Jens whae opens up a case, n there's the Gherkin-shaped gless boatil. — We play for the two bottles, yours and mine, and we play with partners, which will be these two.

Well, Ronnie's fuckin speechless, and says he'll think aboot it. Lars tells him no tae think too long.

So we're headin back tae Edinburgh in the cab. — What ye gaunny dae?

— He knows how much I want those bottles. It's high stakes, winner takes all. Two bottles or none.

— Ye cannae be –

— I think we can beat those assholes, Terry!

— No way . . . ye cannae trust me tae win ye that bottle ay whisky, Ronnie, ah ken how much it means tae ye, ah goes, cause ah cannae believe this. This cunt off the telly, this billionaire boy whae's faced aw they Ivy League posh cunts in *The Prodigal*, this wanker fuckin believes in ays! As eh should. But it's that cunt whae needs tae make me, Juice Terry, believe in *him*.

— I want them all, he's fuckin haverin, — and that asshole has me over a barrel. I'm even betting he's in on the disap-pearance of bottle number two, perhaps with Mortimer . . .

— Ah'm game, Ronnie, but ah'll really need practice time.

— I'll get you that! We'll be out every day, Terry, and when I leave town, I'll have you working with that golf pro asshole!

Cause ah'm fuckin well thinkin: it jist might fuckin work. Ronnie's better than Lars, n even if Jens's better than me, we've still goat a fuckin shot!

So it turns oot no a bad day at aw. That evening ah'm sittin at hame reading that *Moby-Dick* when the door goes. Ah'm gled ah dinnae answer it, cause it's Suicide Sal. Fuck, ah hope her plays are as good as her lays, n that Ronnie'll take her oaf ma hands. Ah look oot fae behind the curtains n see her walkin doon the street. When the coast's clear ah go oot for a pint ay milk, roond tae the Hamilton's. Whin ah gits back, the door goes again n ah'm shitin it. Then a text wi Jason on caller ID: *C'mon, Terry, let me in. I'm outside.*

Ah opens up. It's great tae see him and ah grab um in an embrace. Eh feels stiff and tense, as eh gies ays these wee pats oan the back. When ah lit go eh sais, — What's up?

Eh looks like ehs filled oot a bit, like muscle, as if eh's been daein weights. Eh's goat a number-one cut. Ah see a lot mair ay Lucy, ehs ma, aboot um, especially roond the eyes, no sae much ay me. — It's that good tae see ye!

— It's great tae see you as well! I'm up visiting Mum and I thought –

— I'm proud ay ye, ye ken that, ah just blurt oot.

— Terry, this isn't like you –

— Call me Dad, son.

— Now you're *really* scaring me. Is everything okay?

309

So ah tells um the fuckin lot.

After ma spiel, Jason just looks at me and says, — I'm really sorry. I know that you've always been sexually active, that it's a big part of your life, and you like to do the . . . you know, videos.

For some reason, ah'm feelin masel shiver. It's like the eyes ay the world ur oan ays. Normally ah lap that up, but no now. Ah kin barely look him in the eye. — Ah bet ye ah embarrassed ye, me daein the scud n that, wi you bein at college.

Jason jist goes n gies ays that wee half-smile ay his. He wis ey a happy laddie; nowt seemed tae bother him. But deep n aw. Enigmatic, as Rab Birrell might say, oan one ay his intellectual casual websites. Cunt thinks it wis some kind ay postmodern statement tae punch a cunt in the mooth last century, but it's apparently 'reactionary' now. — I always tried to respect that the porn stuff was your thing.

— Ye did, ah tell um. — You were always a great wee guy, and you've ey made ays proud.

— Well, thanks . . . Jason goes, — but you've never really opened up like this before . . .

— Mibbe ah should've. Mibbe that's what wis wrong! What kind ay faither was I?

Jason shakes his heid n shrugs. — We don't need to get into this. I mean, you are what you are, and I love you. You know that, right?

Ah feel a tennis baw stuck in ma throat n ma eyes tear up. It dawns oan ays for the first time that eh really does. Eh loves ays, in spite ay . . . nowt. Eh wis eywis jist happy

310

tae hing oot wi me. Ah wish ah could've gied him mair. — Ah love you . . . son. Ye ken that, surely?

— Of course I do. I always have.

— But I was never a faither. Was ah?

— They come in all shapes and sizes. I'm not going to bullshit you, Ter— Dad. Grandad, he was my traditional father. Mum was as well. Between them, they gave me everything I needed as a kid, Jason goes, and ah glance up tae see how worried he is tae see me so down, ma heid bowed. — But . . .

Ah force masel tae look up.

— You came into your own when I got to my teens. You were my best friend and the best big brother I could have wished for. And believe you me, that was exactly what I needed right then.

We sits up wi a couple ay beers n pit the world tae rights. I realise that it's great havin him here. He looks at the books on the shelf and shakes his head.

— What? ah goes.

Then we look at each other n burst oot laughin uncontrollably.

When Jason leaves ah cannae settle n ah decide tae have a wee bit ching, but ah mind that ah shouldnae touch it. Ah flushes it doon the toilet soas no tae be tempted. Ah realise that ah've goat three great sons n a barry daughter, n that's only the yins the CSA would ever be able tae pin oan ays, so ah've plenty tae live fir. Ye kin live without a ride. Ah pick up Rab Birrell's copy ay *Moby-Dick*.

Ah'm readin the book, thinkin aboot the round ay gowf

Ronnie n me are gaunny fit in the morn, ah'm fair lookin forward tae it! So ah reads till ah'm exhausted, then practically crawl through tae bed n huv a deep sleep.

Ah wakes up feelin mair rested than ah've done in yonks, n lookin forward tae gettin on the links wi Ronnie. This time we're headin doon tae Peebles, and the Macdonald Cardrona Golf and Country Club. These pills are making me much calmer, and ah enjoy the drive tae the Borders in the weak morning sun.

One thing aboot gowf clubs is that it's maistly middle-aged fuckers n auld cunts. Any fanny thaire tends tae be strictly boilerhoose material, so thaire's fewer temptations. A bit ay wholesome fresh air, n a few fuckin peeves eftir, what mair dae ye want?

Ronnie's chuffed wi ma progress, but the puttin is still away tae fuck. Ah'm relaxed enough, but ah keep missin shots oan the green that look easy. — Concentrate, Terry, he goes, as we get oan the rough at the seventh, — try and empty your mind of everything except that hole . . .

N ah'm realisin that ye do huv tae concentrate. Focus on that hole. On gittin it intae that fuckin hole. That dark fuckin hole. Black everything else oot. Jist a smooth, easy stroke . . . it rolls off the roughage oantae the green n curves slightly in n . . . bang! Right intae that fuckin hole! — Ya fucker!

— Wow! What a putt, Terry. You've got it! You really are a goddamn natural at this!

Ah think ah've cracked this gowf shite. Ma game's gittin better! Aw through watchin n listenin tae Ronnie, the voice ay experience. It's jist like when ah started hingin oot at the Tivoli Bingo Hoose tae bag aw the auld burds. Ye kin only learn so much fae schoolies, before ye start gaun fir thair mas. When ah wis in ma teens n pittin aw they wee burds through thair paces, n they went 'Whae showed ye how tae dae that?', ah'd eywis think: probably your fuckin ma. Either that, or the Classic cinema in Nicolson Street. Guaranteed! This gowf's the same: if yuv goat game, yuv goat game, ay, ye jist need the experienced heid tae help bring it oot. But thaire's something else gaun oan n aw. Ye huv tae be thaire in the moment, soas yir focused oan the job at hand, but also outside the moment, so that other stuff gaun oan aroond ye disnae pit ye oaf. It hit me that gowf is *exactly like scud* for that. You've goat tae be able tae swing that big fuckin club oan demand, n let nowt distract ye fae gettin that hole.

Things are gaun well, and Ronnie's aw chuffed later oan in Spikes clubhouse bar. The peeves are gaun doon nicely. Then eh looks at me a bit hangdog and says, — I'm meeting a lady tonight. We're going out to dinner. The woman from the speed-dating club you took me to.

— Sound. Good on ye.

So ah drives um back intae toon n the hotel. Something aboot what eh sais didnae chime, so as eh vanishes intae the Balmoral, ah stalls for a bit. Sure enough, ah sees her comin ower the road. Of course, it's no the burd fae the quick hookup club at aw, it's Sal. She looks different, posher, mair sophisticated, aw dolled up as she steps into the hotel. Ah takes off n heads back tae ma fuckin lonely flat.

Ah gits hame n ah dozes oaf reading *Moby-Dick*, aboot the cunt chasing the whale. Ah'm thinking: nivir mind Moby-Dick, what aboot perr Terry's fuckin dick?

37

AULD FAITHFUL 2

O
  O
   O
    O
     0

;-) ;-) ;-) **;-)** ;-) ;-)
;-) ;-) ;-) ;-) **;-)** ;-) ;-)
;-) ;-) ;-) ;-) **;-)** ;-) ;-) ;-) ;
;-) ;-) ;-) ;-) **;-)** ;-) ;-) ;-) ;-
;-) ;-) ;-) ;-) ;-) ;-) ;-) ;-) ;-)
;-) ;-) ;-) ;-) ;-) ;-) ;-) ;-) ;-)
;-) ;-) ;-) ;-) ;-) ;-) ;-) ;-) ;-)
;-) ;-) ;-) ;-) ;-) ;-) ;-) ;-) ;-)

Right, Lawson, that's it finito
wi us, cuntface, time tae cast
aside the yoke ay oppression
n go full oot fir independence!
Aye, ah'm separatin masel fae
ye! You hud yir chance wi this
union n ye fucked it up! N lit ays
tell ye, before ye start makin
jokes aboot separatist pricks,

315

mind yir jist a big, useless fanny
withoot me! So it's adios, bawbag
(cause it's aw ye are withoot me),
n ah'll be seein ye in the next life!
Ye see, Terry, if you're no daein any
ridin, dinnae expect me tae sit in
scabby keks sweatin like an auld
piece ay cheese, while you pump
ays wi blood-thinnin chemicals jist
tae try n stoap ays fae standin tae
attention in the presence ay a lady.
Cause it's no happenin, mate, it's no
fuckin well happenin. You mind ay
thum, Terry, aw they tunnels ay love
ye poked ays intae ower the years.
A long wey fae thon tight fanny ay
thon wee Rachel Muir whae wis
jist thirteen whin ye forced ays up
her n ah wis jist eleven fuckin year
auld, ya filthy wee cunt, but did ah
complain? Did ah fuck! Aye ah did!
Nae wee-boy fear-wilt, ah wis right
in thaire, you poundin me intae her
in that dirty stair, n yersel intae a
fuckin ecstatic state! N fast-forward
through aw they rides tae now, n nae
wey the Suicide Sara-Ann burd's gaunny
be the last hole this dirty auld tadger
kens, not a chance ay that! But you

broke the contract, mate, so it's numero
uno fae now on in . . . independence . . .
independence . . . freedom . . . freedom . . .
freedom . . . freedom . . . freedom . . . freedom . . .
freedom . . . freedom . . . freedom . . . freedom . . .
freedom . . . freedom . . . freedom . . . freedom . . .
freedom . . . freedom . . . freedom . . . freedom . . .
freedom . . . freedom . . . freedom . . . freedom . . .
freedom . . . freedom . . . freedom . . . freedom . . .

38

ANOTHER BLOW FOR SCOTLAND'S SMOKERS

Ah'm no happy at aw, cause ah'm no a lassie n ah didnae like tae be treated like a lassie or a poof. Maurice daein that: it wisnae right, naw sur, naw sur, naw sur, it wisnae right. Cause the bad stuff is meant tae go oot thaire n thaire's nae bad things ur meant tae go in thaire. Mibbe sometimes wi a laddie n a lassie, fir a wee chynge, but no two men! Naw sur, that's no right. N wi Maurice bein a Prawstint as well, n no a Catholic priest or a public-skill Tory at the BBC, that it makes it even mair wrong. Aye sur, aye it does.

Felt awfay funny up the erse, aw squeamish n seek in ma stomach. Maurice jist gruntin n sayin 'it's awright, Jonty son, it's jist a wee ride, nowt tae git aw worked up aboot', n then shoutin aboot the Alamo, but naw sur, it wisnae right. N it's jist yin mair bad thing tae play oan ma mind.

But ah think ay perr wee Jinty aw cauld in yon concrete pillar under the new tram brig, n ah ken ah've done some awfay bad things. Ah start tae think aboot God, n how He'll punish me fir aw that. N that priest: if only that dirty Fenian bastard would have let me confess ma sins! Shouldnae be one set ay rules for one n a different set fir the others. No right that, naw sur.

Ye see aw daft things oan that Internet. They tell ye how tae git a boatil, a rag n some turpentine. Then ye light the rag n fling it n yuv goat a bomb. Easy-peasy. That's what ah'm gaunny be daein. Makin bombs. Cause ye cannae lit thum away wi it, naw sur, naw ye cannot. Ye kin see how a Molotov cocktail's easy-peasy tae make, jist by gaun oan that Internet. Jinty ey gied ays a row for spendin too much time oan it. 'Yi'll git square eyes, Jonty MacKay,' she wid go. N ah'd say, 'Naw ah'll no, cause ah heard thit the Chinese use the Internet mair than anybody, n ye nivir see a Chinaman wi square eyes, naw ye do not.' N Jinty wid jist say, 'Aye, yuv goat me thaire, Jonty, right enough.'

But tae make a Molotov, aw ye dae is get a boatil, n fill it half fill ay petrol, ay. Jist ordinary petrol, aye sur. Ye kin add a wee bit motor oil, like yon Castrol GTX. Liquid engineerin. Aye sur, aye sur, aye sur. Ye soak a rag, then ye stick it in the neck ay the boatil n hud it in wi a rubber stoaper, leavin a wee bit oot. Then ye light it, n chuck it, but hard, soas it breks against a waw or a flair.

Then bang!

Easy!

So ah goes doon tae the garage n gits aw the stuff, but tae git the rubber stoapers ah hus tae go tae a posh wine shop in the toon. — Rubber stoapers, ah goes tae this lassie in a nice blouse.

— We have a selection.

— That pack ay fower, ah sais tae the lassie, — jist the fower.

— Anything else I can help you with? We have excellent Chilean reds, Cabernets, just in today . . .

— Jist the fower rubber stoapers, aye, aye, aye.

N she takes the money n rings it up. Awfay dear, they rubber stoapers, but the shop wis posh but. Aye sur, it wis that!

So ah gits hame n pits the bombs thegither. Then ah goes outside, wearin the canary-yellay fleece n a balaclava. It's cauld still, n it's started tae git dark n ah'm walkin under the bridge. A few cars go past, then a 22 bus. Well, ah goes roond the back where they sometimes go oot fir a fag. Ah kin hear thum aw inside the pub. So ah nip roond tae the side door, ah've goat a spare key made, n ah loaks it. Sometimes Jake forgets tae open it, cause the boys ey moan whin they want oot fir a fag. Then ah goes doon the alley tae the front n lights the two up, boots open the doors n flings ma cocktail bombs inside n shuts the doors! Ah see a boy ah dinnae recognise looking at me before the crash n the flames n the shoutin n screamin. Ah've turned roond n ah rushes back taewards the hoose.

That'll gie thum an awfay fright!

When ah gits in the stair, ah'm thinkin ah mibbe did too much, aye ah am, n thit it might've goat oot ay control. Ah kin hear noises fae ootside the stair, like screamin n aw that. Ah goes up n sees the Paki lassie Mrs Iqbal n her broon bairn comin oot intae the stair n ah tells hur, — Dinnae go oot! Thaire's a fire in the pub acroass the road. It wis aw ma fault. Ah shidnae huv done it but thaire's bad people in thaire.

— Yes, yes, very bad. Every time I pass with the baby they are saying bad things and I am so frightened! Quick, come, she says n grabs ma airm n takes me intae the hoose wi the bairn.

Ah peeks oot the windae fae behind the curtains. The fire engines ur wailin ootside. — Ah'm gaunny git the jail . . . Ah looks at Mrs Iqbal, she's jist goat a half-mask oan the day, n her eyes ur awfay kind. She's lookin oot wi me; the front doors ay the pub huv opened, n people come out aw chokin n coughin n ah'm really feart. — Ah should nash away, ah tells Mrs Iqbal, thi'll come lookin fir ays!

— There are bad people there, but you are a good man.

— Aye, but ah'll git huckled now, ah tells her, — aye ah will. Thi'll ken it wis me, aye sur, they will.

— Yes, you must go away. You must hurry! But you cannot go dressed like that!

She takes ays through n makes me pit oan one ay they dresses that she goes oot in. She says it's a burka. Ah'm gaunny say ah dinnae like that cause they used tae sponsor Hibs, cause ah seen an auld photae ay George Best in a Hibs strip wi that oan it. Mind you but it's aw changed, n ye widnae see George Best, if eh wis still here, wearin one ay these. So ah pits it oan.

Aye, it's goat a barry grille oan it. Ye kin barely hear or see or nowt like that. So ah take the canary-yellaw fleece under ma juke cause it's Maurice's n ah'm no a bad person thit does that sort ay thing for money or clathes. Naw sur. It's awkward gaun doon they stairs but ah say cheerio tae Mrs Iqbal n ah'm walkin oot, gaun past the fire engines.

Aye, ye cannae see much but, n it's aw blurred even mair cause ay the smoke comin oot ay the pub.

Thaire's bad Evan Barksie gittin takin intae an ambulance, face aw roasted doon one side. His brar Craig Barksie looks at me, right intae ma eyes like eh kin tell it's me, n ah'm lookin back as eh goes, — What ur lookin at, ya fuckin Paki slag, that's ma brar! N thaire's polis lookin, n ah want tae say, 'it wis me, ah did this tae make up fir wee Jinty . . .' but ah jist walk on. A big crowd hus gathered, funny whaire they aw come fae cause thaire's nae game oan, nae Ryan Stevenson, n the polis try tae divert thum, bit thir still takin bodies oot the pub, so ah walk oan.

Aw ah dinnae like this at aw, naw sur, ah do not. Goat tae git away fae here, aye sur, aye, aye . . .

— Paki slag!

Aw naw sur . . . naw . . . naw . . .

— Dinnae fancy yours much!

Ah keep walkin, aye, aye ah do, sur . . .

— Thoat youse wirnae allowed oot oan yir ain! Ah bet it wis hur! Terrorist hoor's probably goat another fuckin bomb under thaire!

— Leave ur – it wis a cunt in a canary-yellay fleece, saw um oan camera!

Aw this isnae right, no sur, it isnae. Ah jist keep gaun till ah gits tae Maurice's stair. Ah gits inside cause ay the entry-phone n lock bein aw broke, n ah tiptoe up tae ehs landin and an awfay smell ay cat pish, aye sur, n pills oot the canary-yellay fleece n hings it oan ehs doorknob. Ah hears somebody comin oot but ah'm nashin back doon the stairs, pillin up the skirt soas ah kin hurry. But outside it's still aw crazy, thaire's another ambulance n mair polis.

Then ah slips doon a side street n nashes up towards Polwarth. Ah'm walkin, aye sur, ah'm walkin aw the wey doon the street. Ah keeps gaun n it's funny in the burka but ah'd no say nowt cause it's nice ay Mrs Iqbal tae help ays like that, n ah'm thinkin it's gaunny be a long walk oot tay Penicuik, aye sur, aye sur, aye sur, aye sur, aye sur, aye sur, aye sur, aye sur . . .

39

THE BOY IN THE
CANARY-YELLAY FLEECE

Thank fuck for the gowf! Ronnie n me wir oot early oan posh St Andrews before ah droaped the cunt oaf at the airport. Eh boat ays a barry new set ay clubs n they goat used awright: ah beat the cunt by two shots, 75 tae 77! The cunt couldnae believe it, goat aw stroppy at first, said it isnae possible as he's a five-handicap player. Telt the cunt that ah kent aw thaire wis tae ken aboot handicaps, cause the ultimate fuckin handicap is no gittin a ride. Eh's away tae New York for a while oan business n ah'm gaunny miss the fucker, so ah need tae find a new gowf partner quick style. The gowf is just aboot the only thing that stoaps me fae obsessin aboot fanny. It's that fuckin swing! It seems simple enough, but thaire's a loat gaun oan: stance, follay-through, backswing, like bein oan set tryin tae work it intae a burd's erse when yir bangin baws wi Curtis, whae's up her fanny, n Sick Boy's elbayin ye n shoutin at ye, tryin tae git ehs fuckin camera in.

Ronnie's goat a cheerful look on ehs coupon, n ah'm sayin nowt but ah ken how. It's aw tae dae wi gittin laid, n ah ken the particular Porty playwright n failed high-diver whae's daein the pipe cleanin. Wish they widnae dart around behind ma back like fuckin bairns: it disnae matter tae me whae's shagging whae. Never been jealous ay any cunt in that department, but mind you, ah suppose ah'm jealous ay *every* cunt now. So we're at departures n eh goes, — I want you to practise every day. We are going to have to be at the top of our game to take down those Swede assholes.

— Danes.

— Whatever, it's all Viking shit. Make sure you call that fat, lazy Iain Renwick asshole, and that he jumps when you shout. He's being well paid to coach you!

— Sound, ah goes, n ah tell um, — It really is helpin ays take ma mind oaf the hootenanny, this gowf.

— Hootenanny . . . that's another of your names for pussy, right? I'm picking up all your crazy shit.

— Yir daein no bad, mate.

Ronnie chuckles at the thought. — Well, I gave you the golf, so fair exchange. I needed it so bad after Sapphire left me, he says. — It was a fucking nervy time. If I was snapped by the paparazzi, then my divorce settlement . . . well, I guess you know the story.

— Tell ays aboot it. Till yuv hud the fuckin CSA oan yir back, ye dinnae ken the half ay it, gadge, ah goes, then ah sais, — So Suicide Sal's no gied ye a bell, then?

Ronnie shrugs, n goes, — Nope. I guess that ole Occupy n I ain't meant to be, he smiles. Eh's no bad at the poker face n clear eyes, but ah kin see the kip gittin slightly ridder, a telltale sign. As if ah fuckin care that they're gittin it oan – ah fuckin well set the cunts up. It's funny how the maist unlikely cunts kin git aw school playgroond when it comes tae the Ian McLagan.

— Okay, Terry, be safe, and try to remember, think golf, not puss . . . hootenanny! Ronnie punches ma shoodir n turns away tae git the plane.

Easy for that cunt tae say, when eh's knobbin ma fuckin burd! But ah feel lonely, watchin um go. If any cunt telt ays that some rich American radge oaf the telly wid be the only fucker that understood ays, ah'd huv said that they wir fuckin mental.

It's startin tae git dark as ah go tae the car park n heads oaf, waving at Stumpy Jack whae's dropped off a fare and is waitin tae pick up something comin fae arrivals. Eh's fair glowerin at they private-hire cunts in thair rank! The Maybury Roundabout's busy, n it really is cause ay fuckin tramworks this time. Ah fuckin need that new gowf partner. So ah gie that sweaty Iain Renwick gadge a bell, but it goes straight tae voicemail. Ah dinnae leave a message, cause ah'm no that taken by that cunt.

Corstorphine's a write-off as some HGV's broke doon on St John's Road, so ah'm cuttin doon tae the auld haunts at Broomhoose n Saughton Mains. It's sad tae think that ah hardly ken anybody roond they streets where ah grew up, they've aw moved on, ay. Nippin through Gorgie, the traffic's bad here in aw, thaire's obviously something happenin. We're stoaped, so ah decide tae phone Jason, see if he's intae gaun roond the links. — You? Golf! Ha ha ha . . . you playing golf? Fuck off!

— Aye, and ah'm gled ay it n aw. It's the only thing that keeps aye thegither these days.

— I'm sorry, Ter— Dad, but you poisoned me against it.

326

I'll never hold a club in my hand. Call Donna, she'll go roond with ye.

— Donna? You're jokin!

— She was seeing this boy who's this golf pro at some club in North Berwick. It didnae work out cause he was married. Older boy, strung her along a bit.

Dinnae fuckin tell ays . . .

— Awright . . .

— That boy that led at the Open one year. Renwick.

Ya fuckin dirty, sweaty auld cunt . . .

Ma breathin's aw tae fuck here. — Ye dinnae think he's the wee yin's faith . . .

— Naw, the dates don't tally . . .

Thank fuck for that.

— Ah'll mibbe gie her a shout, ah croaks doon the line. Or thank fuck for nowt – at least that cunt's got some wedge. The CSA'll git nowt oaffay some dippit wee cunt fae the scheme . . . fuck me, hear ays; poacher turned gamekeeper, right enough . . .

— She'd appreciate it. Give her my best.

— Will do. Cheers, Jase.

As ah'm thinkin that Jason, whae's just her half-brother, has been there for Donna mair than me, I'm aware that the cab's fuckin crawlin. Thaire's a roadblock set up n it's aw single-lane traffic. Ah kin see smoke billowin intae the air.

Fuckin hell . . .

Ah'm drivin slowly past The Pub Wi Nae Name n thaire's a right commotion gaun oan. Thaire's smoke billowin oot the windaes, n the fuckin polis ur settin up diversions, tryin tae re-route every cunt. It being the Edinburgh Polis, nae cunts goat a Scooby-Doo; there's a lot ay shoutin n some ay thum are wadin into this group ay boys, some ay whae ah recognise fae the boozer . . . they've goat this grey-heided felly doon, n thir bootin the cunt ower the street . . . the poor gadge's oot ay it, and the polis wade in tae save um . . . another meat wagon swings by, bringing mair polis oot . . . a couple ay the pub lads git huckled n the rest melt away.

Ah drives closer n stoaps the motor, n winds doon the windae. Some cunts behind me are tootin, so ah takes the cab up oantae the pavement. A cop comes ower n shouts, — Ye cannae stop here!

Ah points back, — Your colleague, officer, the sergeant, told me to pull up wherever I could, as I might be needed to take injured people to the hospital.

The cunt's mooth opens like eh's tryin tae catch flies, then a big blaring fire engine pushes through the crowd, nearly scrapin the edge ay the motor. The cop vanishes. Ah sees this gold thing glistenin in the road, so ah gits oot n picks it up. It's a cigarette case, quite smart, so ah sticks it in ma tail. A boy sees ays at the poakil, starin at ays wi accusin eyes. Ah ken ehs face fae the boozer, the Barksie brother's mate; Tony, ah think they call um. Ah decide it's best eh tipples that ah'm the cunt askin the questions. — What's up here, mate? It's Tony, ay?

The felly's breathless, lookin back aw wild-eyed. — Aye . . . this cunt in the canary-yellay fleece bombed the fuckin pub! We thoat it wis this Paki terrorist burd thit threw the bombs in the boozer, but somebody saw the cunt in a canary-yellay fleece dae it! He goat battered tae fuck!

No half! An ambulance has somehow shimmied through the chaos, n the paramedics are practically scrapin the poor cunt oaf the tarmac! The boy's glesses are broke, n thaire's claret everywhere, soakin intae that fleece.

The Tony boy nips away but ah sees Craig, Evan Barksie's wee brar by eight minutes. Eh clocks the cab n comes ower. — What's up, Craigy?

— That cunt in the canary-yellay fleece is a fuckin psycho! Chucked a couple ay fuckin petrol bombs intae the fuckin boozer! Burnt ma brar's face! And some other boys! We'd huv fuckin killed um if the fuckin bizzies hudnae swung by!

— Fuck . . . wis the pub damaged bad?

— Ma brar's face is aw burnt doon one side! Fuck the pub, eh shouts, n heads ower tae where the other boys huv gathered. N there's Evan, a towel oan the left side ay his face, bein taken intae a second ambulance. It looks a sair yin, for sure. Ah sees Jake, his face a bit black, n coughin away, so ah sais, — Jakey boy . . . ye awright?

— Terry . . . aye . . . jist saw they two boatils, like petrol bombs, fly in the front door. Nivir seen nowt like it. Wi tried tae git tae the back door, but ah mustnae huv opened the cunt up yet! We hud tae go through the flames tae get oot the front!

— Is the pub damaged bad?

— The fire went right up the waw, fucked the jukebox n the pool table –

— What aboot the bar, aw the spirits behind the bar?

— Ah think that's awright, Terry. The firemen are in now, eh goes, lookin at the firefighters standing in the doorway, pishing into the pub with thair hoses. — Polis cunt already asked ays aboot insurance, cheeky bastard. It's ma fuckin livelihood, Terry!

— Standard polis procedure, Jakey boy, actin the cunt, ah goes, thinkin there's nae point in stallin aroond here as they've blocked oaf Gorgie Road. So ah gets in the hackney n turns it oan a sixpence n slips up tae Polwarth, headin back intae toon. Ah'm jist at the Vietnam pub whin ah gits flagged doon by one ay they burds in they shite pillboax hood n dresses, thit they repressed camel-shagger cunts make thum wear, where ye cannae even git a deek at the coupon. Keep thum aw covered up, ay. Well, normally ah'd say, fuck that. But right now this is aboot the only type ay burd ah could huv in ma cab withoot wreckin ma fuckin health.

So ah stoaps n she climbs in n ah heads off. But it's no a fuckin burd, cause the dress gits pilled oaf n fuck me . . . — Terry, Kind Terry, ah kent it wis you! Thank God!

It's wee Jonty! — Jonty! What the fuck ur ye daein dressed like thon, ya dozy wee cunt? Naw, dinnae tell ays, mate, ah dinnae want tae ken. Jist tell ays whaire ye want tae go.

— Penicuik, sur, aye sur, the Cuik . . . but ah've no goat any money –

— Nivir mind aboot that – that's the least ay oor worries. Lit's just git ye oot ay here!

— Thanks, Terry, Kind Terry, yir like a true friend, Terry, aye sur, aye, a true friend –

— Jonty, goan shut the fuck up for a minute, pal, ay, ah tell um, n ah fuckin well floors it.

330

40

ESCAPE TO PENICUIK

Terry drops Jonty off on the main road in Penicuik, declining to take him round the corner to his mother's. Jonty is perplexed, as he's removed the burka. It's stuffed into one of the wee Lidl plastic bags Marjory gave him, the ones he used for Jinty. Climbing out the cab he again urges his new-found half-sibling: — Come in fir a cup ay tea, Terry, meet muh ma n oor Karen. That's ma sister n Hank's, n your half-sister n aw!

— Naw, you're awright, pal, Terry says dejectedly, thinking: *probably another one I've fuckin rode.*

— But how no, Terry? How no?

— Look, ah really dinnae want tae ken whaire ye stey, Jonty. He sweeps two hands through his lustrous corkscrew mane and throws it back. — Jist like ah dinnae want tae ken what ye wir up tae in that Arab burd's dress, headin away fae thon blaze in the pub.

Jonty's head goes down. Then he looks up and says in a whimper, — But wir brothers like, Terry, n wi baith try tae be kind.

Terry is moved by Jonty's high-pitched plea, and the swirling pathos in the dark pools of his eyes. He is again uncomfortable. Events and circumstances have ripped away his shell, and now everything seems to perturb him. — Ah ken that, mate, but wuv hud separate lives n we've never kent much aboot each other. Ah kent that auld cunt hud bairned tons ay radges n radgettes, Terry starts to reminisce, — Ah once met this burd, n it turned oot . . . well, wi'll no go thaire. He looks at the open-mouthed Jonty. — But ah ken thit yir pretty desperate, mate, n thaire wis stuff gaun oan back thaire at The Pub Wi Nae Name.

— But how no –

Terry raises a dismissive hand. — So ah dinnae want tae ken whaire ye stay, nae details or any other shenanigans.

— But that wis cause ay –

— Naw, pal, Terry shakes his head with vigour, his cork-screw curls lashing against the edge of the window, making Jonty think of a lion, — dinnae tell ays anything else. Ah'm leavin ye here, he says glumly, looking at Jonty's forlorn expression and curled-down lip.

Tears roll down Jonty's cheeks and he starts to sob heavily. This distresses Terry, and he steps out the cab, awkwardly embracing Jonty. — Yir awright, pal, ah dinnae think anybody wis badly hurt in the fire.

— No badly hurt . . . Jonty grizzles into his chest.

— Evan Barksdale, Terry says, and Jonty, chafed at the mention of the name, pulls apart and takes a step away from Terry, — he got burnt on the side ay his puss.

— Ah'm no bothered, Terry, naw ah'm not, Jonty says, — n ah ken it sounds like ah've goat a bad hert, and now it's Terry's turn to cringe, — but eh's a bully. Aw aye, an awfay bully. N Craig n aw, aye sur.

Two young mothers pushing go-karts walk past them. One, chewing gum, has keen eyes focused on Terry's crotch. He doesn't look at her. — Well, at least wi the burn oan ehs coupon it'll be easier tae tell the cunts apart now, ay, he says to Jonty.

— Aye, tell thum apart . . .

— Aye, so thaire's nowt tae greet aboot, ay.

Jonty looks up at Terry with violently shuttering eyes, full of pain and frustration. — But ma paintin, Terry, aw ma bonnie paintin . . .

Terry exhales, then looks sadly at Jonty. — But oan the bright side, ye'll probably get mair work oot ay it!

— Mair work . . . Jonty snivels.

Suddenly inspired, Terry says, — But ah'm gaunny phone ye the morn, n take ye oot.

This instantly fills Jonty with cheer. — That wid be double barry, Terry! Aye it wid, sur!

Terry is touched. Neither Guillaume nor the Ginger Bastard, nor Jason or Donna when they were younger, had ever displayed that much enthusiasm at the prospect of an outing with him. — Ever played gowf, Jonty?

— Aw naw sur, no ah have not, naw, naw, naw, it's no fir the likes ay me, and Jonty seems troubled by the prospect, — ah'm jist a simple country lad fae Penicuik. Aye sur.

— It's a piece ay pish, yi'll pick it up nae bother, Terry states emphatically. — N it's no like England, whaire it's jist for posh cunts, this is Scotland, Jonty, wir fightin tae become a real nation, no a fuckin poxy Fourth Reich ay the rich, like they've settled for doon south. Terry seems to gulp on his own words and the strange intoxication they confer. He's never shown much of an interest in politics before; perhaps that is about not getting your hole too. — I'll bell ye n we'll go for a wee game ay gowf!

— Gowf . . . Jonty accepts this with a slightly confused bearing. But it only intensifies his burgeoning brotherly love for Terry, along with his belief in the cabbie's goodness, and that he has Jonty's best interests at heart. So he waves Terry off and sneaks down the lane, climbing over his own back fence so that no neighbours will observe his entry.

Karen, idly looking out the window as she washes the dishes, sees him and her eyes widen in recognition. — Jonty!

She lets him inside and they go into the living room. Jonty tells her everything, about Jinty, and her burial in the concrete pillar under the new tram bridge.

Karen is shocked at first, her blue eyes seeming to grow to tennis-ball size as Jonty recounts his grim tale, intervening with the odd, breathless 'oh Jonty'. But Jonty keeps talking, like he wanted to do with Kind Terry, but reluctantly respecting that Terry didn't want to listen.

Not Karen. Every fibre of her being is riveted. — It wid be the same thing that her ma died ay, that brain aneurysm. Must run in the faimlay. N aw that cocaine, well, that widnae help. But ye should've jist telt the polis, Jonty. They'd be able tae tell that ye widnae hurt a fly.

— Aye, but ah git nervous n shy n they'd jist think: 'he's awfay daft, like no aw right thaire in the heid' n they'd say it wis me thit done it n pit ays away. Aw aye, they wid!

Karen thinks about this. She follows high-profile police

investigations in the tabloids, and has become obsessed with wrongful arrests. The Colin Stagg case comes flooding back, reminding her of the lengths the police went to fit up a harmless oddball as a murderer. For all the complications, Karen reasons that her brother had quite probably made the correct, chillingly rational choice. Neighbours could have heard them arguing over cocaine, following Jinty staying out during Bawbag. The autopsy, of course, might have revealed the truth, but Jonty, well, she could see why he took the course of action he did. — Well, she's buried in concrete now, Karen says, not without an edge of satisfaction that is discernible to Jonty. — If this ever gits oot tae anybody, you'll get the jail for daein that, n for makin the trams run even later, cause they'd huv tae take doon that pillar!

— Take doon the pillar.

— They wid. N then ye ken what they'd say: wee Jonty MacKay, the man whae made the Edinburgh trams run even later!

Fear's arrowhead strikes cleanly in Jonty's chest. People were so upset about what was happening with the trams. If he made them any later . . . He sees in his mind's eye a lynch mob, led by a mutilated Evan Barksie, carrying blazing torches, chasing him down the narrow, darkly lit tenemented section of Gorgie Road. — They wid hate ays . . .

— Aye, so wi huv tae keep it oor wee secret, Karen stresses, her face lighting up, — yours, mine n Ma's. No Hank, cause he's goat nowt tae dae wi this hoose. Aye, keep it a secret here, Jonty, just these four waws.

— Four waws . . . Jonty glances around at his old home.

335

During this exchange, there has been no sign of life from their mother upstairs. Visitors generally set off excited shouting, but now there is only silence. When Jonty and Karen get upstairs, they find Marjory wearing an oxygen mask. Jonty fancies he can already detect the same whiff that Jinty gave off after Bawbag. Urged on by Karen, he tells the weary, dying woman his story.

— Yi'll be safe here, at least till ah'm away, his mother wheezes, her eyes yellow and her gaze unfocused, seeming to be looking at something beyond them, perhaps into the next life itself. — Dr Turnbull tells me ah've no goat long now. At least ah've goat ma wee Jonty back wi us for ma final days!

— Final days . . .

— Jonty'll be awright, Karen tells her. — Ah'll look eftir um.

Marjory MacKay's eyes briefly spark in some kind of wrath. It seems that she's going to speak, but a consequential thought visibly beats her mute as her stare glazes over and a purple-fingered hand rises slowly to adjust her mask.

So Karen takes Jonty aside, escorting him out the bedroom. — See, whin Ma dies, ye cannae go tae the funeral, Jonty. Ye kin nivir go outside this hoose. Ye kin nivir even go lookin oot the windae. If they call the polis yir life's ower!

Jonty's features slowly sag as he heads down the stairs behind her.

Karen abruptly halts in the middle tread, causing him to bump into her. — But this is aw jist for a wee while!

— Wee while . . .

— Better bein a prisoner here fir a few months thin in Saughton fir aw yir life, Karen expounds. — Whin ah've saved enough money we'll leave here, eftir Ma goes.

— Aye . . . whin Ma goes, aye sur, aye sur . . .

Karen touches her hair, does a little shuffle. — Ah kin lose weight, Jonty. That's what ah'll dae; ah'll lose it n you kin dae wi pittin some oan! She looks back to the bedroom and takes his hand, escorting him down the remaining stairs. — Once Ma's away ah'll no be under pressure tae eat sae much. Ah read aw aboot it, Jonty: Ma's the enabler ay ma weight problem. Once she's deid, it'll faw oaf.

Jonty looks at her and then breaks into a big smile. At the bottom of the stair he gives her a skelp across her big arse, like Hank did to them both when they were younger. — Dinnae be takin too much oaf, and Jonty pats his groin, — if yir still eftir some ay this, cause ah like sumthin tae hud oantae, aw sur, that ah dae!

— Dinnae worry yirsel aboot that, Jonty! Karen beams.

PART FIVE

POST-BAWBAG SOCIETY

(Four Months Later)

41

THE REVENGE OF
SCOTLAND'S SMOKERS

It is a beautiful warm spring morning of the sort Edinburgh can occasionally offer up, in order to cruelly taunt its citizens with the promise of a long, hot summer, before it settles back into its usual rhythm of grey skies, pissing rain and biting cold winds. Terry is determined to enjoy it and parks up, by habit, in his old slot at Nicolson Square, opposite Surgeons' Hall.

Ronnie has been over a couple of times, and he and Terry have played golf. He never mentions Sara-Ann, though Terry knows that they are seeing each other, having once spied them going into the Traverse Theatre together. Later, he'd picked up the venue's festival programme, learning that her new play *A Decent Ride* would be premiering at the Fringe in August. It was described as a 'hilarious, pitch-black comedy, looking at the age-old themes of sex and death, but in a thoroughly original and invigorating way'. A cursory glance at the back of the brochure saw Ronnie's company Get Real Estates listed as one of the major sponsors.

Terry regularly picks up Jonty from Penicuik. He'd been relieved when he met Karen that he couldn't recall ever riding her, although with her transformative weight escalation there was no real guarantee this was the case. It has been agreed it is not for the best that he met their mother, ailing badly up the stairs in her bed. Remarkably, in the face of his dire medical prognosis, Henry is still hanging around, Alice continuing her cheerless vigils to his side.

Terry has become so engrossed in golf, he has barely noticed, unlike the excited Jonty, that Hibs and Hearts are improbable Scottish Cup semi-final victors against Aberdeen and Celtic respectively, and will face each other in an all-Edinburgh final. He has also played with Iain Renwick sometimes, taking the pro golfer to the nineteenth hole, where the drink drew increasingly lurid confessions about his infidelities, one particular set being hard for Terry to listen to, as they involved a certain Donna Lawson. Terry only managed to check his rage by thinking of the small digital camera he'd concealed in a plant on a nearby ledge, which surreptitiously recorded Renwick's disclosures.

But assuming the position at the old taxi rank seems to be a mistake. He'd always enjoyed sitting in Nicolson Square taxi rank on hot days, not taking any fares, just watching the student girls lying about, waiting for somebody who wanted ching to swing by. But now his circumstances have changed, and the hang-out brings nothing but pain, as Auld Faithful tweaks and his damaged heart starts pumping up his pulse rate. Then, worse follows.

— Are you the film-maker? The slightly plummy English accent belongs to a pretty young girl with short dark hair. She wears a tight green top and seems to be overtly thrusting a bounteous chest at him.

— What . . .? Terry says, thinking for the first time, not of scud, but of Iain Renwick's confessions tape, copies of

342

which had been sent to the golf pro's wife and the secretary of his club in North Berwick. Renwick had been subsequently thrown out of his home, lost his job at the club, and was living in a rented caravan in Coldstream.

— I've got a friend in third year who says there are two guys, Simon and Terry, who make these fun movies . . . the girl explains, raising her eyebrows, — and Terry sometimes drives a taxi.

— Nup . . . ah mean, aye, ah used tae. Packed it in but. Terry wearily hands her Sick Boy's card. — Muh mate Simon's still at it but, ay.

— Pity . . . they say you're an animal . . . she winks and sashays off like a catwalk model.

Terry laments how you once had to work hard to convince lassies to do scud. Now many students just see it as another way to supplement their income. They practically audition. He decides he can't stay around here, so drives down to Leith and the sauna. He is still checking up on Kelvin and the girls as The Poof has opted to stay in Spain indefinitely. It hadn't been too bad, mainly because the police had finally taken an interest in Jinty's disappearance and had been down the sauna asking questions. This had led to Kelvin behaving better around the girls, but it didn't last when police attention cooled off again; Terry had faced more inquiries from them about the missing bottle of the Bowcullen Trinity, which still hasn't been located. Scottish Television News ran a feature about the absent whisky, with the purchaser reported as 'an anonymous overseas buyer'. A glum-faced detective described the probable larceny as 'a major antiques robbery, most likely by a gang of unscrupulous, organised, international criminals. This is not like somebody shoplifting a bottle of Teacher's from their local off-licence.'

The latest news from the USA is that Mortimer has filed defamation of character and anti-harassment lawsuits against Ronnie, his former employer. He is also planning to write a warts-and-all biography of his ex-boss, which Ronnie is trying to quash.

On entering the sauna, Terry's heart skips a beat as he catches sight of Saskia's eye. It is swollen and bruised, the damage badly concealed with foundation. He looks from her to Kelvin, who whips his head away in guilt, then turns it quickly back, his features reset in truculence.

Terry keeps quiet, but he hangs around till Saskia finishes her shift and confronts her outside. — What happened?

— It was a door, I was silly . . . she mumbles unconvincingly, trying to pass him on the steps.

— It was him, ay? Kelvin?

Saskia nods fearfully. — I want to leave here, Terry, to get away. I am nearly at the money I need to go.

— Listen, ah'll gie ye money. Just go.

— But I need two more hundred pounds . . .

Terry digs into his pockets and peels off three hundred in fifties from a horse-choker of a wad. — Take this. Don't go back in thaire. Ever. You got any personal stuff in there ye want, anything valuable?

— No.

— Then go.

— But . . . I cannot pay you back.

— Nae need. I'll call ye later. Just dinnae set foot in there again, Terry says, jumping back down the steps to the basement. He throws open the door and springs across to Kelvin, pushing him against the wall, wedging his forearm into his throat. — You fuckin prick, he hisses, watching Kelvin's eyes pop.

— Vic's gaunny hear aboot this, Kelvin moans in low, strangulated tones.

As Terry's free hand clamps like a vice on his genitals, Kelvin manages a ragged squeal. Conscious of his own heartbeat rising dangerously, Terry sneers, — Consider this a yellay caird for persistent offences. Next time these boys ur comin oaf, and he drinks the fear in Kelvin's eyes. He is fronting it, but knows that Kelvin is too much of a shitebag to discern the difference. He lets him go, and Kelvin is cowed, too scared to even mumble a stock, empty half-threat of defiance. Terry gets back outside and starts the cab, heading out to the Royal Infirmary.

Things have gotten very complicated. Now The Poof will be on his case. Why the fuck, Terry asks himself, am I putting himself on the line for a bunch of scrubbers?

He thinks back to all the people he's wronged. The biggest of them all, Andrew Galloway: his childhood mate who committed suicide. His friend did this for all sorts of reasons, but Terry knows that the fact that he was shagging Gally's wife couldn't have helped. Gally is a horrible internal scar at the centre of Terry, which has never healed. And he knows that it never can. But what makes it infinitely better, especially as he gets older, is at least trying to do the right thing by people in a vulnerable state, rather than taking advantage of those circumstances.

345

By the time he gets to the hospital, though, the skies are black and it has started to rain again.

Terry walks down the institutionally lit sterile corridor, averting his eyes from every nurse that passes him. Despite managing to get on to the links around five or six times a week, he still has bleak days and sees a Danish psychologist, who reminds him of Lars. His gut is expanding over his trousers, and he is tired. Always so very, very tired.

He has never gone so long without some form of sexual release since he was about six years old. Even a porno shoot accident, several years back, hadn't incapacitated him for this length of time. Now he is condemned to a life of celibacy. He will never enjoy a decent ride again, and a dark, gloomy phantom seems to walk every step alongside him.

Standing up ahead, his back to the wall, is wee Jonty MacKay. He has his eyes shut and palms outstretched, touching its cold, painted surface. It looks like he is meditating. It has been a while since Terry has seen Jonty up here.
— Jonty. What are ye daein?

Jonty's eyelids snap open. — Hiya, Terry! Hiya, pal! Ah wis jist imagining thit ah wis gittin shot by a firin squad, Terry! Aye sur, a firin squad! Like they wir gaunny pill the trigger any minute. Cause it's a shame fir people thit git shot by firin squads n ah wanted tae see what it felt like; aye sur, tae see what it felt like.

— No nice, ah'd guess. Terry yawns and stretches. Then he sees another familiar figure shuffling towards them. He formally introduces Jonty to Alice, although they've exchanged a few words previously in cross-over visits to

346

Henry. They let Mrs Ulrich, as Alice calls herself, go on to the ward.

Jonty believes it is wrong that both Terry's mum and his mum have been married to Henry. If it was up to him, it would just be one man and one woman like it was with him and Jinty. However, if that had been the case, he considers, he wouldn't be here. But Henry Lawson is a bad man. He was his father, yes, but he wasn't a kind man like best faither wee Billy MacKay. However, wee Billy had also run away from his mother when she'd gotten so fat that she couldn't leave the house. Then Henry had come back, making all sorts of promises, but Jonty knew it was only because he had nowhere else to go.

— What wis it like growin up wi him . . . that Henry? Terry can't bring himself to say 'father'. *Why the fuck is he still hingin on?*

— Ah didnae see um much eftir ah wis a bairn. It wis Billy MacKay thit wis mair faither tae me, aye sur, Billy MacKay. That's how ah git called Jonty MacKay, eftir Billy MacKay, aye sur, aye sur, Billy MacKay.

— Ah got that, mate, Billy MacKay, Terry says impatiently.

— Aye sur, Billy MacKay. Aye, Jonty stresses.

Terry changes the subject to the weather. He is used to talking about such banalities in his post-sexual life. As Cup-final fever hits the heights in Edinburgh, he's even taken to pontificating about football. — Mind that Bawbag, it wisnae up tae much . . . He stops, once again suddenly thinking about his own genitals.

The recollection of the hurricane upsets Jonty, who falls into a troubled silence, a huge blue vein bulging on his forehead. Terry realises this was around the time Jinty disappeared. Both men are relieved when Alice emerges from the ward. — Eh's sleepin a lot. Peaceful, like. But eh woke up for a wee bit. Ye gaunny go n see um? She looks at Jonty, then glances hopefully at Terry.

— Ah will, aye, aye, Jonty says.

— That'll be shinin bright, Terry snaps, causing Alice to cringe.

Sensing an atmosphere between Terry and Alice, Jonty blurts out his sad news. — Muh ma died last week. Last Wednesday. Aye. She did. Deid. In the bed. Funeral's the morn. Aye sur. The morn.

— Aw, son, ah'm awfay sorry. Alice finds herself giving Jonty a hug, one eye strategically swivelling to check Terry's reaction to this display of affection.

— Sorry tae hear that, mate, Terry says, compressing Jonty's thin shoulder. The subsequent emotions it sets off make him recall seeing Henry up the town with a young Hank. Henry grudgingly stopping him to ask how he was doing. Once he said to young Hank, 'This is your big brother.' Terry, then a teenager, could see that the kid was as uncomfortable as he was. Later, when Hank was a youth himself, he started drinking in Dickens Bar on Dalry Road, and Terry would stop in and they'd have the odd pint together. They bonded to an extent, as both were now blanking Henry.

— Ah wis thaire n it wis like the doaktir boy sais it wis, peaceful . . . aye sur, peaceful. But ah gret whin she went, Terry, Mrs Ulrich; aye, ah gret like a bairn. Aye sur, a bairn. Hank n aw. Hank gret tae. Aye sur, aye eh did.

— Well, ye would, son, wi Hen— wi yir faither dyin n aw, it must be terrible. Alice rests a hand on Jonty's forearm.

— Tae be honest, n ah ken yi'll think ah'm bad, Jonty ventures, watching Alice's face crease, — but ah dinnae care aboot him. Ah'm only here cause muh ma still cared, even eftir aw he pit her through. Aw aye.

— Snap, Terry says, staring at the stricken Alice.

— You're kind, Mrs Ulrich, like muh ma wis. Terry's usually kind n aw, but no tae real faither Henry. Yir usually kind but, ay, Terry?

Once again Terry is feeling that unaccustomed sensation of being shamed. He starts to say something, but is indvertantly saved by Alice, who is moved enough by Jonty's honesty, tightening her bony fingers on his thin arm, to cough out in concession, — Aye, sometimes he wisnae an easy man.

— No easy, Jonty repeats, staring at a fat woman who waddles past them.

— Well, ah've got tae go, Alice says, looking at Terry, who seems in no hurry to move, as Jonty continues his tale.

— The coffin we've goat is huge, n it took aw ay hur insurance and life savins. Aye sur, it took the loat! Biggest in the toon, Jonty proudly exclaims, then tries to reel in his excitement. — Ah'm worried because yin ay the crematorium folks sais thit thair oven wis too wee tae handle muh ma!

— That coffin shite's a con, they dinnae burn it. Terry bangs the back of his head against the wall at the passing of a black-stockinged nurse, who rips an electric shock through his chemically dulled nerve endings, hitting a set of buffers somewhere behind his testicles. — They jist load the boady intae the oven,

349

he gasps through gritted teeth, fearful of the spike in his pulse.

— Naw, Terry, naw, that's jist in Amerikay n Europe n that, Jonty insists. — Ower here they burn the loat, goat tae by law, the Citizens Advice boy tell ays. Aye sur, by law.

— It's true – Jonty's right, Alice sharply informs Terry.

— Aw, right, fair dos, Terry shrugs, conceding the point and turning to Jonty. — Listen, mate, ah'll pick yis up n take yis tae the funeral the morn.

— Ta, Terry! Jonty's eyes light up. — That's barry, cause wi nivir hud the money tae hire a car. Ken, for the family; me, Hank n Karen. Aye sur, wi wir gaunny git the bus. Two buses. Aye sur, two buses.

— Nae need. Terry lets out an exhalation of breath. — Ah'll pick ye up.

— Ta, Terry, that's awfay good ay ye! He turns to Alice. — Ay, Terry's good, Mrs Ulrich. That's how ah eywis call him Kind Terry. Aye sur, Kind Terry!

Alice looks doubtfully at her son and forces a smile at Jonty. — Ah suppose he's got his moments.

Terry struggles in another shroud of guilt as he recalls shagging Jinty. Jonty is obviously devoted to her. Yet, there was more to it, and he curses his reflective, post-sexual imagination and the restless insights it bestows on him. There is something about Jonty that reminds him of his old mate Andy Galloway.

Jonty is slow and a bit simple compared to wee Gally, a smart, nippy, quick-minded, fast-talking wee guy. Though in some ways more vulnerable because of his unworldliness, as he seemed to draw bullies like a magnet, Jonty, at the same time, is more resilient than Terry's thin-skinned boyhood friend. — Right then, lit's git you hame, Terry says to Alice, as much to force himself out of his own ruminations than anything, then turns to Jonty. — What time's the funeral?

— Noon. Aye sur, noon. Noon. Aye. Aye.

— What say ah pick ye up early, at eight, n we git a wee round in doon your local links? Relax ye?

— The links, sur, aye, the links! Jonty enthuses. — That'll be barry.

So Jonty goes up to see Henry. He sneaks a look through the window, loath to be victim of the old man's spiteful tongue. But to Jonty's relief, Henry is lying spangled, deeply unconscious in the bed. He is therefore able to regale the other three terminally ill patients on the ward with a soliloquy about Penicuik, before a nurse comes by and suggests that it might be time for him to end his visit. Jonty reluctantly heads off to get the bus back home and another tongue-lashing from Karen who warns him about going outside when they are so close. So close to what? he wonders.

Terry, after dropping Alice off at Sighthill, heads home to the South Side for a late-afternoon nap. He finds it easier to sleep during the day than at night, with his dreams less torturous. He rises at around 8 p.m. and has a fish supper, then ventures out in the cab and does a few jobs, dropping off the odd message of ching for Connor, before wrapping up at around 4 a.m.

After a couple of hours of ugly, fractured sleep, he drives out to Penicuik to pick up Jonty for a frustrating round of golf at the local course. He's found Jonty to be, like himself, a decent novice but one who is too easily distracted. His putting goes all over the place when he sees a black Labrador by a red car across the street on the edge of the course, and it never recovers till both are out of sight.

They drive back into the former pit town, picking up Karen and two elderly relatives for the funeral. — Ah telt her she'd be deid if she kept eatin food, the woman says to the man, who sits stiffly, looking ahead, his mouth hanging open.

— Hank n that ur gaunny lead us, we huvtae follay thaim, aye sur, Jonty explains, pointing across the road to a great haulage truck, on the back of which is placed a giant coffin. Terry looks into the cabin and sees that Hank is with a woman and a burly guy who looks like the truck's driver. Hank waves across at Terry, who returns the gesture, then decides to cross the street and say hello. On his approach, Hank feels moved to jump down from the cabin, and they shake hands. — Good to see ye again, sorry it hus tae be under these circumstances, Terry says robotically.

— Comes tae us aw, Hank replies in the same tone. — Appreciate ye comin, n drivin them n that.

— Nae bother. Sorry for your loss.

— Aye, the wrong yin went first.

— Amen tae that, Terry happily endorses Hank's caustic observation. An occasion, one of the first when he'd seen Hank, is dredged up in his memory. He must have been around fourteen, maybe fifteen, and he was up the town with some mates, Billy, Carl and Gally, at the east end of Princes Street. They were probably on a Saturday-shoplifting expedition before going down to Easter Road for the football. There was Henry, dragging this crying, distressed six-year-old down the road. Terry

352

was hyperventilating, he felt for the kid, actually wanted to take him away from the old bastard. But to do what? His own son, Jason, had been on his way to arriving in the world, and he hadn't known what to do then, or subsequently. He'd just blanked Henry that time. His friend Carl had seen him do this, then looked at him and turned away in a strange kind of proxy embarrassment. Carl, well dressed, with his loving, funny, exuberant and interesting dad, who seemed to have enough time for them all. Even Billy had his cheerful, stoical old man, very quiet compared to his outgoing wife, but always a rock-solid presence. He remembers envying his friends with those guiding, protective figures; men who created havens in their modest homes, instead of wreckage and chaos. He thinks about his own offspring. Jason has thrived, in spite of, or perhaps because of, his relative absence. Guillaume and the Ginger Bastard seem to be doing okay. Donna is a different story. It dawns on Terry that she'd not just needed him to be there, but also to be different. And he'd come up short on both counts.

— This is Morag, Hank points up at the woman in the cabin.

Morag nods thinly, and Terry returns a smile, reflexively flirtatious, before a thump in his chest slackens his expression.

The extra-large coffin is unable to fit into the back of a traditional hearse, so Marjory MacKay is transported to the crematorium on a flatbed haulage truck, reminding Terry of the juice lorries he'd worked on as a youth. The vehicle slowly rumbles into the city, exasperating Terry as he's stuck behind it most of the way. At this point, the tramworks actually have made crossing Princes Street a frustrating, turgid experience,

353

and he feels all his cabbie's scamming fibs coming back to haunt him.

Eventually, the party, running a little late, pull into the crematorium. The funeral had indeed cleaned out the meagre family finances. As well as the gargantuan coffin, they needed to hire extra bearers to carry the monstrous box into the chapel of rest. The men look very relieved to lay it on the belt. — That's nivir gaun doon that space, Jonty, Karen remarks from the front pew.

— Aw aye, Karen, aye it is sur, Jonty nods. He and Hank had talked to the funeral people. He nods to Hank. — Ay, Hank? Ay it is! Measured it aw, ay, Hank?

— Fuckin is, Hank says curtly to Karen.

The service passes smoothly enough, although anxious mourners glance nervously at each other as the creaking weight of the coffin is lowered towards the cellar and the incinerator. Terry studies the Book of Psalms, trying not to be distracted by the women present. Few people were expected as Marjory had been isolated for many years, but several loyal Penicuik folk with long memories have shown up. Billy MacKay, barely recognised by Jonty, Hank and Karen due to his silver hair and his own portly frame, is in attendance.

If Jonty feels a little uncomfortable at the presence of Billy, he is jolted to see Maurice, in an electric wheelchair, sporting a black corduroy jacket with a dribbling stain on the lapel. He moves over to Jonty. — Shaw the notish . . . notish in the paypuhr . . . thoat ah'd pey ma respects . . .

— Respects, said Jonty.

Terry approaches them. — Whae's that cunt? he asks

42

AULD FAITHFUL 3

0
0
0
0
0
;-) ;-) ;-) ;-) ;-) ;-)
;-) ;-) ;-) ;-) ;-) ;-) ;-)
;-) ;-) ;-) ;-) ;-) ;-) ;-) ;-) ;
;-) ;-) ;-) ;-) ;-);-) ;-) ;-) ;-
;-) ;-) ;-) ;-) ;-) ;-) ;-) ;-) ;-)
;-) ;-) ;-) ;-) ;-) ;-) ;-) ;-) ;-)
;-) ;-) ;-) ;-) ;-) ;-) ;-) ;-) ;-)
;-) ;-) ;-) ;-) ;-) ;-) ;-) ;-) ;-)
freedom . . . freedom . . . freedom . . .
freedom . . . freedom . . . freedom . . .
freedom . . . freedom . . . freedom . . .
freedom . . . freedom . . . freedom . . .
freedom . . . freedom . . . freedom . . .
freedom . . . freedom . . . freedom . . .
freedom . . . freedom . . . freedom . . .
freedom . . . freedom . . . freedom . . .
freedom . . . freedom . . . freedom . . .

freedom ... freedom ... freedom ...
freedom ... freedom ... freedom ...
freedom ... freedom ... freedom ...
freedom ... freedom ... freedom ...
freedom ... freedom ... freedom ...
freedom ... freedom ... freedom ...
freedom ... freedom ... freedom ...
freedom ... freedom ... freedom ...
freedom ... freedom ... freedom ...
freedom ... freedom ... freedom ...
freedom ... freedom ... freedom ...
freedom ... freedom ... freedom ...
freedom ... freedom ... freedom ...
freedom ... freedom ... freedom ...
freedom ... freedom ... freedom ...
freedom ... freedom ... freedom ...
freedom ... freedom ... freedom ...
freedom ... freedom ... freedom ...
freedom ... freedom ... freedom ...
freedom ... freedom ... freedom ...
freedom ... freedom ... freedom ...
freedom ... freedom ... freedom ...
freedom ... freedom ... freedom ...
freedom ... freedom ... freedom ...
freedom ... freedom ... freedom ...
freedom ... freedom ... freedom ...
freedom ... freedom ... freedom ...
freedom ... freedom ... freedom ...
freedom ... freedom ... freedom ...

freedom ... freedom ... freedom ...
freedom ... freedom ... freedom ...
freedom ... freedom ... freedom ...
freedom ... freedom ... freedom ...
freedom ... freedom ... freedom ...
freedom ... freedom ... freedom ...
freedom ... freedom ... freedom ...
freedom ... freedom ... freedom ...
freedom ... freedom ... freedom ...
freedom ... freedom ... freedom ...
freedom ... freedom ... freedom ...
freedom ... freedom ... freedom ...f...
freedom ... freedom ... freedom ...f...
freedom ... freedom ... freedom ...fr...
freedom ... freedom freedom ... free ...
freedom ... freedom ... freedom ... free ...
freedomfreedomfreedomfreedomfreedom
freedomfreedomfreedomfreedomfreedomfreedomfree
domfreedomfreedomfreedomfreedomfreedomfreedofreed
omfreedomfreedomfreedomfreedo
mfreedomfreedomfreedomfreedomfreedom
freedomfreedomfreedomfreedomfreedomfreedomfreedom
freedomfreedomfreedomfreedomfreedomfreedomfreed
omfreedomfreedomfreedomfreedomfreedomfreedo
freedomfreedomfreedomfreedomfreedomfreedo

freedo	reed	dom	freedomfreed	freed	0
freed	ee	om	feedofree	free	0
free	e	o	eedomfe	fre	0
free	e	o	eedomf	fre	0

ree	e	o	eedom		fr	0
0	0	0	0	0	0	0
0	0	0	0	0	0	0

FREE!

43

AVOIDING STRESS

— That wis the fuckin worst dream ever! Ma fuckin cock
. . . eh, ma penis, lookin up at ays, screamin at me, then
rippin oaf ma boady n flyin aroond the fuckin room. Then it
goes and circles behind ays like a heat-seekin missile and
flies straight up ma erse!

— Interesting . . . this psychotherapist gadge says. Foreign
accent: Danish, like Lars and Jens. Eh's a chunky boy, thinnin
blond hair, grey at the sides, cauld green eyes, like they sortay
came ootay something else. Ya cunt, nae wonder ah'm huvin
weird dreams eftir that fuckin shite at that funeral yesterday!
Ah didnae want tae go tae any fuckin nut doaktir but ah hud
tae. Cause this just isnae fuckin real: the lack ay shaggin n that.
Ah'm gaun fuckin mental here, literally losin ma fuckin mind!

And this cunt's just sittin back withoot a fuckin care in
the world. — This is essentially a typical desexualisation
anxiety dream, and it's very common to people in your circum-
stance. It's nothing to worry about, all fairly classic stuff; the
removal of the penis, the sealing of the anus, by the penis,
the anus of course, also being highly sexual –

— Tell ays aboot it. Ah've whapped it up a few choc-boxes
in ma time . . . jist burds, mind –

— Mr Lawson, you have to stop this –

363

— Stop what? You sais ah've got tae talk aboot ma personal feelins –

— Yes, but these sessions have become a constant stream of details about your sexual life –

— *Former* sexual life, n that's the fuckin problem, mate! N that *is* ma personal feelins. Ah shakes ma heid, n looks up tae the ceiling. — What fuckin good does aw this dae? ah sort ay sais tae masel, but oot loud, then ah looks um right in the eye. — The only thing that'll help me is a decent ride, n ye cannae sort that oot for ays. Aw youse dae is keep tellin me tae take aw they pills. Ah keep daein it, but ma life is shite n it's gittin fuckin shiter by the day!

So ah'm gaun oan, but the boy kens the score. Eh's aboot ma age, wi a face thit looks like eh's seen a bit ay life, like eh's no jist a college gadge. It's jist the same as me in the taxi, like aw self-employed cunts in the service industry: he's punchin the fuckin cloak, jist sittin back thaire listenin tae every cunt's shite. — You seem fixated on your penis, and your sex life.

Thaire's nowt tae say aboot that. Cannae very well fuckin argue, kin ye? — Which guy isnae but, if the truth be telt, ay, ah goes.

The gadge seems tae ponder this, n raises ehs eyebrows. — It's a huge part of our humanity, our sexuality. And you do seem to have led a very active sex life. But it's by no means everything. People do readjust to a life without sex.

— Ah'm no *people*!

The guy sort ay shrugs. Ah bet that cunt's shaggin somethin. Probably plenty n aw. High-class credit-caird hookers at aw they medical conferences. Cunt disnae ken that ah played a psychiatrist once in *Paging Doctor Scud*. Aye, ah wis Professor Edmund Scud. Catchphrase tae burd oan the couch: 'It is my considered professional opinion that ze root of your problem is sexual.' Aye, it's easy tae talk whin *you're* gittin yir hole. The boy stares at ays like eh's been readin ma thoats. — But surely the medication you're on, it must be having *some* effect?

— Nup! Nane at aw. Ah'm still gantin on ma hole! Ah'm gittin twinges doonstairs aw the time, n ah feels ma eyes gaun south tae Auld Faithful.

The boy shakes ehs heid aw sternly. — Mr Lawson, that's just not possible. This is such a high dosage that it's tanta-mount to chemical castration. Regarding those sexual twinges that you speak off, well, you should be feeling nothing what-soever.

— Aye, but ah'm no! Especially at night!

— I can only hypothesise that you're also suffering from some general anxiety disorder that you are sublimating into your unfortunate sexual issues.

Wir gaun roond in circles here: cunt disnae fuckin get it at aw. — Aye, but that anxiety is caused by *no fuckin well bein able tae git ma hole*!

The boy shakes his heid. — There must be something that helps you.

— Aye, thaire is, n ah'm oaf thaire right now, ah tell the cunt. N ah am fuckin well offski, getting oot ay thaire n intae the cab n drivin doon taewards Silverknowes. Ah gits thaire n the boy in the starter's box goes, — Nae gowf the day, mate, coorse is floodit. Same wi aw the council courses.

FUCK MA BAWS!

Back in the cab, ah cannae help thinkin aboot ma lot in life. Ah'm gaun mental, it's like ah'm leadin some twilight existence. Thaire's aw they nutty burds huntin ays doon oan the phone n by text, no fuckin well believin ays whin ah say tae thum ah cannae see ye. It jist makes thum keep tryin even mair; they think ah'm playin fuckin hard tae git! Me! That'll be the day: nivir played *that* fuckin game in ma puff! Try tae fuckin tell thum thit ah'm fuckin well ill, ay, but they jist think ah'm solidly booked. Especially Big Liz fae Control, she's gaun fae wantin tae tan ma erse tae threatenin tae kick ma cunt in!

The only thing ah'm solidly booked up wi is aw the fuckin bams in ma life.

Ah nips doon the Southern Bar tae git oan the Wi-Fi, but Doughheid comes in wi that dozy look on his face. They gied um a job in Control eftir eh lost ehs licence. That's the cunt's mentality, game turned predator. — Awright? ah goes. Ah'm wonderin what eh's wantin.

— Tez, ah'm giein ye a heads-up here, mate. It's bad news. Eh turns ehs mooth doon. — Ah'm only sayin this cause we're buddies n ah ken you n Big Liz . . . well, yis urnae exactly cookin right now.

— Right. Ah fires up the laptop. — What's the story?

— The bizzies' cameras caught ye in the cab, giein some boy a couple ay wraps. Goat it fae Rab Ness's lassie, wee Eleanor, she works for them oan the clerical side, ay. Jist giein ye the heads-up, mate.

JESUS FUCK ALMIGHTY . . .

That's aw ah fuckin need. — Fuck . . . the baws oan the fuckin slates then, ay . . .

— No necessarily, Terry. Doughheid pills a cheeky wee grin. — Ellie says that they didnae git the licence plate. They jist goat you, n thuv issued the description. He hands ays the picture.

Result! Ye kin jist see the mop ay hair, n ma beak, n they Ian Hunter oot ay Mott the Hoople shades. — Ye cannae make it oot tae be me though, ay, it's jist the hair.

— Aye, but which other taxi driver in Embra's goat a fuckin barnet like that?

— Right enough . . .

— Git tae the barber's wid be ma advice, Terry, Doughheid shrugs. — Nae cunt's gaunny grass ye up, but git rid ay that mop or yi'll dae time. Seriously.

Ah clicks oaf the laptop n ah leaves Doughheid in the boozer, no kennin what the fuck tae dae. Back in the cab, ah starts thinkin it through. The cunt's right. Ah phones Rab Birrell. — Rab, mind you used tae huv they cutters ye ey used fir number ones? Ye still goat thum?

— Aye.

So ah'm doon at Rab's at Colinton n ah've telt um the tale ower cans ay cauld Guinness. — Ah dinnae ken whit tae dae. Ma hair is Juice Terry. Even mair thin ma cock. Ah'd gie a couple ay inches ay this tadger, jist tae keep the mane intact. Especially now. It's aw uv fuckin goat wi these pills n this hert thing!

Rab runs ehs hand ower his ain salt-n-pepper crop. — Seems like a choice between that n jail time, Terry.

— You dinnae fuckin git it, but. It's part ay whae ah am. Burds git attracted tae the locks before they git a deek ay Auld Faithful doon here. Ah grabs some long tresses. — It's they Medusa-like tentacles thit pills thum in, like the screams ay the Sirens at sea, ah tell the cunt, then ah gie ma baws a slap. — These are jist the rocks they end up gittin dashed oan . . . or used tae.

— Dae ye want ays tae dae it or no, Terry?

— Aye, awright . . . but it's odds-on it's gaunny come oot grey. Ah'll look like an auld cunt . . . nae offence tae you, ah goes, cause ay Rab bein a silverheid.

— Ah'm younger than you, ya cheeky cunt! Five year!

— Ah ken that, mate, but you've never been a shagger, ah goes, n Rab bristles at that yin. — Ah mean, you've goat yir burd, n faimlay n that; what ah'm tryin tae say is thit yir a steady sort ay gadge. But ah'm bangin everything in sight . . . ah feel a blow like ah punch in the guts as it hits ays, like it ey does, — . . . or rather, ah wis. The point is, ah cannae handle lookin grey. Ootside ay scud, it limits ma shaggin tae a certain age group, say thirty-five plus. Ah want twenty-five plus.

— If yir heart's as bad as they say, it might no be a bad thing tae limit yir options, Terry.

AW YA FUCKIN BASTARD . . .

Ah'm sittin wi ma heid in ma hands, no kennin what tae dae. 'Thaire's nowt that cannae be made worse by gittin sent doon,' Post Alec, God rest ays jakey soul, ey used tae say that. Ah looks up at Rab. — Aye, c'moan then.

So Rab starts shearin ays wi they barber clippers ay his.

368

Ah swear ah kin feel my tadger shrink half an inch every time a big chunk ay hair faws oantae the flair. Like fuckin Samson in that Bible shite. Rab's right, thaire's nae need for it now.

Eftir borrowin another book fae him, *One Hundred Years ay Solitude* – ma fuckin new biography – ah'm oot n back in the cab. Ah look in the mirror at the grey stubble each time ah stoap at a light. Then a number comes up thit ah huv tae pick up oan. Ah'm getting fed up wi The Poof n ehs instructions. Ah'm meant tae be avoidin stress! Eh's still in Spain, n eh's still goat ays checkin oan the sauna. Kelvin fuckin hates ays, cause ah've warned that twisted wee Poof Apprentice cunt aboot fucking aroond wi the lassies eftir Saskia's black eye. So ah finds masel spillin the beans, hopin that ah goat my side ay the story in before Kelvin. — Ah ken eh's your brar-in-law, Vic, but eh's gittin oan ma fuckin tits n eh's gittin a right-hander in the puss. Ah'm tellin ye.

Of course ah jist gits the big fuckin silent treatment doon the line, as ah parks up in Hunter Square. Then his funny voice comes back oan. — So eh's damagin ma merchandise. Ah telt um aboot leavin fuckin marks, eh sortay laughs. — But yir right, eh is ma brar-in-law. So you jist cool yir jets, Charlie Bronson, unless yuv goat a death wish . . . n the cunt laughs, — ah'll sort him oot. You've heard nae word oan that wee Jinty, ah suppose? Nae mair rozzer activity?

— Naw, ah tells um, n ah would ken, hingin aboot wi her felly, takin the wee man oot for a coffee or a game ay gowf. Sometimes ah think that wee Jonty kens mair thin eh lits oan, but naw, that's no his style. In fact the wee cunt generally lets on aboot a lot mair than he kens.

— Been months now. Ah dinnae ken why ah'm that bothered aboot a scabby wee hoor. Fair gits under yir skin, that yin, but ay. Funny how some burds kin jist dae that.

— Aye, ah goes. Ah dinnae want tae talk tae this cunt aboot burds, in fact no aboot *anything*, n ah'm gled when he hangs up.

A message fae Control comes up oan the screen. It's Doughheid.

HOPE YOU DIDN'T DO ANYTHING DRASTIC WITH THE HAIRCUT! WAS ONLY WINDING YOU UP! THE BIZZIES NEVER SAW THAT, I TOOK IT MYSELF! PICK UP A FARE AT 18 BRANDON TERRACE.

Ah looks at ma shorn heid in the cab mirror. Then ah batters it oaf the dashboard: FUCKIN PRICK. Thuv done it now: that's them taken everything oaffay me! They might as well take the fuckin cab n aw. Fuck his fare.

Ah'm drivin around aimlessly, can barely look at ma heid in the mirror, n ah cannae think ay anything else tae dae but head doon tae the sauna. Kelvin's thaire, lookin at ays wi a nasty smirk oan ehs face. Ah'm bettin The Poof's been oantae him, but eh doesnae say nowt aboot that cause thaire's mair pressin stuff. — Polis wir doon here again, eh sneers, — askin aboot Jinty.

— Aye? What wir they sayin?

— Same shite. Officially reported missin, so thuv goat tae investigate. Ah wisnae here, ah jist goat in. He looks around at some ay the lassies. Andrea's thaire, n this new lassie Kim, young, anxious-lookin. — They telt them aw they ken, which is basically nowt, ay.

370

— Hud Vic oan the phone a wee while ago.

Kelvin's bottom lip trembles. — What are you tryin tae say?

— You should fuckin well cool it wi the lassies.

Eh sort ay swallays aw harsh. — What business is it ay yours?

— Vic made it ma fuckin business, ah tell the cunt, — ah'm fuckin watchin you. Take a fuckin tellin.

Eh goes tae say something, then stoaps, n pits that dopey smile back on ehs coupon again. — Nice haircut. New image?

Ah turns away fae him, fightin doon ma rage. The cunt's lookin at that Kim burd n nods at her, takin her intae one ay the rooms. As they depart Andrea glares at ays like ah should stoap it. What the fuck can ah dae, but? Ah hing aboot fir a bit, but it's torture, seein aw they lassies here, n aw they mingin johns, n kennin whit thir daein in they fuckin rooms. Ah'm at the end ay ma tether now. Ah kin understand, through the ridin, what Suicide Sal meant aboot her art: if somethin that important tae ye gits taken away, what's the fuckin point ay gaun oan? It's whae ye fuckin are. Fuck knows how long ah kin live withoot a ride. But fuck aw that toppin masel; if ah go doon, ah'm gaunny make sure thit Kelvin n The Poof ur fuckin well gaun doon wi ays. Ah've nowt tae fuckin well lose.

Ah'm just headin oot, gaun up the steps fae the basement tae the street, when they two wide-looking cunts come oot a Volvo. For a split second ah think they might be fae a rival mob, maybe Power's boys, cause they look like they mean business. Ah try no tae make eye contact, but ah cannae

371

really avoid them. Then ah realises that thir polis. One huds up his ID. — We're looking for a Kelvin Whiteford.

— Eh's in thaire, ah tell them, pointin tae the door. Ah opt tae stick aboot as the cops steam straight in, and in nae time they're haulin Kelvin oot, intae the car at the top ay the steps. Kelvin's in his tracky bottoms and vest, the cunt was caught oan the joab! He looks at me as if ah've fuckin grassed um up. Ah'm aboot tae git the fuck oot ay thaire, when one ay the detective boys goes, — And you are?

— Terry Lawson, ay.

— We'd be obliged if you could wait inside, Mr Lawson. We need tae speak to you.

— Ah dinnae really work here but, ah jist come in occasionally. Like as a sortay supervisor, no a punter. Never peyed fir it in ma —

— All the same, if you wouldn't mind, the boy says, ehs voice insistent, as Kelvin gies ays an open-moothed stare, the coppers cartin him away.

Well, ah'm eywis tempted tae bolt when the polis come oan the scene, but in this case ah thought fae the off that it might be better tae cooperate n find oot what the fuck's gaun oan. — Sound, ah goes, steppin back inside and sittin down in the waitin area, checkin ma emails oan the cheeky phone. Ah cannae bring masel tae check the Facebook page, and huvnae for months, as ma links tae the scud movies eywis bring in new, game rides.

They polis talk tae some ay the lassies first, settin up a kind ay interview room in one ay the knockin chambers. When it's ma turn, ah tell them that aw ah kin dae is echo what some ay the girls had telt ays, that Kelvin was aggressive and 'up tae nae good' with some ay them. The boys ur daein the Edinburgh Polis version ay good cop–bad cop, which is shite cop–worse cunt, but as Ronnie might say: 'This ain't ma first rodeo.'

— Did his behaviour towards the women upset you? the cunt wi the implorin face asks. Shite Cop.

— Aye, ah pulled him up aboot it, n ah also let The P— Victor ken aboot it.

— Victor Syme, the proprietor of this fine establishment, Worse Cunt sneers. — So how do you get in touch with him?

— Ah dinnae, he gits in touch wi me.

Shite Cop nods. — Do you mind if I see the contacts list on your phone?

— Be my guest, n ah hand it ower, and he scrawls doon. Of course, there's nae Vic Syme on the list amid literally thousands ay lassies.

He hands it tae Worse Cunt, who shakes ehs heid, then the baw-faced fucker says, — You have an interesting CV, Mr Lawson: football hooliganism, housebreaking, pornography – and now pimping.

Ah pits ma hands up in the surrender position. — Nae pimping. Supervision ay management staff only. N ah must stress that Vic isnae ma boss, just an old school pal ah'm helpin oot. He didnae trust Kelvin, and wanted ays tae keep an eye on him. Ah work for masel. The taxis, ay.

Worse Cunt snorts like a bull, flingin back his heid, that doubtful expression like a tattoo oan ehs coupon. Ah ken that the lassies will have already verified ma story, but ye huv tae stey vigilant roond these fuckers. Maist cops have nae real concept ay innocence. Part ay them believes that everybody they pull in is guilty, if no ay the particular crime under investigation, then ay *something*. It's simply a matter ay, if no attitude, then training. If yir schooled tae detect crime, ye became totally fuckin useless at discerning its absence. — I sincerely doubt you'll be seeing either of them again for a while, Shite Cop sais under his breath, a sort ay grudgin concession.

Ah tips a curt nod back, takin this tae mean that Kelvin could be charged with wee Jinty's murder.

— The boyfriend, the wee fellow, John MacKay . . . Worse Cunt raises the eyebrows in his poker face.

— Hermless, ah goes, watchin Worse Cunt's face pill intae something like bland agreement. — Doubt he had a Scooby what she wis up tae. For a living, likes. If ye ask me, he's the real victim in aw ay this.

Now mibbe ah'm jist imagining it, but thaire's even this wee fleck ay compassion in Worse Cunt's tired grey eyes that sais 'ain't that the truth'. But eh shuts ehs notebook, signallin tae ays that the chat is ower.

So ah'm outside n aboot tae go intae the cab, when the elder Birrell calls; that's Billy, no Rab, whae's his younger brother. At first ah'm no gaunny pick up, but Billy's connected wi Davie Power n that, n ah'll need aw the fuckin help ah kin get if it starts kickin oaf wi The Poof. — Bilbo . . .

— Guess what ah've goat fir ye, Terry?

— What's that, Billy?

— Exec club tickets fir the final! Me, you n Rab. Ewart's

comin ower fae Australia, but eh's gaun tae the Hertz end wi Topsy n that.

— Right . . .

— Dinnae sound so cheerful then, Terry!

— Ah'm no that bothered, Billy.

— You're fuckin brutal, Lawson. It's a Cup final, all-Edinburgh, first time in oor lifetime!

Dinnae want tae tell the cunt that ma life's awready fuckin well ower. — Aye, ah suppose it'll be a laugh, ah goes.

— For fuck sake, Terry, dinnae dae me any favours!

Ah forces some cheer intae ma voice: — Sorry, Billy, just a wee bit doon but, ay. The auld girl's no been sae well, ah lie.

— Sorry tae hear it, bro, n sorry tae hear aboot yir auld man bein seek. Ah ken you n him nivir saw eye tae eye, but in some weys that must make it worse.

— Ta, Billy, ah'll try n pop intae the bar later, ay.

— Fine, Birrell goes, then starts aw the usual snidey shite. — But, Terry, dinnae be bringin ching along, n nae bams, n nae turnin up scruff order!

— Awright, bud, ah goes. Fuckin muppet. Ah'm jist settlin back intae the cab when Saskia comes on the line. — Awright, Sassy Pole, how's it gaun? Ye booked up for hame yet?

— Yes, I am leaving tomorrow! Can we meet for a coffee?

— Aye, sure, ah goes.

So ah heads doon tae this gaff in Junction Street n she's sittin thaire, lookin as fit as a butcher's dug. At least till she turns face on, n ye kin still see the swellin and bruisin on her eye, inflicted by that wee prick. Hope he's Peterheid-bound n lookin forward tae some tough love. Then ah think, fuck sake, she's younger than Donna. That never bothered ays before, in fact it wis a result! But she looks sadly at me and goes, — What have you done with all your lovely curly hair?

— Dinnae ask, ah sighs, — it's a long story.

Now she's puttin her hand across the table n grabbin mine. — You are one of the kindest persons I have met. Before when people did something for me, they wanted . . . what I am trying to say is that I feel safe with you. You are not sleazy. You never try to fuck me, like the others.

Jesus Christ, talk aboot a slap in the puss! Feels fuckin safe? Wi me!? Juice Terry!?!? — Well, eh, ah dinnae like tae see people in bother but, ay, ah hears masel mumble.

— I have something for you. When Jinty vanished, I thought something bad might have happened. I go into her locker. There is just the cosmetics, tampons, other things, but also there is this.

She hands ays this notebook. It's a diary, n it's fill ay appointments. But ye kin hardly read the writin; it's like a gypsy burd's pubes in a bathtub.

— I think of handing it to the police, but I am so scared. I know I can trust you.

— Thanks.

— You are the only thing I will miss about this place, Terry, she goes, then says, — Tomorrow morning I am flying to Gdansk on Ryanair. I will never be back here!

Ah'm fuckin relieved, cause she's a nice lassie n deserves better than being knocked aboot by they two creeps. They aw dae: ah'd pey fir them aw tae git back hame, but if thir in Liberty Leisure, hame might no be that great a place for some ay them. N ah'm thinkin aboot wee Jinty, how it might huv went further thin jist knockin aboot, ay. — Best thing tae dae, hen: git the fuck oot ay here. Dinnae ken how much yir makin in that game, but yir better oot ay it.

— My plan was to just do this for a short time. Now I go to college, she says aw cheery. — It is my wish to become a chartered accountant.

— Good on ye, hen, ah goes, n ah'm thinkin: better crunchin numbers than crunchin baws. Changed fuckin days, right enough.

Ah droap Saskia off in the toon. She's a sound burd, ah hope it works oot for her. Then ah'm wonderin aboot wee Jinty, n what happened tae her. A decent ride, loved a length awright. N how ye'd nivir think it fae wee Jonty, but eh's hung like an ox. It pits ays in mind tae phone Sick Boy, cause ah'm thinkin mibbe ah kin dae thum baith a favour.

— Terry . . . eh sings, — I thought you had retired!

— Aye, but it's no me ah'm phonin aboot. Ah ken yi'll think ah'm daft bringin this up –

— Terry, at this stage in our friendship, my estimate of your intellect can never be diminished further by anything you say or do, so, please, carry on.

Ah walked intae that yin wi that sarcastic, pish-takin cunt. — Naw, it's yir male scud star. Ah ken a wee boy up here, very much in the Curtis mould. A bit slow, but eh's goat it doonstairs n eh tells ays that eh kin root oan demand.

— Interesting . . .

— Ye'd huv tae test him, that's jist his word for it, though ah kin believe um. And the boy's nae oil paintin . . .

— Irrelevant if he has those other qualities. Male consumers of porn love an ugly everyman. They think: it really could be me. Send him down!

So withoot kennin what ah'm daein ah'm drivin doon tae the hoaspital. It's started rainin again n the streets ur aw dark n wet. Ah should live in the fuckin South ay France or Miami Beach or somewhere . . . but no now cause ay aw the burds walkin aroond in bikinis. This ticker: it wid fuckin blaw in aboot two minutes flat. That's if ma fuckin Dode Bernards didnae explode first n droon every cunt in the vicinity in a tsunami ay spunk.

N aw ah kin think aboot is that auld Henry Lawson, dyin in that bed at the Royal, no seemin tae gie a fuck. Who is that cunt? He did nowt for me, nivir. That snide look oan ehs coupon, like ay kens something you dinnae. Aw ma life, that same fuckin look. Filthy auld fucker is hidin something, n ah'm gaunny find oot what it is. So ah'm parkin up at the hoaspital n gittin oot the cab.

Ah deek through the gless windae, n eh's conked oot oan his ward, mooth hingin open, but a dopey wee smile like eh's dreamin aboot some burd eh's ridin, the dirty, lucky auld fucker. Thaire's a fuckin maroon-n-white Herts skerf wrapped aroond the bars ay the bed's headrest. That's what the auld cunt's hingin oan fir: the Cup final! They cunts win, he dies happy, they lose, he fucks off and gits a bit ay peace fae aw the slaggins. Win-win: the fuckin auld minger.

Ah want tae shake that greasy auld bag ay bones awake,

but instead ah cannae resist liftin up the stratchy sheet tae git a deek at the one decent thing the cunt's ever gied ays, that welt that eh's used oan that many fuckin burds . . .

What the fuck . . .

Ya cunt, it's . . . it's like a fuckin peanut! Thaire's practically nae cock at aw! Jist a scabby wee helmet wi that pish tube comin oot ay it!

Nae wey is that cunt *ma* faither! My hert's beatin wi excitement as ah pit the sheet back n take deep breaths. Stey fuckin calm, ah dinnae want the ticker exploding here n that dirty auld bastard outlastin ays – at least no before wi pump they cunts in the final!

In the corridor, ah starts thinkin. The number ay times ah've heard burds talk aboot the pleasant surprise they sometimes huv, when they git a boy stripped oaf n it looks like thuv goat a tiny tadger. Then, the next time they sketch it, thir's this fuckin Darth Vader lightsabre stickin in thair coupon. Like a horse: a telescopic fuckin cock. So the auld cunt might be a grower instead ay a shower. Mibbe wi him dyin and a tube rammed up ehs length, it might make um stoap huvin the horny thoughts that make that felly come oot tae play.

Ah'm no touchin that scabby thing. Dinnae even want tae look at it again. So ah'm on the phone tae Saskia. She's in toon gettin stuff for her flight the morn, but ah tells her tae come doon tae the hozzy; ah've one last joab fir her in Edinburgh. Ah'm waitin outside whin the taxi pills up, and it's driven by Stumpy Jack. He gies ays that snidey 'what you up tae?' look as she gits oot wearin a black coat wi they rid boots. Hair aw blonde highlights, lookin a total ride.

She's no lookin sae chuffed for long but, as ah explain the job. Then ah've goat her up in the ward, the screens pilled roond us, lookin at that slumberin auld cunt. — Aw yuv goat tae dae is jerk it oaf a wee bit, see if it stiffens.

— But he is sick . . . he looks as if he is dying . . . I cannot . . .

— Eh's an auld minge-merchant, he'll be as chuffed as fuck. Eh might no be able tae say, bein out for the count n under aw that medication, but he'll ken, ah kin assure ye ay that!

— If it will help –

— Seriously, ah need ye tae dae this! N hurry, ah look outside the curtains, — ah'm meant tae be avoidin stress!

So she's chuggin away, n ah'm half ootside the blinds, keepin shoatie, n ah'm lookin back in but thaire's nowt much fuckin happenin. Ah mean, eh's gittin bigger, but surely *that's* no the fill extent . . . — Harder, ah goes, hearin groans comin fae the other three beds.

Then suddenly the auld cunt's eyes flip open! Saskia tears her hand way as eh pills back n even tries tae hoist ehsel up oan his bony elbays. Eh looks at me, then her, then me again. — You! What are you daein here? What huv you been up tae? Tryin tae touch ma tube! Ah'll call the nurse!

— Naw, relax, jist tryin tae help ye oot! Ma burd here, Saskia, she's a nurse, she wis oaf duty. Yir covers hud ridden up n ye wirnae decent . . .

The auld cunt actually looks a bit embarrassed.

— . . . so ah wis pittin thum back. Saskia saw the tube had sortay worked its wey loose so she pit it back in.

He looks at her, then at me. It's like the cunt nearly accepts it for a second, then ehs nasty eyes spark. — Ah dinnae believe ye! Yir talkin pish as usual! What you been up tae, ya fuckin waster?!

Disnae seem like eh's dyin, the cunt. — Ah dinnae gie a fuck what ye believe! Ah turns tae Saskia, whae's mortified. — Ye try n dae some cunts a fuckin favour n that's the fuckin thanks ye git!

— A favour? Fae you? Aye, right, that'll be the day, the auld cunt goes.

— Like you did loads fir me?

— Ah brought ye intae this world!

Ah smiles at the auld cunt, n points between ehs legs. — Wi that fuckin chipolata sausage?! Huh! You're nivir ma faither, n ah slaps Auld Faithful fir reassurance.

— This has been in mair women than you'll ever be in, pal, eh sneers, but ye kin tell the cunt's fuckin rattled.

— Dinnae fuckin treat yir mind, maggot-tadger!

Two-nil, lean Lawson; the auld cunt's jolted. Then eh goes aw that sneaky, snidey wey ay his. — Ah heard fae yir ma aboot yir wee problem. A big tadger's nae use if it's as limp as an auld lettuce ye'd buy oot the Paki's! N fir the rest ay yir life n aw! Aye, how auld ur ye now? Forty-six, forty-seven? Ah'm sixty-five n ah hud Mary Ellis in here the other week. She sooked it good, son!

Ah'm fuckin ragin. Ehs puss creases up like an auld leather chamois.

— But you; you've hud yir *last ever* ride n yir no even fuckin fifty yet! Hope it wis a good yin! Or mibbe no, ye dinnae want tae mind ay it in that much detail, cause it might git ye too excited, then, bingo . . . Cunt tries tae snap ehs bony fingers but they dinnae click. He keeps up the evil grin but, wi a 'ye ken what ah mean' look. — Ye ken, ah barely recognised ye withoot they daft wee Shirley Temple curls ay yours . . .

Ah'm oot ay thaire, before ah pit that pillay ower that auld fucker's heid.

Saskia's come oot eftir ays. — Terry, what is wrong?

— What is wrong is that eh's fuckin well won again, the auld cunt.

— Terry, please be trying to make yourself calm.

Ah'm thinkin aboot this dodgy ticker, how that cunt probably gied ays *that*. Saskia's still tryin tae reassure me, n she's pattin the side ay ma shaven heid, gaun, — It's okay. But it's no okay, n ah shake off her touch n we git intae the cab. We go back tae hers in Montgomery Street n she makes some tea n starts talkin aboot her family. Then she looks at ays n goes, — You have a reputation, but you never sleep with the girls from Vic's, she says. — But Jinty, yes?

— Aye, but ah never peyed for it. That wis ootside ay work.

— This too could be outside of the work, she says wi this smile, n it's fuckin angelic. Her hand strokes ma thigh. Auld Faithful twinges through the medication. — I would like us to do something fun before I leave Scotland!

But ah kin feel ma mooth turnin doon, n ah feel like every useless cunt in the world. — Ah cannae . . .

— You do not find me attractive, and she sortay pouts.

— It's no that . . . what ma auld boy was sayin in thaire, aboot ma hert condition . . . eh wisnae jist bein cruel, well, eh wis, but it was cruel cause it wis true.

So we swerves the idea ay the chippy n goes tae Pizza Express for a meal, the good yin at Stockbridge in the barry building along the river. Which, tae be fair, is a bit ay a waste as a Pizza Express. I like this lassie, like her laugh, her habit ay pushin herself in her chest when she says something funny. Touchin the back ay ma hand. Ah like it too much n it's gaun naewhaire, so ah makes ma excuses n goes. Thaire's a wee look ay disappointment that passes between us . . . so this is how cunts that never shag fuckin well live. A lifetime ay impotence, resentment, anger and frustration; nae fuckin exuberance in life, forced tae become an Internet troll or a miserable drunk in a boozer.

So ah gits hame n tries tae sit up watchin fullums. Strange that when yir huntin for some tit or minge it's like a needle in a haystack job oan the rewind n fast forward. Then, when ye dinnae want tae look at thum thir in *every fuckin frame*. It depresses ays n ah huv tae switch it oaf. Just as well ah've goat Rab Birrell's books. Ah've done *Moby-Dick*, *The Great Gatsby*, *Naked Lunch* (thank fuck fir aw the gay sex, it kept Auld Faithful in line), but ah hud tae stoap readin *Wuthering Heights* as ah kept thinkin aboot that Kate Bush, which set oaf a fanny avalanche in ma brain.

The next morning ah'm droapin Saskia oaf at the airport fir the Ryanair flight tae Gdansk. Ah'll miss her, but ah'm delighted tae see her oot ay the range ay The Poof n Kelvin; one or both ay they cunts did something awfay tae wee Jinty.

383

Ah jist ken it. No that ah ken that much; in fact, ah ken fuck all. As Rab Birrell might say: ah'm now bein confronted by the extent ay ma ain ignorance.

So ah goes tae muh ma's lookin for answers. Ma hus an aulder brother, Tommy, whae's in the fuckin rest home wi dementia. But ah dinnae feel like gaun roond thaire n whippin oot *his* cock tae see if ah took eftir the men oan Alice's side ay the family; no eftir aw that shite wi the auld cunt. But ah cannae really say tae her, 'Hus your brother goat a big fuckin knob?' She might take it the wrong wey, ay.

Ma's goat the kettle oan n the Jacob's Club biscuits oot, n ah'm scrutinising her reaction when ah sais, — Ah went tae see um.

— Yir dad? she sais wi a big smile.

— Henry. Ah ken eh wisnae ma real faither, ah goes. — See, we hud a wee talk.

Her face fuckin crumbles. It's like she's huvin a stroke. — Eh knew . . . what did eh tell ye . . .? Hur voice is that low ah kin practically hear fuck all.

Ah dinnae ken what's gaun oan here, but ah do ken *exactly* how tae play this yin. — Everything, ah goes. — Now ah want tae hear it aw again, fae you. Ye owe ays that, ah snap at her.

She looks resigned, and as she sits doon at the Formica table ah dae the same. She looks a bit aulder, a bit tired. — It's true, n she lets oot a long, weary sigh. — Ah think that's how eh eywis resented ye, Terry. And me. Ah think that wis how eh left us n started wi aw they other women: tae git revenge. For ma mistake! One bloody mistake!

384

Ah feel ma hands grippin the sides ay the chair. — What aboot oor Yvonne?

— She's his awright.

— So what's the fuckin story then, Ma? C'moan!

She looks aw fretful, chewin oan her bottom lip. — Yi'll hate me fir telling ye this . . .

— Ah'm jist fuckin relieved that bastard hus fuck all tae dae wi ays. Ah lower ma voice. — You're ma mother. Ah'll ey love ye. You brought ays up, gave ays everything. Ah reaches ower n grabs her thin wee hand n gies it a squeeze. Then ah leans back in the chair. — So tell ays the story!

Ma's face is a kind ay chalky-white. Then a grim wee smile plays acroass they thin, puckered auld lips. — Ah wis fifteen when Henry Lawson set eyes oan us, Terry. At the school, back in Leith. David Kilpatrick's.

— Aye, DK. Daft Kids, ah goes.

Her puss crinkles, but she carries oan. — Aye, eh wis a charmer awright, n wi started gaun oot. As you ken, Henry hud a mooth oan um . . .

Ah feel like tellin her that eh still fuckin well does, but ah jist nods at her tae carry oan.

Her heid bows a wee bit n she lowers her eyes tae the flair. — Everybody thoat, sort ay assumed, that we'd gaun aw the wey, but ah wis still a virgin, n she looks up n sees ma eyebrows rise. Ah cannae help the thought risin tae the surface: that auld cunt wisnae the big shagger eh made oot!

— Dinnae git me wrong, we'd done everything else . . .

Ma guts flip ower, but ah keeps ma fuckin mooth shut. Not fuckin easy.

— . . . but wi hudnae done *it*, she says, like she's sad.
— Then, one morning, it wis around Christmas, n thaire wis
an awfay snowstorm. School wis cancelled for a couple ay
days. Muh dad n oor Tommy went tae work at the shipyerd,
Robb's, n muh ma went tae her job in the whisky bonds. Oor
Florence wis doonstairs at her pal Jenny's – she played thaire
aw the time. This young felly, workin oan the post, came tae
the door, wi Christmas cairds n that. Eh wis soakin wet wi
the snaw.

Workin oan the post . . . a fuckin dagger right in ma chist.
Ah look at hur n feel the blood drainin oot ma face.

— Eh wisnae really what ye'd call a looker, but eh hud
the maist amazin piercin blue eyes ah'd ever seen, she smiles
n then looks aw concerned. Cause she's watchin me wilt in
the chair. She nods slowly at ays, like tae confirm it. — You
brought um tae ma hoose once. Eh wis a pal ay yours.

— Jesus fuck . . .

— Of course, eh didnae recognise me, it wis that long
ago, n he wis in a right mess. Ah didnae say nowt, cause ah
wis shocked tae see um in ma hoose, n my Walter wis still
thaire. N yis wir only in for a minute, baith ay yis as drunk
as lords, wi nae word ay sense fae yir mooths. Aye, eh looked
a mess, but ah'd never forget they blue eyes. Ah'd mind ay
thaim anywhere, n her bottom lip quivers, like she's been
visited by a fuckin phantom orgasm fae half a century ago!

— Naw . . . no Post Alec. No ma auld mate . . . naw . . .

— Aye, son. Ah realised that you n him wir close mates,
n eh wis a total alkie, so ah thoat, just let sleepin dugs lie.

— No fuckin way! Ye let that auld jakey cunt ride ye! A

schoolgirl! That fuckin auld . . . eh eywis said ma faither –
that cunt Henry – wis aulder than him . . . cunt . . . fuckin
auld lyin jakey cunt!

— Dinnae be crude, son, thaire's nae need! Eh wis jist a
young laddie, n eh wis soakin wet. So ah asked um in for a
cup ay tea, ay. Tae dry oaf some ay his wet clathes by the
fire. Well, we goat talkin, n one thing led tae another . . .

— What . . . naw . . . this is fucked . . . this is totally
fucked, ah goes, ma phone's burnin in ma poakit, the photaes
ah took ay Alec in the hoose, ehs rid coupon, frozen bluey-
purple in thon block ay ice . . .

— When eh goat up oot the bed eftir, ah thought eh wis
just going tae the toilet. Then ah thought eh'd sneaked oot
ay the hoose. So ah goat up masel n ah caught um gaun
through some stuff in my ma and dad's room. I was scared
I'd get intae trouble, so I shouted at him tae get oot. Even
threw his mailbag oot intae the stair!

— That's the fuckin pocklin, chorryin auld cunt awright . . .

Muh ma's face seems tae cave intae her neck, like some-
body's jist whipped oot her boatum jaw. — Ye kin imagine
how it wis whin ah fell pregnant wi you. Ah kent nearly right
way, or at least ah thoat it wis a possibility, she says, now
soundin aw strong and defiant, her shoodirs back n spine
straight, like the confession's instantly lifted years oaf her.
— It wis ma very first time. Well, ah thoat, ah'd better be
gie Henry his rations, so ah did that night. Eh'd probably
been tellin everybody eh'd been daein it for long enough, so
whin ah telt um ah hud fell pregnant, eh hud nae reason tae
suspect. N thaire wis nae need tae throw everybody's life

387

intae a turmoil. For me, it wid huv meant bringin a bairn up oan ma ain!

— Instead ay two, cause the cunt banged ye up wi oor Yvonne, then shot the fuckin craw!

She looks aw sad. — But at least ah found ma Walter though. That wis mair ay a man thin aw they wasters pit thegither, she says aw wistfully. Then she turns back tae me, she's gabbin away but ah cannae make it oot cause ma heid's fuckin swimmin . . . that mean's that Stevie n me . . . that *Maggie* n me . . .

— But ah think part ay Henry eywis suspected deep doon thit you wirnae his. He used tae eywis be oan at ye, yir hair n that, which ye git fae ma side anyway. He nivir treated ye like a first-born son.

— This is a fuckin mess! Fuckin liar! ah shouts, risin, n ah storms oot, ignorin her beggin n shoutin oan ays tae come back.

Ah gits in the motor n ah'm drivin around, ma hand shakin oan the wheel, no kennin what the fuck ah'm daein. Eventually, aw ah kin think ay is gaun roond tae see Maggie. Ah need tae be fuckin well sure. So ah gits up tae her place at Ravy Dykes. Ah'm tellin her nowt, jist askin her, — Huv ye goat any ay Alec's auld stuff? ah asks, thinkin aboot DNA.

— Aye, she goes. — Want tae come in for a wee cup ay tea? She's back at the uni . . .

— Naw, yir awright, ah goes. N ah looks at hur n feels the tears well up in ma eyes, so ah huds her in an embrace. — Look, Maggie, it disnae feel right us daein aw that stuff.

Alec wis like . . . an uncle tae me as much as you. Lit's jist be friends.

— Friends is it now? She arches her brow as she pills away. — Aw aye, that's a good yin.

Jesus Christ, she's a fuckin blood cousin! Now she's gaun oan aboot how lonely she is, and how things urnae easy.

— Ah git that, ah tell hur, — but ah need a wee favour. Ye got any pictures ay Alec?

— Funny, but I've had some photographs scanned and digitalised. I'll email you some.

Ah'm delighted wi that, n ah leaves her disappointed, like ah seem tae dae wi every fucker, just in a different wey now. But ah'm gled tae be back in the motor. It's been no bad a day, but all of a sudden it's pishin doon, so ah stoaps for these two youngish cunts. They climbs in the back. — Wester Hailes, mate.

They start talkin, aw loud, n it's startin tae dae ma fuckin nut in. — That yin's a dirty hoor, takes it fuckin aw weys. Mark rode her –

— The Rohypnol Kid. Calm thum n ram thum!

— Stun thum n bum thum!

Ah'm just aboot tae switch oaf the speakerphone when ma blood runs cauld.

— . . . tell ye what but, she's no as bad as that Donna Lawson, ken her wi the curly mop?

— Course ah ken her, wuv aw been up her!
Fuckin . . .

— That's a total pump, a fuckin cow ay the highest order. She telt that six-a-side team that they hud tae aw go through

her twice, cause they wirnae proper fitba team numbers . . .
ya cunt . . .

N ah'm thinkin aboot the time when Vivian held that wee
lassie oot tae me, n ah took her in my airms n kissed her
wee heid . . . the declarations ah made aboot what she wid
become, how she'd ey be loved n looked eftir . . . the empty
fuckin bullshit declarations . . .

. . . n ah screeches tae a halt, cowpin the cunts forward
in their seats, speedin away, before turnin oaf at Sighthill
intae the deserted industrial estate.

— What the fuck, man!

— Hi! Driver! Whaire the fuck ye gaun?

— Trams. Depot construction. Re-routing, ah sais, no
lookin back.

— That's shite . . . the depot's at the Maybury . . . what's
the fuckin score?!

Ah pills the baseball bat oot fae under the seat. N ah only
dae that tae stoap maself fae pickin up the knife that's thaire
an aw. Huds it in ma fist and shakes it. — This is the fuckin
score. Ye insulted the wrong person, in the wrong cab.

— What? Mate, look –

— Ah'm no yir fuckin mate.

Ah floors it, zooms fifty yards n breks. Again. Again. Again.
Ah kin hear thair cries, hear thum thumpin in the cab like
peas in a whistle. Then ah jumps oot, bat in hand, opens the
cab passenger door n gits a hud ay the first yin. Yanks him
oot n leathers the cunt oan the wrist as eh raises it tae defend
ehsel. Eh screams oot, a high-pitched animal sound, n ah
hits him again, acroass the side ay the puss, n eh faws tae

the asphalt like a sack ay tatties. Eh's no movin either. Ah shites it for seconds, then eh groans as claret spills oot ehs heid, but ah'm relieved that eh's alive.

The other boy's screamin, — Naw, man! Ah'm sorry! Please!

Ah tells um tae git oot, n thit ah'm no gaunny touch um. Eh looks at ays n climbs slowly oot, shakin, his face white. As eh steps oot, ah swings the bat at ehs kneecap, n eh crumples oantae the tarmac in a loud squeal. Eh looks up at ays wi betrayal oan ehs coupon. — It's called fuckin lyin, ah tell um. Then ah looks tae ehs mate, groanin, tryin tae push ehsel tae ehs feet. — AH'M MEANT TAE BE AVOIDIN STRESS!

Jumpin in the cab, ah reverses, tae avoid crushin the cunts oan the deck, then pits the cab intae a full-circle turn. As ah drive oot the estate, ah kin see the first boy's hobbled ower tae his mate n is helpin um up. Tryin tae git ma breathin in order n ma hert rate doon, ah stoaps in a lay-by oan the bypass, lookin at the diary Saskia hud left ays.

Jinty's diary.

It's maistly jist daft lists but thaire's some stuff aboot clients, which ah'd laugh aboot if ah wisnae sae tense and moosey-faced. Suppose it gied her a sense ay control, gittin back at thum in that wey. Thaire's a couple ay pretty nasty entries though: they certainly dinnae show those cunts The Poof n Kelvin in a very good light. Might make interestin readin for some fucker.

They coppers thit came doon, Shite Cop n Worse Cunt, if ah sent it tae them, they'd jist go through every cunt n ken it wis me whae passed it oan. Then ah mind ay one time me n that cunt Alec goat pilled in fir some questionin aboot a hoosebrekin. Genuinely wisnae even us, kent nowt aboot it. Ah wis shiteing it, like ye always dae when yir totally innocent. Like ye feel it wid be some sort ay karma tae git banged up for yonks fae something ye *didnae* dae.

It wis a really fuckin hoat summer's day. This polis boy wis askin us whaire wi wir n what we'd been up tae. Alec wis relaxed, he hud the alibi n he's spraffin away wi the boy. Meantime, ah'm lookin ower ma shoodir at this lassie cop sittin at hur desk. Short broon hair page-cut, nowt special tae look at, but wi that white blouse n tight blue skirt, Auld Faithful wis fuckin stirrin. It wis roastin in that cop shop, like the air conditioning wisnae workin, and she pills oot this hanky n mops hur sweaty brow. Felt like a reverse Incredible Hulk. Ken how the boy eywis breks ehs jaykits n T-shirts, but the fuckin troosers ey stey intact? Well, the wey Auld Faithful wis shapin up it wid've been the fuckin opposite wi me, the fuckin breks wid huv goat trashed. Ah looked at the gold desk plate: DETECTIVE SERGEANT AMANDA DRUMMOND. Since then ah've seen her photae in the news tons ay times, workin a lot wi lassies, victims ay domestic abuse n the like. She's nae connection tae me, so she's the yin gittin Jinty's fuckin diary!

So ah'm doon the post office, gittin it sent oot tae her, though ah rips oot a couple ay compromisin pages, and that should be another wee nail in that cunt Kelvin's coffin. That polis burd will show a bit mair empathy wi the lassies than Shite Cop and Worse Cunt, she'll no be hassling them tae find oot whae sent it anonymously, and anyway, Saskia'll be well oot the road by then.

Ah think a wee celebration is called for, n ah heads doon tae The Pub Wi Nae Name. The fire damage hus been pit right by the insurance company; thaire's a new pool table n jukey. The Barksdale twins are in wi Tony, and thir mair like twins again, cause thuv goat matchin burns on the left-hand side ay thair coupons. Ah git up a pint fae Jake behind the bar, happy tae clock what ah see oan the spirits gantry.

— You've no been in here for a while, stranger, Evan Barksie says in that wide-cunt, accusin wey.

As if ah'm bothered aboot this fuckin mingin toilet. — Ah've popped ma heid in a couple ay times, ay.

— Well, ah'm gled yir here now, eh goes, — cause we're needin sorted big time. Wanting 20 Gs, ay.

— No wey. Ah nivir cairry or deal jailbait amounts.

— C'moan, Terry, we're off tae Magaloof, or Shagaloof as it should be fuckin called, for a month at the end ay the week. Ma compo for this came through, n eh pats ehs buckled cheek.

— Awright, that gies ays a bit ay time. Leave it wi ays, ah'll see what ah kin dae.

— Sound.

Ah kills the Beck's n goes up tae the bar. Jake's daein the *Sun* crossword. — Listen, Jake, ah'm off tae a perty at ma mate's hoose. Ah'm needin tae buy a boatil ay whisky n ah fell oot wi that cunt at the offie. Widnae gie the fucker the steam oaf ma pish. What ye goat? n ah looks up at the gantry. It's the usual pub blends ay Bell's, Teacher's, Grouse n Johnnie

Walker, wi a couple ay shitey malts, they yins that start wi the word 'Glen', and a pair ay decent yins in Macallan and Highland Park. And right in between thum, that distinctive Gherkin-shaped boatil.

Jake's screwin up ays eyes, n reelin oaf the list.

— What's that yin in the funny boatil?

Jake takes it doon oaf the shelf, n huds it up tae the light. — Bowcullen Trinity . . . nivir heard ay it, n didnae order it. Cunts must huv sent it by mistake. Naebody wants it, the seal's no even been broke. Probably no worth a sook. Look at that colour, disnae even look like whisky! Should send it back tae the merchants.

— Ah'll take it oaf yir hands, ah goes, aw casual, — it'll be good tae see ma buddy's coupon, that sort ay 'what the fuck is this' look!

Jake grins, then says, — Thaire's nae price oan it, n thaire's nowt oan ma list for it, then eh looks aw hopeful. — What aboot a double score?

— Forty bar?! Yir huvin a laugh, ya cunt!

— Thirty?

— Awright, ah goes, handin ower the thirty sheets n droppin the Gherkin-shaped felly intae ma bag. Ah swaggers oot the pub n intae the cab. Sometimes it really is best tae hide things in plain sight.

Ah'm sittin wonderin aboot wee Jinty again, whaire is *she* hidin? Ah looks at one ay the pages ah ripped oot.

44

JINTY'S DIARY EXCERPT 1

I'm usually not scared of ANYBODY but that Vic and Kelvin give me the creeps. The other lassies feel the same. I know that Saskia does. They hate it when Vic, and especially Kelvin, want to have sex with us. You really have to pretend that you're into it with them, otherwise they get all twisted with you. Kelvin put fag burn marks on Saskia's arm. He's not tried that with me, but I think that's cause he knows I'm no single. But you can tell he's working up to doing something. You can see it in his ferrety wee eyes, hear it from his filthy piglet mouth.

And Vic put aw his fingers in me the other week. With those rings he wears. I was so sore that I had to tell my wee Jonty that I was feeling a bit sick with a bug I'd picked up at the cleaning. I look at my wee Jonty, sleeping, innocent, like a baby, and I sometimes wonder what I've got the both of us into.

Cause Vic thinks he owns me. He told me yesterday that if I tried to leave he'd have my face messed up so that no other guy would ever want to touch me. And he pulled the razor against my cheek, the flat side. I was fucking shaking all day, and couldn't sleep that night, thinking about it. My dad knows a lot of people. He was in jail all the time when

I was growing up. I feel like telling him, but I've heard so many stories about Victor. It's scary. And worst of all is Kelvin. He's going to turn out an even bigger bastard than Victor.

45

POST PERISHABLES

Kind Terry phoned ays; aye sur, sure eh did. Ah thoat wi wir gaun tae play the gowf again n ah wis fair lookin forward tae it. But naw, eh telt ays thit eh needed ma help wi something eh hud tae dae at night, something secret, aye, he did that, sur. Ah wis gittin ready tae go n Karen sais no tae go oot the hoose, but ah telt ur it wis a wee joab at night. At night jist, Karen, ah goes, wi Kind Terry. Cause Karen likes Kind Terry, when eh comes doon tae take ays oot tae the gowf, he's the only yin she'll let intae the hoose. Terry's no bothered aboot her but!

Cause ah owe Kind Terry but, aye ah do. Cause when somebody hus been kind tae you, yuv goat tae be kind back tae thaim. N Terry never asks ays any questions aboot Jinty; tell ays nowt, eh eywis sais tae me. Even though ah'd tell um it aw, if it wis up tae me. Aye sur, ah wid that.

So Terry comes roond tae pick ays up. Ah sees Karen lookin at him. He goes up tae the lavvy n she whispers, — Ah like that Terry, ur you sure eh's gaun oot wi somebody?

— Aye eh is, ah sais back.

Ah ken it's wrong but Terry's ma pal, n she did wrong by me but ah'm no littin her dae bad by him, no wi them baith bein fae the spunk that's in real faither Henry's auld baws, naw sur. But ye kin tell that Terry's no interested in that, cause Terry's good. Ah wish ah could be mair like him.

Wi leaves tae go intae the motor, aye sur, the big black taxi. Thaire's two big spades thaire, still in thair Sainsbury's Homebase wrappin. — Wir gaun diggin, Terry sais.

Ye kin tell Terry's no feelin right but, cause eh usually jokes aw the time, but eh's no jokin aboot, aw serious wi ehs eyes oan the road.

Ah cannae believe it whin we parks outside the auld grave-yard in Pilrig, yon Rosebank Cemetery. Aye. Terry's goat the spades n eh's goat this Adidas bag. Aye, a bag meant fir tae play sport wi. The waw beside the cemetery gates is awfay high. Terry pits ehs hands thegither tae boost ays ower the waw, but ah goes, — The waw isnae sae high roond the corner. Naw sur, it is not.

Terry looks at ays, then moves doon the street n ah follays. Thaire's naebody aboot, jist yin car thit passes. On Bonnington Road the waw is much wee-er than oan Pilrig Street, n Terry nods n ah scurry up, then Terry throws the spades eftir me n climbs ower ehsel. Eh's bein awfay careful no tae batter the Adidas bag. It's tricky fir Terry but eh's sort ay found a bit near the bus stoap wi this wee metal step n eh pushes ehsel up n ah'm helpin um ower. — Thanks, Jonty pal, good spot oan that waw, he goes, dreepin doon tae ooir side. — Thaire's nae security cameras in here as far as ah ken, ah gied it a good casin fae the inside, but wuv goat tae be quiet.

So ah whispers, as we walks through the dark graveyard, — Funny fir somebody tae be buried n this day n age, Terry. Aye, funny. Aye sur.

— It's some family plot. Ye couldnae cremate this auld cunt, he'd blaw the fuckin place up! Worse thin your ma, Terry goes, then says, — Sorry, ma wee pal.

— Aye, dinnae worry, ah sais tae Terry, cause yuv goat tae huv a laugh n no be aw serious aw the time. — Thank God for that moonlight or we'd no be able tae see whaire wir gaun, ah goes, but ah still nearly faw oan the uneven path n Terry huds ays up.

— Watch, mate!

Terry gits a torch oot ay the Adidas bag, n shines it oan the path. Then wir lookin at aw the graves, n eh shines the light on this stane, wi the boy's name oan it:

ALEC RANDOLPH CONNOLLY
21 August 1943–3 December 2011
Beloved husband of Theresa May Connolly
and loving father of Stephen Alec Connolly

Gaun by the date on the stane the boy's no long deid. Aye, no long deid at aw. — Did ye bring flooirs? ah goes.

— Naw, Terry says, then looks at ays aw serious. — Listen, Jonty, ah'm tellin ye the score here, in strict confidence cause ah dinnae want ye freakin oot oan ays. We're gaunny dig up that coffin and open it up.

Ah cannae believe ma ears. But Terry isnae jokin! — But, Terry, that's no right! Naw sur . . .

— Wir jist daein it fir a wee minute, Terry's noddin at ays. — Thaire's something inside it that ah want tae see. Jist a quick peek.

— A quick peek, ah goes. — Bit we cannae dae that, it's wrong, sur, aye it is –

— Listen, Jonty, ah really need ye tae trust me here, mate. Ah'm no gaunny dae nowt wrong, ah'm no gaunny interfere wi the body. It's an auld pa . . . thaire's jist something ah need tae see, n something ah need tae leave for um. Eh shakes the Adidas bag. — It's awright if ye dinnae touch anything, Jonty. Ah'm no touchin nowt, no stealin nowt. Ah jist need tae see something. Will ye help ays, ma wee pal?

Ah jist nods cause Kind Terry's different fae the rest. Eh doesnae laugh at ays. Naw sur, eh does not. — Is it something eh wis buried wi? ah goes, thinkin aboot a watch, or a ring.

— Aye, that's it, mate, Terry sais.

— N yir no gaunny take it?

— Ah promise ye, ah certainly am not!

Kind Terry's ey good tae me. So ah jist smiles n goes, — Barry! Lit's dae it!

— Good man, Jonty, yir a good mate, pal, n eh grips ma shoodir. — A real brother, eh sais, aw sortay upset n sad, but happy tae, n ah still sortay want tae tell um aboot Jinty, but it's no really the time. Naw it is not.

So ah feel aw warm in ma hert, like the other wey whaire it's aw different fae a bad hert. N wir workin away, aye sur, we surely are! Wi take oaf the turf first, bein awfay careful, cuttin it away in neat sections, then wir baith diggin at the soil underneath. It comes away easy at first but then it's harder, n even though it's cauld, wir sweatin away in this ditch. Terry lights up a fag. — Should've brought a wee flask ay tea, ah goes. — If ah'd kent it wis gaunny be aw this work, ah'd've goat oor Karen tae make a wee flask ay tea. Aye sur, flask ay tea.

— Ah really appreciate this, Jonty, Terry sais. — Yir a true friend. Ma life's been turned upside doon, pal. Ah've got this hert problem . . . ah shouldnae really be daein this diggin . . . ah cannae afford the luxury ay stress. No wi this hert.

— Lit me, Terry, lit me finish . . .

— Yir a true friend, wee man . . .

N ah'm daein it, aye, scoopin up the earth n jist diggin, diggin, diggin . . .

Terry's watchin me, gaun, — Yir a good lad, Jonty . . . everything's crazy, ken? Ah dinnae ken who ah am any mair. Ye ken that feelin?

— Aye sur, aye sur, ah goes, still diggin, cause ah do n aw.

— This no gittin a ride . . . it sends ye crazy . . . ah'm jist no masel, mate . . . ah dinnae ken whae ah am. Ah'm huvin what ma mate Rab Birrell calls an 'existential crisis', Jonty. Ah used tae think it wis just snobby student pish but thaire's nae other words fir ma predicament . . . cunt, ah'm fuckin well even soundin like um now . . .

— Soundin like um, aye sur, aye sur . . . ah goes, still diggin, diggin n diggin . . .

— Thaire wis this one book, Jonty, by this boy that reckoned wi wir aw jist matter in motion, like protons, neutrons n electrons, but wi a consciousness, Terry's gaun oan, aye eh is sur, but then ma spade hits something solid. He hears it and jumps intae the ditch wi us n wir diggin the earth offay yon coffin. Much wee-er thin muh ma's, aye it's that awright, sur, much wee-er.

Terry's goat a screwdriver in eh's hand n ehs openin the screws oan the coffin. Ah dinnae like this cause ah kin feel rustlin. It's like the sound ye make standin oan deid autumn leaves n it's comin fae *inside* the coffin. Worse thin that, the coffin lid's aw hoat . . . — Terry, ah'm feart . . . it's like thaire's something alive in thaire . . . it's aw warm . . .

— Aye, ah kin feel the heat oaf this coffin, Terry goes, — but dinnae worry, pal, it's wi him decomposin, it's the energy wi him breakin doon, nowt tae worry aboot but, ay.

— Nowt tae worry aboot . . .

— Ah jist hope thaire's something left, eh sais, n eh's prisin at they brass snibs at the side.

It snaps open, and eh slides the lid aside a bit and the smell . . . naw sur, ah dinnae like this . . . worse thin Jinty, much worse thin ma wee Jinty . . . Ah huds ma nose but it's like it goes intae yir mooth n poisons ye aw ower, still, aye sur . . . aw sur, aw naw, ah dinnae like this. Terry's goat they gauze masks that cyclists sometimes wear in toon, n eh's gied me one tae pit oan, so ah does n it's better. Thaire's still that creepin, rustling sound comin fae the boax but. Terry pills the lid oaf n aw they flies swarm oot. Ma eyes ur waterin, n whin they clear ah sees thaire's an auld man in a suit wi a face thit's grey n rid n blue.

— Jesus fuck . . . Terry says, lookin at the boy's eyes. — Ehs blue eyes . . . thir away . . .

Terry's right . . . thaire's nae eyes. It's like thuv eaten ehs eyebaws oot! Thaire like they things wi hatched at skill. — The lava goat um . . .

— Larvae . . . fly larvae . . . Terry says. — Shine the torch
here, eh goes tae ays, n thir aw white n slitherin where thuv
eaten ehs eyebaws oot, n thir comin oot ay his mooth n ears
n nose n aw! Aw sur, ah dinnae like this, naw sur, naw sur.

Then Terry bends ower um, n eh's unzippin the boy's flies
on ehs troosers! — What ur ye daein, Terry? ah sais, sortay
through the mask, but eh kin hear ays.

— It's awright, buddy, eh sais, ehs eyes aw blazin ower
the toap ay the mask, n eh unbuckles the belt . . . aw the
smell, even through the mask. Ah tries tae turn away, ah does
that, sur, but it aw comes up, the frozen pizza Karen made,
pushin the mask aside, aw ower ays.

— Jonty, watch, ya dirty wee cunt, yir gittin it oan ehs
suit, Terry shouts at ays. — Respect fir the fuckin deid but,
mate! N eh's taken the deid boy's troosers doon n eh's pillin
oot the boy's wee man . . . ah big wee man . . . n eh goes,
aw happy, — That's a fuckin welt! That's ma dad, Jonty! That
man wis ma faither, n eh pills a hud ay me n lifts up ehs
mask n kisses ays oan the heid. Ah cringes, cause ah sees
thum comin oot ay the boy's cherry at the end ay his cock,
mair ay they wrigglin fly maggots . . . — Look . . .

— Aye . . . we'd better git ma faither boxed back up, Terry
grins.

— But what aboot Henry Lawson?

— That fuckin imposter . . . nivir ma faither. Eh's yours
but, Jonty, so ah'm no sayin nowt aboot um. But ah feel a huge
fuckin weight oaf ma shoodirs . . . help ays wi this lid . . .

— Ye no gaunny pit ehs thing back in?

— Naw, that boy should be swingin free, plenty fir the

maggots n worms tae feed oan whin they work thair wey through yon casket! Buryin cunts in this day n age . . . fuckin mingin . . . mind you, your ma wis cremated n that dinnae work oot sae good . . .

— Aye, eh's smellin awfay bad, Terry, aye sur.

— Aye, but Alec eywis did, ay. The peeve does that. Ah mind whin we went for a pish, he eywis used the shitehoose. Ah thought it wis cause eh wis a sexless jakey, n felt shown up standin next tae ma swingin beauty, but ah kin see now ah wis wrong. He probably suffered fae peever's erse, n went intae the traps tae sort oot the follay-thru.

N wi pits the lid back oan n Terry secures the clips. Ah'm suddenly awfay sad. Terry looks at me. — Jonty, yir greetin, what is it, pal?

— You n me's no brars any mair, ah sais, but ah'm really thinkin aboot Jinty, surely the flies' bairn maggots widnae git at her in solid concrete . . .

Eh pits ehs airm roond ma shoodirs. — We're better thin brars, Jonty. We're mates. Best mates. Nivir forget that. Brothers ye cannae choose, mates ye kin, n you're the best, ya wee cunt! N dinnae worry, yuv goat a big fuckin tadger anywey, but it wis yir ma's side ye goat that oaffay! Guaranteed!

— But muh ma's nivir hud a tadger . . .

— Oan her faither n her brother's side but, Jonty, that's whaire the heat thit yir packin comes fae!

— Aye . . . Jinty ey used tae say . . . but, but how dae you ken that, Terry, how dae ye ken ah've goat a big wee boaby man?

Terry looks a bit pit oot, then sais, — Ah kin size a man

a mile away. They could be wearin a suit ay armour n ah'd ken. It's no the bulge, that kin jist be aw the George Bernard Shaws or the cut ay the trooser. It's no the feet or the hands or the nose. It's aw in the walk, eh goes, then laughs. — N the boys at that Pub Wi Nae Name wir talkin aboot it!

— Talkin aboot it, ah goes. Ah'll bet they wir makin fun ay ma boaby again. Well, serves thum right fir thair burnt faces! Aye it does!

— Too right! Now lit's git this earth shovelled back!

N wi dae, aye sur, dae wi no but! Wir kickin the piles doon, then shovellin, n shovellin n shovellin, n it's gaun back a loat easier thin it came up! Ah sais that tae Terry, ah goes, — It's gaun doon quicker thin it came up!

Terry goes back, — It's eywis the wey, pal, n eh isnae wrong. Naw sur, eh is not. Bit ah dinnae tell um that, cause ah ken ah kin go oan a bit sometimes, like Terry sais. Aye sur: oan a bit. Aye. Aye.

Then ah starts thinkin aboot Jinty again, n aw the bugs that goat Terry's real faither Alec. Ah goes, — See, if yir real faither Alec wis pit in concrete, Terry, aw the bugs couldnae eat him like that, no if eh wis cased in concrete but, ay-no, Terry?

— Depends, if ye pit um in the concrete right away he'd be awright, but if ye left um oot, for even an ooir or so, the flies wid lay thair eggs . . .

N ah'm greetin, thinkin aboot that fly gaun in n oot ay Jinty's mooth n thinkin aboot Jinty wi nae eyes, aw sur, naw sur, naw sur . . .

— What's wrong, pal?

Ah want tae tell um, but ah cannae, ah cannae, cause it wisnae ma fault, she jist fell back. It wis like what happened tae her ma, like Karen sais, it wis what Maurice said when eh found her ma in bed. The name whin something bad happens tae the brain. A brain haemorrhoid. It wis like a light switch gaun oaf, Maurice ey used tae say, she didnae suffer. Jinty wis the same wey. Ah cannae tell anybody but, cause they wid find oot she took that bad stuff and ah ken they wid blame me, aye sur, they wid cause they eywis huv, fae way back tae the skill n real faither Henry hittin ays. But ah cannae tell Terry how it is ah'm greetin so ah jist goes, — It's awfay sad, the bugs daein that tae yir faither, Terry . . . it's no right . . .

— Aye, yir much better oaf cremated, mate. But that's jist his remains, Jonty. He's away, at peace now. So dinnae distress yirsel.

— Like heaven?

— Aye, ah suppose so, Terry sais, sortay thinkin, then goes, — If thaire's endless rivers ay peeve n loads ay big hooses wi nae security cameras in heaven, eh sortay chuckles.

— Will ma Jinty be in heaven n aw, Terry?

— Ah dunno, pal, Terry goes, n eh looks right at ays, — if she's broon breid, aye. But dinnae upset yirsel, she's maist likely jist taken off.

— Aye . . . aye . . . aye . . . aye . . . went oan a wee trip . . . ah sais, thinkin aboot Jinty gittin oan a tram but yin thit's like that train in *Harry Potter*. But instead ay gaun tae a posh school for wizards, Jinty wid be ridin yon tram right tae the gates ay heaven. In a white dress, likes, cause she sortay deserves a white dress. Aye sur. Then wir ower thon waw, much easier fae this side, n wir ootay that graveyard, aye wi are, n back in the cab n oot tae Penicuik. Ah'm still thinkin ay Jinty n goes, — Bawbag did aw this, Terry, it wis Bawbag thit took ma Jinty away . . .

Terry's jist drivin oan but, no even turnin roond. — Aye, it wis eftir that she went, right enough . . .

— Bawbag n they trams . . . they took hur . . .

— Ye cannae blame that yin oan the trams, Terry goes, — ah ken they get it for everything, Jonty, but ye cannae blame the trams fir Jinty vanishin!

— But thi'll take hur, aye they will, aw the wey up tae heaven, ah tell um.

— Aye, mibbe they will, ma wee pal. Mibbe thi'll take aw ay us thaire in a big magic tram.

— It'll be like heaven at Hampden the morn, Terry, whin Herts win the Cup!

— Aye, in yir dreams, wee man, eh laughs n pills up ootside the hoose. Terry's a good lad for a Hibby; it proves thit thir no aw mingin tramps that live in caravans. Ah kent yins at the skill thit wirnae bad, when muh ma lit ays go tae the skill. Aye sur: the skill.

So ah gits hame intae the hoose n it's the big game the morn, aye sur, oan the radio, the telly, aw the papers. Aye. Ah'm too excited tae sleep so ah reads back through the auld Herts programmes, n some Hibs yins. Ah've got twenty-two ay thum binded thegither in this book, aye sur, fir the run ay unbeaten games. Gary MacKay. Hank goat it done n gied it tae ays fir ma birthday a while back. N ah pray tae God wi the book n ma hands tae beat the dirty Hobos, cause thir intruders, like Hank sais, thir no really fae here, n it should be Herts n Spartans, like two Prawstint Edinburgh teams, tae make it mair like Scotland. No a bunch ay Irish gypsies . . . but it's awfay wrong tae say that, cause it's what Barksie n that sais n aw. Cause Kind Terry n me help each other. N Jim at the skill, before ah stoaped gaun, he wis good n aw. So some Hibbies are kind. So ah prays again fir God tae cancel the last prayer then ah prays again fir Herts tae win. That's another two prayers makin three prayers awthegither; ah'm thinkin it's a waste cause ah could huv done it aw in one, but ah'm takin oot the bits that mean yuv goat a bad hert.

Cause ah've no goat a bad hert. Naw sur, cause ah ken what's inside ma ain hert. Aye ah dae.

Ah'm in the hoose but ah cannae stey in the hoose, n ah sais that tae Karen, ah sais ah cannae stey in the hoose, no wi the Cup final oan! She sais ah've goat tae watch it oan the telly. — But Hank's goat me a ticket n a seat oan the Penicuik bus, ah tell hur, — Aye, the Penicuik bus.

— Bit ah'm worried thit thi'll pit ye away! Fir hur! That Jinty!

— Ah've been oot but, Karen, oot since then. Aye, ah've been oot a few times, since muh ma's funeral, ah sais tae her.

— But that's jist been tae paintin joabs, that n the hoaspital, n the gowf wi Terry, she sais. — No in a public place! It's different in a public place, wi polis n cameras! Watch it oan the telly but, Jonty, Karen sort ay begs, — We've goat too much tae lose!

— Only you kens but, Karen, ah tell hur. — Ye see, Hank

phoned n ah picked it up n eh kens ah'm back hame, n eh sais eh's goat a ticket for ays. Aye, a ticket. Wi Malky n that. Oan the Penicuik bus, but no they yins fae The Pub Wi Nae Name, ah'll no see thaim thaire!

Karen's mooth turns doon n she stares at the fireplace. — Okay, Jonty, jist this once, but you watch it at that match. Dinnae git mixed up wi nae Hibs casuals. That Juice Terry, eh's a guid laugh but ah've heard things aboot um in the toon, she goes.

— Naw naw naw, ah will not, naw sur, naw naw naw, but Terry's no a Hibs casual. Eh's a Hibs supporter, aye, but eh widnae dae anything bad like the Hibs casuals.

— Ah hear things, she goes, then heads away ben the kitchen.

So ah'm aw excited but ah surprise masel by sleepin barry-barry. Aye ah did. Fair play tae Karen, she makes ays an egg roll, n a bacon yin, but no a black puddin yin like Jinty used tae dae for ays, naw sur, she did not. But it's Penicuik n it's different fae the city, aye sur, aye sur, aye sur, Penicuik, aye sur. Aye. So ah goes doon tae the main street n gits oan the Penicuik bus. N it's barry-barry whin we passes the Hibs bus oan the other side ay the road. Ah stick the vees up but ah sees Jim McAllan oan the bus, so ah jist turns it intae a wave.

Eh laughs back at ays. Aye. Jim McAllan. Penicuik. Aye sur.

It takes an awfay long time tae git there, even leavin early, aye sur, cause thaire's that much traffic, but wi gits tae this pub near the ground thit thuv booked up. Aye, booked it aw up. Wir drinkin beer n singin 'Hearts, Glorious Hearts', 'We'll

Support You Ever More', 'Hello, Hello, We Are the Gorgie Boys' n 'My Way', but the Herts version, which is barry, but ah dinnae ken aw the words tae it, naw sur. N 'Rudi Skacel's a Fuckin Goal Machine', 'Oh the Hibees Are Gay' n 'Na Na Na Na Na Na Na Na Na Na Na Paulo Sergio, Sergio, Paulo Sergio'. Aye, we sing aw that.

The game's barry, it's like jist the best day ay ma life! Well, mibbe the time ah first went hame wi Jinty that night n split hur right up the middle, but Herts score five! The Hobos only git yin, n they got a man sent oaf! N the referee even gies us a penalty ootside the boax! Hank's huggin me, n wir in tears ay joy as the cup's bein lifted up, n it's aw good till we're comin oot n ah sees some boys fae The Pub Wi Nae Name. Evan Barksie sees me, face aw burnt like ehs brar Craig, n looks intae ma eye, but disnae say nowt. Aye, ehs face, aw burnt doon one side, like this plastic Action Man ah hud that ah once left by the electric fire. Real faither Henry belted ays fir that, eh said, 'Dinnae leave plastic sodjirs beside the fire, d'ye ken how much they things cost?!' Funny but, it being me that burnt one Barksie twin's puss, n muh ma that burnt the other yin! Aye sur, aye aye aye!

A couple ay boys ah sortay recognise nudge Evan Barksie, but ah'm no feart ay thaim cause ah'm wi the boys fae the Cuik! Even if ah steyed in Gorgie at one time n miss the McDonald's. Ye kin stuff Gorgie!

We're aw too happy tae start fightin now anywey, cause ye couldnae start fightin now, well, mibbe the Hobos could, but thir aw away hame! Ah sais that tae Hank, ah goes, — The Hobos'll aw be hame by now, Hank!

410

— Aye, they surely will, Jonty, he goes back. — Aw hame n greetin thair eyes oot!

So it's an awfay guid laugh back tae the bus, but then ah thinks ay Jinty n how ah hope the maggots didnae eat hur eyes oot cause she widnae be able tae look doon fae heaven n see us hudin up the cup. Ah'm greetin back oan the bus thinkin aboot it. Hank pits ehs airm roond ma shoodir n goes, — Aye, it's an emotional occasion awright, Jonty.

46

THE SNARLING FUDS OF MAY

Whenever ah walk down they old closes ay the Royal Mile and the Grassmarket, ah git aw caught up in the romance ay the history ay it aw. Ah think ay the generations ay knee-tremblers that must have took place in this labyrinth. The swaggerin hard men n the screamin lassies, the spilled claret n cracked bones: aw that pish, spunk, snotter and shite. Aw that DNA lost and half-forgotten names washed away by the relentless cauld rain that sprays this fuckin city. But those fuckin steps, oh how they still glisten like cum-soaked nipples . . . naw, no that, like . . .

Ma heid's fucked. Aw ah dae is read. Even started writin a poem the other night. Ya cunt, ah'm turnin intae Rab Birrell. The kind ay radge that might say '*Presence* is Led Zeppelin's best album' when they ken *is it fuck Led Zeppelin's best album*, but just tae show oaf their poxy debatin skills.

Fair lookin forward tae this game now, distract ays fae the shaggin thoughts. Ah'm aw set tae meet up wi the Birrells n that, but ah didnae want distracted fae ma readin so ah switched off the cheeky phone last night. Now thaire's a stack ay calls, maist ay them fae Yvette, the Ginger Bastard's ma, whae's gaun crazy, insistin that ah meet her first thing this morning.

Ah makes some porridge, cuttin back oan the salt for this ticker, watchin the early-morning Scottish news. Ah recognise the building the cameras ur at, so ah turns it up n it's a feature oan the missin Bowcullen Trinity whisky, and how an anonymous party is offerin a reward ay twenty grand for information leadin tae its return. *Ronnie.* Well, ah suppose when you've flung that much dosh away on it, a wee bit mair means fuck all. Good tae ken but; money in the fuckin bank. But ah've got other things tae think aboot, so ah gits Yvette on the blower. — It'll huv tae wait, ah'm gaun oot tae Hampden but, ay. Cup final.

— I know what's going on, Terry, but we have to meet first, n she sounds awfay upset.

So we meets in this place up the Old Town, the posh studenty gaff oan George IV Bridge whaire they say that Harry Potter burd jist sat doon in a corner n wrote aw they books. N ah ken ah'm no gaunny like this particular fuckin story cause Yvette's look reminds ays ay the one she gied ays aw they years back. When she telt ays she wis up the stick. Ah wisnae fuckin well chuffed. Ah mind ay sayin: 'A bit ay ma spunk takin root in ye might say that ah'm good faither material tae you. Tae me it says thit you're nae good at swallayin pills.'

But she tells ays what the fuck's been gaun oan wi the Ginger Bastard n ah cannae believe ma ears. — Eh wis what?

— He was caught with his hand up a girl's skirt.

— What? How? Ah mean, whaire?

— At school.

So ah'm sortay thinkin aboot him, n ah goes, — Well . . . it could be worse –

413

— How could it be worse! He's fucking nine years old!

Ah cannae help it, n even though ah ken it's wrong n spells big trouble, part ay me is thinkin: ah've nivir been sae proud ay any cunt in ma life as ah am ay the Ginger Bast— wee Harry right now. Even Jason, when eh graduated fae that uni in law.

She's far fae chuffed but. — He's been harassing several girls on the phone and on Facebook, asking them to send him pictures of them naked. Apparently all the boys are at it now. It's one of those sickening developments that needs to be stopped right now, and I'm not having my son, *our* son –

That sets ma warnin bells oaf. — How is it that he's the yin gittin singled oot but? Sounds like victimisation tae me.

— What?

— Ginger-heided bairns stand oot. Thaire's some cunts thit think thir fair game tae discriminate against, n it's no right!

— It's nothing to do with that! It's because he's the one who's been approaching the girls directly!

Ya cunt, that wis me that telt him tae dae that! *Be a fuckin man n dae it tae thair face*, ah sais tae um. Then ah'm thinkin aboot Donna, and what they cunts ah did ower oan the estate wir sayin aboot her. Whae telt them tae act like that tae lassies? Life is fuckin complicated these days. — Laddies are different – ah read aw aboot it. Science. We're prone tae hormonal surges fae an early age. Bursts ay testosterone in the napper. Youse jist git emotional wi hormones once a month, we have tae suffer it constantly. It's bound tae make him a bit radge.

414

— Don't turn your feeble life-excuses into his ones! And since when did you become interested in science?

— You'd be surprised, ah goes. — But yir right; this isnae aboot me, it's aboot our son's future. So ah'll talk tae um: faither tae son.

She looks totally stunned at that response. Fuck sakes, ah cannae be that much ay a useless, selfish cunt, surely tae fuck?! But then she recovers her composure, that wey that posh cunts are trained tae. — And let him know what, precisely?

— And let him know that it isnae acceptable behaviour!
— Good!

Well, she's still no that happy, but we finish oor tea in a strained civility. Across at the next table thaire's a couple ay muck-buckets, but thir settin up a near root, even in the medicated Auld Faithful. Ah'm glad tae get away, but ootside it's as bad. In fact, now thit the better weather's kicked in it's fuckin torture. The toon's full ay fanny. Ah huv tae try n think aboot the likes ay Doughheid or Bladesey suckin my tadger, jist tae stave oaf the erection, even wi they useless fuckin pills. Tae think thit whin ah wis wi a burd n gittin excited, ah used tae think aboot a gam fae ma auld rid-couponed mate Post Alec, tae hud back the moment, but that's well fucked up now! Ya cunt, Freud wid be able tae fuckin well retire wi me oan ehs books!

Perr Alec, bein eatin by maggots; n that auld cunt Henry, hingin oan like the fuckin cunt eh is till the fuckin Cup final's over. Well, ah gits doon the Business Bar n Billy n Rab are ootside and Sick Boy's thaire n aw! — Was going to watch it on the box, but jumped on a last-minute flight. It's not every day we get to fuck those retards in a Scottish Cup final.

— It's no been any day we got to fuck anybody in a Scottish Cup final since 1902, Billy goes.

— Don't be such a pessimist, Sick Boy says. — They are gambling with other people's money and they are going tits up, history. It's fate that we come along with a shite, struggling team on a quarter of their stolen wage bill, and hammer them into the dust. Terry?

— No really been takin that much notice.

Rab Birrell looks at ays like ah'm a bam. — Whaire huv you been: Mars?

— Might as well huv been, ah goes.

— Speaking of fucking, Sick Boy whispers, — when are you going to send this boy down? I need to audition him, as it looks like this cheque that a partner in the Ukraine sent me has miraculously cleared. I've rewritten the *Shagger* 3 script, calling it *Humper*, with a new protagonist who is Shagger's brother. Didnae want to wreck the franchise and shut the door on Curtis in case it doesn't work out for the little ingrate in the San Fernando Valley.

— I'll get him down. But ye no want to see him up here?

— I'm on *holiday*, Sick Boy sais, aw pompous, — I need to spend time with my *family*.

Well, we gits intae the stretchy n eases oot tae Hampden. Plenty ay fuckin champers n charlie, wi nae bizzy eyes gittin through the tinted gless. It's the only wey tae dae it. Ah hus a nice wee literary discussion aboot William Faulkner wi Rab, which hacks off Billy, n hus Sick Boy shakin ehs heid. But ah wish we'd jist steyed in the limo drivin around, cause the day goes doonhill quick eftir that.

Hibs are fuckin shite; whatever happened oot there we were gaunny lose. But we might have had a classic Cup final, a two-three or a three-four. Instead the referee fucks it right up. We're talkin aboot it in the motor gaun back, aboot ten minutes intae the second half.

Sick Boy is gaun mental. — That little cunt Black didnae even git spoken tae by Thomson eftir elbayin Griffiths in the puss when he should have fucking walked. It's all a big laugh between them. Ye know from that point on those cheating cunts wi thair drug n human traffickin money, peyin for players they cannae afford, ur gaunny git away with fuckin murder on the pitch as well as off it.

— You're a bit high n mighty, Sicky, for somebody whae makes his money through scud, ah goes.

— Nothing to do with anything, Terry. He shakes his heid.

— Look at that mess – we're two down and playin shite. Just before half-time we git one back n it's game oan. Then, straight away, that prick of a referee takes ower again, gies them a penalty which is miles ootside the box, sends off that wee doss fullback for a daft foul, which is nae worse than Black's earlier, when the cunt just had a laugh aboot it with him. So it's game ower.

— Aye, ah suppose, ah goes, lookin at the traffic slidin by ootside.

As the Birrell brothers argue, Sick Boy whispers tae me, aw cagey, — Oh, it looks like the name Lawson might still grace Perversevere Films.

— Ah telt ye, ah cannae dae scud.

— No, I had a call from your Donna. She sent down some stuff. Impressive. Definitely worth employment, certainly a chip off the old block!

Ah cannae believe it. Ah feel ma face gettin hoat. Ah'm startin tae hyperventilate. — Yir fuckin jokin, right?

— Eh . . . Sick Boy goes, — I take it this career move does not meet with parental approval?

Ah turns intae him n whispers in his ear, — She's no daein fuckin scud!

— Parental approval is a luxury, Sick Boy pits oan that smug face, — and parental consent doesn't apply as she's an adult, able to make her own choices, Terry. Who'd have daughters, ay?

— She's no daein scud, ah tells um, grabbin the lapels ay his jaykit, — cause if she does, you'll make one last scud movie, which yi'll star in, n it'll be a fuckin snuff yin!

— Terry, cool yir fuckin jets, Billy shouts, as Sick Boy's eyes bulge.

Ah loosen ma grip, and Billy stares at ays, before gaun back tae chattin tae Rab. — Jesus Christ, okay . . . okay . . . Sick Boy says, smoothin doon his jaykit. — It's not like you to be so uptight. I never thought I'd say this, Terry, but you need tae get laid!

— Aye, well, you just back off wi her. Right?

— Point taken. But *you* have to tell her this, and eh cocks a finger n points at ays. — I'm not denting the lassie's self-esteem by saying that she's not got what it takes to be part of the Perversevere family!

— Ah will, ah goes, n ah dials Donna's number. It goes tae voicemail but ah tell her that ah want tae see hur.

Ah'm relieved when the conversation goes back tae that fuckin shitey match. But now aw ah'm thinkin aboot is how that fuckin dirty cunt Henry'll be laughin away in that hoaspital bed ay his. Treated ays like shite fae the fuckin start. Eh thinks ah'll no be able tae face um, tae take the slaggin. But ah've made ma mind up: ah'll fuckin well face the cunt awright!

We beats the traffic cause the driver boy is floorin it in the limo, n the game's no long finished whin wir close tae toon. They want tae go tae the Business Bar, but ah'm askin them tae droap ays oaf at the hoaspital. — Ah thoat that wid be the last place ye'd want tae be the night, Tez, Billy says.

— Ah well, family, ay, Rab goes.

— Aye, right, ah goes.

Ah gits up tae the ward but the nurse is thaire so ah bends ower the auld cunt like ah'm gaunny kiss his heid (that'll be fuckin right) n ah lits some gob droap fae ma mooth oantae his forehead. Ah'm watchin it runnin doon his heid, slippin tae the right as it gits tae the side ay his beak n tricklin intae his open gob.

The nurse is the yin wi seams up the back ay the stockins. Before, ah'd huv emptied a tank ay muck ower her. That's a fuckin no-no now n ah kin feel the fresh spunk sluicin around in the baws, just overflowin like fuck.

— Try not to be too upset, Mr Lawson, she says, comin ower.

— It's no that easy. Tell ye whae ah blame –

419

— I know what you're going to say, the nurse goes, — people always blame themselves. We can never say enough to our loved ones, n she plumps up ehs pillays, n eh sortay stirs, but disnae wake.

Ah realise she thinks ah'm gaun oan aboot him, whin ah'm thinkin aboot the fitba n that cunt ay a referee. Penalty ma fuckin erse, n Sick Boy's right: Black's elbay oan Griffiths was a sending-off offence. N now this auld cunt lyin there, that maroon skerf entwined roond the bars at the heidrest ay the bed. A fuckin bullyin stepfaither: that's aw that cunt ivir wis. The fuckin telly oan the swivel leg; like a fuckin first-class flight the cunt's oan. N eh wakes up n catches us lookin at it.

— Aw . . . it's you . . . eh goes, aw sleekit, then ehs face creases up, — Ye see the game?!

— Jist back, ay.

— That wis quick, eh sais wi a wee chuckle that shakes ehs skeletal frame. — Well, nae wonder, ay.

— Aye. How ye keepin?

— Dinnae you even pretend tae care!

— Fair dos. Glad yir fucked, ya mingin auld cunt!

— At least ah'll go contented that ah saw Herts win the cup. Again. Against youse. At least ah kin say ah saw that.

— Aye, right.

— Five-one n aw . . .

— Aye, right.

— Yi'll be hurtin, son. Aye ye will. All-Edinburgh derby . . . ehs weak hands come up fae under the sheets n hud up five fingers oan one hand n yin oan the other yin. — Five-one . . .

— Aye.

— Nineteen-oh-two it's been for youse . . . you're no gittin any younger yirself, son. Think yi'll ever see your crowd lift the cup?

— Dinnae ken but, ay, ah goes. The funny thing is, ah realise that ah'm no really that fuckin bothered aboot the fitba, it's aw in his mind. It dawns on ays that's the wey it is; ye imagine it hurts the others mair than it does. Aw they years ah wasted rubbin it in aboot seven-nil on New Year's Day, when they cunts probably wirnae even that bothered aboot it n maist likely jist thoat ah wis a bit simple. Still, it's what it does for *you* that counts. What ah'm strugglin wi is a life withoot a ride, n that's what's hittin hame, n that abandonin *stepfaither* cunt's still oan wi aw that Herts cup shite . . .

— Oor defence is as strong as the auld castle rock . . . eh whispers, then eh faws back intae a peaceful sleep. Ah'm lookin at the saline drip oan the hook. Before ah ken what ah'm really daein, ah'm pillin the curtains roond the bed. Ah unhooks the bag n ah've goat ma knife oot n ah'm cuttin a hole in the toap. Then ah pour oot three-quarters ay the saline intae the sink. Ah gits ma knob oot n pishes intae the bag, fillin it up, feelin it bulge oot aw warm in ma hands. It fills n some pish spills ower ma fingers. Ah huv tae limp tae the sink tae git rid ay the rest, then clean up the mess wi paper towels.

Ah gits a bit ay tape fae whaire thuv pit his well-wishin cairds oan the waw, n tapes the bag back up. Ah hing it oan the hook. It's still yellay bit a loat darker n ye kin see strands ay spunk as thick as fuckin egg whites floatin in it.

Ah'm lookin at him in his sleep, as ah detach that morphine

tube. Ah takes the wee buzzer oan the lead that eh uses tae call the nurse, and hings it behind his bed. The set ay the cunt's mooth has changed, n eh's awready startin tae sweat intae they jammies like a Liberty Leisure lassie oan the back-shift. Suddenly his mooth flies open, n eh looks at ays. — You still here? Up tae nae good, ah bet! Then ehs face creases intae a grin. — Well, thaire's nowt ye kin dae tae me. Ah saw ma team win the cup!

— Yir takin the pish, ah tell um, wi a big smile, as another wave ay thick sweat bursts oot fae the cunt's pores. It's tricklin doon his waxy skin, which is turnin a jaundice yellay before ma eyes. The rancid whiff oaffay him now, the stink ay ma pish merged wi ehs ain rottin flesh. Ehs finger snaps oan the morphine clicker. But thaire's nae buzz fir him. The tired auld eyes faw in horror tae the thick auld vein n the absence ay the needle.

Eh sterts tae make this high-pitched noise, but it goes soft n croaky. — Ah feel terrible . . . ah feel aw dried oot n poisoned . . . git ays water . . . eh's reachin oot, lookin tae the gless ay water, the nurse's buzzer, the clicker oan the morphine dispenser.

But thir aw jist that wee bit oot ay reach.

— Yir *really* takin the pish, ah tell um, whippin the gless ay water oan the nightstand oot the road n placin it away ower by the sink, ootay reach ay they withered airms n that bony grasp.

— Terry . . . help ays . . . git the nurse . . . ah'm yir faither, son . . .

— In yir fuckin dreams, ya cunt, ah tells um, bendin ower

um. — Post Alec rattled her first, back in the day; that time the snaw wis oan the ground, n ah twists that bony auld heid roond n looks right intae they eyes: thir so sae fuckin snide now. — Aye, eh pushed they flaps aside n rammed that Christmas package in thaire. She gied ye yir hole eftir he'd been thaire first. Mind? Aye, eh nailed hur when eh wis deliverin the mail, as you fuckin well ken, ya cunt. You wir tryin tae git yir hole fir yonks n she kept knockin ye back. Must've been a disappointment for her eftir Alec's welt!

Eh looks at ays, n eh cannae even make a spiteful remark. — Whaaa . . .

— Post Alec. Ah wis ehs mate. Alec Connolly. He wis ma real faither. Eh ploughed your burd, Alice, whin she wis a young thing. Yvonne's yours, poor wee cow, but no me, thank fuck. Ah crinkle ma nose up. — You're gantin!

Eh's tryin tae say something, but it comes oot in a gasp, as ehs eyes bulge n eh struggles fir breath. Ah'm fuckin offski, headin oaf the ward n right doon the corridor n oot the door. As ah goes tae the car park the bars oan the cheeky phone come up n ah gits oan tae Ronnie. Ah ken that eh's due back the day. It's this personal assistant cunt that picks up. — Ronald Checker's office.

— It's Terry. Whaire's Ronnie?

— Mr Checker is not available right now.

— Git the cunt, fuckin pronto, ah goes. — It's an emergency. Ah need tae git oantae the links or ah'll go fuckin crazy.

— For your information, Mr Checker had to stay in New York on urgent business. He won't be returning to Scotland till next Friday.

— Fuck . . . Ah hing up. Then ah'm thinkin about what Sick Boy said n gits oantae Donna. — Meet ays in toon.

— Ah cannae, ah've goat Kasey Linn, n ah'm no gaun up thaire, it'll be mobbed.

Of course, it'll be fill ay they cunts. — Right, ah goes.

It's shite no huvin the cab, but if ah go intae toon tae pick it up, ah'll be snookered. So ah phones a couple ay taxi boys, n lucky Bladesey's no that far, n picks ays up about fifteen miniutes later at Cameron Toll. We sticks tae the bypass, but it still takes ages tae git doon tae Broomhoose. Ah'm feel really shite now. Ah might huv nane ay that auld cunt's DNA in me, but he's goat a fuckin pint ay mine in him now. Ah could be fir the jail. Bladesey's gaun on aboot the game, but ah cannae even hear a word the poor cunt's sayin, till eh droaps ays oaf n ah square um up. Funny, when Donna comes tae the door wi nae make-up, she looks a lot younger than she is. Muh ma wis right, ah should've done better by her. — Jist got her settled, she goes. At least she looks better than the last time ah wis doon. There's a better colour aboot her, and she looks mair in control ay things. The hoose is a lot tidier, n thaire's nae shite lyin around or scumbags at the door.

Ah walks intae the bedroom, her follayin ays, n sees the bairn in the crib, asleep. A lovely wee thing. Ah wonder whae the faither is, now actually wishin it wis that cunt Renwick, so ah could pit the bite oan the mug. Naw, it'll be a fuckin useless sperm donor, a permanent daft laddie like one ay they cunts ah saw hingin aboot here before: probably a fucker just like me. Cause ah ken ah'm in nae position tae say nowt, but ah huv tae, for that wee yin's sake. — Dae ye think daein scud wi Sick Boy's gaunny be a good example tae this wee yin?

— You dae scud.

— What does yir ma think ay it?

— Same as you, it seems. Ah need money but, ay.

Ah cannae help it, ah blurts it oot: — Yir gittin an awfay reputation in this toon!

— Like yours? she asks, leaning her arm against the frame ay the door. — Think ah liked hearin aboot that, when ah wis growin up?

— That's changed now! *Ah've* changed!

— Aye, cause ay yir bad hert! Nan telt ays, n she blinks as ah take a step towards her.

Ah stoaps, n looks back at the bairn.

She flicks a few strands ay curly hair oot her face, like ah used tae. — Yir tellin me ye'd huv quit aw the shaggin aboot *and* packed in the scud oan yir ain?

— Mibbe . . . look . . .

— Naw, you fuckin well look, she says, her face screwin up. — The only thing that wis good aboot you wis that ye wir nivir a hypocrite. Now ah cannae even see that in ye!

— Ye said it wis money. Ah kin gie ye money, fir you n the bairn! Ah pills oot some notes. — Is this aw jist a wey ay tryin tae git ma attention? Well, yuv goat it, ah snaps, then ah feel myself fawin tae ma knees n ah'm crawlin across the flair tae her. Ah looks up at her, like ah'm a bairn n she's muh ma. — Please, dinnae dae this.

She's unnerved, but she goes, — Mibbe it's a wee bit late for that! Ye never gied a toss before!

425

What kin ah say? That ah ignored her in her teens cause ah thoat that she wis confident n daein okay? The sad fuckin truth was that ah didnae want tae embarrass her by firin intae her pals. Aw can dae is stand up n take her in ma airms. She feels so small, like a kid. Ah glance tae the bairn and think ay when ah first saw Donna in Viv's airms at the hospital. Where the fuck did they years go? — Please think aboot it, darlin. Please. Ah love ye.

Wir baith sobbin away. She's rubbin ma back. — Aw, Dad . . . you've goat me aw confused now.

No as confused as ah am. So ah'm thaire half the night, n wir drinkin tea a ah'm pourin oot a load ay stuff, n she is tae. N when ah leaves, Stumpy Jack pickin ays up, ah faws intae ehs cab, exhausted, but kind ay unburdened. Wir drivin through the now-deserted night streets. Ah looks intae ma poakit tae see the pages ah ripped oot ay Jinty's diary. Ah dinnae want the polis, or perr wee Jonty, tae ken ah'm mixed up in this, so when ah'm droaped oaf hame, n say goodnight tae Jack, ah gits oot the lighter, strikes up a flame under it and watches it burn. It's fir the best.

Ah climbs ma stair knackered, hopin that ah'll get some kip in. Then mibbe go and see the wee man for a game ay gowf the morn.

47

JINTY'S DIARY EXCERPT 2

Best laugh the day was when that Terry came down. He fancies himself, but he's not like Victor or Kelvin, he treats the lassies really well and has a joke and a laugh. AND he never wants a free ride. I think he wants us to offer it to him! He doesn't know about it, but that's what's gonna happen! LOL!

48

POWDERHALL

An awfay sleepless night: aye sur, awfay sleepless. Like ah wis burnin up in that bed. Thinkin aboot Jinty in thon pillar under the tram brig, n it wis aw cause ay talkin tae the polis. Aye it wis. Ah'd hud a game ay gowf wi Terry, then eh droaped ays right hame in the taxi. That eh did. Aye sur. N eh hudnae long left ays when the polis came roond.

Thaire wis panic in the chist, aye sur, thaire wis. Ah thoat they'd take ays away. Aye, two polis boys, but nae uniforms. Karen made tea, brought oot the nice crockery n the KitKats. The big yins. She ey makes that joke: 'Aye, ah kin ey manage tae git fower fingers in me, Jonty.' Ah dinnae like lassies talkin like that: it's no right. But she's goat the big yins oot this time n one polisman's eatin it but the other isnae. He'll be the bad yin, like oan the telly: the yin that takes ye tae the jail, ah wis thinkin. Aye, eh asked ays aboot Jinty again. — She's still no been in touch, ah telt thum.

— Her father, the cop withoot the KitKat went, lookin right at me in ma eye like the bad teachers did at the skill, like real faither Henry used tae, — Did she ever talk about him?

— Maurice, aye, ah went, thinkin aboot the canary-yellaw fleece. In the wheelchair at muh ma's funeral. — He's her father. Maurice. Glesses. Likes a pint in Campbell's. Aye sur.

— Would you say they were close? the kinder KitKat cop went.

— Well, aye, but eh nivir came roond tae the hoose tae see us. But we'd sometimes see um in Campbell's. Aye sur, Campbell's. It's really called the Tynecastle Airms, ah telt thum, — but everybody kens it as Campbell's, ay. Aye they do. No the younger yins like, they'll no ken it as Campbell's that much, but they might pick it up fae the aulder yins. Like it's been handed doon. Aye.

The KitKat boy glanced at the other cop, then back at me and gied ays a wee smile. Karen hud fair done well wi the tea n KitKats, the big fower-fingered yins, n the pan-loafy guid bone china. Aye she did. — Unfortunately, we have to inform you that Mr Maurice Magdalen passed away last night.

Ah couldnae believe it, n ah ken what passed away means but ah wisnae thinkin right, so ah said tae the boy, — Is eh awright?

— He's dead, Mr MacKay, the KitKat cop went, — he died of smoke inhalation in a fire at his house.

The other polisman looked at his mate, n droaped his voice like it wis meant tae be awfay secret. — It's too early to be exact about the cause of the fire, but indications are that Mr Magdalen was smoking a cigarette in bed and fell asleep.

— Aye, eh liked a cigarette, Maurice, aye sur, that eh did!

— Of course, being partially paralysed, Mr Magdalen would have found it hard to get out of bed and control the blaze.

Ah wis thinkin aye aye aye aye n then the KitKat copper boy went, — Maurice Magdalen, Jinty's father, was wheelchair-bound after a sustained assault by a gang of men, who believed him to have been involved in a firebomb attack on The Pub With No Name public house, shortly after his daughter disappeared. Do you think that there could be any connection between this assault and her disappearance, given that you made a statement that she was last seen in The Pub With No Name?

Ah didnae ken what tae say tae that. So ah jist sat thaire wi ma mooth open.

— Mr MacKay?

— Dae ye think Jinty'll come back?

— There are no further developments in the case, the KitKat boy said, lookin at his mate once mair n closing his notebook aw shut.

— Aye sur, ah went back, — nae developments.

— She's still listed as a missing person.

— Missin person, aye.

The KitKat boy stood up. Then his pal did the same. — We'll let you know if we hear any news. I can appreciate how distressing this must be for you, Mr MacKay.

— It makes me greet sometimes, that she could just go like that, ah telt the polis fellys. Then ah asked them when the trams wid be runnin. The KitKat boy just looked at ays n said eh didnae ken. Then, as they went oot, the other cop says, — One more thing, Mr MacKay . . . Mr Magdalen was a member of EROSS, a political extremist group. Did you ever hear him threaten violence against Mr Jake McColgan, manager of The Pub With No Name?

— Naw sur, naw ah did not, naw, naw naw, ah goes, but thir away oot the door.

Ah sat thaire starin at the Wally dug oan the mantelpiece, n Karen took thum ootside, bit ah wis pure at the door listenin tae them talk in the hall. — Ma brar's a wee bit . . . slow, officer, Karen goes. Aye sur, she said that. She did now. That she did. Aye sur. — Eh widnae hurt a fly though.

That makes ays angry, cause ah *wid* hurt a fly. Ah'd kill that fly thit came oot Jinty's mooth, the one thit pit the slithery wee grubs in her that wid eat her oot! Eat her oot in the eyes, the ears, the nose, the mooth, the erse n the fanny; like she got me tae dae, but in a different wey. Aye sur, in a different wey. Strong hands, Jonty, strong hands, she'd say. But ah ah'm right in the heid. Ah am! It wis Maurice that wisnae right in the heid, no at the end, eftir the accident. No even before, cause God punished Maurice for daein things that are meant tae be done wi lassies, no laddies! N mibbe Maurice isnae in heaven wi Jinty's ma, eh might be in the other place where bad laddies go, n thir aw rammin it up ehs erse now, wheelchair or nae wheelchair! Cause Maurice wid be able tae walk again in heaven, but in the other place eh'd be made tae stey in the wheelchair, until it wis time tae git ehs bum rammed! Then they'd git rid ay the wheelchair!

Aye, that wis whit happened when the polis came roond. Karen did maist ay the talkin. Aye sur. So the polis huv gone away, n ah tells Karen ah'm gaun intae toon, nae mair tae be said on the subject, cause ah'm no jist gaunny be a prisoner in the Cuik aw ma days, jist gowf outins wi Terry tae look forward tae. Naw sur, ah am not. Naw sur, naw sur, naw sur. Aye.

Karen's ver-near greetin. She's gaun oan aboot me spoilin everything n how she hud it aw planned. Ah tells her no tae worry cause ah'll be back n we'll hae some dirty bad stuff nookie again. Ah've no been in the mood cause ay seein the maggoty boaby man on Terry's real faither Alec in the grave-yard n imaginin they slithery wee worms bein up Karen's fanny n gaun intae ma boaby man. Like they'd be in perr Jinty's. Come tae think aboot it they could huv crawled up ma boaby man whin it wis in Jinty's fanny. Naw. Cause ah'd huv seen thum come back oot quick enough when ah peed! They widnae like that! Naw sur, they wid not! Ah wish now some maggots *hud* crawled up ma boaby man, cause it wid serve thum right! Aye sur, it wid. If the pee didnae kill thum they would huv drooned in the lavvy, n even if they wir able tae hud thir wee maggoty breath fir yonks they wid huv drooned at sea! N it wid huv served thum right, cause jist like that Bawbag, naebody asked thum tae come here!

So ah phones Terry n tells um that ah needs tae talk n thit thaire's bad things gaun oan in ma heid.

— Awright, ma wee pal, meet ays at thon Starbucks at Haymarket Station at one o'clock.

— Aye sur, Starbucks! Right, ah says, thinkin thit wir fair gaun up in the world! Aye sur, Starbucks! Ah've nivir walked intae one ay thaim, wi aw they well-dressed folks! Awfay pan-loafy! Aye sur!

So ah hus tae git two buses, but ah'm no bothered cause ah gits tae sit up front oan the long yin oot fae Penicuik. N whin ah gits tae Haymarket ah'm a wee bit mair feart cause it's awfay near Gorgie. But ah sees Terry so ah starts wavin ma airms in the air n eh sees ays back. Ah goes ower n thaire's a boy wi funny hair sittin in the cab. But thir sortay in the rank: sortay waitin *ootside* ay Starbucks. — A wee trip up tae the gowf coorse, Jonty, oot at Haddington.

— Aw . . . ah goes, cause ah realises thit wir no gittin tae go intae Starbucks n it's no jist me n Terry so it'll be harder tae talk aboot the graveyard n us seein ehs real faither's maggoty willy n eyebaws aw eaten oot by the bugs.

— This is ma mate Ronnie, eh sais, lookin tae this boy wi funny hair. — Ah've jist picked um up fae the airport, now wir gaun oot tae Haddington.

— Jonty, Ronnie, aye sur, ah goes.

The boy sais nowt n hardly looks at ays. Aye sur. No like the nasty bad-hert wey that some ay the boys like Barksie, fae The Pub Wi Nae Name used tae dae, mair like ah'm sort ay invisible tae this boy. Aye sur. Like the Invisible Man oan the telly! Ye couldnae see um but ye kent eh wis thaire cause ay ehs hat n coat. The boy's clathes wirnae invisible; but it's like ma clathes ur n aw tae this boy. Aye sur.

So ah'm sittin beside the boy in the back wi Terry drivin, n ah thinks 'now's ma chance tae talk tae the Ronnie boy', but eh's jist talkin intae ehs phone most ay the wey oot thaire. Eh's goat a voice like they huv in the fullums; that's no a Scottish voice, yon, that's what ah'd say tae the boy if eh pit the phone doon! Ah'd say: yir in Scotland now! Yuv goat tae speak wi a guid Scotch tongue in yir heid! But that wid be wrong cause the boy cannae help the wey eh talks, like the lassie wi the bairn doonstairs whae cannae help bein broon n talkin like aliens fae space do in Fullum Station Four's fullums. Her that gied ays that dress tae wear. Ah hope they lit hur broon husband oot the jail soon. But no if eh's been

433

throwin bombs. Naw, thi'll no lit um oot if eh's been daein that. N thi'll pit me away if they find oot thit ah wis. But wi Maurice bein deid through the fags, it's like the polis'll blame him fir ma bombs, just like everybody at The Pub Wi Nae Name did when they battered him sair. Aw aye sur, battered him sair. Eh didnae look happy at muh ma's funeral though, n eh mentioned the canary-yellay fleece.

We stoaps along this beach but it's aw rocky. Like whin ye'd go tae the beach as a bairn thinkin it would be sand n ye'd be in yir bare feet but it wid be aw rocky. Thaire's a few cottages in the distance. It makes ays sad cause it wid be barry if me n Jinty wir livin in one ay thum, n thaire wid be a nice auld wummun like Mrs Cuthbertson next door, n ye could bring stuff back fae the shoaps fir her cause it wid be an awfay long walk wi her auld legs. N thaire wid be nae cocaine, no by the sea. Naw thir wid not.

The boy Ronnie's goat us met up wi they other boys, whae ur pointin at things and showin um aw they drawins n plans. Terry n me's sittin against the cab, n he's huvin a fag. Eh's goat a nice cigarette case, jist like yin Maurice used tae huv. Aye, Terry's started smokin again, n eh's pit oan the weight n aw. Ah feel like tellin um no tae cause ay Maurice. — What's yir mate daein, Terry? Buildin something?

— Aye, some fuckin gowf course n flats. Ah dinnae ken what the muppet's oan aboot half the time.

— That's a shame cause it's a barry view, aw the wey doon tae the sea.

— Who gies a fuck but, ay? Terry finishes the fag n flicks the end away. — Aw fucked now but, ay, mate.

Ah dinnae like tae see Terry talkin like this, cause it should be a happy Terry, cause Terry's normally happy Terry wi a cheesy wee grin oan ehs face. — Is it cause yir sad aboot yir real faither Alec in the graveyard wi aw the creepy bugs? Ah git sad aboot muh ma explodin, n wee Jinty . . . bein away, ah sais, thinkin ay Jinty, wearin a white dress, steppin oantae a tram.

— Naw . . . it's like ah've goat a bad hert, Jonty.

— Naw yuv no, Terry! Yuv goat a guid hert! It's the boys fae that Pub Wi Nae Name, thir the yins wi the bad herts! No you!

Terry forces a cheery wee smile. — Naw, mate, yir no gittin me. It's medical like, fae the doaktirs. It means ah cannae dae certain things. Like make love tae a lassie.

Ah'm gaunny say thit ah cannae dae that now either, but that wid be wrong cause ay Karen. — Is it cause ay the maggots comin oot ay yir real faither Alec's boaby? Cause that sortay haunts me n aw, Terry, aye it does, sur.

— Nowt tae dae wi that, Terry goes. — The only time ah'd worry aboot maggots comin oot ay some cunt's cock wid be if it wis mine they wir comin oot ay. It's this ticker. Eh pats his chist. — Shaggin pits a strain oan it. Eh looks at the fag end eh's flicked away. — Ah shouldnae be smokin n pittin oan weight . . . ah might as well jist go fir a decent ride, the wey ah'm fuckin masel up, n eh screws ehs face up n punches the side ay the cab hard.

— Aw, ah goes.

— Ye ken what, n eh shakes ehs heid n looks oot tae the sea, — ah thought that ah jist wanted ma hole aw the time cause ah wis this rampant shagger that hud tae blaw ehs muck, or thit it wis jist pure ego, like tae bang as many different burds as possible, ay, n eh turns tae me wi a wee grin oan ehs face. — But ah realise that that wis aw shite. It's because ah think lassies are fuckin gorgeous, n ah want tae make thum happy. Tae please thum. Ah'm a pleaser, but ah've failed at pleasin people in every other wey, so that's ma thing. Ah love seein a burd huvin a great time, gittin wild n aw lit up, n huvin a barry climax, n then gaun 'ah needed that' or 'that wis fucking amazing'. That sort ay feedback makes ays feel ten feet tall.

Ah'm lookin at um n ah dinnae really understand what eh's sayin but ah sortay dae n aw cause ah think aboot whin ah made Jinty happy.

— Here's the point, Terry goes, — lassies urnae pit here fir ma gratification, it's totally the other wey around, ay.

Ah dinnae really ken what eh means but Terry kens ah dinnae ken withoot me huvin tae say ah dinnae ken. Aye sur, eh does.

— Ah'm pit oan this Earth tae please thaim, eh goes. — That's ma only role, n now it's gone. Now ah'm nothing! See, if it wisnae fir the gowf –

— Yir no nothing but, Terry, wuv goat the gowf . . . yir a great pal tae me, cause yir the only yin that disnae take the pish, aye sur, ye are that.

Then Terry looks at me aw strange. It makes ays feel aw bad inside. — How dae you ken that though, mate? How dae you ken what ah've done in the past?

Ah stert tae say something back aboot him huvin a good hert, even though it's an ill hert, whin Terry goes, — Listen, mate, ah'm gaunny dae something for you. You need a wee brek, tae git away for a bit.

— Aye, but ah've goat tae wait fir the trams . . . fir Jinty . . .

— The trams'll be ages yet, n Jinty . . . well . . . ye huv tae move on, mate.

N ah'm thinkin aboot this n how ah dinnae like Karen comin through in the night tae ays. — Aye, ah could dae wi a brek.

— Ma mate Simon in London is gaunny pit ye up. You'll meet some nice lassies; some ay the lassies ah showed ye in they scud flicks.

They lassies wir awfay durty wi Terry n other laddies, but seemed nice, n they wirnae owerfat like oor Karen. — Aye? That wid be double barry! Aye sur, aye sur, aye sur . . .

— Ah've got ye a ticket doon thaire, Terry goes. — Ah ken ye need tae get away, mate, n eh hands ays a ticket fir a train. For London!

— Ah've nivir been tae London, ah goes. — Ah've been oan a train but. Tae Aberdeen n tae Glesgay.

— Well, you'll be screen-tested, mate. Tae git intae they vids ah showed ye, the yins wi me n they barry lassies? Before ma hert? Mind ma space yins, *Invasion Uranus* n the sequel, *Assault on Uranus*? Ah wis the space pirate whae stumbled on the colony ay lesbo scientists at thair research station on Uranus?

— Aye, ah do that, aye sur, that ah do . . . that wis barry, Terry! Ye think ah could be a durty fullum star like you?

— Well, if ye satisfy thaim, you'll be in . . . shoatie, Terry goes, as Ronnie comes back. Eh's shakin hands wi the boys, n they go n git intae another car.

— Awright? Terry looks at Ronnie, as eh climbs intae the cab.

— Local democracy in action, the Ronnie boy smiles.

— It sure is a beautiful thing! Now let's get to Muirfield and fuck those Swedes!

— Turned oot a rerr day, ah goes.

The Ronnie boy grins at ays. — You know, Jonty, sometimes with the way you look at me, I dunno if you're the dumbest asshole on this planet, or if you think I am!

— Mibbe it's baith but, Ronnie . . .

— Maybe it's both! This guy! Ronnie laughs.

Terry turns round n sais, — Ye shouldnae be talkin tae him like that.

— Easy, Terry! He knows I'm just bustin his balls!

— Aye, right . . .

— Are you okay? You seem uptight. You gotta relax for golf, Terry, it's a Zen art —

— Ah ken that, n ah'll be awright when we get there.

— Well, keep calm. Remember, I'm the one that's got it all to lose. Bottle number three of the Trinity!

Ah goes, — Is it a guid coorse, this yin wir gaun tae?

— Is it good? Ronnie goes, ehs eyes aw bulgin oot. — It's Muirfield! This is the Honourable Company of Edinburgh Golfers, one of the world's great clubs, founded in Leith back in 1744 . . .

— Aye . . . guid coorse . . .

— . . . and it's hosted the British Open Championship, one of the world's great tournaments, fifteen times.

— Wid ah huv seen that coorse oan the telly, wid ah, Ronnie? Terry?

— Yes, of course.

— Aye, it's been oan the telly tons ay times, mate, Terry goes. — Tiger Woods n that. The black boy. But sort ay Chinky n aw.

— Aye, aye, aye, the Chinky boy, ah mind ay the Chinky boy . . . ah goes, n Terry n Ronnie ur talkin aboot gowf n whisky n Danish boys. Ah'm kiddin oan ah'm readin ma paper at first, but then ah sortay really am. It's goat that lassie oot ay the Spice Girls, whae's sayin thit she nivir found true happiness wi a felly. Ah'd mairry her n treat her good n gie her barry boaby rides every night, cause she looks nice n kind. But mibbe it's an auld picture. Aye sur, mibbe it is. N the lassies that Terry makes the fullums wi are probably jist as kind as any Spice lassie n they love dirty boaby rides n aw! Aye, ye kin tell! Aye sur, ye kin that!

— Yir lookin excited, pal, Terry goes.

— Kin ah hire clubs thaire, Terry?

Terry looks a wee bit sad. — Naw, mate, ye cannae play this time cause it's aw arranged in advance wi Ronnie n the Danish boys.

— Aw.

— You kin caddy for ays but, mate, ye think ye could dae that?

— Aye sur, caddy, ah could, aye aye aye . . .

— But yi'll need tae stey quiet but, cause it's an awfay important game. We widnae just huv anybody caddy at such an important game, mate.

— Aye sur, awfay important, ah goes, — n ah'll try tae keep quiet, aye ah will.

— Sound.

Wi gits tae the gowf coorse, n it's the maist pan-loafy gowf coorse ah've ever seen! Aye, suren it is! Aw big cars in the car park n snobby boys in blazers that check ye before lettin ye in! N thaire's a bar in thaire n it's even better thin the hospitality at Tynecastle! Ah dinnae even ken if Ryan Stevenson wid git in here, wi aw they neck tattoos. Lucky we're wi Ronnie, so wi gits in awright, aye wi dae! Cause the bar's awfay posh, n wi panelled wid but awfay auld panelled wid thit wid taste aw auld, no like the fresh panelled wid at Tyney. Thaire's paintins ay auld golf boys oan the waws, the biggest ower the marble fireplace ay a boy in a daft wig n a rid coat. — How could they play good in a daft rid coat n wig, Terry? ah goes.

— They jist could, pal, Terry sais.

Thaire's nae time for a drink at the pan-loafy bar, cause thaire's two Danish boys, baith ay whae Terry n Ronnie seem tae ken. N a wee guy in a jaykit. So wir aw right doon tae the coorse, oot oan that first tee at the gowf! Aye, so it's Terry n Ronnie, me caddyin, n wir up against they Danish boys that nivir talk much. Ah goes, — Youse've goat bacon at your bit, cause ye see it oan the telly, aye sur, ye do, Danish bacon, ye see it oan the telly ower here, but the boys dinnae say nowt cause mibbe they cannae understand the Queen's English like the Germans kin. So wir at the first hole n Terry

440

drives off, straight doon the fairway. A par-five hole. Aye. Par five. The second shot isnae sae good but. — Coo's-ersed it, Ronnie, Terry shouts.

Terry's third shot bounces oantae the green but the Lars boy gits thaire in three tae. — Aye . . . yuv goat thum now, Terry, ah goes, giein encouragemint, aye sur, encouragemint.

Terry pits a finger tae ehs mooth n goes, — Shh, mate.

Ah tries tae cause ye dinnae want tae pit people oaf, even if it's jist a boatil ay whisky thir playin fir. Terry said it wis special whisky, but. Other Dane Jens goes for a big batter, but his drive goes aw tae one side n lands in the bunker! Eh gits sort ay trapped under the lip and takes five shots to get oot! Ah'm gaun, — Aye, trapped under the lip.

See, at the next few holes but, that Jens boy is tons better. — That Jens is a fuckin machine, Terry says to Ronnie.

— I know, there oughtta have been more of a handicap on that goddamn Swede!

— He's a Dane, Ronnie, Terry goes.

— Same goddamn thing, Ronnie says, but ah ken it's no, cause he widnae like it if ye sais thit Americans n Mexicans are the same, cause thir different, like the fullums in Fullum Station Fower tell us. — Goddamn Viking pillaging blood-thirsty rapists who turn into stone-cold assassins with their socialised everything, and then have the gall to tell us *we're* the warmongering assholes!

Terry's no listenin but, eh's concentratin oan the gowf n eh squints ehs eyes tae see the flag. It's the number eight hole. — That's the beauty ay golf, Jonty, he sais, — it's a swedge against nature, and a swedge against yirsel. A gowf

441

coorse can be the lassie thit's been snoggin ye n rubbin up against ye aw night, whae then suddenly turns round and slaps yir puss for nowt.

Ah'm tryin tae think aboot aw the things that Terry sais, but Ronnie sort ay butts in. — Terry, all those observations are very interesting, but please concentrate, eh goes n looks across at that Lars, — this is serious business.

— Ah dinnae ken aboot aw this business stuff, Ronnie, that's your gig, Terry goes, — I'm jist here tae drive n play a bit ay gowf.

— Dammit, Terry, Ronnie goes, lookin ower at the Dane fellys, — you know how fucking high the stakes are!

Terry jist grins n fixes ehs basebaw cap tae keep the sun oot ay his eyes. Aye, it keeps it fae gaun intae thum. — The key is tae stey relaxed, right, wee man, eh winks at ays.

— Aye sur, relaxed, aye, aye aye . . . n Ronnie's face is rid but Terry lines up this putt, crouchin doon and stickin oot the club like they dae oan the telly. Then eh gits up n rolls it right intae the hole!

— Goddamn putt! Woo-hoo! Ronnie clenches his fist n lits a loat ay air oot. — That's us level!

Terry nods over at Lars and Jens, as we walk doon tae the ninth tee. — Been readin a lot aboot philosophy n the art ay competition, Ronnie, Terry sais. — Books educate ye.

Ronnie sortay nods n takes a big club fae the bag ah huds up for um. — Have you read my books, *Success: Do Business the Checker Way* or *Leadership: Seize the Moment With Ron Checker*?

— Naw, mate, Terry sais as Jens comes up tae the tee

442

and belts the baw doon the fairway, — ah'm readin proper literature. Ever read that *Moby-Dick*?

— Yes . . . but not since college, Ronnie goes. — These books don't really help you in life, Terry. Now, take *Success*, that was on the *New York Times* best-seller list for –

— Wait the now, Ronnie, Terry sortay cuts in. — *Moby-Dick* wis aboot this cunt chasin a whale, right? Ah see masel as that boy, only instead ay bein obsessed wi the whale, wi me it's fanny, n the taxi's like ma boat. So instead ay Captain Ahab, ye kin call me Captain Acab.

— I don't follow.

— Scottish humour, Ronnie. Goat tae be in wi the in-crowd tae appreciate it, ay, Jonts?

— Aye . . . aye . . . Scottish, ah goes, — aye, guid Scottish tongue . . . But ah dinnae ken what eh's talkin aboot either. Ronnie sais nowt, n jist tears oaf.

See, if ah wisnae caddyin, ah wid be watchin this game anyway cause it's double barry. Terry n Ronnie go ahead. Then it's like a draw but wi the gowf wurd for a draw. Then the Danish boys go ahead. Then it's back tae bein a draw again.

My legs are gittin awfay sair, aye they are that, but wi gits tae the last hole n it's like a draw. Everybody's aw tense. N ah sais, — See, if we go tae London, Terry, will we meet they lassies?

— Aye. Well, you will, mate. It's aw aboot the hole.

N Terry drives oaf, right doon the fairway. Ronnie's shot's even better! And ehs next shot! The Danish boys cannae keep up! Ah'm aw excited as they aw drive oantae the green. Ah cannae even look, ah turns away when they goes tae putt.

Aye sur, ah turns away n pits ma fingers in ma ears n ah'm lookin up at the big woods, but thinkin aboot Jinty, ma perr wee Jinty in that pillar, muh ma explodin, perr Alec, Terry's real faither, n ehs maggoty boaby, n Maurice wi ehs big eyes in they glesses . . . thir aw deid, aw gone, thi'll aw be waitin on me above they trees, in that blue sky. N ah hears a funny ghost voice in the distance . . .

— JONTY!

Then ah turns tae see Terry's mooth open. Ah takes ma fingers oot ma ears, n eh's shoutin ays ower!

Ah goes ower. Ronnie's shakin. Terry's yin's the only baw left oan the green n it's aboot six fit fae the hole. Aye sur, six fit. Ronnie's shakin, ehs hands oan ehs club. The Danish boys are aw white-faced but sayin nowt. Terry looks intae ma eyes.
— What dae you think Ian Black said tae Craig Thomson eftir the game?

Ah thinks aboot this yin. Ah ken thit the real answer wid be 'thanks fir helpin us beat they durty Hobos' but ah cannae say that cause ay Terry bein yin. It widnae help um wi the putt. So ah whispers, — Wir aw Jock Tamson's bairns.

— Thanks, ma wee pal, Terry goes, n ehs eyes ur aw misty.

— Terry, what in hell's name are you doing? Ronnie shouts. — It's this goddamn putt for the game! The Bowcullen, goddammit!

— Ah'm aw nervous but, Ronnie, Terry goes.

— Take deep breaths, you can do this!

Terry looks at Ronnie, then Jens and Lars, and eh bursts oot laughin. — Aw nervous that they poor boys are gaunny commit suicide when ah pits this yin away!

N eh goes ower, aw casual, n no nervous at aw, n takes the last putt . . . It seems tae be gaun too fast; then it hits a wee bit ay slope n slows doon . . . it's gaun taewards the hole but it birls roond the mooth . . . then . . .

IT FAWS! AYE SUR, IT FAWS RIGHT INTAE THE HOLE! AYE SUR, IT DOES! AYE AYE AYE AYE AYE! Ronnie lits oot a roar n grabs a hud ay me! — YESSSSS!!!!! We've done it! WE'VE WON THE WHISKY! Ronnie's eyes ur bulgin oot n Terry comes ower aw casual, n the three ay us ur in a big embrace. — THANK YOU, GOD! Ronnie shouts at the sky. — GOD IS AN AMERICAN! he shouts ower at the perr Danish boys, whae look awfay soor-faced, aye sur, awfay soor-faced.

— Mibbe it means eh's a Scotsman, Ronnie, cause ay Terry sinking the putt, ah goes.

— Maybe it damn well does, Jonty! Hell yeah!

We pill apart n Ronnie goes tae Terry, — What the hell was going through your mind when you took that shot?

— Aw ah thoat ay was aboot every burd that ah've looked at since this hert news, and ah jist focused on the hole. Aw thit wis gaun through ma mind: you're fuckin gittin it! It's like the scud, they ey sent me in tae dae the difficult shots, like the triple penetration cause ah nivir loast ma boatil. Lisette's lying under Curtis, whae's right up her, n Bum Bandit Jonno's in her erse. Thaire's aw they bodies in the wey, n the camera, n nae gap tae push it intae. So they send fir Juice T. Ah git it right in thaire, every time, ey thoat ay masel as the George Clooney ay scud. Gowf's the same; ye go for the hole n nowt gits in yir fuckin road!

445

Ronnie laughs n ah does tae n we're aw cheery. — You know, Terry, you drive that ball the same goddamn way every single time. That swing looks a little awkward, you look like you're taking a shit, but it's a thing of flawed beauty. It can't be taught. You really do make love to that course; you pound, pump, caress and leave.

— Aye, aye, aye . . . ah goes, but ah kin see Lars isnae happy, n him n ehs mate go away, as the other boy hands Ronnie the boatil!

We gits back in the cab n wir drinkin champagne! Ah thoat we'd be drinkin oot ay the whisky in the funny boatil but Terry goes, naw, this is better, even in a paper cup!

It's barry cause it tastes like good lager, thick lager wi tons ay gas, but aw sort ay sweet, like a lager tops!

Ronnie n me toast like it wis New Year or whin Herts won the cup. — We should go back to my hotel, eh sais, — and get more of this goddamn champagne.

— Goat tae run a wee message first, it's oan the wey in, ay, Terry goes, but aw sort ay snappy.

— Terry, we got a result! Don't be so goddamn uptight! Ronnie sais, hudin up the funny boatil ay whisky that looks the same colour as rid wine.

Terry keeps lookin at what's behind us in the mirror aw the time. — Ah'll be happier when ah've droaped oaf this twenty grams ay ching tae this cunt doon the Taxi Club.

— A two-bit drug deal! You are carrying twenty grams of cocaine around, with everything that's happened to us? Ronnie shouts. — Gimme a fuckin break! Drop me off at the hotel, now!

— It'll take ays twenty minutes tae git tae the Taxi Club n meet this boy, Terry goes. — Huv some fuckin balls!

— But it's a goddamn drug deal!

Ah'm watchin thum gaun at it, one yin, then the other.

— So? It's still fuckin business. What does business take? George Bernard Shaws! Huv a bit ay fuckin pride: wir stickin it tae they polis cunts! These wankers, they pilled ye in. They took the pish, Ronnie. N they called ye a shitein cunt cause ye kept phonin them during the storm. They've hud yir caird marked since then. Then fucked ye aboot tryin tae find that second boatil ay whisky. Terry turns ehs heid roond. — The fuckers are probably doon some Masonic club right now, drinking shots oot ay it!

— You really think those assholes would have the audacity –

— Ah'd pit nowt past those fuckers. Stick it tae the cunts, mate!

— Right, let's goddamn do this! Ronnie punches ays oan the thigh. — Take me to this faggot-assed club where it's all going down! And give me a fuckin bump of that shit! We done kicked Scandinavian ass!

— That's ma man! Jonty, see this cunt here? Terry points back at Ronnie. — Business takes baws n he's goat baws ay fuckin steel. Watch n learn, wee man, eh sais, n ah feel the Ronnie boy sort ay pumpin ehsel up next tae ays in the back seat. Terry hands um ower a caird in a bag ay devil's poodir. Ah turns away, in case they try n gie it tae me. Aw aye, ah does that, cause it makes ye ride other people's lassies. Aye sur, it does. Cannae be daein wi yon.

447

— YEE HA! Ronnie shouts oot, n eh seems tae be feelin good.

So ah asks um, — See, in New York, huv they goat McDonald's thaire?

— Of course they have. They have McDonald's everywhere. It's an American franchise!

— Bet thir no as guid as the yin in Gorgie but! Naw, thi'll be like they snobby up-the-toon yins if thir in New York! Aye sur, that they will. Aye aye aye.

— What in hell's name are you talking about, Jonty?

— Snobby McDonald's, Ronnie, aye, snobby McDonald's, ah goes, then, n it jist comes oot, — snobby Ronnie McDonald's . . . N ah starts laughin at that mistake n Terry does tae. Ma hand goes tae ma mooth n ah hope Ronnie doesnae think ah'm sayin eh's a clown even if eh looks like yin wi that sort ay reverse clown hair, aw stickin oot oan top wi nowt at the sides, cause that's jist what Jinty wid say . . . but ye cannae say that, naw sur, ye cannot . . .

But Ronnie's jist sortay laughin n shakin ehs heid. — What in hell's name – are you goddamn crazy?

— McDonald's . . . jist sayin . . . Ronnie McDonald's, aye sur, aye sur . . . n wir aw huvin a rerr laugh, but ah tell thum thit ah'm no touchin the devil's poodir, naw sur, ah am not.

— Wise man, Ronnie says, lookin at Terry and laughin, — this goddamn motherfucker is gonna be the end of me, and they start laughin again n ah dae n aw.

So wir drivin back intae Embra, n headin tae Powderhall n the Taxi Club! Terry promised me he'd take ays thaire: the cheapest pint in toon! Aye sur! Hank said tae ays once: 'Ye willnae git in there withoot me signin ye in.' But ah will! Ah'm wishin eh wis in there tae see it now! Barry-barry!

Wi gits inside n Ronnie's lookin no too comfy but Terry leaves ays wi a peeve n tells ays eh's gaun tae the bogs for a line ay that awfay poodir. Ronnie's lookin at um n sayin, — Terry, don't you think you're doing a lot of cocaine for somebody with a heart condition?

— Aye, but we won, mate.

Ronnie high-fives um. — We kicked ass! N eh follays Terry tae the lavvy.

Ah sortay agree wi Merican Ronnie but, cause ah believe it wis that poodir thit switched off Jinty's light. Mind you but, ah'm no sayin hur ma, Maurice's wife, did the same, no sur, ah am not cause that's no fir me tae say. N ah dinnae think cocaine wis invented back then fir Edinburgh, back whin she wis alive. Ah want tae ask Ronnie if it wis invented back in America, in New York n that, but ah'm no happy wi Terry n him daein this funny stuff cause Barksie does that. Eh gied it tae Jinty n she wid still be here n no wi the ghost trams if he hudnae gied hur it. Devil's poodir: aye sur, that's what ah call it. Aye sur: the devil's poodir.

Ah sees ma cousin Malky n ah waves um ower! Ah cannae believe ma luck! Eh'll tell Hank ah wis in! Eh'll vouch for ays! — Malky! ah shouts. — What ur you daein here?

— Jonty! N eh's right ower to me as Ronnie n Terry ur comin oot the lavvy. — I'm down to see a friend, Colin Murdoch, who works as a part-time taxi driver. He droaps ehs voice. — We're thinking of setting up a local private cab-hire firm, and we're just canvassing to see who's game for jumping ship, Malky goes, lookin ower ma shoodir at Ronnie but gaun, — Do you know who that is?!

— Aye sur, it's Terry n Ronnie, n ah grabs Terry's airm. — Ma cousin Malky!

— Sound, Terry nods at Malky. — Mind ay ye fae ehs ma's funeral, but Ronnie does that thing like eh disnae see um. Mibbe eh's shy, mibbe that's aw it is.

— Ah yes, that was so sad, Malky sais tae Terry.

Then ah nearly dies cause thaire's a big mob ay laddies fae The Pub Wi Nae Name thit walk in. Thir lookin roond like they own the place. Then Evan Barksie looks at ays, n ah turns away, n eh's straight ower tae Terry.

— What ye brought us doon tae this mingin tip for, Lawson?

— Ye got the poppy or no? Terry goes.

— Aye.

Terry nods tae the bogs n they vanish inside.

— What you daein here, Jonty? Tony Graham asks. — You're no part ay oor syndicate.

— He's part of my goddamn syndicate, Ronnie says, stepping forward.

Then Malky sais tae Ronnie, — Excuse me, I hope you don't mind me interrupting but I'm a businessman myself, and I'm a great fan of *The Prodigal*. I couldn't help hearing the rumour that you're involved with the syndicate!

— I dunno anything about a goddamn syndicate!

— But you just said –

— Figure of speech, Ronnie sortay snaps.

Malky winks at um, then at me. — I see.

That Craig Barksie's giein me the evil eye, eh is that, sur. — What's the fuckin hold-up? eh goes, lookin tae yon lavvy whaire Terry n Evan Barksie are dealin the bad poodir. — Let's git the deal done n git the fuck oot ay this tip, n eh's lookin around wi that burnt coupon, whaire the chunks ay muh ma exploded oantae his puss.

This boy wi one leg, whae's sittin at the table, hus heard this, n goes, — Youse shouldnae be in here. Then eh turns tae ehs mates. — Ah bet these are private-hire cunts, come in tae snoop around!

Malky looks aw nervous n turns away fae the boy. — I understand. Eh taps ehs nose at Ronnie. — These things require discretion.

Ronnie boy sort ay looks at him, then at me n Terry, whae's come oot the bogs wi Evan Barksie. — What the fuck is this shit?

— Cousin Malky, ah goes. — Aye sur, cousin Malky, aye, aye, aye . . .

Craig Barksie goes, — This place is fuckin well daein ma heid in!

Malky leans intae Terry. — Listen, I hope you don't think I'm being pushy, but are you involved with the syndicate?

Evan Barksie's lookin daggers at Malky, then at me.

— You polis? Terry goes.

— No . . . and I'm not press, and he looks at Merican Ronnie n droaps his voice. — I really want to be part of . . . you know, I want to be involved in the syndicate. Jonty here will vouch for me, n eh looks at ays wi hope in his hert. Me!

451

— If you vouch for me wi Hank thit ah wis in here, ah will that, sur!

— Of course, cuz . . .

— Set up yir ain fuckin shite, Evan Barksie sais, — you're nowt tae dae wi us. We're oaf tae Magaloof!

— Eh's cousin Malky, Terry, Ronnie, ah tells thum, — cousin Malky fae Penicuik, aye sur, Penicuik, aye, aye, aye, aye . . .

— Ah left Penicuik a while ago, Jonty, you should ken that, Malky goes.

So ah sais, — Ye nivir really leave Penicuik but.

Evan Barksie moves ower tae his mob in the corner, some ay thaim fae The Pub Wi Nae Name.

Ronnie's pit ehs hand back intae ehs poakit. — Terry, these assholes are giving us the stink eye, n eh nods ower tae Evan Barksie in the corner, whae's lookin at ays. — We oughtta go.

— It's ma fuckin club, Terry sais, — ah'm gaun naewhaire. Cheeky cunt tried tae say ma ching wisnae worth a sook, n eh's oaf ehs fuckin tits oan it!

N thir aw ower, surrounding ays, sortay standin close and crowdin ays aw oot. Ah dinnae like this, no one bit at aw.

— This is a funny show, wee dimwit Jonty here, wi ye, Terry? Lethal Stuart goes.

— Thaire's a few fuckin dim-witted cunts in here the day, Terry goes. — The wee man isnae one ay them.

— You're the cunt oaffay that TV show! Evan Barksie goes tae Ronnie.

— Takin the pish ootay fuckin Scotland, wi they gowf coorses! Tony sais.

452

— You fired that fit burd, that Lisa, hur wi the big tits! Craig Barksie sais.

Fair play tae Ronnie but, ay, eh turns oan um n goes, — She was fucking incompetent, you scatterbrained asshole!

— What . . . what did you jist say? Craig Barksie steps forward.

— Cool it, Terry sais tae um. Craig steys whaire eh is bit doesnae step back, naw sur. Aw, ah dinnae like aw this, naw sur, ah do not.

— What the fuck's these private-hire cunts daein in here? the boy wi the stump goes.

— Look, we were just trying to find out the lie of the land, cousin Malky goes.

The stumpy boy isnae happy. Eh turns tae the other two boys at his table, Like taxi boys, one of thum wi glesses, whae sounds aw funny n English, then back tae Malky. — So yir admittin it? Yir admittin yir private-hire!?

— Must've fuckin rode it but, mate . . . oan yir show . . . ah'd've fuckin rode it, Tony sais tae Ronnie.

— Thaire's other things in life, Terry sais, then stands back, like eh's shocked at his ain words, aw aye, like eh's aw shocked.

— Dinnae git fuckin wide, mate, Evan Barksie goes tae Ronnie, — yir no in some fuckin posh New York place now!

— This goddamn shithole! I could buy and sell this place and raze it to the ground, Ronnie shouts.

— Naw ye couldnae! the boy wi the stump roars in ehs face.

— Who owns this place? Ronnie's gaun aw rid, like eh's aboot tae huv a hert attack – that'll be the devil's poodir, aye it will. — I'll make them a cash offer right now! Ronnie looks aroond. — The building's worth jack—

— How dae you ken what ah'm worth, ya fuckin capitalist American bastard? the boy wi the stump shouts.

— All that's worth anything here is the land . . . Ronnie goes. — I'll give you ten million dollars!

— Much is that in real money? Evan Barksie laughs.

— Eh's goat the poppy! Tony sais. — Showed ye ehs hoose oan the telly. Barry fuckin doss, likes.

This wee boy wi glesses gits up. Eh's goat a voice that's aw English. — The committee, under the CIU rules and regulations, article 14, paragraph 22, states categorically, and I quote: 'that the acquisition of any assets by the club, and the disposal of said assets (including property) held by the club, requires a two-thirds committee majority at the AGM or EGM, the latter of which also needs a two-thirds committee majority to be instituted –'

— What! Is this how you do business? Ronnie shouts in his face. — Fuck this Soviet Third World socialist bullshit! You're goddamn assholes! All of you! I've seen your kind before! In our country they call them ghetto-dwelling losers! New Orleans!

— Nice tae be nice but, Ronnie, nice tae be nice . . . ah goes.

— Actually, I think you'll find that Scotland is developing into a mature democracy, the English felly sais.

— Aye . . . aye . . . Scotland, ah goes.

— N what are you sayin, ya fuckin retard mongol? You want yir cunt kicked in? Evan Barksie goes tae me, standin awfay close.

Ah'm lookin at the burnt bit oan ehs face, the bit eh disnae ken ah gied um, naw sur, eh does not . . .

— STOAP STARIN AT MA FACE!

— FUCKIN SACK IT, BARKSDALE, AH'M TELLIN YE! Terry shouts. — You've goat what ye came for, so git the fuck oot ay here!

Evan Barksie sortay blinks like eh's shocked, then eh moves forward, but ehs mates hud um back. Tony goes tae um, — That Ronnie Checker's here tae buy Herts oaffay Vlad, ya daft cunt, leave thum.

— Terry, I think we maybe oughtta leave, Ronnie goes.

Now The Pub Wi Nae Name boys huv went tae thair corner whaire thair drinks are, n thir drinkin up, but thir makin five-one signs at Terry, n callin him a Hobo.

— Fuck you, Lawson, Evan Barksie shouts ower, — n we ken yir jist hingin aboot wi that muppet simpleton cause ye wir kno—

Terry jumps ower n batters Evan Barksie in the mooth, aw aye, n Barksie faws back, hudin it but no bleedin even though ye kin tell it wis a sair batterin, aye it wis, n it aw goes mental. Everybody's fightin or shoutin or hudin n somebody kicks me up the erse fir nowt! Aye sur, that they did. Ah goes tae turn but some beer comes flyin ower, then a gless, n it hits Malky n cuts ehs hand n thaire's a big row n they boys, like the boy wi one leg, come ower n shove the other boys taewards the door.

— Git the fuck away fae here, the one-legged boy sais tae us, n tae Ronnie. — You ought tae be ashamed of yirsel!

— ASHAMED?! ME? GOD DAMN YOU!

So Terry's sort ay shepherdin us aw oot the door eftir The

Pub Wi Nae Name boys. — Sorry, Jack, Bladesey, eh says tae the boys fae the club. — Ah brought them here. Ah thoat they'd behave. Ah'll git thum oot – c'moan, boys, eh sais tae us.

Terry's pushin us oot the door, n wi gits intae the car park. Some ay The Pub Wi Nae Name boys ur waitin outside. — I'm going to bring my lawyers down here and sue your miserable asses . . . Ronnie shouts at thum.

Lethal Stuart steps forward, and rams the heid oan Ronnie, aw God ah kin hear the crack ay his neb. Aw sur, that's a sair yin awright.

— Fuck sake, Terry goes, n moves forward as Stu runs back ower tae the mob ay boys.

The other boys are outside now tae, the boy wi the stump n the English felly wi the glesses. The stumpy boy goes tae Terry, — Ye ought tae be ashamed ay yirsel, Lawson, bringing they private-hire paedos tae oor club for drug deals!

A boatil comes flyin, flung by Barksie, n Terry's ower the road eftir thum, n ah am tae, but thir backin away! Sure they are, the bullies! Aw thir daein is screamin threats as they go doon the road. Ah wish ah hud ma petrol bombs, aye sur, ah dae! Dae ah no but!

Then ah sees Malky comin oot wi the tooil roond ehs hand, lookin aboot, n Terry's gittin Ronnie in the taxi. — Jonty, come oan, pal! So ah climbs in, leavin Malky lookin aw sad.

Then Terry droaps Ronnie oaf at the hoaspital. When eh's gittin his nose reset, we're sittin in the waiting room. Ah whispers tae Terry, — Ye see that thing ye pit in real faither Alec's grave?

— Aye . . .

— Wis that that missin boatil ay the nice whisky, the other yin that Ronnie wanted? Terry looks at ays, then looks aroond the other people in the waitin room. — What did ye pit it in his grave for, Terry?

— Ah couldnae bring masel tae erse it, Jonty, Terry pills me close, whispers in ma ear, — even though it's a lovely whisky. N ah didnae want Ronnie tae huv it, tae take it oot ay Scotland.

— But ah thoat eh wis yir mate, Terry, ah goes.

— Eh is, sortay. But eh's a greedy cunt n it ey does a greedy cunt good tae learn how tae lose, n no tae git thair ain wey aw the time. Tae be like the rest ay us.

— So yir sortay helpin um really?

— Aye, helpin um tae join the human race. But that's beside the point, cause that's doon tae him. Eh's goat two oot the three: tae ma mind that's enough for any cunt. Ah couldnae sell it, see; it's way too hoat for collectors. So ah wanted tae pit it somewhaire that Ronnie could never git tae it. Leave it wi somebody whae'd appreciate it. Alec'll keep it safe doon thaire till aliens land oan Earth n find it, or, mair likely, till some cunt like Ronnie excavates it when they build mair shitey flats. But ah'm gittin you ootay here the morn, pal.

— How's that?

— Cause you're gaun oaf tae London, mate. You'll be shaggin fir Penicuik soon.

— Aye . . . aye . . . shaggin fir Penicuik, aye sur, aye sur, that ah will, ah goes.

457

49

IN GOD WE TRUST – PART 4

I'm holding my nose into a bloody hanky wondering why it is that every lowlife in this Aids chamber, this fucking New Orleans without the heat or the music, has to headbutt people in the face! — I'm gonna sue . . . that's fucking twice this has happened in this goddamn place . . .

Terry ran after those assholes, but they've gone and he comes back from across the street, out of breath. — Fuck suin, these cunts fuckin well die. He bends over, resting his hands on his knees, trying to catch his wind, looking up. — Ah'm meant tae be avoidin stress!

The hanky's soaked and somebody hands me a towel, probably has more disease on it that anything else, but it staunches the flow of blood and I climb into Terry's taxi. That strange little Jonty guy who was caddying is with us. I knew I shouldn't have gotten involved in that scuzzy ghetto drug shit of Terry's! We head to this hospital which is like the campus of every 1970s college you wouldn't wanna attend. I'm about to demand that they take me to a real hospital, but they give me a sedative and reset my nose.

I try to pay but they won't take it.

I get back out and Terry's waiting with the little guy. — What's up, Ronnie? Terry asks. — Beak looks aw set nice.

458

The little Jonty asshole does what he always does and repeats what Terry just said. Don't they have schools in this goddamn place?

— They won't take my goddamn card, Platinum Amex . . . what kind of commie hospital is this?

— It's free, ya bam!

— Free, aye, free, this goddamn nutcase constantly repeats.

— It shouldn't be free! This is – Then I feel something garrotting me inside and I turn to Terry. — No . . . oh my God . . .

Please Lord God Almighty, do not do this to me. I am your most loyal and humble servant!

— What is it now? Terry's asking me.

— The Skatch! THE GODDAMN THIRD BOTTLE OF SKATCH!!! HAVE YOU GOT IT?

— How would ah huv it? You kept a hud ay it. Terry shakes his head. — Ye wouldnae let it leave yir side. Ye hud it in the club . . . check the Joe Baxi –

— The club, aye aye, aye, the club, this fucking retard parrots on.

God damn them all to hell!

I run out to the cab, followed by the others. The cold stings my nose. I can't see a goddamn thing inside. Then Terry opens up to confirm: there's nothing there. — I MUST HAVE LEFT IT IN THAT FUCKING CLUB!! I CAN'T LOSE TWO FUCKING BOTTLES!!

We're heading back up to that shithouse Taxi Club. My heart is racing. To lose one bottle of Trinity is a fluke, but to lose two . . . it makes me a loser. A goddamn one hundred per cent, gilt-edged loser. I cannot let this happen to me! I must have dropped it when that asshole assaulted me. I need to speak to my legal people, and I'm punching in numbers on the phone . . .

Please God . . . let the Skatch be there . . .

This little retarded caddy friend of Terry's is still saying the words 'club' and 'whisky' over and over and all the way to the shithole I have my tongue between my teeth and I'm controlling my bite, but soon feeling the distracting pain and the taste of my own blood. Now this little asshole is looking at me and pointing at my mouth and saying what I still think is 'club' over and over again, but I soon realise that it's 'blood', and mine is trickling down my face and on to my goddamn shirt. I hate them all, and that crazy Sara-Ann with her fucking plays . . . and another fucking email from her pops into my phone with the headline: SUPPORT IS MORE THAN WRITING A CHEQUE! No wonder Terry was so keen to dump that crazy bitch on me!

GOD, PLEASE COME TO MY RESCUE!

We get to the club, and the assholes who caused all the trouble are gone. But this table of bums are still sitting around with dominoes in their hands. That asshole with the one leg . . .

And my whisky . . .

MY GOD! OH MY GOD! WHAT HAVE I DONE TO DESERVE THIS?!

It's opened! The assholes have opened it! There's about two-thirds left, but that is totally irrelevant. They opened my fucking bottle of the Bowcullen Trinity . . .

460

— Too late, Terry says, — the gannets have descended!

That crow-faced gimpy asshole with the porcine eyes looks up at us. — So ye got rid ay they bams then, eh? Private-hire fuckin sex-offender cunts . . .

— Aye, sorry aboot that, Jackie boy, they'll no be in here again, Terry says. — How's the whisky, mate?

— No bad, the old asshole says.

God sacrificed His only son, Jesus Christ, so that those people would be saved. Is this what saved is? Is this what it means? To live among cretins? Why, God? Why?

Another leather-faced bum says, — Nah, ah'd take a nip ay Grouse ower that shite any day ay the week. That's never a whisky that! No worth a sook, ay-no.

— Well, I thought it wasn't too bad myself, although I have to say that a nice eighteen-year-old Highland Park takes some beating, this Limey prick in glasses says.

— ASSHOLES!!!!

I fall to my knees and I'm screaming at them all, pounding the ugly, stained carpet tiles in this rancid room, cursing all the assholes in this goddamn hellhole! I pray for a proper hurricane to come back, to wipe, please God, this shithole off the planet!

KILL THEM, GOD!

KILL THEM, JESUS!

BRING BACK THAT GODDAMN HURRICANE BAWBAG!!!

50

THE BRIDGE TOURNAMENT

Terry Lawson drives through an Edinburgh that seems to him tawdry and second-rate. A city crushed by its own lack of ambition, grumblingly miserable about its status as a provincial north British town, yet unwilling to seize its larger destiny as a European capital. His mood is bleak as he drives towards Haymarket to meet Shite Cop. The detective had called him to say there was another development in the Jinty case.

His anonymous dispatch of the diary had produced the desired impact. Kelvin, after being sweated down by police, had been ready to confess to any charge short of murder, which, in any case, couldn't have been made as there was no body to be found. The police, despite locating a pair of Jinty's DNA-soaked knickers (and those of every other Liberty girl) in Kelvin's locker, couldn't charge him with anything relating to her disappearance. But there was more than enough combined evidence and testimony to charge him with three counts of rape, two of grievous bodily harm, and several of sexual assault.

The Poof had decided to stay in Spain for a protracted spell and let Kelvin take the heat. The day after the arrest, he'd called Terry to tell him that Kelvin should be praying they give him a long sentence. This would be a far better option than his brother-in-law getting a hold of him.

As welcome as it was, Terry couldn't take much cheer from this news. His own life has become a constant struggle. All he has to look forward to is a golf tournament in New York that Ronnie has set up. Meantime, women torment him with slutty calls and propositions. The dumber Jambos make five-one signs at him, which is nowhere near as bad as the smart ones, who silently deploy a knowing smirk every time their paths cross. He was even relieved when his best friend, Carl Ewart, after an extended stay, headed back to Australia. Since then, he's emailed Terry every day, with FIVE-ONE on the masthead of his bulletins.

Perhaps the most galling thing is the play that Sara-Ann has written, *A Decent Ride*, the Edinburgh Festival production she is working on with the Traverse Theatre. — It obviously leans a lot on our time together and Steam Tommy might be taken as you by some people, but it's *fiction*, she'd explained in a rambling message left on his phone. — Writers are thieves; that's what we do.

All those factors wouldn't have bothered him in the slightest if he didn't have his sexual issue; but, as things stood, they relentlessly underscore his misery, to the point of him considering that he'll have to leave Edinburgh.

But where could he go? Spain or Florida are out; too warm, and the naked flesh on show would destroy him. Northern Europe is too expensive. Perhaps he'd take up cabbying down in Newcastle or Manchester, and live a simple life with his books.

As an insipid sun comes out from behind the clouds, Terry lowers the visor and wonders what the 'other development' in Jinty's case could be. Is it possible that he's even in the frame for her murder? Not that he cares. Going to prison, for anything, he thinks, will probably be the best option for him. No women. Just books.

The lights at Tollcross seem to take an age, as Terry shivers in the chilly snap that has hit the city, destroying any confidence of a decent summer. It feels more like February than the end of May, and, on cue, the sun vanishes, spreading a black shadow over the town.

There will certainly be, he considers, no 'other developments' in the missing Bowcullen Trinity saga. Terry had drunk with some guilt as Ronnie had treated both him and Jonty to a couple of nips from the opened bottle of whisky. Of course, with the seal no longer intact, that blend of rare malts was now worth little more than a few thousand pounds. But Ronnie had resolved that he would enjoy it on special occasions, and took the half-empty bottle and the stories it contained back to the USA. His parting boast that he owned two of the whiskies, albeit one with the seal broken, therefore still more than any other man on this planet, almost made Terry want to tell him where the missing prize was.

At Saughton Mains roundabout, close to his old home, he thinks about Alec's corpse, lying in Rosebank Cemetery with the second bottle. Poor Ronnie, back in Atlanta or New York, or wherever, still fretting over the fate of the vanished Bowcullen, unawares Rehab Connor and Johnny Cattarh had started that row on the links with them. Footballer's shin pads wrapped under his jeans, Johnny was able to withstand the powerful blow that Terry's putter hammered into them.

Though he went down so convincingly, for a few seconds Terry wondered whether he'd remembered to put them in. And the police and Ronnie went after them, oblivious that when they'd taken the bottle in the melee, they'd stashed it in the wheelie bin in the club's rear car park before driving off. Terry had returned later that evening to retrieve it.

It had been so tempting to let Ronnie know he had been played, but the consumption of the third bottle gnawed constantly at his American friend, so any form of disclosure was not an option. Besides, the investigation by the insurance company and the police was still ongoing, as was Ronnie's litigation with Mortimer.

He meets Shite Cop, now sporting a beard, in Starbucks at Haymarket. He still has the default expression of studied neutrality on his face, but there is an underlying busy element to the eyes, hinting at the characteristic nosy police slyness, a quality his DJ friend Carl claimed they shared with many journalists. — So what's the story? Terry asks, perfecting that air of detachment, but hoping Shite Cop will divulge the news about Jinty. Shite Cop toys with his espresso, then looks searchingly at Terry. — You heard that somebody anonymously sent us Jeanette Magdalen's diary?

Terry plays dumb.

— Aye, this gave us the chance to get a search warrant, he explains, scrutinising Terry's reaction. Then he adds, — But there were two pages ripped out.

Terry knows how this works. He is supposed to get all panicky, to assume that he might be incriminated in the diary, and to admit he removed those pages. But the only information

465

the document offered about him was Jinty's confirmation that he was a shagging machine. Or had been. No good to let Shite Cop know this though. He pulls a forlorn face. — You think one ay the other lassies sent it in?

— Dunno. Seems a reasonable assumption. But what we haven't mentioned was that your name cropped up in it.

While this is bullshit, and the only references to him were on the discarded pages, Terry has decided it's best to look guilty, which isn't a hard act to pull off. — Aw . . .

— You never said that you and Jeanette Magdalen were lovers.

Though shocked, and wondering who grassed him up about this, Terry is compelled to laugh out loud. — Lovers is over-eggin the puddin a wee bit. Cowped her once in the cab: before that Hurricane Bawbag, ay. She wis the second-last passenger ay the night. That's aw accounted for in the statement ah gied yis. Ah admitted tae droapin her oaf at the boozer, but the shaggin, well, ye huv tae be discreet aboot they things.

Shite Cop shrugs, expressing something that might have even been agreement. He then mentions the names of two girls – one being Saskia – who left Liberty following Jinty's disappearance. — Do you know anything about them?

— The Saskia lassie went back tae Poland. No that sure if ah mind ay the other yin, Terry says, telling the truth.

The policeman confirms that the Liberty Leisure girls took little persuading to come forward and talk of the intimidation and violence they suffered at the hands of The Poof and Kelvin. Shite Cop then asks Terry if he was aware of anything untoward occurring at Liberty Leisure.

Terry can't resist. — Well, apart fae it bein a knockin shop?

The detective bristles. The police are collusive in Edinburgh's bizarre but pragmatic prostitution practices. Provided nobody talks too much about it, most people, conscious of the terrible legacy of the 'Aids capital of Europe' days, are pretty much happy to leave things as they are.

— The P— Victor . . . is an old school pal. As ah've said, he wanted me to keep an eye on the place. Terry swallows, knowing he could never say this in court, but he has to give Shite Cop something. — He didnae trust Kelvin.

Shite Cop snorts in a derisive manner, which Terry takes to mean the pot was calling the kettle black. — Once again: do you know why Victor Syme is in Spain?

— Business. As in his ain. Terry looks at Shite Cop with an are-you-daft expression. — I ken no tae ask these kind of questions.

— What kind of questions?

— The ones ah dinnae want tae hear the answers tae.

Shite Cop nods thoughtfully. — If you hear anything, let us know, he says, and the chat is over.

Or almost. As Shite Cop goes to rise, Terry asks, in earnest tones, — What do you think happened tae her? Jinty?

Shite Cop smiles, and contemplates the question for a second. Then, almost as if moved by Terry's sincerity, he muses, — Well, we can only speculate, but she was with a dippit wee felly and being abused by a couple of psychopaths. There were a lot of guys sniffing around her at the sauna. It wasn't a great life she had, maybe somebody made her the offer of a better one somewhere else.

Terry considers this and nods, as Shite Cop turns and leaves. It was as sound a hypothesis as any. He gets back to the cab, considering the sudden cold winds and the accompanying grim tales of a local virus that was laying Edinburgh's elderly citizens to waste. Yesterday he'd inadvertently caught an old girl on *Scotland Today* moaning pathetically about her isolation and his heartstrings were tugged. Whatever Alice had done, she is still his mother, and Terry's avoidance of her has been total. It is time to rectify this. Besides, he has an urgent reason to square things with Alice. Tomorrow morning Terry has a hospital appointment, which the local NHS Health Board had astonishingly brought *forward*, and that certainly wasn't a good sign.

He heads out to Sighthill, and in the event, Alice is fine when he calls, if obviously a little upset, which he attributes to his non-contact. She beckons him through to the kitchen, where she is robustly making soup, her blade chopping the vegetables with force. Terry had assumed that the visit would be routine. However, Alice quickly reveals the source of her distress, informing him that Henry died last weekend.

This news has not been unanticipated by Terry, who shrugs casually. — And that's meant tae mean something tae me?

— It means something tae me!

Terry shakes his head. He hasn't intended for the conversation to take this turn, but realises that it can go no other way. — It obviously never meant that much.

— Eh? Alice's eyes bulge. Terry is relieved when she lowers the knife to the cutting board.

— Well, ye fuckin well shagged that auld jakey cunt, Post Alec, lit him git ye up the fuckin duff . . .

Alice goes to speak, hesitates, then gets going again. — Eh wisnae an auld jakey then! Eh wis a very presentable and handsome young postman before the drink got tae um! N eh wis your fuckin pal!

Terry's eyes dart across the kitchen, looking for something to fixate on. He chooses an old Swiss cuckoo clock on the wall, whose figures stopped making an appearance a good two decades ago. — Yuv ruined ma life, he says in stifled accusation.

— What? Alice screeches in retaliation, stepping towards him. — What are you on about?

— You! Terry turns back to her, the glint in his eye scornful and demonic. — Ah used tae think it wis that Jambo cunt Henry, but it was you aw along! You!

— It's *you* that ruined *ma* life! Alice barks. — It's you that cost me Walter n every other chance ay happiness ah bloody well hud . . . Her bony hand reaches out with sudden speed and grapples Terry's hair, unable to gain traction due to the absence of the corkscrew curls, while the other makes contact with his face. Then Alice steps back, but there's fire in her eyes.

The punch, though puny, pulled and ineffectual, shocks Terry as it is the first time he can recall Alice laying hands on him since the repeated slaps to the back of his short-trousered legs when he was a wee laddie.

— Yir a waster! Yuv done nuthin wi yir life! Yuv achieved nuthin! Dirty fullums whaire ye make a fool ay yirsel n embarrass everybody!

All Terry can think about are fairways, roughs, bunkers, greens, flags and, most of all, white balls and dark, dark holes.

— You ken nowt! Ah've won a big fuckin gowf tournament!

— Aye, Alice laughs bitterly, — Yir new sad obsession! Ye think the gowf'll fuckin save ye? Eh? Dae ye? Answer ays!

— Ah dinnae ken! But it's something ah'm fuckin good at!

— Good at? Good at? You? Yuv barely held a club in yir hands!

— Ah won an international tournament the other week! Big prize money! Worth a hundred grand!

— Aye, in yir dreams!

— Ah'm tellin ye! And ah goat a 69 oan Silverknowes on Setirday n aw! Awright, jist a glorified council pitch n putt, but when wis the last 69 you hud? Wi that dirty auld cunt, Post Alec, ah bet! And Terry storms out the house, making for the cab, Alice slamming the door shut behind him.

He starts up the motor to head into town, but for some reason stops by the park where he played as a child. The slope of it makes it unsuitable for ball games, or practically anything other than letting dogs roam free to shit to their hearts' content, and Terry spies a woman with two small children in a buggy, with grocery bags hanging precariously from its handles. She's still young but careworn, bent out of shape probably by back-to-back pregnancies and poor diet. She's pushing the buggy across the park, but its wheels have stuck in thick mud, and her pleas for the toddler to get out and walk are met with violent screams. She shouldn't have taken the short cut. The deep pain Terry experiences on behalf of this woman shocks him. He wants to blare his horn, signal her over and give her a lift home. But he's a cabbie. She'd think he was a weirdo. So he drives into town.

Disconcerted, depressed and at a loose end, Terry opts to swing by the Taxi Club for a beer. Stumpy Jack is there with Bladesey. — Private hire? Fuckin paedophiles. Recruited direct fae Peterheid they boys, ah telt the cunt, Jack declares, puffing out his chest. — Naw, mate, trust in Capital Cab Service.

— There does seem to be a higher proportion of felons working in the private-hire business, Bladesey ventures, as Terry walks up to the bar and gets a pint in.

Terry is cautious, as he hasn't spoken to his taxi comrades since last week's debacle with the drug deal and the botched whisky. He looks sheepishly over at them, just as Doughheid, who is now a Control stalwart, marches in. — Ah, Terry . . . ah see you've actually been taking fares instead ay spending aw yir time offline.

— Git oaf ma case, Terry snaps, picking up his pint and necking an inch. — First youse gied ays flak for no pickin up fares, now it's the reverse.

— Control's goat nowt against ye, Terry, Doughheid states. — Yir no a marked man by Control. Dinnae think it.

Suddenly, the other cabbies galvanise round Terry in support. — What are you daein here anyway? It's the Taxi Club, no the fuckin Control Club, shouts Jack.

— We're aw part ay the same team, Doughheid says defensively.

— Are we fuck! You've been tryin tae git me *oaf* the fuckin team, Jack shouts. — Terry, tell um. Whaire's eh gaun? Terry?

But Terry is heading out the door, and back into the cab. There is no respite at the Taxi Club; even the robust camaraderie now seems empty and only the harbinger of more hassle. Jonty is in London – he saw the wee man off the other week. Ronnie is back in the USA. He is utterly useless to his own family. So Terry finds himself driving aimlessly, exiting at Newbridge and heading out towards Fife. The Road Bridge spans ahead, about to be replaced by another construction further up the estuary. Redundant, like me, Terry thinks caustically. Realises that now is the time to end it all, in that most fitting of places.

He parks the cab and walks down the pedestrian gangway, battered by surging gusts. Yes, it is time. Terry climbs over the balustrade and looks down at the water, like a sheet of beaten black metal, punctuated by the odd foamy white slash which makes him think of Alec's larvae. Would the fish do to his body what the land creatures had done to his father's, to his great friend's?

As he contemplates letting his cold hands go, the phone rings. He sees Donna on the caller ID. He answers it, pressing the earpiece to his head, to counter the noise from the swirling wind. He can still barely hear her. — Ma nana's in the hoaspital. She's hud a faw doon the stairs.

— Right, Terry says. He visualises Alice, rendered careless and clumsy by the rage their row induced, tumbling to the floor, her bones cracking.

— You'll huv tae pick her up, ay. Ah cannae cause ah've goat the wee yin n she's been up aw night wi the runs.

— Right . . . is she okay?

— Aye, but it's totally mingin n it nivir stoaps. Ah've went n changed her three times this affie awready, ay.

— Ah mean my ma, Terry says.

— Thuv no said aye, but thuv no said naw. You'll need tae go n see cause ah cannae leave Kasey Linn but, ay.

— Right . . . Terry clicks off the phone. He looks down again, and for the first time is petrified. His grip – he can't feel his hand on the barrier. He stares at it; it looks bluish-pink, and as cold as Alec's face in that block of ice. Fatigue spreads through his body like a virulent poison and he knows he's too weak to climb back over. The other hand slips the phone into his North Face jacket. The cold numbs him and he has a sense that he is falling . . .

He *is* falling . . .

But it's only a few feet. Somehow, he has slipped back over the balustrade on to the pathway. He cries out, feels the wind sting the salty tears that run down his face. Death has scared him. But cheating it has frustrated and tormented him. As if on cue, he feels a twinge in his underpants. — How is this happenin tae me? Aw ah want is . . . aw ah fuckin well want is . . . he screams into the unforgiving wind, down the black river's estuary, — AW AH WANT IS A FUCKIN DECENT RIDE!

Then, without any sense of himself walking back down the bridge, his numbed hand is unlocking the door of the taxi. Similarly, he drives on automatic pilot towards the Royal. His only awareness of being there is when the electronic doors swing open and the heat blasts him.

Alice had fallen over and had been X-rayed but has suffered only bruising and inflammation. He drops her off in silence. His mother, lost in her own world of pain and misery, seems

473

to register at the end of the ride that something is seriously amiss with her son. — Are *you* awright?

— Aye, ah'm fine, he says in a defeated tone, which chills Alice. She tries to get him to come inside, but Terry refuses and goes home, sitting up most of the night, scrolling through his phone numbers, wondering whom to call. Then someone rings him. He laughs at the ID: SUICIDE SAL. They could do a double dive together. True romance! He presses the red button to silence it. He goes to bed and falls into a jagged, uneven sleep.

He awakens more fatigued than ever in the anaemic light, the alarm on his mobile calling in a truculent tone he can't recall setting it to. He isn't looking forward to his hospital appointment. It is a wet, miserable morning, the sort where, even though it's only May, Scotland has already practically given up hope of having any sort of a summer.

The first thing that puts Terry on edge is the presence of another man in the consulting room, who is sitting alongside Dr Moir. In contrast to the cardiovascular consultant's tense bearing, he's a louche-looking character in a brown suit, with a blond floppy fringe and a long, pockmarked face. Terry thinks he might be some sort of a specialist. There is an ominous charge in the room. It moves Terry to wonder: how much worse can this fuckin get?

Dr Moir clears his throat. — I've some terrible news, Mr Lawson.

Terry feels what is probably the last of his life being crushed out of him. He curses Donna's intervention on the bridge. It surely was time to get several grams of coke, book into a nice hotel room, call somebody up and snort and pump his way into the next world. — Aye? What's that then? he wearily asks, now completely beaten.

— This has genuinely never happened before . . . at this health board, at any rate, Moir ventures cagily, looking like he's bracing himself for an explosion.

Terry looks to the suited man, who, in contrast, juts his chin out defiantly, staring at the stumbling Moir, urging him to continue. — It seems that there are two Terence Lawsons . . .

Terry's mouth flaps open. It is as if all the muscles in his face have just torn. — Ye mean . . .

— Yes, Moir says, his mouth set in a tight smile, but his eyes brimming with trepidation, — you don't have a serious heart condition.

It feels to Terry as if he is coming up on the purest MDMA powder, yet at the same time being skewered by a broadsword. Shock, elation and resentment twist through him in conflicting, turbulent waves.

— You're in very good health, Moir continues. — The cholesterol numbers could be a bit better, but generally speaking –

— AH'M FUCKIN AWRIGHT!! Terry declares, then gasps, — Ah . . . ah wis awright aw along!

Moir's eyes start blinking involuntarily. — Indeed. It seems that there was a glitch in our database that resulted in the system's confusion between the different Terence Lawsons.

Terry sits back in the chair, his head spinning. Then his eyes narrow into tight slits. — Ah'm fuckin suin the NHS!

Emotional stress! Damages fir loss ay fuckin ridin time! Look at the fuckin weight ah've pit oan, and he grabs a fistful of gut. — Career in scud doon the fuckin swanny! AH WENT VER-NEAR FUCKIN MENTAL, TRIED TAE FUCKIN TOP MASEL!! he roars, as Moir cringes in his chair. Everything that has happened to Terry crashes around him. He sees the image of Alec's empty eyeball sockets, teeming with writhing maggots. — Ah fuckin . . . he was going to say that he was driven to dig up his father's grave to size his cock, but stops himself. He grips his hands tightly on the sides of the chair and tries to get control of his breathing. — Ronnie Checker's one ay ma best mates! Ah'll git the best fuckin lawyers money kin buy, n take aw youse cunts tae the fuckin cleaners!

Then the man in the brown suit cuts in. — You are perfectly entitled to do that, Mr Lawson. However, I'd advise you to listen very closely to what I have to say before you embark upon this course of action.

— Whae the fuck's this? Terry looks at Dr Moir, thumbing dismissively at the speaker.

Moir wilts further in his chair, remaining silent, looking to the man, who smiles coldly at Terry. — I'm Alan Hartley, senior manager at this health board.

— Thaire's nowt you kin say thit –

— Your father died recently in the Royal Infirmary.

Terry feels a hurdle of deflation, but his rage propels him not so much over it as through it. Henry Lawson was nothing to do with him. But he can't let them know this. — Aye, so what?

— It was a very painful death. Yes, he was terminally ill,

but he had also been poisoned. But of course, you are aware of that . . .

Terry is too distracted with shock and rage to put on his *expert lying face*. All he can do is try to maintain silence.

— Yes, Hartley continues, — his saline drip had been tampered with and his system was flooded with urine. Do you have any idea how painful a death that is?

Terry channels his anger. — Nup, but it's your fault again! Sue yis fir that n aw, he snaps as the delicious thought, *five-one that, ya auld bastard*, pumps a surge of blood through his veins. Auld Faithful flexes through the medication like a superhero about to burst out of his chains.

— Yes . . . that would certainly be an interesting case. You see, we've taken DNA tests from all of our staff. But we were unable to match the sample of urine found in the saline drip. I dare say the next step will be to turn this over to the police for criminal investigation, Hartley looks smugly at Terry, who is trying not to crumble. — I should imagine that having cleared our staff from their inquiries, they would then proceed to take DNA samples from all those who came into contact with Mr Henry Lawson before his death, including his visitors. I understand you were the last person to visit your father . . .

Through the bubbling stew of emotions, Terry has only a vague sense of where this is going, but grasps that he is no longer holding the winning hand. He can only cough out, — So what ur ye tryin tae say?

Hartley gives a coffin-plate half-smile: minimal, but dazzling. — I don't think we need a police investigation into your father's death, and I don't think you need to go down the legal route, in regard to our regrettable administrative error, do you, Mr Lawson? I mean, that could be incredibly damaging to the reputation of the health board. If it jeopardised staff morale, then patient care would undoubtedly suffer. It really wouldn't help anyone, would it?

Terry is ready to grasp at this deal with both hands. After getting the all-clear to start riding again, there is no way under the sun he is doing *one second* of jail time. — Aye, ah suppose yir right, mate, and he smiles slyly, as a database of who was *fucking getting it* cascades through his fevered mind. — Besides, why bother makin fuckin lawyers richer, ay? What's aw that aboot? You tell me.

— That's the spirit. Hartley rises and extends his hand. Terry steps up and gratefully shakes it.

Heading off, he immediately slips back on to Henry's old ward and approaches the duty nurse. — Listen, ah wanted tae ask ye oot. Fir aw ye did fir the auld cu— he checks himself, — the auld felly . . . Henry Law—

— I'm married, she smiles, before he can finish.

— Too bad.

The nurse shrugs and makes off down the corridor. Terry watches her walk, the movement of her buttocks, the seamed stockings on her legs. He goes straight to the toilet and batters one off. The deft contact of hand on foreskin and the slow, deliberate tugging movement cuts through the chemical permafrost, as his cock rises impressively and gratefully blasts the toilet walls. He shouts at the top of his voice in the cubicle, — AH'M FUCKIN BACK! JUICE FUCKIN TEH-RAAAAY!

478

Terry surveys the mess with satisfaction, feeling human for the first time in months. He's already broken one of his own rules: never chat up a lassie when your tank is overflowing. *Goat tae git rid ay the ring rust, or mibbe git some new ring rust!*

Back in the cab, he's scrolling through his phone lists. He thinks about contacting several parties but decides against it. Instead he speeds towards a certain destination, but inspiration hits and he pulls over and parks in a backstreet, where he goes online with his smartphone and makes a booking.

Then another thought burns him and he calls Sick Boy. — Ah'm game tae git back intae the Roy Hudd. That movie.

— Sorry, Terry, I've already cast your wee pal Jonty, Sick Boy tells him with glee. — He's doing a great job, a terrific performer. He did refuse to do anal for a bit till I assured him that it wasn't his coal hole that was getting the pummelling. And the lassies have really taken to him. He's staying with Camilla and Lisette in Tufnell Park.

Ma London doss, Terry thinks with envy. Yet he couldn't begrudge wee Jonty. — Gled it seems tae be working oot.

— He's actually in the office with me. Would you like a word?

— Aye, great, pit him oan.

— Hi, Terry! Hiya, pal! London's barry, ay, Terry, ay it's barry. Didnae like it at first, too big, me bein jist a simple country lad fae Penicuik, but ye git used tae it, aye sur, ye do.

— Ye find a local McDonald's?

— Aye, but Camilla n Lisette make that guid hame cookin

479

that's aw healthy, n ah cannae even be bothered wi McDonald's any mair! Only hud yin aw week!

— Sound. Cannae talk right now, pal, cause ah'm drivin, but gie the lassies one fae me.

— Ah will, Terry, aye sur, nice lassies but, Terry, aye sur, aye sur . . .

Terry clicks off the phone and drives on. He parks outside his intended destination, when another call comes in. It's Donna. — Simon phoned last week. He's no lettin ays dae the scud. Sais you telt um naw, she informs him, but without hostility.

— Mibbe ah wis a bit hasty; it's your life, your decision, ay, Terry says, watching a young mother pushing a baby in a buggy down the pavement. — Ah've nae right tae interfere. Oot ay order really, but ay.

Fuckin cowp yon . . .

— Aw . . .

Down, boy . . .

— How's Kasey . . . Lucozade . . . syphilis . . .? Terry says as the woman bends over the kid in the buggy, her breasts straining against her bra and blouse.

— Kasey Linn! Yir granddaughter's name is Kasey Linn!

— Aye . . . some name but, ay, Terry considers, as the woman vanishes from his sight. — Did ah ever tell ye how you goat your name? Whin yir ma wis in hoaspital huvin you, ah wis shitein it, cause when ah'd went in wi Jason n his ma, it wis like gaun intae a butcher's shoap. Pit ays oaf shaggin for aboot three minutes –

— Dad . . .

— Wait the now, where wis ah . . .? Aye! Terry recalls.
— So ah wis that nervous aboot gaun back tae a maternity
ward that ah went oot n goat pished. Woke up still fuckin
rat-arsed oan the couch wi a kebab stuck tae ma coupon.
Message sayin tae come quick cause yir ma hud gaun intae
labour. Ah looked at the kebab n thoat: if it's a lassie it's gittin
called Donna. Ah've telt ye that story but, ay?

— Aye. Plenty times. So ah take it ye got the all-clear fae
the doaktirs.

— That obvious, ay? Well, if ye ken that, yi'll ken that
ah've a fucker ay a backlog tae sort oot! Ah wis solidly booked
before this hoaspital shite! Catch ye later, Terry sings, clickin
off the phone.

It immediately rings again. It's Sara-Ann. He knows she's
been seeing Ronnie, but that he's been in America for some
time. He clicks green to take it.

— Terry . . . He hears her desperate breathing followed
by stunned silence.

— How ye daein, doll?

— I'm having a fucking hard time! I fucking mean it, Terry
. . . I'm fucking stressed over the play. The bastards are
changing everything . . . Ronnie doesn't care, he's in New
fucking York, he seems to feel his responsibility for it stops
at writing the cheques! I'm taking all these pills if you don't
. . . if you don't . . . come and see me . . .

Terry ignores her, knocking solidly at the door in front of
him. He hears scrambling.

The door opens and Sara-Ann is standing with her phone
in her hand.

Terry clicks off his phone. — What ye waitin oan? Git thum oaf!

— Terry . . . you came . . .

— Soon fuckin will, and he steps forwards and slips his hand inside her leggings and panties. — Tell ays you're no double wide. N gushing n aw, he whispers in her ear, as her head turns, and her tongue darts, lizard-like, into his mouth. Sara-Ann slams the door shut, and is pulling off her T-shirt and unbuckling Terry's belt while rubbing against his busy hand. — Terry . . . fuck me . . .

As she drags him up to the bedroom, Terry, enjoying a mild teasing tug of resistance, then giving in, says, — Too right. You're gittin it good style . . .

As his keks drop and Auld Faithful springs from his pants like the one o'clock gun, he's happy to endorse the playwright's plea: — Give it to me . . .

— For sure, Terry says, easing home. He's thinking it's not about Henry Lawson or Post Alec, reflecting that this is the only identity he ever really needed, as Juice Terry. His phone spills out of his jeans pocket and it goes off. He sees the name on the screen: RONNIE CHECKER. It'll be about the flight bookings to New York and the golf tournament. It's a pity he's already just made a booking on to a Ryanair flight to Gdansk. Yes, there would be stacks of minge in New York, but it was a seven-hour flight. In just over three, he would be baw-deep in a sassy Pole. There was no contest.

But now there is immediate business to take care of, as Sal gasps, — I want this so fucking bad, her legs closing round him, forcing him deeper inside her, as she bucks and twists.

— Yuv goat tae but, eh, Terry grins, thrusting, humping and deftly swivelling his way to paradise, man and cock reunited in woman, — it's the spice ay life!